清詩話全编

乾隆期四

張寅彭 編纂
劉奕 點校

上海古籍出版社

第四册目次

杜詩附記

杜詩附記提要

《杜詩附記》二十卷，據上海辭書出版社藏宣統元年夏勤邦鈔本點校。撰者翁方綱，生平見《漁洋杜詩話》提要。按此書自序備言其讀杜研杜之經歷，乃於乾隆二十二、二十三年至二十九、三十年間，始由抄撮魯訔、黄鶴以來諸家及近時諸前輩評本，而至自評手記初成；之後再歷二十餘年，至乾隆五十五年庚戌重予理董，復用十年時間方定稿。如此則《附記》全書克成，當在嘉慶五年前後，可謂一生用力於此。覃溪尊杜詩爲經，其有讀經諸《附記》，故讀杜亦名「附記」，蓋欲仿秦漢經學老例，解經附之以記，以高自位置也。老杜詩自趙宋起即被高標直繼《三百篇》，覃溪此記，可謂逐首坐實之舉。如謂《北征》「《二雅》以後，直接此篇」，《晚出左掖》「三代而下，繼《風》、《雅》者更何人哉」，《新安吏》「勸之慰之，乃《風》、《雅》之正也」，《建都十二韵》「《三百篇》之後，子史文集實皆罕此傑構」，《遭田父泥飲美嚴中丞》「此等叙，置三代已下，自太史遷而外無第二人」，《大雨》「此真不愧自許稷、契矣，周文公復出，陳王業，頌《思文》於洛京，亦不過如此」，《冬狩行》「題即《春秋》之筆」，《秋行官張望督促東渚耗稻向畢清晨遣女奴阿稽豎子阿段往問》「此真《小雅》之復作也」，《暇日小園散病將種秋菜督勒耕牛兼書觸目》「此種詩直接《三百篇》」，用辭不吝，一至於此。大抵以一「理」字、一「實」字而當其高義，所謂

「杜公無一字無至理」，「杜詩句句見真，步步皆實地」，已不欲宥於黄山谷「無一字無來處」之説也。其開篇説《遊龍門奉先寺》，即逞雄辯；至説《偶題》乃大發揮，以「一部杜詩之大序」當之，又以不服歐陽修「窮而後工」爲説辭，以爲杜詩非僅「一時偶寓亂離之作」，假設杜公「與房、杜諸人併時立於貞觀之朝，有唐一代《雅》、《頌》躋漢魏六朝而上矣」。此固從來説杜詩繼《三百篇》而興者，未有如此之徹底也。與此相般配，覃溪析杜詩之章法，每以「天然」、「天成」、「自然」視之，如評《往在》之時間詞「雖每隔六韵一見，然並非以此爲章法段落也。因不是相複，然亦不必相照」，評《負薪行》、《最能行》「前篇結句以不對承對句，此篇結句以對句承不對，皆自然之節奏」，評《桃竹杖引贈章留後》「其節奏天成如此」，評《冬到金華山觀因得故拾遺陳公學堂遺蹟》「杜公天然矩匠，故非從安排得耳」云云。此亦是山谷所謂「子美詩妙處乃在無意於文」、「無意而意已至」之具體申説也，與國初以來盛行「分解」、「起承轉合」之類章法説雅俗立判。上述大義、天法，乃《附記》説杜之兩大宗旨，亦即自序「非欲考史也，非欲綴緝詞藻也，惟欲知詩之所以爲詩」之謂，而欲與宋人之「史」説、明以來之「法」説鼎足爲三也。覃溪與錢載討論杜詩章法最洽，記中頗録蘀石之説，蓋蘀石亦一篤宗杜、黄者也。其他如爲劃出老杜晚年有一「湖湘諸作」之最後階段，評《冬深》、《宿白沙驛》等篇云：「杜公詩到湖湘，黯然峭絶，而更含蓄生氣於内。此不可解。」此亦是將山谷「杜子美夔州後詩」説愈推至細密耳。至其尊老杜七絶較李太白、王少伯爲「正路」，則是説「義」而非説「體」矣，不免過甚其辭。覃溪於説杜諸家最不滿王嗣奭《杜臆》，於仇注之多從《杜臆》亦致不滿，謂之文本考據不可信。實則王氏説杜大義最與覃溪同調，如謂杜詩「直踵《三百》遺躅，宛然孔氏家法」，乃是「無心暗合，所以爲豪傑之士」。（仇注卷十九《歸》評）。惟此是宋學功夫，離覃溪之漢、宋兼宗，尚隔一頭地而已。又覃溪於神韻、格調諸説皆曾反復申論，或駁或議，惟對同時之袁枚及其性靈説不置一辭。而此記於《解悶十二首》之七「陶冶性靈存底物」一句大放厥辭，棒喝云：「誰無性靈？皆自謂陶冶性靈，遂足以爲詩乎？」而將「所恃者」落在一「物」字上：「此物字即君子言有物之物。」又引入《與葉藴章論陰何苦用心句法》一篇云：「陶冶性靈，則必致專騁才力而不衷諸節制之方，以杜公精詣，尚不敢也。」暗指袁枚，呼之欲出，然終不點名。此與袁枚《倣元遺山論詩絶句》末首「天涯有客太詅癡，錯把抄書當作詩。抄到鍾嶸《詩品》日，該他知道性靈時」同一伎倆，彼所詠「夫己氏」，亦即翁氏也。兩家交手，可謂矜持有度，然絶不相容亦可知也。覃溪讀經諸《附記》皆未刊，初或僅以「備自省、自擇焉爾」。（本書自序）稍後潘德輿《養一齋詩話》駁《石洲詩話》，有「望杜生怖」之説，似乎誤會，或即以未讀覃溪此書所致也。此本後有夏勤邦跋，謂從合肥李氏藏覃溪手寫《杜詩附記》録爲副本，復又摘抄爲單行之本，删去原詩，僅列詩題爲目，最合本叢書體例，故擇録此本點校。覃溪手校原本現藏國家圖書館，經復核，夏鈔甚是精審，足可爲憑。又臺灣師範大學藏有翁氏杜詩批本，今有賴貴三校釋本。觀各册卷端翁氏自記之批閲日期，分別爲（乾隆）四十七年壬寅、四十八年癸卯、四十九年甲辰、五十年乙巳、五十一年丙午，至五十二年丁未二月「覆看定」，十月「鈔完」、「校訖」。（又册一《杜詩目録》之卷九、十之册五卷端，有乾隆「甲午十二月分體讀杜詩」、「乙未正月三日自《發秦州》起」、「丙申六月十五日始讀一遍訖」三條題識。正文則無。）此是覃溪讀杜之始末，與本書自序所言之《附記》之作，容或並行，然「批」乃訖於乾隆五十二年十月，而《記》之最終成書階段始於乾隆五十五年後之持續十年間，一前一後，體例不同，别爲二書甚明。

杜詩附記自序

杜詩繼《三百篇》而興者也，毛《傳》、鄭《箋》尚不能劃一，況杜詩乎。余幼而從事焉，始則涉魯訔、黄鶴以來諸家所謂注釋者，味之無所得也。繼而讀所謂《千家注》、《九家注》，益不省其所以然。于是求近時諸前輩手評本，又自以小字鈔入諸家注語，又自爲詮釋，蓋三十餘遍矣。乾隆丁丑、戊寅館于蠡縣，擱筆不爲詩者三年，始于諸家評語慎擇之。惟新城王漁洋之語最發深祕，乃遍摭其三十六種書手鈔一編，題曰《杜詩話》，自以爲有得矣。然而漁洋之言詩，得詩味矣，深繹而熟思之，此特漁洋之詩耳，非盡可以概杜詩也。一日讀山谷《大雅堂記》而有會焉，曰：諸先生之論説，皆賸語耳。于是手寫杜詩全本而咀詠之，束諸家評注不觀，乃漸有所得。如此又歲餘，而後徐徐附以手記。此所手記者，又塗乙删改，由散碎紙條積漸寫于一處。甲申、乙酉以後，按試粤江，舟中稍暇，録成一帙。後乃見吴下有專刻杜詩全文無注釋之本，便于攜閲。庚戌以後，内閣廳事，每于待票籤未下時，當午無事，則以此本覆核，如此者又十年。其中用事，人所共知者，不復寫入也。其事所系，其語所出，苟非寔有關于此篇筍縫節族者，概弗録也。且吾所欲讀杜者，何爲也哉？非欲考史也，非欲綴緝詞藻也，唯欲知詩之所以爲詩而已。苟非上窺《三百篇》，中歷漢魏、六朝，下逮宋、金、元、明，徹原委而共甘辛，敢輒于此舉筆贊一詞乎？是以敢與讀諸經條件，同題曰《附記》，以備自省、自擇焉爾。

言者，心之聲。心之聲，則人之全體具見焉，豈有以迷離惝恍見真者乎？豈有以奇特超悟見真者乎？奇特超悟，偶一見之則偁善者有之，未有時時處處以奇見者也。惝恍迷離，亦偶一見之，未有時時處處以變眩爲主者也。故曰：「民之質矣，日用飲食。」神弔多福，神聽和平，胥系于此。讀杜詩，則句句見真，步步皆實地也。由此可以理學業，可以定人品。即以詩言，可以加膏沃，可以養筆力、才藻。即所謂「羚羊挂角」三昧之旨，亦必從此得之。此乃八面瑩澈之真境也。蘇詩之酣放，本極精微，然已不能如此矣。是故專學韓，則每有意于造奇；學白，每有意于閒曠平直；學李太白，每有意于超縱；學李義山，每在意趨藻飾；即使專主王、韋三昧，亦每在意存沖澹。凡專立一路者，其路非不正也。然而意有專趨，則易于漸滋流弊，未有若杜之得正、得真者。杜牧之云：「杜詩韓筆愁來讀，似倩麻姑癢處搔。」然吾謂此尚是偏著一邊言之。必如李義山云：「李杜操持事略齊，三才萬象共端倪。」此方是善言李、杜者。李太白，則讀者更不知此義耳。

從來説杜詩者多矣，約有二焉：一則舉其詩中事實典故以注之，一則舉其篇章段落分合意旨以説之，二者皆是也。然而注事實典故者，有與自注、唐注相比附者則可也，其支蔓稱引者則不必襲之也。其注篇法、句法者，在宋元以前，或泥于句義，或拙于解詁，猶《孟子》云「以文害辭」者耳；在後，則明朝以後，漸多以八比時文之用意例之，更非詩理矣。以愚見，居今日士皆知通經學古，則讀是集者，諒非童蒙目不識經傳史籍者，則事實典故之注，轉可以無庸多述也。篇章段落，自當隨其本篇而自得之。有必不可不疏析者，乃證明之可也。愚則有二義焉：一則古本之編次，如宋槧某本下略有納。次第可見者，如句字以諸本參合者，更宜精其剖擇也。再則篇中情境虛實之乘承、筍縫上下之消則是乃杜公所以超出中晚、宋後諸千百家獨至之詣。凡有足以窺見下筆之深祕者，苟可以意言傳之，豈有滅盡線迹者哉。元遺山云：「古雅難將子美親，精微全失義山真。」知義山所以似杜，則可以論杜矣。又曰：「少陵自有連城璧。」知遺山所云「連城」，則可以論杜矣。然而遺山必以排比鋪陳爲碔砆之外見，則吾不敢以高談薄之。遺山必以不度金鍼爲鴛繡之獨秘，則吾亦不敢以爲然也。

杜詩附記卷第一

大興翁方綱學

《遊龍門奉先寺》

或以「闕」實「卧」虛爲疑者，此固不足與辨。然曷不應之曰：五、六「闕」實「卧」虛，則三、四「陰」虛「月」實，此亦即章法也，然以語杜，則此特甚淺者。○聞王遵巖有手評杜詩。遵巖不知詩，固無庸與之辨。然客或誦其評，曰：「『已從招提遊』二句，『已』字、『更』字無謂。」此則謬誤之甚。蓋杜公著「招提」二字，已自不同，非「龍門」、「奉先」等字僅作地名者比也。「招提」二字，則有禪諦之旨焉。「已從招提遊」，身入于禪境矣。「更宿招提境」，則栖泊于斯，非特一遊而已。是以通篇皆從寺中夜景，發覺悟之趣也。欲覺聞鐘，頓發深省，然後「已」字、「更」字之精神層折，憬然提念。此豈文法哉？直是棒喝偈子已矣。或曰：如子所解，則杜公之詠夜景也，何不從梵天唄響，發大乘之蘊，而僅以雲月常言耶？曰：此杜之實語也。杜公學貫天人，筆破萬卷，豈不能用佛語乎？顧以爲夜宿于此，則莫若即言夜宿耳。此真善于言佛諦者也。迨其暮年，詩曰：「重聞西方止觀經，老身古寺風泠泠。」則三藏六部之奧妙，俱以「風泠泠」攝盡之，即今夜雲月之義也。此理固未可輕語于尋行數墨家也。然即以爲文之法言，則彼遵巖王氏，固自研求古文氣脈者，豈未覩此詩題目乎？題曰「遊龍門奉先寺」，則此妙不可勝言矣。假使題曰「夜宿奉先寺」，則或疑「已」字、「更」字，尚自有説。今試觀題曰「遊寺」，而遊寺之景事，詩中却無一筆及之，乃于開首一語，以一「已」字勒盡之，此即史公化詳爲略之筆也。次句乃于題中用加一倍法，此則必用「更」字，而後通篇得勢，又所不待言者。如此看，乃知其詩與題相爲虚寔顧盼，亦淮陰侯所謂「此在兵法」者也。遵巖之云，本不足與辨，然亦可因此而見杜公無一字無至理，則亦遵巖之有以發我耳。

《望嶽》

「夫如何」三字，乃是從下句倒捲而出。「夫」字，即坐實岱宗如何者。齊、魯二邦不爲小矣，顧不解其何以青猶未了也。晉人望岳詩云「氣象爾何物」，似作訝而問之之詞，非到其境者不知也。今人誤解作空喝起下之詞，則乖其義。

《登兖州城樓》

此「秦碑」句，特約略憑弔之詞耳，不必與後來《李潮八分小篆歌》並論也。

《題張氏隱居二首》

王文簡《居易録》云：「孔博士東塘，言曲阜縣東北有石門山，即杜子美詩《題張氏隱居》所謂『春山無伴獨相求』、《劉九法曹鄭瑕丘石門宴集》所謂『秋水清無底』者是也。李太白有《石門送杜二甫》詩云：『何言石門路，復有金尊開。』亦其地。山麓今尚有張氏莊，相傳爲唐隱士張叔明一作「卿」。舊居。張蓋與李太白、孔巢父輩同隱徂徠，偁『竹溪六逸』者也。山不甚高大，石峽對峙如門，故名。中有石門寺，寺後曰涵峰，峰頂有泉，流入溪澗，往往成瀑布。孔于寺前水滙處作亭曰『秋水』，又于其左起館曰『春山』，皆取杜句也。山南有兩小阜，俗偁金耙齒、銀耙齒者，子美詩『不貪夜識金銀氣』句，蓋偶然即目耳。非身歷其處，固不知也。」

《劉九法曹鄭瑕丘石門宴集》

《與任城許主簿遊南池》

《對雨書懷走邀許主簿》

《巳上人茅齋》

「輩」，謂忝與相輩行也。

《房兵曹胡馬》

《畫鷹》

《過宋員外之問舊莊》公自注：「員外季弟執金吾見知于代，故有下句。」

《夜宴左氏莊》

《過宋員外舊莊》、《夜宴左氏莊》，此二首下，宋槧本云：「右此二篇莫可考，姑因次之。」

《臨邑舍弟書至苦雨黄河泛溢堤防之患簿領所憂因寄此詩用寬其意》

起二句一、三字皆仄，所以鬱積其氣勢。而第四句「滄」字之必平，以及中聯「烏鵲」句之「烏」字、「乘九皋」之「乘」字，各因其勢而必用平者，皆從此一起句厚蓄之矣。○「棲邑」猶言所居之邑。此二字本相連也，而又若以「卑」、「棲」二字相串者。「簿」、「曹」二字本相連也，而又若以「領」、「簿」二字相串者。杜公每有此種生鐵鑄成不可截斷之句法。○誕語打諢，不然何以收束。

《假山》

《龍門》

此「盡」字上聲。

《李監宅二首》一作「李鹽鐵」。

後一首見吴若本逸詩，草堂本入正集，注云：「新添。」

《贈李白》

前八句，公自謂也。「金閨彦」正與「野人」相對。

《重題鄭氏東亭》公自注：「在新安界。」

《陪李北海宴歷下亭》公自注：「時邑人蹇處士等在坐，李公序。」

《同李太守登歷下古城員外新亭》原注：「時李之芳自尚書郎出齊州，製此序。」

附《登歷下古城員外孫新亭》　北海太守李邕

《暫如臨邑至䂬山湖亭奉懷李員外率爾成興》

《贈李白》

《與李十二白同尋范十隱居》

《鄭駙馬宅宴洞中》

「過江麓」、「霾雲端」，亦是五六與六七兩字遞串句法。

《冬日有懷李白》

此阮亭先生所謂「羚羊挂角，無迹可求」者，而尚非杜之極至。

《春日憶李白》

《送孔巢父謝病歸遊江東兼呈李白》

「釣竿」、「珊瑚」、「蓬萊織女」，似尚未能免一分之俗也，賴得「深山」一聯蕩空而來，增長逸氣。

《今夕行》原注：「自齊趙西歸至咸陽作。」

《贈特進汝陽王二十韵》

謝靈運擬阮瑀詩：「躧步凌丹梯。」注：丹梯，陛階也。又《遊敬亭山》詩：「即此凌丹梯。」注謂山也。朱鶴齡曰：二注不同，當從前説。方綱按：朱説非也。此句上承「鴻寶」，下接「淮王」、「孫登」，則此「丹梯」正謂登山耳。

《贈比部蕭郎中十兄》公自注：「甫從姑之子。」

杜詩「真」字每有直下者，此原是筆力獨到，故自不妨。若後人頻效之，則成空架矣。

《奉寄河南韋尹丈人》公自注：「甫故廬在偃師，承韋公頻有訪問，故有下句。」

起四句，二句韋，二句自叙。以下「鼎食」三句説韋，「疏放」以下皆自叙矣。直至末四句，内以「謳歌」一句，説還韋耳。

《贈韋左丞丈濟》

此則前四韵説韋，後六韵自述，與前篇不同矣。然後半之自述，所以較前多二韵者，亦正以「大巫」。「感激」仍繞到韋，所以縈迴動宕，絶非板分前後二段耳。

《奉贈韋左丞丈二十二韵》

摔石云：「對叠，乃詩之第一義也。不知而誤用筆，終身門外漢矣。」○「料」、「看」，皆準擬之詞。○「行歌」二字，其氣甚長。○「踆踆」、「浩蕩」，遂定此老一生之局。似是中段六韵，前後各八韵，而其氣浩然，不可劃斷。○杜詩篇章之妙，大抵仿此。亦或間有竟可以節奏、頓束分看者，究竟仍當以一氣領會耳。

《飲中八仙歌》

雖創格，實正矩也。其每人句法多少，伸縮自成章法。○「脱帽露頂」，此特醉後之長史耳，其不以此概平生書迹可知。而《郎官記》外，正書寥寥，世遂專以草法傳，何也？

《高都護驄馬行》

此少陵詠馬長句，開卷第一首雄奇震蕩之作。句句蜿蜒騰跳，純以神行。○以「心」字提起，以「汗血」收裹。「東向」、「流沙」、「交河」、「萬里」，只是西來一意，烟雲蹴踏，叠作四層，而毫不相犯。

《冬日洛城北謁玄元皇帝廟》公自注：「廟有吴道子畫《五聖圖》。」

「山河」一聯微俗，固不嫌于著相者。即吴畫鋪寫至八句之多，亦正與「谷神」、「養拙」、「一氣」、

「初寒」相爲映襯也。

《故武衛將軍挽詞三首》

《贈翰林張四學士垍》

第一句、第五句音節相乘，猶之「花隱掖垣暮」、「星臨萬户動」第一句與第三句相乘也。

《樂遊園歌》公自注：「晦日，賀蘭楊長史筵醉中作。」

前十二句、後八句，恰于中間插入一韵，排宕開展以成節奏。「一物」指酒爲是。「醜」字收足「白髮」，「慈」字收足「深杯」。

《同諸公登慈恩寺塔》公自注：「時高適、薛據，先有此作。」

《投簡咸一作「成」，誤。華兩縣諸子》

《杜位宅守歲》

《敬贈鄭諫議十韵》

《兵車行》

《前出塞九首》

其一、二、三、四

其五

從軍有「苦樂」，此又翻出一層。

其六、七、八、九

《送高三十五書記十五韵》

《奉留贈集賢院崔于二學士國輔、休烈》

「鶂路」謂退飛也，「遺」猶忘也。「蛟螭」二句，參互乘之。

《貧交行》

《送韋書記赴安西》

趙曰：「無藉在」，謂無所倚藉，故用對「哀憐」。舊注作「通籍」之「籍」，非是。方綱按：申涵光疑當作「通籍」之「籍」，亦謬。杜詩「白頭無藉在」，「藉」，一作「籍」。〔一〕

【校勘記】

〔一〕原本偶有詩中注，抄於該頁天頭處，今皆移置相關解説下。以下倣此。

《玄都壇歌寄元逸人》

《曲江三章章五句》

其一

其二

翻却前人無數畦逕。

其三

《奉贈鮮于京兆二十韻》

以章末「前政」、「忌刻」證之，則前聯「敗績逡巡」，即「後」字、「疏」字之影耳。〇王西樵云：「『計疏疑翰墨』，十字中無限頓挫。」愚按：「計」字，即指「翰墨」言。

《白絲行》

「改」字，非也。然適足以見「染」字不盡之妙，且益以見上四句句尾「白」、「紅」、「碧」三字相激射也。杜詩「已悲素質隨時染」，「染」，一作「改」。

《陪鄭廣文遊何將軍山林十首》

其一

其二

須此點定題事，知初遊是夏日也，重遊則不必如是之板法矣。

其三

十首内，獨此首起句單行，是中間插入之篇也，而獨此首結句逐字對偶。此皆天然節奏。

其四、五、六

其七

三四互乘，此中間筆勢參錯處也。

其八

初遊已作信宿矣。于《重過》詩内特以「休沐地」醒出之。

其九、其十

《麗人行》

「頭上」、「背後」，此處寔是二疊之音節，非三疊之音節。其有妄增者，蓋不知音節者也。○必用二疊，方可以足上「繡羅」二句也。而「穩稱身」三字，又一齊收買。

《虢國夫人》

《九日曲江》

《奉陪鄭駙馬韋曲二首》

《重過何氏五首》

前遊云「賣」，特詩境之波瀾；後遊云「買」，乃詩懷之歸宿。

《陪諸貴公子丈八溝攜伎納涼晚際遇雨二首》

杜詩附記卷第二

大興翁方綱學

《醉時歌》公自注：「贈廣文館博士鄭虔。」

阮亭先生欲删去「相如」二句，蓋與其欲删小謝「廣平」、「茂陵」一聯之意正相類，而不知其實不可删也。正當合謝詩讀之。

《城西陂泛舟》

《渼陂行》

《渼陂西南臺》

前六韵、後六韵自成章法，此皆自大謝來。「便静」，以静爲便適也。「便」字自作平聲讀，而二字義不雙對，與上句「待官」虚實正同。

《與鄠縣源大少府宴渼陂得寒字》

《贈田九判官梁丘》

《投贈哥舒開府翰二十韵》

百十九篇五排，備盡章法變化之妙，而此尤開卷之最蜿蜒騰踔者。○「君王自神武」，「自」字乃「自身」之「自」，非「自然」、「自是」之「自」。○「紫燕自超詣」同此。○「遺」猶忘也，言其策略之神妙，有在乎戰伐之外者。

《寄高三十五書記》

《送張十二參軍赴蜀州因呈楊五侍御》

《贈陳二補闕》

《病後過一作「遇」。王倚飲贈歌》

七古仄韵，一韵到底之作。○「飯」字不算韵。

《送裴二虬尉永嘉》

《贈獻納使起居田舍人澄》

《崔駙馬山亭宴集》

《示從孫濟》

比興兩段，凡四層銜接變化。

《九日寄岑參》

《嘆庭前甘菊花》

《承沈八丈東美除膳部員外郎阻雨未遂馳賀奉寄此詩》

篇首「馮唐」，篇末「貢公」，各自單用，亦成章法。

《苦雨奉寄隴西公兼呈王徵士》公自注：「隴西公，即漢中王瑀。徵士，瑯琊王徹。」

《秋雨歎三首》

其一

陸氏《釋文》「三嗅」，音許又反。杜公讀與今俗塾同，竟何怪乎？

《奉贈太常張卿垍舊作「均」，黄鶴定作「垍」。二十韻》

前十二韻，後八韻。

《上韋左相二十韻》

「豈是池中物」一聯，乃渾言韋公所接之士，寔已暗自寓矣。蓋其文勢承上「照鄰」、「鶩座」二句，説已説到接引人物，是以突插此二句于「廟堂至理」、「風俗還淳」之上，即所謂「才傑俱登用」也。「風俗還淳」而云「盡」，「才傑登用」而云「俱」者，即上所云「德照鄰」也。「廟堂至理」而云「知」者，即上所云「藻鑑」、「聰明」也。解此，則「但」字一轉，乃更有力。

《沙苑行》

「異物」，謂魚與馬也。

《橋陵詩三十韻因呈縣内諸官》

神光所攝，大氣迴薄。乃近日評者或苦其有累句，何也？

《送蔡希魯一作「曾」都尉還隴右》

《醉歌行》公自注：「别從侄勤落第歸。」

《陪李金吾花下飲》

《官定後戲贈》公自注：「時免河西尉，爲右衛率府兵曹。」

《去矣行》

《夜聽許十一一作「許十損」，一作「許十」。誦詩愛而有作》

末句帶繳「禪寂」意。

《戲簡鄭廣文虔兼呈蘇司業源明》

《夏日李公一云李家令。見訪》公自注：李時爲太子家令。

「此物」二句，開啓元遺山筆法。

《天育驃騎《英華》作圖。歌》

《驄馬行》公自注：「太常梁卿勅賜馬也，李鄧公愛而有之，命甫製詩。」

《魏將軍歌》

上有「欃槍熒惑」，故收場以「鈎陳玄武」配足之。

《白水明府舅宅喜雨得過字》

《九日楊奉先會白水崔明府》

《自京赴奉先縣詠懷五百字》

此篇與《北征》相爲表裏。〇「螻蟻輩」，别有喻也，以兹句是轉非承。

《奉先劉少府新畫山水障歌》

坡公固云萬象攝入牟尼珠，然安能似杜之吸入衆景，運實于虚耶？其妙在「元氣」二句已包攝盡矣，所以野亭、漁翁、水鳥、湘竹，色色玲瓏，無不出神耳。

《奉同郭給事湯東靈湫作》

叙一處之景事，而時事無不具見。《穆天子傳》「曾祝佐之」，郭璞注：曾，猶重也。據此，曾字者，層也。大約此篇多用《穆天子傳》語，乃合「王母」一段迷離神理。

《後出塞五首》

《蘇端薛復筵簡薛華醉歌》

「簡」字自不可泥，以常理直借作「呈」字用耳。○此篇「安得健步」與「安得并州快剪刀」，皆現成之「安得」也。下句「千里」，即從此句「遠」字出也；上句「思」字，却空中一提。○蘀石云：「『歌』字似可轉平矣，再捺下去押『老』字，而其氣始蓄極也。」○蘀石云：「惟其上面仄韵，步步謹嚴，所以捺不住，直散出來，撒手空行也。即此一篇，可以悟矣。」

《晦日尋崔戢李封》

《白水崔少府十九翁高齋三十韵》

《三川觀水漲二十韵》

詩寔廿三韵。○「踣」、「塞」字入屋韵，此亦屋、職通用也。

《月夜》

《哀王孫》

《悲陳陶》

《悲青坂》

《避地》

《對雪》

《元日寄韋氏妹》

《春望》

杜詩附記卷第三

大興翁方綱學

《得舍弟消息二首》

《憶幼子》

《一百五日夜對月》

三四誕甚，實亦出于無聊，故不覺放筆如許。

《遣興》

《塞蘆子》

《哀江頭》

「憶昔」以下開局另爲一韵，此篇自不必以屋、職通用例之。○「一笑」既與「翻身」相對，又與「明眸皓齒」相生。其作「一箭」者，乃適與「帶弓箭」相複耳。作「一發」則更無謂。○「臆」字叠入一韵，動宕頓挫。杜詩「一笑正墜雙飛翼」，《正異》作「笑」，别本作「箭」，蔡君謨作「發」。

《大雲寺贊公房四首》

題不言宿，益見四章神理一片。

《雨過蘇端》公自注：「端置酒。」

「久旱雲亦好」，定是「雲」字。或乃謂對下篇「既雨晴亦佳」，當作「雨亦好」者，非是。杜詩「久旱雲亦好」，「雲」，一作「雨」。

《喜晴》

四皓漢事，邵平亦非唐事。而一云「千載」，一云「往者」，此間有斤兩焉，有神氣焉，非以時代久近爲辭也。○「爲園須似邵平瓜」，却是正用；「局趣商山芝」，却是翻用，此理可想。

《送率府程録事還鄉》公自注：「程攜酒饌相就取別。」

《鄭駙馬池臺喜遇鄭廣文同飲》

《喜達行在所三首》原注：「自京竄自鳳翔。」

《送樊二十三侍御赴漢中判官》

《送韋十六評事充同谷防禦判官》

題目「行在所」三字，大書特書。

《述懷》

《得家書》

「茂樹行相引」，即「草木長」注脚。

《送長孫九侍御赴武威判官》

《送從弟亞赴河西一作「安西」。判官》

「天子從北來」、「鑾輿駐鳳翔」、「天子憂涼州」，皆鄭重特書矣。此篇復以「詔書」、「帝曰」作兩層提掇。

《送靈州李判官》

《奉送郭中丞兼太僕卿充隴右節度使三十韵》

「中原」正與「異域」對。蓋此篇之意，不重在邊事，而重在餘孽未靖也。國靖人安，則邊事不難理耳。「箭入昭陽殿」以下十二句，正極寫中原之不靖，此則文之心也。○「廢邑」一聯，又是「箭入」十二句之一小結架。「安邊仍扈從」五字，收勒極緊。

《送楊六判官使西蕃》

判官之出使，正其權未取之時也，重筆皆輕消之。「今日」對「子雲」，須知是在骨節中頓挫而出，僅以字眼借對言者，抑末也。○「雪重拂廬乾」，此等圓湛穩重之句，紙上乃不留一點墨痕。不知何以善于修詞至于如此。○與梁芷林説「雪重拂廬乾」句：上句「草肥蕃馬健」是寫景事也，此句則就景事以收攝全篇也。「雪重」二字，即篇内「氛祲滿」、「遥懷怒」、「前程急」、「兵甲」、「垂淚」諸句也。「拂廬乾」，即篇内「和親願結歡」、「惟良待士寬」、「今日起爲官」、「從兹正羽翰」、「九萬一朝摶」諸句也。言氛祲雖盛，而判官此行，則皆消弭無事也。若由「惟良待士寬」之筆盡力發揮，不知須費多少筆墨。而此却似與上句一樣寫景，今人渾然不覺，一切字句皆于此掃浄訖，所以謂「不著一字」也。

《哭長孫侍御》

《奉贈嚴八閣老》

上有「容」字，下有「任」字，則第六句「可」字，在即離輕重間爲得之。

《月》

國有干戈，身有白髮，覺并蟾兔，皆多事可厭。

《留别賈嚴二閣老兩院補闕得雲字》

論題目，則歸興是賓，别緒是主。論作者心事，則别緒是賓，歸興是主也。有謂五六句輕率者，豈知言之選哉。

《晚行口號》

《獨酌成詩》

《徒步歸行》公自注：「贈李特進。〇自鳳翔赴鄜州，途經邠州作。」

《九成宫》

此時非徒步矣。〇木華《海賦》，今校本或改作「臣唐」，讀此知古本是「巨唐」也。亦是章法，接下「天王」，故作此大書特書之筆。

《玉華宫》

滄溟録唐五古極少，而獨取此，反不取《九成》篇，乃大言唐無五古，亦舛矣。

《羌村三首》

其一

「歸客千里至」五字，即是烏雀噪聲。○陸放翁云：「杜詩『夜闌更秉燭』，意謂夜已深矣，宜睡而復秉燭，以見久客喜歸之意。僧德洪妄云：『更』當平聲讀。烏有是哉。」

其二、三

《北征》一本題下注云：「歸至鳳翔，墨制放往鄜州作。」

二《雅》以後，直接此篇。○所以爲落到陳元禮者，蓋文章氣脈到此，必須關鎖。《大雅》之「維師尚父，時維鷹揚」，正此法也。

《行次昭陵》

「文物」一聯，此謂朴氣。○凡古今文字、書畫、石刻，總以朴氣爲至，山谷所云「以古人爲師」、「以質厚爲本」。解此，則一切機法均之詞費矣。○「寂寥」二字，似與「開國日」三字不接者，此正以「寂寥」二字幽咽到極處，乃忽然「開國日」三字一聲飛出，方是驚心動魄之筆也。○上接「瞻」字、「立」字，下接「流恨」，則「恨」字即從「開國日」流出，正以無筍縫爲筍縫耳。

《重經昭陵》

「翼亮」、「丕承」，接得穩重。○「聖圖」、「宗祀」一聯，用于安史亂後，乃見其妙。

《彭衙行》

「結弟昆」，對上「出妻孥」；「誓將」，對下「露心肝」，則此二句自指孫宰之誓言也。且借「喚起」

字，神氣聯貫而下，更不消復醒出眉目矣。此皆自然神理合拍，無煩解詁。然近日名流，或轉高談杜之神韵，而不肯向筍縫處用意，則又安得不剖析言之。

《喜聞官軍已臨賊境二十韵》

「鋒先」、「騎突」，從上聯「騰」字、「渡」字來，其句法峻削，乃一定必至之勢。或謂失大方者，非也。○結句面面俱到，而却是寔事，所以爲史也。讀《春秋》當知此意。○「此輩」字，再見矣。

杜詩附記卷第四

大興翁方綱學

《收京三首》

「甲第高」，不必有心照應「好樓居」也，而自合史法。

《送鄭十八虔貶台州司户傷其臨老陷賊之故闕爲面别情見于詩》

《臘日》

《奉和賈至舍人早朝大明宫》公自注：「舍人先世嘗掌絲綸。」

和詩則自有貫注，後人乃欲品其甲乙，何也？擇石云：「第六句『在』字占上、去，第七句『欲知』字妙于提起。若不提起，則第六句即塌下矣。」又云：「五六句在奉和，必應如此旋轉以管題也。此種詩讀完，紙上並無一字也。」

附《早朝大明宫呈兩省僚友》賈至

附《和前》王維

附《和前》岑參

《宣政殿退朝晚出左掖》

擇石云：「不是『每』字，便不參活句矣。若參活句而失本位，則過火，又以巧反成拙也。『常』字、

『亦』字，皆是參活句。」

《紫宸殿退朝口號》

《春宿左省》

《晚出左掖》

緩歸遲出之意，至此首發抒盡致。〇「焚諫草」與前章「有封事」相爲開合消納。評者或以爲得大臣之體，得諫臣心事，皆皮相也。〇愚舊評此詩云：非身在柳邊而致迷也，乃心在君側而如迷也。此起句「淺」字、「齊」字，是其願依殿庭，欲多留一瞬不可得，而覺晝漏傳呼，何以如是其時刻之短淺，春旗簇仗，何以如是其速齊也。五六句即景比興，覺趨班退出之草草，不及雪雲之低濕久停也。「拾遺曾奏數行書」，特後來追擬遺懷之詞耳。騎馬之朝儀，等諸栖塒之況味，自問無所建白，袖中諫草何所用哉？唐室中興，而諫臣自述如此。憂時之志，戀主之懷，面面瑩澈，而中鋒寫照，一字不外露。三代而下繼《風》、《雅》者，更何人哉！

《題省中院壁》

「退食遲迴違寸心」，是此間數篇之總結。

《送賈閣老出汝州》

《送翰林張司馬》一云學士。南海勒碑》公自注：「國製丈〔一〕。」

詩中「碑」字，謂碑文墨本也，是未鐫于石而先偁碑者。〇「有」《英華》本作「使」字，益可證「天遺」

字是另提説，不指君命而言。「五行」第一字「有」，恐「上」字之譌。杜詩「不知滄海上」，「上」，《英華》作「使」。

【校勘記】

〔一〕「國製丈」，據上海圖書館所藏宋本《杜工部集》，當作「相國製文」。

《曲江陪鄭八丈南史飲》

揅石云：「第三句撇出去，乃兜轉來也。末二句，『丈人』一提起，必應如是乃成章，『豈』字儘力撇出，乃不塌下也。」

《曲江二首》

其一

揅石云：「起處三句伴一句。」

其二

《曲江對酒》

《曲江對雨》

揅石云：「首二句叠起，已有雨意。三句點出『雨』，四句『風』字，乃是對『雨』也，而『風』字亦是雨中之風。」「經」字、「重」字，皆可以驗作詩之筍縫。杜詩「龍武新軍深駐輦」，「深」，一作「經」。「何時詔此金錢會」，「詔」，一作「重」。

《奉答岑參補闕見贈》

附《寄左省杜拾遺》岑參

《奉贈王中允維》

《送許八拾遺歸江寧覲省甫昔時常昔游此縣于許生處乞瓦棺寺維摩圖樣志諸篇末》

李迂仲、黄實父《毛詩集解》，引杜子美詩「趨庭赴北堂」。

《因許八奉寄江寧旻上人》

「聞」字提筆，一氣渾圓，若作「問」，則謬矣。「憑」字較「問」稍通，而筆痕大出。○「話」是許話，「聞」是旻聞。杜詩「聞君話我爲官在」，「聞」，張遠作「憑」，《杜臆》作「問」，俱非。

《題李尊師松樹障子歌》

《得舍弟消息》

《送李校書二十六韵》

「悔吝」、「夕惕」，必是别緒所及，切于行誼之深。古人詩不苟作如此。

《偪側行》公自注：「贈畢曜。」○「偪側」，一作「偪仄」，一作「偪偪」，詩内同。「畢曜」，一本作「畢四曜」。

前十二句，後十四句。「拳拳」句插入一韵，雖不必其前段亦與相配，而「足」字終當入韵，此亦屋、職通用之一處也。至于前後二段之伸縮變化，則又以句法長短爲音節耳。

《贈畢四曜》

通首皆指畢説，即「奴僕賤」，亦含嗟惜之意。

《題鄭十八著作丈》

《瘦〈英華〉作「老」，詩同。馬行》

此與《病柏》、《枯柟》一例。〇杜公七古，惟此與《哀王孫》是平韵一韵到底者。而彼尚有插叠一韵，此則無之，則是獨此一首爲平韵，極平正之式矣。然却尚非杜七古之極至者。

《義鶻行》

《畫鶻行》

此篇全開啓後來元遺山五言詩法，至其中鉤環叠襵、圓厚沈蓄之妙，則非遺山所能盡耳。

《端午日賜衣》

「題處濕」，申詠「有名」之意。

《酬孟雲卿》

《至德二載甫自京金光門出間道歸鳳翔乾元初從左拾遺移華州掾與親故别因出此門有悲往事》

「遠」字，自傷違君側也，作「豈」字者謬矣。人臣惟君所使，若遷謫果由于君意，遂可怨望耶？此等板本，悖理傷教，學者所當辭而闢之，不特文義欠通而已。杜詩「移官遠至尊」，「遠」，一作「豈」，非。

《寄高三十五詹事》

《望岳》

《題鄭縣亭子》

《贈高式顔》

「處」，去聲。蘀石云：「既用『如』字，則三四自然拗矣。五六平正開拓，所以消上之拗。」

《早秋苦熱堆案相仍》

「堆案」，不言何物，直至詩内乃點明之。此自不礙，不必以此議杜公立題之拙。此第一句有韵爲是。「青松架短壑」，五字可畫。

《觀安西兵過赴關中待命二首》

《九日藍田崔氏莊》

浦氏謂「仔細看」是看山水，確不可易。

《崔氏東山草堂》

因「東山」，又帶出「西莊」。○朱竹垞云：「勤、斤等字，自屬『殷』部。試取杜詩誦之，凡勤、斤字，寧與『真』同用，無與『文』同用者。」

《遣興三首》

《獨立》

此「河間」非地名。

《至日遣興奉寄北省舊閣老兩院故人一作「補遺」。二首》

「只在」者，認定不移，若常久在眼之意。

《路逢襄陽楊少府入城戲呈楊員外綰》甫赴華州日，許寄員外茯苓。一本：「戲題四韵附呈許員外爲求茯苓。」

「候」字改「稍」字，足盡斟酌之理。凡若此類，皆確屬當日自定本也。自餘所存一作某者，未盡出公自定也，特出自刻本沿寫之異，亦間有可參酌耳。杜詩「歸來稍暄暖」，「稍暄」，一云「候和」。

《湖城東遇孟雲卿復歸劉顥宅宿宴飲散因爲醉歌》蔡本題上有「冬末以事之東都」七字。

七古仄韵，一韵到底之作。○「開眼」，從上「暗」字來。○㩁石云：「『照室』一聯自然，對寫細浄。非此一聯，則下聯亦拓不出大筆來。」○「同軌」，自用《别賦》。

《閿鄉姜七少府設鱠戲贈長歌》

有謂「腹腴」二句當在「金盤」句下者，妄也。○兩「人」字、兩「魚」字，層叠參差而出，乃不板滯。

《戲贈閿鄉秦少府短歌》

「歡」下即接「樂」字，古人拙處。

《李鄠縣丈人胡馬行》

《觀兵》

末句以音節勒住。

《憶弟二首》公自注：「時歸在河南陸渾莊。」

《得舍弟消息》

亂離之作，音律每隨之而生變。

《不歸》

《贈衛八處士》

偶然具體漢魏，其情有以發之。

《洗兵行》公自注：「收京後作。」

偶然具體初唐，其氣足以舉之。○蘀石云：「三四句且未諧，所以妙。」方綱案：不特三四句也，直至「蒲萄宮」句，皆未諧也。蓋因起句七字，健筆特提，聳立而起，所以此一韵之前半不能遽作諧調。至第三段又用平聲，則「攀龍附鳳」之諧、「後漢今周」之諧，又轉在首尾，而中間「爲侯王」、「誇身强」、「鬚眉蒼」又多作不諧之句，于其間乃極變化乘承之勢。○蘀石云：「『張公』句一振起，尤峻嶒。」又云：「此二句亦是對也。」○蘀石云：「『懶』字必要仄聲。」

《新安吏》公自注：「收京後作。雖收兩京，賊尤充斥。」

豈有賊尚充斥，而不用兵者。豈有因私家骨肉之别，而不點兵者？此篇後半，勸之、慰之，乃《風》《雅》之正也。後四篇又極叙别情，使人知從軍之苦。記曰：夫言豈一端而已，言固各有當也。

《潼關吏》

《石濠吏》

《新婚別》

《垂老别》

《無家别》

《夏日歎》

「雷」字不算韵。〇「虎」、「豺」，指盜賊也，所以下接「王師」。

《夏夜歎》

杜詩附記卷第五

大興翁方綱學

《立秋後題》

時方立秋，而云「秋燕已如客」，可云妙于語言。時方歲半，而云「惆悵年半百」，亦警策之至矣。

《貽阮隱居昉》

《遣興三首》

其一

其二

「載驅」云者，猶之乘軒之喻、肉食之譏也。至于「衡門士」，則深關抱負矣，却又以「鹿皮翁」掉開。

其三

正不知稷、卨之願果酬，在爾日如何佈置。然以諸葛武侯匡時之略有踰管、晏，而桓沖之論〔一〕以未濟爲憾者，時爲之也。「先後無醜好」之言，殆將履之而後難歟。

【校勘記】

〔一〕「桓」，據《三國志・蜀書・諸葛亮傳》裴松之注當作「郭」。此處應屬抄寫之訛。

《留花門》

質、物、月、屑，四部通用。○王新城《居易録》云：「樓攻媿《答杜仲高書》云：杜《留花門》『連雲屯左輔，百里見積雪』，以趙次公之詳且博，略不注釋。蓋花門即回鶻。嘗考回鶻之俗，衣冠皆白，故連屯左輔，百里如積雪然也。此條新異可喜。」愚按：此條非新異也。上句「連雲」虚，而此句「積雪」實也；上句「左輔」實，而此句「百里」虚也。有此「積雪」之實致形容，乃覺上句「連雲」之虚寫爲有著也。即此上下句「雲」、「雪」之參差蹉對，而句法之理在焉。此之謂熟精《選》理也。漁洋先生乃目樓攻媿語爲新異，故其荅門人問「熟精《文選》理」，謂「理」字不必深求其解者也，而何以訓詩學乎。

《佳人》

壬寅八月五日，于崇效寺餞曲江，聞曉嵐説「轉燭」字出《佛説貧窮老公經》，言貧賤富貴，轉瞬遷流之易。此于本詩之意尤切也，亦可見杜公無書不讀耳。此經之文，在《永樂大典》内見之。○又記于後卷《寫懷》篇，更爲精切。

《夢李白二首》

其一

「何以有羽翼」，著在「魂來」、「魂返」之下，方見重申唱歎之致，而昧者顧欲移此聯于前，何也？

其二

即前首「無使蛟龍得」之意。迷離之中，愈見纏綿，絶非重複。

《有懷台州鄭十八司户虔》公自注：「虔坐污賊，貶台州司户。」

「夜雨簷花」一段，風味豈堪回首。

《遣興五首》

其一、二

其三

此非譏陶也，不得死于句下。

其四、五

《遣興二首》

《遣興五首》

其一

全不知有阮、陳，又豈其左太沖之足泥？

其二、三、四、五

《秦州雜詩二十首》

其一、二、三、四、五、六、七、八、九、十

其十一

此首特于中間變調作關紐，乃文章自然之節族也。

其十二

此首復以山水開接，章法整而能變，變而仍整。

其十三

東柯、仇池佇想，凡四首。

其十四

「萬古」二字，浩然長往，大有神氣，豈許後人撏撦。

其十五

此首起句，竟若消納上章者。讀至此，乃愈覺上章首二字神氣之長。○「遂」者，猶未遂之詞也，筆已透過一重矣。妙在五、六二句援古，寄興醞藉，吟哦有以養之。

其十六、十七、十八、十九、二十

州領同谷、穴憶仇池，皆披《圖經》作也。

《月夜憶舍弟》

《天末懷李白》

迢迢遠意，全以神行，此楚《騷》之變也。

《宿贊公房》公自注：「贊，京師大雲寺主，謫此安置。」

《赤谷西崦人家》

予每按行山郡，時見嶺曲村塍，輒憶此詩，慨然有感。

《西枝村尋置草堂地夜宿贊公土室二首》

《寄贊上人》

《太平寺泉眼》

《東樓》

以東坡「廬山」二詩同讀，便不能有此深静質實。

《雨晴》一作「秋霽」。

起句「西行」，專指征夫也，所以七八句是提筆。

《寓目》

《山寺》

《即事》

《遣懷》

《天河》

「風浪」，「風」字必平，乃一篇音節收束處也。五律第三字之關鍵，喫緊如此。

《初月》

「弦豈」，「豈」字必仄，此亦一篇音節所發也。「初」字或是當日原稿，未經改定之本耶？杜詩「光細弦豈上」，「豈」，陳作「欲」，一作「初」。

《擣衣》

「熨」字不及「衣」字。

《歸燕》

「知歸」、「識機」，皆與「避霜雪」相應，而語意有賓主也。是以「春色」與「霜雪」、「八月」皆不相犯，「衆雛」與「儔侶」亦不相犯。○豈爲尋春哉？故爲求侶耳。直到「傍主人飛」，而「歸」字乃足。

《促織》

獨此首下半，忽有得于題事之外者，倍覺沈頓異常。

《螢火》

《蒹葭》

自覺微婉頓挫。

《苦竹》

《除架》公自注：「瓜架也。」

《廢畦》

《夕烽》

《秋笛》

《日暮》

樂府神理，忽于五律得之。

《野望》

《空囊》

《病馬》

《蕃劍》

《銅瓶》

第二句與第七句特出提頓，此其最易見者。

杜詩附記卷第六

大興翁方綱學

《送遠》

第七句是筋節，是消納。○浦二田以此詩指杜公自説，雖亦有味，究未必然。

《送人從軍》公自注：「時有吐蕃之役。」

《示姪佐》公自注：「佐草堂在東柯谷。」

《佐還山後寄三首》

江總亦有「交枝落幔陰」之句，蓋六朝人習用語。其實即以上章「侵籬澗水懸」一句證之，便明白矣。杜詩「交横落慢坡」，一作「蔓」，一作「幔落」。

《從人覓小胡孫許寄》

《漁洋詩話》謂「童稚」句一本在「聞若咳」下，「爲寄」句在「聰慧者」下，應從之。

《秋日阮隱居致薤三十束》

《秦州見敕目薛三璩授司議郎畢四曜除監察與二子有故遠喜遷官兼述索居凡三十韻》

《寄彭州高三十五使君適虢州岑二十七長史參三十韻》

一氣揮斥，撒手懸崖之作。○此詩蓋處處提筆，筆筆不見鋒尖，神乎枝矣。末段「山」字，必要平聲。此一路神氣使然，不獨「詩好」、「書成」，「彭門」、「魚鳥」諸聯之叶應也。是頓，是勒，是要吟哦。

《寄岳州賈司馬六丈巴州嚴八使君兩閣老五十韵》

「騰騫」字，从鳥，在元韵，蓋杜公偶談入仙韵，作「騰騫」耳。後人必欲改从馬者，固所不必也。且如「求飽或三鱣」，「鱣」字自是杜公誤以《楊震傳》「鱣」字押作平聲耳，而注家必欲假「鱣鮪」之「鱣」音以傅會之，何哉？

《寄張十二山人彪三十韵》

「將恐」四句，説張也；「疏懶」三句，杜公自説也；「相遇」三句，拍合「高興」二句，同收。○「亂後別離頻」，直吸至「良覿」句。

《寄李十二白二十韵》

沈鬱之極，字字涕淚而出之。○末句非誕語也。真宰上訴，即屈子之題壁矣。

《所思》公自注：「得台州司户虔消息。」

結二句指蘇源明。

《別贊上人》

《兩當縣吴十侍御江上宅》

「旅人」二句，援古作頓宕，「朝廷」一聯乃愈有味。或乃妄欲移易先後者，何也？

《發秦州》原注：乾元二年，自秦州赴同谷縣紀行。

《赤谷》

《鐵堂峽》

《鹽井》

《寒硤》一作「峽」。

「交」字，平句作開，而下句「沿增波」乃皆平；「語」字，仄句作開，而下句「子傍水」乃皆仄，何哉？淮陰侯所云「此在兵法」者也。到得「殳」字，平聲一收勒，而「敢辭路」三字，極陽開陰閉之勢，于是通體之平仄消納，無一不受職矣。此豈趙秋谷所刻漁洋《聲調譜》之能限制者耶？

《法鏡寺》

《青陽峽》

「蓮華」、「崆峒」，「瞿唐」、「大庾」，「崑崙」、「玄圃」，亦皆不免于依類之料耶？此亦鋪陳排比之一端也。

《龍門鎮》

《石龕》

《積草嶺》公自注：「同谷界。」

《泥功《唐書》作「公」。山》

《鳳凰臺》原注：「山峻，不至高頂。」○一本「山峻」下有「人」字。

此詩後半，滯而近于誕矣，豈得爲杜曲致解説乎？然雖如此，在杜固非其至者，即以詩理言，亦非詩之正也。究竟通合紀行諸篇，皆即境質實，而獨此間偶借題忽發奇想，亦是文章隨地之變。韓子之文約《六經》之旨，起八代之衰，而自命怪怪奇奇，杜則無一筆涉怪奇也。只有秦州紀行中間，偶一寫之，正亦未容深泥耳。

《乾元中寓同谷縣作歌七首》

此乾元二年冬作，而乾元止有二年，不應爾時遽偁「乾元中」。且作詩時，又豈即知明年之改上元元年，而于題渾書「乾元中」耶？詳此題偁「乾元中」者，必是少陵晚歲自定其詩，追溯標題云爾也。當時偶然作此七歌，未必先書題目于前耳。○因斯以推，則前後諸篇，題下有原注，皆是公後來所自爲者，非出于後人也。

其一、二

其三

第二歌于第三句叠入一韵，第三歌則于第五句叠入一韵，此皆偶然隨手之變也。所以第七歌不得不放出長句，此亦音節自然激應。

其四、其五

其六

「木葉」一聯，看其對法，此于第六歌中，便已辨得結束矣。「溪壑回春」，天然章法。

其七

「長安卿相」、「山中儒生」，又似蹉對，又似遞下作叠者。變化之至，寔即整頓之至也。

《萬丈潭》原注：「同谷縣作。」

「如」字、「見」字，相爲明暗開合，其有作「知」字者，非也。杜詩「黑如灣澴底」，「如」，陳作「爲」，一作「知」。

杜詩附記卷第七

大興翁方綱學

《發同谷縣》公自注：「乾元二年十二月一日，自隴右赴成都紀行。」

通首十聯皆對，即結句虛寔乘承，亦未始非對也。蘀石苦向人說：「『今代麒麟閣，何人第一功』，『麒麟』與『第一』是相對。」友朋間多笑之。其寔所言正非無因。蓋未嘗就平地一木、一石積漸築起，是以人駭其言若河漢耳。

《木皮嶺》

《白沙渡》

《水會渡》「會」，一作「回」。

《飛仙閣》

末結得此真境質想，而後前半之洶湧，兜結得住。

《五盤》

「巢居」句，生出下半首。

《龍門閣》

較「經」字，則「歷」字實矣；較「歷」字，則「數」字又實。然「數」字究竟仍是提空之筆，但覺圓光罩向頂上，此所以爲大家。〇「梁拄」、「縈縷」、「雜花」、「過雨」，宛若與「百」字、「一」字，俱倒映在末一「數」字内者，而定影視之，又聲色、臭味、痕跡之俱無。此妙真化工也。

《石櫃閣》

「羈棲」、「感嘆」，一收「優游」、「放浪」，再收棧道四詩，此小頓束也。

《桔柏渡》

「孤光」從「青冥」激蕩而出。

《劍門》

稷、卨胸次，曠然一吐。〇仇氏刻本謂，于舊人寫此詩墨迹，見「珠玉」上有「川嶽」二句，今從之。〇聞劍門石壁間刻此詩，嘗屢訪諸入蜀者此間有「珠玉」一聯否。有友録其石刻，此詩寔無此聯。然此石刻，亦非杜公唐時手迹也。後人所刻，第據集本耳。以詩論之，寔有此二句爲是。奚其石刻之是泥，奚其仇本之專信耶？

《鹿頭山》

「紆餘」、「慘澹」之沈頓收裹，人所及知也；「地」字、「窟」字之老成穩重，人所不及知也。

《成都府》

《酬高使君相贈》一本題無「相贈」二字。

附《贈杜二拾遺》高適

《卜居》

㩳石云：「第二句之拗得妙，全在上句複一『水』字之得聲音也。」○愚謂：以音節論，「水」字之必複出無疑矣。以詩旨言之，則杜自秦入蜀，初就浣花溪之卜居，必重頓此「水」字，其境乃真也。○㩳石云：「『東行』提起，則不弱下。」○愚謂：以用筆提唱言之，則「東行」字之提筆爲得勢。以詩旨言之，則此題初到西蜀卜居，而以「東行」提唱收結，其境、其情乃真也。

《王十五司馬弟出郭相訪遺營草堂資》

《蕭八明府實處覓桃栽》

《從韋二明府續處覓綿一作「錦」。竹》一作「覓錦竹三數竿」。

「江上」、「舍前」二字相偶，「分蒼翠」、「拂波濤」三字相偶，皆自然之節族。

《憑何十一少府邕覓榿木栽》

《憑韋少府班覓松樹子栽》

《又于韋處乞大邑瓷碗》公自注：「大邑在臨卭。」

《詣徐卿覓果栽》一作「覓果子」。

《堂成》

三、四每句下半以四字領一字，穩順圓足，恰與五、六銜接。

《蜀相》

題則自云「蜀相」，詩亦云「蜀相」，則非矣。杜詩「丞相祠堂何處尋」，「丞」，一作「蜀」，非。

《梅雨》

《爲農》

《有客》

《賓至》

《狂夫》

《田舍》

《江村》

《江漲》

《野老》

蘀石云：「『王師』是提起來，以唱出去也。」

《雲山》

《遺興》

《遺愁》

《杜鵑行》《英華》作司空曙詩。

此非杜公作，宜從《英華》本删之。

《題壁上韋偃畫馬歌》一作「題壁畫馬歌」，下注云：「韋偃畫。」又一本題無「馬」字。

「真」字，從「坐看」出。

《戲題王宰畫山水圖歌》一本題云：「戲題畫山水圖歌。」下注云：「王宰畫。宰丹青絶倫。」

《戲爲韋偃雙松圖歌》一本題云：「戲韋偃爲雙松圖歌。」又一本題云：「戲爲雙松圖歌。」下注云：「韋偃。」

良工心苦，在「葉裏」、「僧前」句之綰結收裹也。「戲」字一波三折，則末段具之。

《北鄰》

《南鄰》

「賓客兒童」、「階除鳥雀」，較之「礙日吟風」，句法又變。○後四句展放一幀畫圖出來，與起首七字相映，章法妙甚。

《過南鄰朱山人水亭》

「人不知」，自是謂來往翛然，在塵埃交際之外耳。或謂竹林掩翳，非也。末句「多道氣」，即「人不知」注脚。

《因崔五侍御寄高彭州一絶》

《奉簡高三十五使君》

《和裴迪登新津寺寄王侍御》公自注：「王時牧蜀。」

第五句謂裴也。「悲」、「憶」收「何恨」，「隨意」又消納之。

《贈蜀僧閭丘師兄》公自注：「太常博士均之孫。」

《泛溪》

「吾村」、「異舍」，接法安重渾厚，此爲風雅之則。「登」乃豐登意，「醪熟」句從此生。

《出郭》

《恨别》

浩浩乎元氣鼓盪而行，更不必以第一句、第七句之平仄互换爲呼吸矣。○犛石云：「『行劍外』、『老江邊』，必應倒裝于下三字者也。」

《散愁二首》

其一

末十字收入第六句之内。「寰區」與「百萬」對，則「第一」何不可與「麒麟」對者。

其二

「當」，去聲。

《建都十二韵》

曰「北」、曰「東」、曰「西」、曰「分」、曰「半」，終篇不曾吐一南字。○杜五排到此篇，純是血淚，所謂浩然之氣，塞乎天地之間者，豈得以句字之平仄音節求之。然即以一、三、五字乘除翕闢之理言，亦極正變、起伏、出没、神化之能矣。○「江劍」、「田園」、「青蒲」、「翠竹」，皆不必與「長安」、「關輔」相關照也，而神理自然關注。《三百篇》之後，子、史、文集寔皆罕此傑構。

《村夜》

凡一、三相乘之理，有迴帶，有消納。

《寄楊五桂州譚》公自注：「因州參軍段子之任。」

此首一、三即以迴帶爲消納，更不費力，亦自各爲章法。

《西郊》

一逕翛然，疏懶之神。○如此首，則又因起五字之領韵以爲音節，章法又別。○自然是「覺」字好，然「競」字、「與」字，亦皆可參。想當日原稿改動如此，所以須用旁注並存者也。杜詩「無人覺來往」，「覺」，舊作「競」，一作「與」，荆公定作「覺」。

《和裴迪登蜀州東亭送客逢早梅相憶見寄》

蜀州原題本亦致佳。○此即阮亭所謂羚羊挂角、透徹玲瓏者，不必僅賞其五六句，乃爲知言之選。○「若爲看去亂鄉愁」謂裴，非杜自謂也。「若爲」是指點形容之詞，非轉語也，與上聯「可自由」對照，如以燈取影。𢹂石云：「第一句不是何遜也，得『還如』二字以雕空之。」然亦是偶然爲之，非可篇篇用此法也。「還如」、「幸不」、「若爲」諸字，吾但見其妙詣，是實境非虛字也，豈得爲後人七律多用虛字者所藉口哉。

《暮登四一作「西」。安寺鐘樓寄裴十迪》

《寄贈王十將軍承俊》

亦非拗也。此兀傲之格，想亦因題而施之，不可考矣。

《奉酬李都督表丈早春作》

《題新津北橋樓得郊字》

只取實境，所以異于中、晚。

《遊修覺寺》

一、三乘承之變，虚實背向，展轉不窮。○有五六句，乃愈見三四之宕往；有三四句，乃愈見末句之頓挫。

《後遊》

《絶句漫興九首》

其一

其中有物，所以只管如此，而不至于過，此所以爲詩之聖也。○過則不可也。山谷亦尚未至于太過，楊誠齋則太過矣。而誠齋之茶弱，又非山谷可比矣。是以過猶不及。

其二

陸放翁曰：白樂天用「相」字，多作入聲，如「爲問長安月，如何不相離」是也。此詩亦當從入聲，讀思必切。

其三、四、五、六、七、八、九、十、十一、十二〔一〕

【校勘記】

〔一〕詩僅九首，「十、十一、十二」疑衍。

《客至》公自注：喜崔明府相過。

擇石云：「三句伴一句，則五、六更不可欹側矣。」

《遺意二首》

此是向晦將夜之景，故「宿」字、「聚」字直貫而下，與《草堂即事》篇「宿」字有向背之別。俗本乃以彼章之「宿鷺起圓沙」，欲移易于此耶？杜詩「宿雁聚圓沙」，「雁」，《杜臆》作「鷺」。「聚」，一作「起」。「圓」，一作「寒」。

《漫成二首》

杜詩附記卷第八

大興翁方綱學

《春夜喜雨》

《春水》

《江亭》

《早起》

《落日》

《可惜》

《獨酌》

《徐步》

《寒食》

後四句，儼然有桃花源想。

《石鏡》

《琴臺》

「意」字獨有千古。少陵之于長卿，具眼如此，視小杜之「薰香」、「摘艷」，高宜百萬層矣。

《春水生二絶》

其一

此必有爲而作。

其二

《江上值水如海勢聊短述》

犨石云：「因水如海勢，而胸次曠然，述其平生。六句言詩，不複而不妄，然已目空一切矣。略將浮槎了却，斯爲謹嚴。然已恰好，蓋多不得也。俗子乃寫水，不知此非另一手也，蓋偶然應如此耳。如此，乃是『聊短述』。」○水如海勢，似應有奇恣大篇以寫之也。豈知老去懶漫，不能搜琢奇恣，不過作檻以供釣，作槎以代舟已耳，焉得具此如海勢之手以副之哉。「述作」是虚，擬陶、謝亦虚致。舉似陶，是閒曠之筆耳。足見杜公意中所謂「驚人」者，非若後人學爲李長吉、楊廉夫之奇麗以爲驚人者也。以「短述」自題，則其胸次之浩淼雄大，不知如何。是乃不寫之寫也，是乃無字句之跋浪掣鯨也。其寔正面只得五、六句，質實無文，以此爲短述，勝于千百句之奇恣矣。其味之深長，爲何如哉？「故著」，「故」字是「新故」之「故」，猶言極凡常也。杜詩「故故滿晴天」、「清秋燕子故飛飛」，「故」字皆然。

《水檻遣心一作「興」。二首》

《江漲》

《朝雨》

《晚晴》

《高柟》

《惡樹》

《江畔一作「上」。獨步尋花七絕句》

其一

前二句「只」字頓挫，後二句「獨」字頓挫，此二字皆虚字。「獨」非「獨步」之「獨」也，猶言只有空牀而已。此段「顛狂」，向誰著落？

其二

其三

「多事」收捲，「美酒」又收捲。

其四

其五

「主」字、「愛」字，皆從「春光懶困」反映出之。

其六、七

《進艇》

俱是實地。

《一室》

《所思》

一路傾瀉騰跳之勢，都從首一句一、五、七之仄聲得之。○第三句第五字亦是平聲，然後知整齊之至，即變化之至；熨貼之至，即奔放之至也。

《聞斛斯六官未歸》

「老罷」，猶言老去。

《赴青城縣出成都寄陶王少尹》

「文章差底病」，即惟貧何病之意，「差」字不必泥也。「文章」正收第四句，「差底病」消納第二句。

《野望因過常少仙》

《丈人山》

《寄杜位》

《送裴五赴東川》

《送韓十四江東省覲》

擣石云：「妙在是直下之對收」。

《柟一作「高」，非。樹爲風雨所拔嘆》

擣石云：「叙事乃用力作對，所以妙也。此法須知。」○「滄波老樹」，重起提唱，此詠嘆頓挫法也。

《茅屋爲秋風所破歌》

《石笋行》

《石犀行》

《杜鵑行》

《石笋》以下三篇，皆非杜之至者。在集中偶存此等，亦不必似近日所流傳，稱爲謄寫，新城二王先生評本，率爾舉筆抹之也。惟至漁洋之議《八哀詩》，則漁洋之誤耳。

《逢唐興劉主簿弟》

《敬簡王明府》

《重簡王明府》

《百憂集行》

《徐卿二子歌》

《戲作花卿歌》

《贈花卿》

《少年行二首》

「巢燕」、「江花」，自指本事言之。

《贈虞十五司馬》

「淒涼憐筆勢」，則永興之玄孫，當亦善書者也。然篇首云「遠師」，則杜公雖不專以書名，而其學永興書，亦可徵已。蓋唐人書學皆如此。

《病柏》

真氣逼塞，而頓束次第出之，所以不特「顏色壞」與「柯葉改」句法不必避也，即「外」、「內」二韵脚相鄰，並亦更拍足激響耳。

《病橘》

篇末引事咽住。

《枯棕》

《枯柟》

《不見》公自注：「近無李白消息。」

《草堂即事》

「魚依」、「鷺起」正相擊應，則此「宿」字與《遺意》次章「宿雁」「宿」字順下者迥不相同。杜詩「宿鷺起圓沙」，「宿鷺起」，《杜臆》作「宿雁聚」，非。

《徐九少尹見過》

《范二員外邈吴十侍御郁時枉駕闕展待聊寄此》

《王十七侍御掄許攜酒至草堂奉寄此詩便請邀高三十五使君同到》

蘀石云：「兩人並未曾來，所以必應從自家起，而寫草堂也。然亦須五、六了當，若俗手叙題，便是應酬，而不入扣矣。」

《王竟攜酒高亦同過共用寒字》

《陪李七司馬皂江上觀造竹橋即日成往來之人免冬寒入水聊題短作簡李公》此題下，一本云「二首」。

《觀作橋成月夜舟中有述還呈李司馬》

《李司馬橋成一作「了」。承高使君自成都回》

《入奏行贈西山檢察使竇侍御》

《得廣州張判官叔卿書使還以詩代意》

《魏十四侍御就敝廬相別》

「倒」是傾倒。杜詩「惜別倒文場」，「倒」或作「到」，非。

《贈別何邕》

《絶句》

似隔句對法，而以一氣疊下，其氣充足有餘。

《贈別鄭鍊赴襄陽》

句法即是章法，于此可悟。

《野望》

《江頭五詠》

《重贈鄭鍊絶句》

攀石云：「三、四其句中之氣甚長。」○又云：「五、六緊接極清，並無糾纏。」○又云：「第七句提起來，而于『時』字轉氣，則挺爽又不複。」

《畏人》

《屏跡二首》

如此詩而題曰「屏跡」，渾乎太和元氣。

另一首此首諸本連前作「三首」，今從《千家注》本，以前二詩爲《屏跡二首》，而以此首移後，闕其原題。

此三詩，舊本以「用拙存吾道」爲首章，「衰年」篇居其三。朱本、仇本皆以「衰年」篇爲首章，蓋以其有「屏跡」二字也。《千家注》本作《屏跡二首》，竟無「衰年」一首。據此，則「衰年」一篇當另編，不必因有「屏跡」二字而泥之。

杜詩附記卷第九

大興翁方綱學

《少年行》

《即事》

附《寄題杜二錦江野亭》嚴武

《奉酬嚴公寄題野亭之作》

《嚴中丞枉駕見過》

「元戎小隊」既與下句迥不相涉，且「元戎小隊」又非板對，所以「問柳尋花」毫不覺其板熟。○擇石云：「起處亦是三句與一句交關，接下五六，然後客三句、主三句。結又用『何人』，則賓主俱貫在内矣。」○又云：「後四句如此寫，則『地分南北』始不浮。」

《遭田父泥飲美嚴中丞》

此等叙，置三代已下，自太史遷而外，更無第二人。

《奉和嚴中丞西城晚眺十韵》

作到「天闊樹浮秦」，則已直到巔頂矣。其下止餘四韵，而「秦」字之下更復無路可出，乃此處忽提「帝念」四韵，八句之中稠叠沈厚，竟若不爲收場計者，如銀雲托月之妙。○「帝念」四句，必是和詩之時有此實事。

《中丞嚴公雨中垂寄見憶一絶奉答二絶》

後卷「秋沙先少泥」，「先」字亦去聲，可以相證。

《謝嚴中丞送青城山道士乳酒一瓶》

《三絶句》

《戲爲六絶句》

其一

末句反言之也。○惟此一首，末句以反筆勒住，所以下章之「江河萬古」、「掣鯨碧海」，氣更伸長也。

其二

其三

「見」猶對也，「君馭」虛，「爾曹」實。

其四

其五

一曰「爾曹」，再曰「爾曹」；既曰「今人嗤點」，又曰「凡今誰是」，其薄之也至矣。豈好薄今哉？所以愛古也。舊解「不薄今人」作含蓄解，非是。○此章竟與暢説，引繩批根，誠亦有所不得已也。

其六

最後一章低佪唱嘆，有味乎其言之。○杜于詞場祖述必取則于前賢，此亦三王祭川之義也。山谷亦曰：以古人爲師，以質厚爲本。

《野人送朱櫻》

《嚴公仲夏枉駕草堂兼攜酒饌得寒字》草堂本一作「鄭公枉駕攜饌訪水亭」。

五、六與「老農何有」自相抱合，所以「百年」字内具身世感嘆之神理，而奈何後人襲之。○自計此生無多栖泊，百年之内闢此草堂，此正是末句「何有」二字圓光所結也。而不知者以爲必與「深」字板對，遂改爲「僻」，于是「僻」、「迴」、「深」、「寒」成四對矣。杜詩「百年地闢柴門迴」，「闢」，仇作「僻」，非。○三、四押住，五、六浩然身世直注末句，所以後半章法别出頓挫，不覺遂重構粘聯，此在杜公亦非有意也。而不知者遂謂其意中先有五六一聯，則于詩理全未體會矣。

《嚴公廳宴同詠蜀道畫圖得空字》

《戲贈友二首》

屋、職通用。

《大雨》

此真不愧自許稷、禼矣。周文公復出，陳王業、頌《思文》于洛京，亦不過如此。

《溪漲》

《大麥行》

《奉送嚴公入朝十韵》

「不知萬乘出，雪涕風悲鳴。受辭劍閣道，謁帝蕭關城」，即「張天步」之注脚也。○「還思」、「罷囀」，含蓄頓挫，直包括至德、乾元以來無限舊緒。注家但以「夏時入覲」詁之，淺矣。

附《酬别杜二》嚴武

《送嚴侍郎到綿州同登杜使君江樓宴得心字》

亦不必定以旌節之重、羈旅之輕借作比興也，而有意無意間，自成天然節拍。點出「朝來」，以見留此終日，直至夜闌之永久也。上面「延」字、「惜」字，一路神氣，唱嘆出之。

《奉濟驛重送嚴公四韵》

《送梓州李使君之任》公自注：「故陳拾遺，射洪人也。篇末有云。」

《觀打魚歌》

「勝」字，去聲。此字無作平用者，即此可推。

《又觀打魚》

《越王樓歌》

八句之中，七句諧，四句粘聯，豈必其異于初唐哉。即阮亭先生甄録初唐七古，必唯短章是取，以爲有氣格者。由通人觀之，則亦所不必也。

《海椶行》

《姜楚公畫角鷹歌》

云「不是無心學」者，乃其意欲傳真骨耳。第五句「真」字一按，旋于第六句以「真」字掃之，此開合之妙也。觀者之愁與燕雀之怕，前後各自布勢，則亦不必以「到幽朔」、「上九天」爲呼吸之能矣。杜公天然章法往往如此，絶非人力架構而成。

《東津送韋諷攝閬州録事》

《光禄坂行》

《苦戰行》

《去秋行》

《廣州段功曹到得楊五長史譚書功曹却歸聊寄此詩》

《送段功曹歸廣州》

《題玄武禪師屋壁》

若非前半氣之充盛如此，則後半近擬齊、梁矣。

《悲秋》

《客夜》

《客亭》

《九日登梓州城》

《九日奉寄嚴大夫》

附《巴嶺答杜二見憶》嚴武

《秋盡》

《戲題寄上漢中王三首》公自注：「時王在梓州，斷酒不飲，篇中戲述。」

其一

其二

「嗟不起」，仇氏作述王自嘆病酒不能起之詞，是也。

其三

《翫月呈漢中王》

《相從行贈嚴二别駕》「行」，一作「歌」，一云「嚴别駕相逢歌」。

舊注：「青螺粟，帽之紋也。」此説當存之，未可臆定。或乃改爲「青騾」，則不可通。杜詩「烏帽拂塵青螺粟」，「螺」一作「騾」。

《贈韋贊善别》

《寄高適》

《野望》

一「始」字，前後之眼，謂到此地乃見也。○犖石云：「末二句亦對疊也，『誰』字必平。」

《冬到金華山觀因得故拾遺陳公學堂遺跡》

「焚香」二句，實境也，不知者乃奮筆抹之。○若此處不以寔境接，則推彼評者之意，必仍沿上「雪嶺」、「霜鴻」作空濛慘淡之筆，則前半既脱節，而後四句亦無力矣。杜公天然匠矩，故非從安排得耳。

《陳拾遺故宅》

「所貴者聖賢」，謂子昂詩中所稱也；「名與日月懸」，接上句「揚馬」來，則位置子昂亦恰合。而評者或謂其以「日月」、「聖賢」比擬太過，何也？

《謁文公上方》

《奉贈射洪李四丈明甫》

《早發射洪縣南途中作》

《通泉驛南去通泉縣十五里山水作》

玩題及詩，知是沿水傍山而行。

《過郭代公故宅》

《觀薛稷少保書畫壁》

《通泉縣署壁後薛少保畫鶴》

《陪王侍御宴通泉東山野亭》

《陪王侍御同登東山最高頂宴姚通泉晚攜酒泛江》

《漁陽》

《花底》

《柳邊》

《聞官軍收河南河北》一云「收兩河」。

《遠遊》

《春日梓州登樓二首》

眼遠而思近，眼假而思真。

杜詩附記卷第十

大興翁方綱學

《有感五首》

「自疑」者，自己生疑也，與「自然」之「自」不同。

《春日戲題惱郝使君兄》一本無「兄」字。

《題鄭原一作「縣」。郭三十二明府茅屋壁》

「幾」字與「獨」字對。

《奉送崔都水翁下峽》

《鄭城西原送李判官兄武判官弟赴成都府》

「别」、「離」二字，竟相連用之，此是拙筆。

《涪江泛舟送韋班歸京得山字》

五、六正爲「傷春」二字寫照，但以天然圖畫賞之者，猶未盡也。

《泛舟送魏十八倉曹還京因寄岑中允參范郎中季明》

「各」字，魏亦在其中，岑、范亦在其中，魏逢岑、范矣，則安用「報」哉？然寔是文勢如此。

《送路六侍御入朝》

《涪城縣香積寺官閣》

叠字著在五六句尾，停蓄穩重。

《泛江送客》

通幅水光動蕩，乃知題首二字非虚設也。

《雙燕》

第七句似欲縮一小影于第二句内也，亦足見五、七律總以第二句與第七句相爲呼吸耳。

《百舌》

《上牛頭寺》

《望牛頭寺》

《登牛頭山亭子》

《上兜率寺》

《望兜率寺》

《甘園》

《陪李魯訔作「章」。梓州王閬州蘇遂州李果州四使君登惠義寺》

《數陪李魯訔作「章」，下同。梓州泛江有女樂在諸舫《方輿勝覽》作「渚舫」。戲爲艷曲二首贈李》

《送何侍御歸朝》公自注：李梓州泛舟筵上作。○「李」，魯訔作「章」。

《江亭送眉州辛别駕昇之得蕪字》

《行次鹽亭縣聊題四韵奉簡嚴遂州蓬州兩使君咨議諸昆季》

《倚杖》原注：「鹽亭縣作。」

《惠義寺送王少尹赴成都得峰字》

《惠義寺園一本無「園」字。送辛員外》

《又送》

《巴西驛亭觀江漲呈竇十五使君二首》

《又呈竇使君》

《陪王漢州留杜綿州泛房公西湖》

前四句自是杜公自言知己之感，仇注前後二説自相矛盾。

《得房公池鵝》

《答楊梓州》

《舟前小鵝兒》公自注：「漢州城西北角官池作。」

《官池春雁二首》

《投簡梓州幕府兼簡韋十郎官》黄本無「官」字。○郭云新添。

《漢州王大録事宅作》

《短歌行送祁録事歸合州因寄蘇使君》

《送韋郎司直歸成都》

《寄題江外草堂》公自注：「梓州作，寄成都故居。」

「逃自然」爲逃于自然，猶「逃禪」之「逃」。○「貞」雖訓正，然前人《易》解，本兼貞信固守之義。此詩後數句，亦深得玩《易》之旨也。「幽貞」，正繳上「固必」，則「貞」字以固守爲訓可知。蓋念及成都一畝之椽，而自愧其不克久居也。若云有愧于正，則杜公出處之義，何所不正哉。

《陪章留後侍御宴南樓得風字》

《臺上得涼字》

《送王十五判官扶侍還黔中得開字》

《喜雨》

寫「喜」字只得一半，而精神鬱勃滿紙。

《述古三首》

少陵處肅、代之際，時時緬想中興之烈。

《陪章留後惠義寺餞嘉州崔都督赴州》

《送竇九歸成都》

《章梓州水亭》公自注：「時漢中王兼道士席謙在會，同用荷字韵。」

《章梓州橘亭餞成都竇少尹得涼字》

《隨章留後新亭會送諸君》

《客舊館》

《戲作寄上漢中王二首》公自注：王新誕明珠。

《椶拂子》

《送陵州路使君之郭作「赴」。任》

《送元二適江左》

舊注以元二爲元結，昔人已辨其非是。「丹陽尹」句，只作所過之地解，猶言丹陽郡治耳。

《九日》

《對雨》

《薄暮》

《閬州奉送二十四舅使自京赴任青城》

《王閬州筵奉酬十一舅惜别之作》

《閬州東樓筵奉送十一舅往青城得昏字》

《放船》

《薄遊》

《嚴氏溪放歌》一作「放歌行」。

題不明出贈人，渾入「嚴氏溪」三字中。此較《寄元逸人》何如？漁洋先生乃獨取彼而不取此。

《警急》公自注：「高公適領西川節度。」

《王命》

《征夫》

《西山三首》

《與嚴二郎一作「歸」，非。奉禮別》

《贈裴南部》公自注：「聞袁判官自來，欲有按問。」

《巴山》

《早花》

《發閬中》

《江陵望幸》

《愁坐》

杜詩附記卷第十一

大興翁方綱學

《遣憂》

《冬狩行》公自注：時梓州刺史章彝兼侍御史留後東川。

題即《春秋》之筆。一「已」字迴勒無數筆墨，則「殺聲」句乃倍覺安雅，而毫不粗獷矣。○八字句者，首一尾五；七字句者，首二尾三，乃使兩「不」字翹負而起，一「羈」字方得妥帖安和。「間」字、「權」字，皆以平聲提筆，和諧之至。

《山寺》公自注：章留後同遊，得開字。

杜公入釋教語，竟在正面實位。

《桃竹杖引贈章留後》

前半屋、職同用。○三韵皆六句，而中聯「鬼神」句抽出一句，乃是音節章法。○偶觀李西涯《靈壽杖歌》云：「爪之不入行有聲。」蓋西涯亦記憶此詩，而不得「爪甲」二字之妙也。精神頓挫，老病遲迴，全在此二字，讀者豈可以尋常字眼視之乎。昔東坡詠《鐵拄杖》云：「忽聞鏗然爪甲聲。」用之于鐵，更爲警醒。是乃善讀杜者，而杜語之妙益見。「拔劍」與「路幽」一虚一實，參差作對，此乃所以開展下半篇之勢也，其節奏天成如此。不説歸秦，而説入蜀；不説淩陸，而説涉水，此他人所不必爲，而先生詩境之真、詩力之厚，所以淩跨百代者也。○「持」字、「人」字，兩出句皆平聲，此乃正其極放筆處，亦即其音節收攝處。

《將適吴楚留别章使君留後兼幕府諸公得柳字》

「無使」二字虚活，不與「有使」相對。

《舍弟占歸草堂檢校聊示此詩》

《歲暮》

《送李卿曄》

「蜀」、「江」二字非拗也，必如此，乃見迴折之勢。此亦一定音節章法，不然太直。

《釋悶》

《贈别賀蘭銛》

《閬山歌》

《閬水歌》

五、六若出虞道園，則以幽深含味矣，杜則無所不有。

《江亭王閬州筵餞蕭遂州》

《陪王使君晦日泛江就黄家亭子二首》

《泛江》

《收京》

《巴西聞收京錢作「宫」。闕一無「闕」字。送班司馬入京二首》

《城上》荆作「空城」。

《傷春五首》公自注：巴閬僻遠，傷春罷，始知春前已收宫闕。

《暮寒》

《遊子》

「遊」字，擲筆一笑。

《滕王亭子二首》公自注：亭在玉臺觀内，王曾典此州。

《玉臺觀二首》公自注：滕王造。

《奉寄章十侍御》公自注：時初罷梓州刺史東川留後，將赴朝廷。

《南池》

屋、職同用。〇「春時好顔色」，是半歇不斷之語，一口氣縮入「干戈浩茫茫」中。

《將赴荆南寄别李劍州》

《奉寄别馬巴州》公自注：時甫除京兆功曹，在東川。

《奉待嚴大夫》

後《將别巫峽》詩，亦以「鵝」與「鶯」對。

《渡江》

《自閬州領妻子却赴蜀山行三首》

《别房太尉墓》

《將赴成都草堂途中有作先寄嚴鄭公五首》

其一

其二

直呼成都草堂爲「故園」矣。

其三、四、五

《春歸》

《歸來》

《草堂》

四個「喜」字，皆是悲涕中出，無聊之極者也。此等運化樂府，正如右軍臨鍾太傅諸帖，借以發露自己之神骨。而彼無識之徒如李滄溟者，方且讀而得志，以爲已竊比之也。

《四松》

東坡便不能如此渾圓。

《題桃樹》

此因一桃樹而慨想往日也。第一句「舊」字、第七句「非」字爲之眉目。「五株」以下五句，皆言往日之景象如此。同年錢蘀石每過余，輒談此詩。蘀石曰：「『舊』字之妙，極其通靈。此種詩得《三百篇》遺意，所以獨有千古也。」又曰：「前六句總注于結句，所以題桃樹而發之也。『寡妻群盜』是今日也，當初原不如此。天下渾然元氣，相恤相望，何苦似今日之阻絶相殘，視如秦越乎？此種作法，乃是極平常之理，人自不解耳。蓋人人元各具萬物一體之懷，此作詩之根本也。」〇《題桃樹》七律，未必與《四松》、《水檻》一時所作。編杜詩者固未能篇篇詳考其歲時，而此詩非重歸成都草堂時作，則玩其詩自知之。

《水檻》

一句一轉，所謂一彈再三嘆。〇如此一小題，而其中古今上下，無所不有。〇「扶顛」何謂乎？豈謂救房相耶？筆筆是提向空處，而筆筆坐落實地。

《破船》

天下有道，甫也要具舟何用哉。

《奉寄高常侍》一云「寄高三十五大夫」。

《贈王二十四侍御契四十韵》

「工」與「解」，言其境之熟也，正收緊「飄飄」、「往往」。「偶然存蔗芋」四句，上下縈迴，無限頓挫。

〇詩至于杜，句句字字，皆真實境會也。敖器之謂：「白樂天如山東父老話農桑，事事言言皆著實。」

然杜公已具此理，特更超更渾耳。○「筋」、「勤」，入真韵。

《登樓》

《寄邛州崔録事》

《王録事許修草堂貲不到聊小詰》

《歸雁》

《絶句二首》

《寄司馬山人十二韵》

「虚室使仙童」，「使」字咽住不發，直到「亦遣」方縱出之。

《黄河二首》

「家」字不但上承「吾」字，亦下對「君王」也。「吾」字乃是竹枝體之「吾」字，非杜公之自謂矣。

《揚旗》公自注：「二年夏六月，成都尹嚴公置酒公堂，觀騎士試新旗幟。」

《絶句六首》

《絶句四首》

《寄李十四員外布十二韵》公自注：「新除司議郎兼萬州别駕，雖尚伏枕，已聞理裝。」

《軍中醉歌寄沈八劉叟》

《丹青引》公自注：「贈曹將軍霸。」

《韋諷録事宅觀曹將軍畫馬圖》一本題下有「歌」字，一作「引」。

《送韋諷上閬州録事參軍》

「朱絲」從「紀綱」生出。

《太子張舍人遺織成褥段》

《憶昔二首》

杜七古自《瘦馬行》外，一韵到底者甚少。此前一首與《哀王孫》皆有插入韵者。至此篇，雖無插韵之句，而第三句亦以入聲作出句，雖非韵而神致飄忽，亦似幾于有插韵者，故遂以十一韵成章。畢竟不取整齊，然亦皆自然無意，非必與前一首相照也。

杜詩附記卷第十二

大興翁方綱學

《寄董卿嘉榮十韵》

《立秋雨院中有作》

小謝《觀朝雨》之變。

《奉和嚴鄭公軍城早秋》

附《軍城早秋》嚴武

《院中晚晴懷西郭茅舍》

毛晃《增韵》：先事而爲曰先；又當後而前曰先。《月令》「先立春」、《晉書》「祖生先吾著鞭」，皆先見切。宋郭守正《校正押韵釋疑》云，《易》有《太極賦》押「先天」作平聲者，皆不取，是也。愚按：杜詩「階面青苔先自生」、「秋沙先少泥」、「荷鋤先童稚」之類，皆音去聲。

《宿府》

《到村》

有「思」字提筆，則「惑」字自不與「相迷」犯複也。

《村雨》

《獨坐》

《倦夜》顧陶《類編》作「倦秋夜」。

末句第三字，一個平聲孤懸，耿耿。

《陪鄭公秋晚北池臨眺》

《遣悶奉呈嚴公二十韵》

「龜網」、「鳥籠」下，乃以「西嶺」、「南江」曠接之，此所謂「不成尋別業」也。

《送舍弟潁一作「頻」，一作「穎」。赴齊州三首》

其一

元相所謂鋪陳排比，何必長篇哉？蓋有深于情文、理氣之精微者，若以呼吸開合乍求之，亦不可遽得也。

其二、三

《嚴鄭公階下新松得霑字》

《嚴鄭公宅同詠竹得香字》

《晚秋陪嚴鄭公摩訶池泛舟得溪字》公自注：「池在府内，蕭摩訶所開，因是得名。」

《奉觀嚴鄭公廳事岷山沲江畫圖十韵得忘字》

《過故斛斯校書莊二首》公自注：「老儒艱難，病于庸蜀，嘆其殁後方授一官。」

《懷舊》原注：「公前名預，避御諱，改名源明。」

《哭台州鄭司户蘇少監》

《别唐十五誡因寄禮部賈侍郎》

十六韵，只三韵三平耳。中間「駐羲和」、「畏虞羅」，極出以宛轉音節，乃苦調也。

《初冬》

「遂」是「遂意」之「遂」。

《觀李固請司馬弟一作「題」。山水圖三首》

「得」字，拖蓄深穩之至。

《至後》

《寄賀蘭銛》

《送王侍御往東川放生池祖席》

《正月三日歸溪上有作簡院内諸公》

《敝廬遣興奉寄嚴公》

《營屋》

《除草》公自注：「去蘱草也。」

《春日江村五首》

其一

第六句「自」字，是「原自如此」之「自」也。桃源初非異境，原自可尋，但媿我未能尋耳。

其二

此即以起句之「迢遞」、「蹉跎」，承接第一首末句之「艱難」、「漂泊」，乃覺前起之「村村」、「岸岸」，其氣局、音節，自然皆合拍。○第二句「有」字是「春秋十有幾年」、「二十有幾年」之「有」字。○第四句「自」字，乃「自己」之「自」也，正與上句「逢故舊」相對。我自因林泉發興耳，豈直爲故舊哉。「買」字太著迹也。雖未能遽尋桃源，而此心嚮往久矣。杜詩「恣意向江天」，「向」，一作「買」。

其三

其四

言鄰來問我也，接燕鷗映幕才。

其五

第七句空際頓挫。

《長吟》

《春遠》

《絶句三首》

《三韻三篇》

《天邊行》

屋、職通用。○此下三篇，即前卷《同谷七歌》之後闋也，而氣益豪縱矣。

《莫相疑行》

《赤霄行》

《聞高常侍亡》

此「哭友」别有所指，想是高之實事。

《去蜀》

忽出三平字爲句，此亦鬱塞之極，不得不然耳，併非有意照應起句之五仄也。而神氣自然拍合耳。

《喜雨》

《宿青溪驛奉懷張員外十五兄之緒》

佳勝之光陰，乃虚擲于此日乎？「付」字亦正可相參。杜句「佳期赴荆楚」，「赴」，一作「付」。

《狂一作「短」。歌行贈四兄》

此詩前後「弟」字兩押，前去而後上。按：《説文》：弟，韋束之次弟也，特計切。《玉篇》則以「男子後生爲弟」入「大禮切」下，以「次弟」入「大例切」下。《廣韵》上聲十一薺，徒禮切，兄弟也；去聲十二霽，特計切，次弟也。今爲兄弟字。蓋《説文》作「次弟」之「弟」，本無上聲，而後來通爲「兄弟」之「弟」，乃上、去同用耳。

《宴戎州楊使君東樓》

《渝州候嚴六侍御不到先下峽》

《撥悶》別本作「贈嚴二別駕」者，誤。

《宴忠州使君姪宅》

《禹廟》

「早知」二字，直從五六句曠望得之，而嘆明德之遠與山川並峙也。

《題忠州龍興寺所居院壁》

詩家多以「雲根」爲石，此類書相沿用之耳。《唐音統籤》：雲根，六朝人先用之。宋孝武《登樂山》詩「屯烟擾風穴，積水溺雲根」，此自指石也。蓋詩人刻畫石狀，目爲雲根，本自可通。然杜詩「井邑聚雲根」、「穿水忽雲根」，則非石之謂也。必取詩家所用雲根，悉以爲石，則如張景陽詩「雲根臨八極」，將以爲石臨乎？

《哭嚴僕射歸櫬》

《旅夜書懷》

《放船》

《雲安九日鄭十八攜酒陪諸公宴》

《答鄭十七郎一絶》

《别常徵君》

《長江二首》

其一

末句即思異水而湧泉之意。

其二

《承聞故房相公靈櫬自閬州啓殯歸葬東都有作二首》

《將曉二首》

「迴」字沈頓。

《懷錦水居止二首》

其一

一逆旅栖止耳，而天壤界局，迴斡于胸前、眼際。

其二

《青絲》

《三絶句》

《遺憤》

《十二月一日三首》

前四句，總收入第五句内，然後益見第六句之沈厚。○第七句「他日」，總繳三章。

《又雪》

《雨》

《南楚》

《水閣朝霽奉簡雲安嚴明府》一作「嚴雲安」。

《杜鵑》

《子規》

《客居》

似四段，又似兩段，然終不可劃斷。蓋讀杜詩，無可劃斷之理。若以間架、節族分合觀之，固自無所不可。○「客居所居」、「相半」、「相傷」，皆節族之自然蟬聯而下者。○又見「稷、契」二字。

《石硯》公自注：「平侍御者。」

所以及于「頭上冠」者，當日必有事實，特今不可考耳，而或者遂奮筆抹之。

《贈鄭十八賁》

「捷徑應未忍」，「忍」字下得好。此則聖賢分上事矣，詩人不能知也。

《别蔡十四著作》

《寄常徵君》

《寄岑嘉州》公自注：州據蜀江外。

杜詩附記卷第十三

大興翁方綱學

《移居夔州作》一作「郭」。

「與」者，「乞與」之「與」。〇一老飄然，江山若爲之相助者，《上白帝城》詩亦云「煩形勝」者是也。

《船下夔州郭宿雨濕不得上岸別王十二郭作「二十」。判官》

「石堂」當是王判官所寓處，故以「汝」字結之。

《漫成一首》

《客堂》

屋、職同用。〇「得無足」，正與「甘載來」相呼吸。「足」者，「知足」之「足」。「亦已極」，與下「只」字、「但」字，皆與上文「甘載來」、「得無足」神理一片。

《引水》

《示獠奴阿段》

接上《引水》一篇。

《上白帝城》

《上白帝城二首》

其一

「山歸萬古春」「歸」字，即「青歸柳葉新」「歸」字，即「一日克己復禮，天下歸仁」「歸」字。

其二

《陪諸公上白帝城一有「樓」字，「樓」，一作「頭」。宴越公堂之作》千家本公自注：「越公，楊素也，有堂在城上，畫像尚存。」

《白帝城最高樓》

《武侯廟》

《八陣圖》

自然是失在吞吴，猶言鑄錯不成也。

《曉望白帝城鹽山》

《灔澦堆》

行則有舟航之險，不行則又有干戈之險，于是無處不灔澦觀矣。

《老病》

《近聞》

「似聞」與「近聞」不同，非義山《馬嵬》詩所得藉口。

《負薪行》

《最能行》

前篇結句，以不對承對句；此篇結句，以對句承不對，皆自然之節奏。〇唐宋時，已視《論語》爲幼學常業之書。宋初趙普讀《論語》，史論以爲學力有限，可見其來已非一日。

《寄韋有夏郎中》

《峽中覽物》一本題上無「峽中」二字。

《憶鄭南》題下一有「玭」字。

《贈崔十三評事公輔》

一氣十二聯，須看其每句第三字脱换向背之妙。然此寔非中間忽似拗變，亦因起處八句太出飄忽也。若中間不如此，則末八句亦何由放平乎。〇「集」字必應入聲，不應去聲，以上一聯「在」字是去聲也，此句不特换一「彦」字耳。杜句「入幕諸彦集」，「集」，一作「聚」，非。

《奉寄李十五秘書文嶷二首》

其一

言未到峽中，則且莫迴船也。「峽人善唱」，是自注無疑。杜詩「竹枝歌未好」，公自注：「竹枝歌，巴渝之遺音也，惟峽人善唱。」

其二

《雷》

農事之苦，本是寔地正面，而轉若消納通篇，以作出路者。

《火》千家本公自注：「楚俗，大旱則焚山擊鼓，有合《神農書》。」刺楚俗也。「爾」指楚人。○「雲氣」句轉關。○「薄關」，猶《毛詩》「薄汙」、「薄澣」、「薄言」之「薄」字。

《熱三首》

《夔州歌十絶句》

其一

其二

其三、四、五、六

「吾將罪真宰，意欲鏟疊嶂」，此篇末二句，其注脚也。

其七

「買」字不必存，特因「馬」字，故存之。杜句「白晝攤錢高浪中」，「晝」，一作「買」。「攤錢」，一作「白馬灘前」。

其八、九

其十

雨隨神女、峰對楚宫，漸次寫入杳渺矣，故以「江腹」、「城隅」束住。

《毒熱寄簡崔評事十六弟》

崔評事《易》義。

《信行遠修水筒》草堂本公自注：「引泉筒也。」

《催宗文樹雞栅》

《杜臆》謂舊本顛錯，移「踏藉盤桉翻」句在「終日」句上，移「課奴殺青竹」句在「塞蹊」句上，移「避熱時來歸，問兒所爲迹」二句在「我寬」句上，仇本從之。不知「踏藉盤桉」正接上句「憎」字也，「織籠曹其内」正接上句「問兒所爲迹」也，此所謂「一一當剖析」也。「不得」二字，直貫下「稀間」二句，則「我寬」、「彼免」雙接更從容不迫耳。豈有此間插入「來歸」、「問迹」二句之理耶。《杜臆》之不可信，往往如此。仇本妄從之。而外間學人或有執以爲説者，故不可以不辨。

《貽華陽柳少府》

所謂「道」者，正因「語及戎馬」，抗懷「稷、卨」、「十六相」耳，非泛泛致謙也。

《七月三日亭午已後較熱退晚加小凉穩睡有詩因論壯年樂事戲呈元二十一曹長》

《牽牛織女》

「中」字再押。○此等亦其即事偶成，非必讀而效之，不必從而爲之辭也。杜詩廣大悉備，無所不有，後人篇篇爲加箋釋，則何必哉。

《雨》

後半全入迷離飄緲，益見「峽雲」二字起勢之妙。

《雨》

「雨」、「我」字相叠，道理、音節俱十分圓足。

《雨二首》

《江上》

「勛業」、「行藏」四字，無限頓蓄，若與下三字一直讀下，則少味矣。

《雨晴》

「秋江思殺人」，非「雨晴」之題不足當之，可謂精能之至矣。「有」、「無」二字，當從空曠中轉出。

《雨不絶》

《晚晴》

久不得歸之人，觸物皆有感發。

《雨》

《奉漢中王手札》

「國有乾坤大」，此「有」字乃「奄有」之「有」，非「有如」之「有」。「老」之云者，嘆詞，非誇詞也。

◯「涼」字、「望」字俱不必存，而可參筍縫之理，所以不得不存。杜句「已覺良宵永」，「良」，一作「涼」。「朝傍紫微垣」，「傍」，一作「望」。◯末五字收捲通篇。

《返照》

嘗取《劍南集》中「痕」字之句，集鈔觀之，以爲放翁善用「痕」字也。至杜公此篇，則村失、魂招，無一不攝入。昌黎謂「雷硠」、「巨刃」，斯其至矣。豈惟「豺虎亂」是特提之筆哉？「高枕」、「閉門」，乃正是泬寥空曠中特提之筆耳。予曩時每以東坡《虎跑》、《惠山》二篇中「欹枕」、「閉門」，較其頓挫即離之勢，豈復能與此同論耶？

《晴二首》

其一

其二

「錦繡」與「紅」、「碧」正在離即之間，而益顯上句「巫山暗」之妙也。

《雨》

雨、晴相間凡十餘篇，忽于此篇作小結束，斯爲「變雅」章法。

《殿中楊監見示張旭草書圖》

右軍草書與伯英雁行，此後獨推長史，此少陵書品也。○「俊拔爲之主」，書家骨格、詩家峰巒，萬古真意，五字盡之。

《楊監又出畫鷹二十扇》

杜公用韵最精嚴，而此篇「上」字與《八哀・滎陽》篇「上」字，皆與《唐韵》不同，何也？

《送殿中楊監赴蜀見相公》

「離别重相逢」二句，中説上「聚散」句，不嫌其複。

《贈李十五丈别》

《種萵苣》

「玉盤」、「霞綺」，是爲「芝蘭」而設，非爲萵苣也。有傷君子，故是特起一筆。

《白帝》

浩浩乎，直以淋漓雨氣爲之，鏗鏘節奏，故是騷些、竹枝篇法也。此與《返照》一篇，逕路迥然不同。〇厲樊榭曰：「杜詩『白帝城中雲出門』，初但以爲造語奇特，如見山城欲雨，雲氣從城門滃勃争出耳。及讀李善注《文選·蜀都賦》『指渠口爲雲門』，引鄭氏《周禮注》云：『黄帝樂曰《雲門》』，言黄帝之德如雲之出門也。此唯取雲門之名，不取樂也。」詳左思用『雲門』，蓋即《史記·白渠歌》『舉插爲雲，決渠爲雨』之比，如《詩》之斷章，故善以爲不取樂。少陵直割取『雲出門』三字作景語，使人但駭爲神化所至，而忘其爲使事，較太沖更騰踔絶世矣。然少陵亦有寔用『雲門』者，『宫中聖人奏《雲門》，天下朋友皆膠漆』，似亦有取乎出門之義也。」

《黄草》

《返照》、《白帝》、《黄草》三篇，題與詩皆杜公手創，雄闢萬古者也。就此三篇論之，則《黄草》一篇，又爲之整頓收束者耳。

《白鹽山》

《謁先主廟》

「孰」字神氣直貫到「遲暮」句。「堪」者，不堪也。

《古柏行》

「送」字繳足「萬牛」句。

杜詩附記卷第十四

大興翁方綱學

《諸將五首》

其一

《答陸丹叔侍郎》一條：尊兄昨言「胡虜千秋尚入關」，「尚」字不可解，此不可不詳説也。此詩本爲警動當時君臣而作。其欲叙唐事而云漢者，亦故作迷離之意。則陵墓之對南山，似有屹然難犯者，而誰知其尚入哉。此其所以警動當時之旨也，全在上七字「漢朝陵墓對南山」，作屹立千秋之筆。是以此一「尚」字扼要分明，確不可易也。其在本句内，承接「千秋」字者，則似乎漢史中，嘗聞有邊兵入關之事，豈復知千年之後，又復有此事哉？恰又正在關陝、終南陵墓之地，竟爾尚有之，此安得不愁逼哉？第五句「見愁汗馬西戎逼」，「見」字即「尚」字之正脈也。第八句「將軍且莫破愁顔」，「且」字即「尚」字之眉後三紋也。蓋其口述手畫，以聳當時君臣之聽者。沈著深厚，至矣極矣。然却皆平叙至實之詞，無一毫涉于矯激過當者也。○「軍令分明數舉杯」，此空中頓出之句，熟看班掾《漢書》，自知其妙。

《八哀詩》

《贈司空王公思禮》

「勢敦迫」三字，不惟本篇上下聯貫，且于當日時事尤允合也。此真《風》、《雅》與《春秋》揆符之妙。

《故司徒李公光弼》

「天寶末」三字，該括多少叙事之筆。

《贈左僕射鄭國公嚴公武》

《贈太子太師汝陽郡王璡》

專叙「射雁」一事，亦史遷法也。「上又迴翠麟」，乃插入之筆。若無此句，則「扣馬」、「諫獵」諸句，皆無根矣。此種健筆，豈以阮亭之譏而減格哉！

《贈祕書監江夏李公邕》

《故祕書少監武功蘇公源明》

《故著作郎貶台州司户滎陽鄭公虔》

《故右僕射相國曲江張公九齡》

《八哀詩》，《漁洋詩話》竟評其「冗雜不成章」，又以「噂𠴲語」目之。蓋漁洋于詩，專取輕圓俊利之句，于杜法無當也。如是，則《三百篇》「變雅」中，亦頗似多後人不可盡曉之句，又當如何？愚嘗附記于《漁洋詩話》條下詳言之。漁洋《八哀詩》之論，寔不可以爲訓者耳。○七言如「蜀江如線」、「徐條穟」等句，漁洋豈果能解耶？而怵其氣焰，未敢輕議。

《夔府書懷四十韵》

「自磷緇」是「自問」之「自」，非「自然」之「自」。○「社稷」四句，特提之筆，突兀淋漓。○《諸將》詩曰：「滄海未全歸禹貢，薊門何處盡堯封。」與「楚貢」一聯可以互證。○「天憂」者，憂天也。○「賞月」句並非賦景之語，正言旅次之久也。一「延」字與「逐」字相顧盼，即「羈棲愁裏見，二十四迴明」之意。

《往在》

「往在」、「是時」、「前春」、「前者」，雖每隔六韵一見，然並非以此爲章法段落也。固不是相複，然亦不必相照。「天子惟孝孫」，此大篇春容頓蓄處也。○「天子惟孝孫」五字神理，到「太宗」句始圓。

《昔遊》

一連九句二仄四平之對句，其沈鬱頓挫，至于一字一擊節。劉越石云：「中夜撫枕嘆，想與數子遊。吾衰久矣夫，何其不夢周。」是此種神理也。○通計十八韵中，惟起句略一勒，餘則纔三平者四對句耳。其似律之對句，竟至一十三句，而其淩厲峻拔，倍逾尋常音節，豈有一定者哉？○「商山」、「蜀主」、「吕尚」、「傅説」，並非照篇首「高李」也，而神氣迴合，上下無際。

《壯遊》

「勛業頻看鏡」，此「勛業」二字，尚未脱開者也。「南宫載勛業」，則渾在心眼一片注視中矣。到此云：「榮華敵勛業」，則全身抽出，愈錬愈冷。○宋吴仁傑《兩漢刊誤補遺》云：「杜子美詩『國馬竭粟豆』，自注其下云：漢有太常三輔粟豆。」今杜詩刊本無此注矣。

《遺懷》

較《昔遊》篇，境更質寔。

《奉漢中王手札報韋侍御蕭尊師亡》

《存殁口號二首》公自注：「四子皆藝于藝，故甫志之。」

《贈李八一作「公」。秘書别三十韵》

「對敭」二字，接上「憤始攄」，鄭重想像出之。○宋吴曾《能改齋漫録》云：「杜詩『對敭抗士卒』，讀《上林賦》，方悟『抗』，挫也，五官切，『抗士卒之精，費府庫之財』。蓋李方入對〔一〕，宜論蜀中兵老財匱也。又王褒《四子講德論》『鷲邊抗士，屢犯蒭蕘』。」○「御鞍」四句，皆屈指預擬之詞。上句一「功」字，亦空中特提筆也。○「御鞍」四句，皆錫賚之禮，所以酬功也。豈有朝端賴其功，而忽略其錫賚之禮者哉？句法一綫銜接如此。或以「無」、「禮」二字相連者，乖其義矣。

【校勘記】

〔一〕「李」，據《能改齋漫録》卷六補。

《中夜》

《垂白》

第四句，空際頓挫得力。

《中宵》

《不寐》

「深愁畏損神」，「愁」、「畏」相連；「心弱恨容愁」，「愁」、「恨」相連，而並不相犯。○江上無更漏，乃并城内之漏聞之。寂寥一西閣，在泱漭昏翳中，豈得謂之安居哉。

《送十五弟侍御使蜀》

《江月》

《月圓》

題特加「圓」字，詩特寫「圓」字。○「未缺空山静」者，不曾因空山寂静而稍減一分也。「静」字屬山，不屬月，與「月彩静高深」「静」字，微有分合向背之别。

《夜》

提「秋」字，清迥之至，第四句「雙」字之音節因之。「雙杵鳴」三字，耿耿然系于「懸」字之下，孰謂「懸」字不若上句「照」字之有情耶？○蘀石云：「『遥應』二字最婉勁。」

《草閣》

「魚龍」、「星月」、「小婦」、「紅顔」，正皆爲草閣中一老翁映照耳。

《宿江邊閣》

有謂何水部《西塞》詩句，爲杜所脱胎者，此自是詞場祖述之迹。若阮亭先生遂謂杜句較有傖氣，則不知杜之所以然矣。

《吹笛》

《西閣雨望》

第四句寫「寒」字。

《西閣三度期大昌嚴明府同宿不到》

《西閣二首》

世間事境，詩内藴結，俱被杜公攬盡矣。

《西閣夜》

《月》

出神之筆。一層進于一層，後人但賞其起句者，未之知也。末句即「長星勸爾一杯酒」之意。〇或聞余説，輒相難曰：「句中無酒字，何以知斟酌必指酒？」予應之曰：「《舟出江陵南浦寄鄭少尹》末句亦曰『斟酌旅情孤』，即此句法也，豈亦須有酒字耶？」

《宗武生日》

精微期託，全在一「理」字，似非漁洋所知。

《第五弟豐獨在江左近三四載寂無消息覓使寄此二首》

《聽楊氏歌》

《秋風二首》

次章之「東流西日」，與上章之「吴檣楚柁」、「青羌白蠻」間互叠對，以爲節奏。○「明月爲誰好」，從第七句鈎影而出。

杜詩附記卷第十五

大興翁方綱學

《九日一作「登高」。諸人集于林》

《秋興八首》

其一

詞場祖述之理，條理大成，于斯臻極。○有「重」字一本，則益見「兩」字之穩重大方。杜句「叢菊兩開他日淚」，「兩」，一作「重」。

其二

郎仁寶針砭僞虞注，所謂齊失而楚亦未得也。惟此首末句，謂自落日斜時「望」字生來，却是。

其三

「心」字，此一平聲細膩、沈頓。

其四

第七句沉頓而出。

其五

有謂「點」是「點辱」者，非也。

其六

論者但知「故國平居有所思」一句領起下四首，皆憶長安景事，此亦大概粗言之耳。其實「瞿塘峽口」一首，首尾以兩地迴環，其篇幅與「蓬萊」、「昆明」、「昆吾」三首皆不同，而轉若與「聞道長安」一首之提振有相類者。蓋第四首以「長安」、「故國」特提，而「蓬萊」一首以實叙接起，第六首以「曲江」、「秦中」特提，而「昆明」、「昆吾」二首以寔叙接起，則中間若相間，插入「瞿塘」一首作沈頓迴翔者，此大章法之節族也。若後四首皆首首從長安景事叙起，固傷板實。即不然，而一章特提，一章實叙，又成何片段耶？今第五首實叙，而弟七、八首又實叙，中一首與末二首層叠錯落，相閒出之，乃愈覺「聞道長安」、「瞿唐峽口」二首之淩厲頓挫，大開大合。在杜公，則隨手之變，虚實錯綜，本無起伏、收束之成見耳。

其七

自第一首正寫秋景，直至此首五六句，乃再正寫秋景、正提秋事也。細翫八章，雖以中間「魚龍寂寞秋江冷」一句爲筋節，然前則「夔府孤城」一首，皆虚含秋意，並非實寫秋景；「千家山郭」一首，全不著秋，惟「清秋」二字一點而已；後則「蓬萊」章，亦全不著秋，惟「歲晚」二字一點，此較「千家山郭」一首之「清秋」字更爲虚渾矣。「瞿唐」章，以「秋」作兩地聯合節拍，而「邊愁」究非賦秋也。至于「昆吾」一章，則竟脱開，通幅以虚景淡染。「碧梧栖老」並非爲秋而設，而「彩筆干氣象」轉于「春」字系出，此則神光離合之妙也。然則「江間」、「塞上」黯淡泬寥之景，後七章豈竟全無映照之實筆乎？然又不可再于江峽之秋景著筆摹寫也。惟此首「夜月」、「秋風」，無意中從昆池咽到題緒，所以五六一聯遂提筆從菰、蓮重寫秋景。以爲實，則實之至；以爲虛，則又虛之至。想像中波光涼思，沈切蕭寥，彌天塞地。然則此首乃已正收秋興矣，第八章乃重與一彈三嘆耳。

其八

謝道蘊《登山》詩：「氣象爾何物，遂令我屢遷。」方綱按：《詩・大雅》鄭《箋》云：「天爲之生，配于氣勢之處。」《正義》曰：「氣勢之處，謂洽陽渭涘也。」此「氣勢」二字，可作謝詩「氣象」二字之證。杜詩「昔遊干氣象」，又云：「賦詩分氣象」，即此義也。「昆吾御宿」以下六句，皆括入「氣象」二字内。或遂以「氣衝星象表，詞感帝王尊」之句例之，則非矣。惓戀主知意，自在「蓬萊」一首内耳。後有《秋日寄題鄭監湖上亭》五律亦云：「賦詩分氣象」，可以相證。〇「干」字猶「吹縐一池春水，干卿何事」之「干」，俗解則類于「干求」、「干犯」之「干」，誤也。「東風入律」、「青雲干吕」，正是杜詩此句「干」字之義。解此，方知此首第七句反照「凋傷」，捲迴八首，綴系于秋，尤爲奇特矣。〇潘安仁《秋興賦》序曰：時惟秋也，故以《秋興》命篇。釋之者曰：鄭氏《春官》「六詩」注：興者，託事于物也。若迺謝惠連《秋懷》詩，止于一篇而已。蓋託事之理，緣意而生，意盡篇中，故無假于複叠也。惟杜陵之詩法，自儒家而貫攝群籍，然後言情之作與事物錯綜之理，交合出之而極其至焉。然若《八哀》、《諸將》、《詠懷古跡》之倫，所謂「事訖而更申」、「章重而事別」也。惟《秋興》之篇，至于八首賡復，則一事叠爲重章共述，斯無區乎初同而末異者矣。是以古今藝林推爲巨製。非其氣力出于物表者，殆無以勝之歟！

《詠懷古跡五首》

其一

五首惟「宋玉」一篇明出「吾」字，然「庾信」篇之「詞客哀時」，固是今古雙關。即「諸葛」篇之「伯仲伊吕」，亦是自許稷、禼分量語。至于「明妃」篇之「分明怨恨」，「蜀主」篇之「虚無」、「相像」、「一體君臣」，皆爲自己寫照也。題目「詠懷古跡」四字，正是拆開不得。是詠、是懷、此「懷」字是活字，非死字，猶「懷古」之「懷」，非「詠懷」之「懷」也。是古跡，混合淋漓，蕭寥突兀，迺若無轍跡可尋者。〇不特「詞客哀時」是指庾信，即「羯胡事主」亦指宇文護也。必如此解，末二句方有根。斷無通章屬杜自詠，而至末二句始以庾自比者。且杜公稷、禼自許，亦斷不肯自目爲詞客也。「相如授簡」、「枚叟升堂」等句，似以詞客自居者，此則所謂言各有當也。若此題，上下千年，體段極大，則是杜公全身分量所寄，非比他什偶對一時、一境言之者，斷不應自偁詞客者也。若貼合庾子山而以自己映照入之，則無不可矣。或乃謂後四章皆按時代先後爲次，遂以首章全屬杜自詠者，非也。此詩寔因庾信宅而作。三峽、五溪，固不見于庾集，然即屬杜公借今形古，亦總在浩然緬想、參差互照之間。且即使三四句屬杜公自詠，而「支離」、「漂泊」又曷嘗不與庾信關照耶？子山集中，正多播遷流寓之詞耳，又豈必其五溪、三峽之相同耶？

其二

此首第三句忽然不粘，乃正見其突兀而來，横亘萬古，豈復可聯合後數章，以時代先後爲排次耶？

其三

第一章以「漂泊」、「哀時」爲主，而帶出詞賦；第二章以「悵望」、「深悲」爲主，而帶出「文藻」。其地同，其人同也；其事同，其心同也。此自應作前二章，且必應先庾而後宋。若先宋後庾，則是排類時代之詠史詩矣。誅茅舊宅，穿逕臨江，曠隔千年，感連一緒，此則空濛泬寥之思，愈進愈上，爲前二章之血脈也。至若第四章、第五章風雲際會之艱，得士應天之契，此老胸中迴環，感喟非一日矣。所以「蜀主」章之一體同祀，固不離武侯，而「諸葛」章之漢祚宗臣，亦不離先主。此自是二章聯貫之緒，夫人而知之者矣。然第四章前半已注出「卧龍寺」，後半復唱出「武侯祠」，則是合此二章十六句，蓋不啻説武侯者過半焉，此則先生心事所寄，而此二章氣脈之聯屬，蓋無疑矣。惟第三章昭君村一首，似是閒情憑弔之作。此其所以必在中間，猶叙事文字中間插入閒筆也。然而，起句却以山川蜿蜒鬱結之脈，全注于此；結句却以千載怨恨，冷系于此，豈得視爲偶然託寄之閒筆哉？而彼不知者，方且以爲四章依時代之先後爲次，豈似後來地志内之題詠、拈題呆賦者，豈復有杜公之真詩乎？

其四

如此「亦」字，方是大書特起之筆。或乃欲改首句爲「漢主征吴」，則不可通矣。

其五

「萬古雲霄一羽毛」，即所謂堯舜事業，如浮雲之在太虚耳。「一羽毛」三字，合下「見」字、「失」字一片讀之，乃愈見神龍掉空、見首不見尾之妙。〇「軍務」「軍」字，以寔事爲提筆，此不僅因本篇起句之仄脚，并第五句之章節相應所致也〔一〕。

【校勘記】

〔一〕「章」，賴貴三《翁方綱〈翁批杜詩〉稿本校釋》作「音」，是。

《寄韓諫議注》

「倒景」，「景」即「影」字。一句之中，上作「影」、下作「景」者，從其來處也。然揚子雲《甘泉賦》「歷倒景而絶飛梁」，張平子《思玄賦》「貫倒景而高厲」，張景陽《七命》「承倒景而開軒」，皆以「倒景」虚用，未嘗寔指其地也。惟《文選注》引《陵陽子明經》，及相如《大人賦》注亦引之曰：「列缺氣去地二千四百里，倒景氣去地四千里，其景皆倒在下。」此則若實有其地者。少陵熟精《選》理，乃以「倒景」與「瀟湘」叠對，此亦詞場祖述之一端也。○上「神」字、下「色」字，俱收入「吾豈敢」之内。「吾」字指韓公。于韓之出處心跡，必有難以質言者，故多著迷離幻景之語。其理要皆天成，非關意造。

《解悶十二首》

其一、二、三、四

其五

「省署開文苑，滄浪學釣翁」是薛之語，「李陵蘇武是吾師」是孟之語，此二章首尾自然章法也。「俗客」、「古人」，亦與上一章「沈范」、「曹劉」映合以爲章法。

其六

陸放翁《跋孟浩然詩集》云：「晁伯以謂《岳陽樓》止有前四句。大抵浩然四十字詩，後四句率覺氣索，如《洞庭寄閻九》、《歲莫歸南山》之類皆然。杜少陵評孟浩然詩云：『新詩句句盡堪傳。』豈當時已有此論，故少陵爲揜之耶？」愚按：放翁才氣縱横，自然見《洞庭寄閻九》等作以爲窘直矣。然謂少陵此句代爲襄陽揜飾，則亦非也。少陵豈肯代人揜飾者哉？此詩自是曠望嗟賞之詞，「新」字亦不得少陵神理也。

其七

「二謝將能事」云者，非必真謂二謝也，正言到得二謝之能事，尚要用陰、何之苦詣耳。讀杜者不可不知此意。不然，則誰無性靈？皆自謂陶冶性靈，遂足以爲詩乎？試問此中所恃以爲陶冶者，存底物也？此「物」字，即「君子言有物」之「物」。末二句必連讀，不可作二句分讀也。○與葉筠章論「陰何苦用心」句法：「陰何苦用心」五字，不可如此取用，以作論詩之語料也。杜云：「孰知二謝將能事，頗學陰何苦用心。」此二句必一氣讀乃明白也。所賴乎陶冶性靈者，夫豈謂僅恃我之能事，以爲陶冶乎？僅恃我之能事，以爲陶冶性靈，則必致專騁才力，而不衷諸節制之方，以杜公精詣，尚不敢也。所以詩必自改定之，改定而拍節長吟之，有一隙未中窾，有一音未中節者，弗能安也。説到此，乃悠然慨嘆曰：孰知有如此之精能，而如此之不放寬假乎二謝者，非果二謝集中真有此也。其語意直若欲云杜陵野老將能事，不便直説，而假二謝言之。曰：豈知具二謝之能事，而却亦不能不效陰、何之刻苦以成之乎？苦事非正贊之語，乃是旁敲之語。試看有如許才力，而却不得不如此推敲乎。「苦」字只得半面，「苦」字只就陰、何一邊，卑之無甚高論，若謙下、若斂抑之詞，夫然後上七字「二謝能事」軒然飛揚而起。惟其「苦」字低下一著，乃使「頗」字笑而受之，然後所謂「陶冶性靈」，非虚張架局也，寔寔其中有真際焉。「新詩改罷自長吟」，愈咀之有味矣。此篇即杜詩全集之總序也。吾嘗謂蘇詩亦有一語，可作通集總序者，曰：「始知真放本精微。」真放者，即豪蕩縱横之才力，即此上七字也。精微，即細肌密理之節制，即此下七字也。二謝、陰、何，偶借前人以指似之。《陰鏗集》、《隋志》僅一卷，在杜公，必嘗深見其長處，是以又云太白似之。此間即離之秘，蓋亦難傳，而漁洋乃以蕪累斥之，又非定評矣。陰、何用心，特言「苦」者，在杜公必能確量其分際。而以「二謝能事」相對照，則杜之博綜諸家、統挈于方寸得失間者，非可盡執後人所見以定之耳。

其八

其九

「俱」字當存之，然益見「今」字之妙。杜句「先帝貴妃今寂寞」，「今」，一作「俱」。

其十、十一、十二

《洞房》

《洞房》以下八篇，蓋一時所作，俯仰盛衰，所謂「詩史」也。

《宿昔》

《能畫》

《鬥雞》

《歷歷》

「數」，入聲。

《洛陽》

《驪山》

《提封》

《鸜鵒》

八詩隨觸所見，各有寄託。○「多知」與「聰明」絶不相犯。

《孤雁》

第五句繳足「影」字，第六句繳足「聲」字。

《鷗》

「雪暗」即玉翻之轉筆，「滄海」乃「江浦」之掉筆也，「幾群」字正與「無他」相叫應。「清影日蕭蕭」，乃言其亦復同此寥落耳，非羨之也。「江浦寒鷗」，蓋自喻也。「幾群海上」，或别有所指。此等寄託，蓋未可以詞害意。有謂士當高舉遠引，以海上群鷗爲比興潔身者，幸勿以知言目之。○毛羽之暗，尚可濯也；風颸之駛，不能持也。「風」字，却轉從「滄海」倒捲出之。

《猿》

通首以「隱見」二字爲眼目。

《麂》

《雞》

微物豈能知塹哉，蓋亦有所爲而發也。◯「漏」字，指漏刻爲是。

《黄魚》

《白小》

《哭王彭州掄》

「鸞鳳吹簫」，叙其締姻貴戚也，後又以河漢霏微詠嘆之。

《偶題》

起，二句包括一切。「雲」字平聲，音情凝咽。◯與即墨張肖蘇孝廉論杜《偶題》詩：杜公《偶題》一詩，自來無善會者。或謂前半論文，後半述懷；或者甚至謂前後渺不相涉，皆由將「緣情慰漂蕩」以下另作一截看耳。不但後半别生枝節，即前半亦成鈍滯，所謂死于句下者也。「文章千古事」二句，乃一篇之總攝。其曰「騷人」、曰「漢道」、曰「歷代」、曰「江左」、曰「鄴中」，于詞場祖述、藝文流别之故，有意其推本之矣，豈知今乃用以「慰漂蕩」、「賦離别」耶？卒之分詩興于稼穡而已，學士宜于柴荆而已，并佳句之不敢期矣，而更何舊列清規之云乎哉？曠望今古，可爲拊膺嘅息者也。然念自弱歲以來，寔嘗役心力于兹，雖不敢詡吾家之堂構，雖不敢擬前輩之飛騰，此即「騄驥」、「車輪」注脚。然于儒家經術，師法相承，貫穿上下數千百年之間，問津討源，中流砥柱，舍我其誰也！故雖所如不偶，身名抑塞，至于如此，而此中甘辛丹素之所以然，自問生平，無多讓焉。「庾信文章」六絶句，題曰「戲爲」，蓋散見之詞也。「文章千古」一篇，題曰「偶題」，則總挈之旨也。此一篇乃一部杜詩之次序也[一]。○與馮魚山編修論杜《偶題》起句：昨與肖蘇論此篇，謂起二句乃一篇之總攝。此語恐不善會者，必謂二句總冒，特泛論引起耳。則李空同諸人，以起聯雄渾，貌襲爲杜者，皆得而僞爲之矣。愚謂此二句一篇之總攝者，今試爲剖析説之，而後知從來讀此二句者，皆隨口失之也。杜陵之詩，繼《三百篇》而興者也，非天寶、至德、上元、寶應一時之作也，非成都、夔府回想秦川，偶寓亂離之作也。吾最不服歐陽子「窮而後工」之語。夫謂窮而後工者，蓋不窮不能工也。杜之浣花、瀼西、東屯、西閣，鬱勃淋漓，可謂極其工矣。至于宣政、紫宸，掖垣左省間之作，以通集計之，曾不得什之一二耳。此豈非歐陽子之言驗于杜陵乎？曰：此非杜陵之志也。周文公陳《時邁》、頌《思文》，公之志也。《東山》、《破斧》，豈公之志哉？今如讀「零雨」之篇，嘆其窮于遇而後工，可乎？設使少陵與房、杜諸人，並時立于貞觀之朝，有唐一代，雅頌躋漢魏、六朝而上矣。不幸而遭天寶亂離，飢餓奔走，抑塞無可告語，而其詩之工，乃日出不窮者，蓋天地元氣至此時，必于是人發之，不擇其時與地矣。而此老撫心自許，終若未敢自信者，終若有所遺失者，故于此有怦怦難釋之積憾焉。其得則先世之傳緒也、前哲之禀承也，其失則坎壈不偶之所致也。然静言此事，則非一人之事、一家之事，而千古以來，流傳付受，文章根于性道，英華發于事業，故曰「自許稷與卨」，又曰「聖哲垂彖繫」，思深哉。作者其有憂患乎，此所以上下千古返證寸心者也。必合此通篇字字貫串，而後曉此二句。必合通集知人論世，得其所以不得不作之故，而後曉此二句也，而豈泛論引起之虛冒也哉。凡讀杜詩，無一篇不當如此細看。而此二句，人皆相沿口熟，幾視若文家評語與書舍之題句，遂至并其真理習而不著。凡李、何以來吞剥蹈襲、學其貌而遺其精者，皆職是之由也，吾烏能以勿辨哉！

【校勘記】

〔一〕「次序」，中國國家圖書館藏倫明所抄二卷本《杜詩附記》及賴貴三《翁方綱〈翁批杜詩〉稿本校釋》本作「大序」，是。

《君不見簡蘇徯》

交互逆乘，則兩個「君不見」脱卸蟬聯，而不板様。

《贈蘇四徯》

《別蘇徯》原注：「赴湖南幕。」

突兀之氣即是章法，所以末句之換仄爲平，並非有意。

「北辰」二句，提筆即寫時事。〇必有「轅」字之平聲，方收得住。而「轅」字既平，則「莫」字焉得不仄。

《李潮八分小篆歌》

八分、小篆，從流溯源，杜公文字有分寸如此。蓋唐時大篆之學，已無專家作者矣。「大小二篆生八分」，此句特渾言之，正以見大篆之界限，爾日已不能一一詳考也。而或者乃援此句，以謂割篆之幾分，不亦謬乎。○又「已訛」者，蓋言摹本之不可據耳。○「訛」字、「邕」字、「焚」字，一連三句以平聲作出句，其節短，其筆提。○「焚」是叠入一韵，又與前二句不同。蔡中郎之隸，遂括兩漢作者乎。可見唐人品書，尊蔡如此。吾嘗謂：李嗣真評蔡公諸體，以《范巨卿碑》冠絶古今，足徵唐人書道源流之概。觀杜公此詩，益信。○宋朱新仲《猗覺寮雜記》云：「杜詩『苦縣光和尚骨力』，『骨力』二字，《南史·張融傳》：齊高見其書曰：『卿書殊有骨力。』」愚按：「骨立」若作「骨力」，則似以「尚」字爲「嘉尚」之「尚」矣。不特與下句「貴」字犯複，抑且不得杜公之意也。蓋「尚」字乃以側出得之耳。杜句「苦縣光和尚骨立」，「骨立」，《猗覺寮》作「骨力」。○「尚」字以側出得之，又可見杜公意中，元自有漢京之高古瘦勁者，而所謂「中間作者」，絶無一聲稱烜赫如中郎者之比，爲可嘆惜耳。就此一字，知杜公初未嘗執唐人之概習中郎，而抹摋二京作者也。○杜公意在于瘦，而「肉」字以正面出之，「骨」字反以側面出之，此文章向背順逆法。○「宕」字叠入一韵，以束其勢，與前「焚」字、「分」字二句之叠韵相應，亦音節之不得不然耳。

《峽口二首》

《南極》

《瞿唐兩崖》

後幅比興寓時事也。○此「雲根」亦不謂石。

《瞿唐懷古》

此「懷古」，乃直溯造化之初言之。

《夜宿西閣曉呈元二十一曹長》

近人有謂「鵲起」、「烏飛」是興下「歸」字者，甚是。

《西閣口號呈元二十一》

《閣夜》

《瀼西寒望》

「炯」字，從「卜居」心眼中得之。

《西閣曝日》

「德澤」對「顯項」言，「深仁」對「衰氣」言。有評其犯複者，慎勿以知言許之。

《不離西閣二首》

「素練」者，帶水之雲也；「空青」者，横雲之壁也。一句内皆兼明暗二層。○「亭」即「停」字。杜公直用此「亭」字，不煩加「人」也。按：《玉篇》：「亭，留也。」不别出「停」字。《説文》「停」字，乃出新附耳。「潦倒新亭濁酒盃」，亦可相證。

《縛雞行》

因「厚薄」又生出「得失」。

《小至》

末一句與「喧呼且覆杯中緑」同義。或謂覆杯不飲，非。

《寄柏學士林居》

以前賢出處得失相較，未知子當居何等也。激昂頓挫之至。

《折檻行》

《覽柏中丞兼子姪數人除官制詞因述父子兄弟四美載歌絲綸》

前後各七韵，中間「絲綸」二句，爲之樞軸。

《覽鏡呈柏中丞》

《陪柏中丞觀宴將士》

《奉送蜀州柏二别駕將中丞命赴江陵起居衛尚書太夫人因示從弟行軍司馬位》

三、四純用質直，故五、六矯特之筆不覺，遂有「送」字、「偷」字，此亦文章家必然之節奏。但提筆如山，自非杜公不能耳。○「臘送」、「雲偷」，亦爲「詩不惜」作轉捩地也。

《送鮮于萬州遷巴州》

《奉送十七舅下邵桂》

《荆南兵馬使太常卿趙公大食刀歌》

前十五句，後亦十五句，中間二句轉捩而下，韻則接前，義則係後，此自然嵌續之節奏也。若此二句遽换韵，則居然兩截矣。

《王兵馬使二角鷹》

「二鷹猛腦徐絛䍁」，語本不誤。「腦」對「絛䍁」，「猛」對「徐」，此亦當句自對之勢也。蓋猛腦乃二鷹自具之怒，而垂帶之絛䍁却自舒徐也。有此絛䍁之舒徐，益以見腦、目之猛怒矣。即以句法接下「目」字，亦必應如此。或改爲「絛徐墜」，「墜」字插入，語滯而節稺，此不知詩者也。杜句「二鷹猛腦徐絛䍁」，荆作「絛徐墜」。○中間三韵皆四句四叠，所以末段方好抽出一句，遥應首段而出結句之路，此自然定格也。或者乃欲删去「齊」字一句，以爲突兀，則是不知音節章法之理矣。

《見王監兵馬使説近山有白黑二鷹羅者久取竟未能得王以爲毛骨有異他鷹恐臘後春生騫飛避暖勁翮思秋之甚眇不可見請余賦詩》

其一

其二

「盡」，上聲。

《玉腕騮》原注：「江陵節度衛公馬也。」

《醉爲馬墜諸公攜酒相看》

陌、錫韵十二句，屋、沃韵十六句，篇幅略用參差，末以提筆放一長句。

《覆舟二首》

《送李功曹之荆州充鄭侍御判官重贈》

《送王十六判官》

《别崔潩因寄薛據孟雲卿》公自注：「内弟潩，赴湖南幕職。」

《寄杜位》公自注：「頃者，與位同在故嚴尚書幕。」

《立春》

《江梅》

第六句得梅之神，與謝希逸《月賦》同一妙理。

《庭草》

《愁》公自注：「强戲爲吴體。」

《王十五前閣會》

《崔評事弟許相迎不到應慮老夫見泥雨怯出必愆佳期走筆戲簡》

花鳥俱若有意相觸忤者，「自分明」三字尤寫愁心迥出。

《遣悶戲呈路十九曹長》

杜詩于動、植之物，各見性情向背之勢，正亦不必概作比興，所謂「萬類困陵暴」也。〇此「寬」字與「細」字對，極其穩重拍合，正是悶坐中沈頓之筆。

《晝夢》

東坡「半脱紗巾落紈扇」，尚不及此之神妙。

《暮春》

《即事》

《懷灞上遊》

《入宅三首》

《赤甲》

「炙背」一聯，上接「遷居」、「見春」，下接「寄詩」、「接飲」，質寔之中愈見情味。後來唯山谷庶能略髣髴之，放翁則近直矣。

《卜居》

《暮春題瀼西新賃草屋五首》

其一、二

其三

少陵小照。○此末句一「吟」字紆迴頓挫，蓋五首音節是一片宫商也。

其四

到此第四首，乃明出「高齋」二字，亦自擲筆成笑。

其五

《寄從孫崇簡》

「藥裹」、「酒攜」，亦是當句自對。

《江雨有懷鄭典設》

《熟食日示宗文宗武》

《又示兩兒》

《得舍弟觀書自中都已達江陵今兹暮春月末行李合到夔州悲喜相兼團圓可得賦詩即事情見乎詞》

《喜觀即到復題短篇二首》

杜詩附記卷第十六

大興翁方綱學

《晚登瀼上堂》

明暗開闔，比興向背，令人莫可蹤測。○「崖擁」、「峽聳」，是通篇大開闔也。然豈果深峽之修聳哉，豈果郎官之爲冗哉。

《寄薛三郎中璩》一作「據」。

廿六韵，凡十三句。上句平脚。

《送惠二歸故居》一作「聞惠二過東溪」。

《承聞河北諸道節度入朝歡喜口號絶句十二首》

其一、其二、其三、其四、其五

其六

此首乃推自天寶以來，直抉禍本言之，斯爲風雅之根柢、諫疏之心事。

其七

黄鍾大吕之音，彌天塞地。

其八

其九

周《雅》曰：「豐水東注，維禹之績。四方攸同，皇王維辟。」

其十

若無此一首之駘宕，焉能遽以李、郭二章收得住乎？

其十一、其十二

末二章推重李、郭，此謂詩史。如此十二首，乃真詩也。豈有專舉太白、少伯之唐樂府，謂是七絶正路，而反自外于少陵者哉。

《月三首》

其一

其二

寔要客懷，一一曲爲熟計者。

其三

「時時」、「故故」，須合上一首讀之。○「風襟」、「淚臉」，自爲開合。

《晨雨》

《過客相尋》

「時聞」是特提之筆，「及此」亦特提之筆。「時聞繫舟楫」，不必指此客也。「及此問吾廬」，乃足音跫然矣，所以題目特著「相尋」二字。

《㬢子至》

上篇《客尋》已極寫幽棲，此篇《㬢至》又渾乎觀化。杜公落紙字句，無非道徼矣。○《過客相尋》，題與《賓至》、《有客》諸題不同。《㬢子至》，題亦與《阿稽》、《阿段》、《蒼耳》諸題不同，此乃是柴門穩卧，一片静光之中所偶覺也。「時聞繫舟楫」者，因此客之相尋，而默數歷來所覺之境，此亦野老静中之動矣。「及此問吾廬」，乃知定卜幽棲之後，尚復爲人來尋耳。「提攜日月長」，「提攜」字，本從㬢子之提攜得來，然「新嘗」、「滿把」則欹枕之客自謂矣。故第七句直以「客」字押住，然後「提攜」字關攝通篇，此亦静中之動也。謝詩云：「恒充俄頃用，豈謂古今然。」正與「提攜日月長」之句相爲注脚。此理須人參透。

《園》

《歸》

三四一聯，履險涉奇、安寓知止，兼而有之。筆力與學問皆到頂矣。

《園官送菜并序》

《園人送瓜》

《課伐木并序》

此視《絳守居園池記》何如耶？不必致疑也。○此第三句「腹」字自然，不算韵。

《柴門》

《槐葉冷淘》

此所謂每飯不忘君者也。

《上後園山脚》

「地無疆」四句，專爲後園鋪寫，不可少也，《又上》之作則更不復及此矣。○「山有陰」二句，就山脚地面言。「石槺」二句，就山脚物産言也，即《柴門》篇「舟楫通鹽麻」意。

《季夏送鄉弟韶陪黄門從叔朝謁》

「拖玉腰金」，以章服警勉之，猶言「總戎皆插侍中貂」之義也。或以熟俗譏之，過矣。

《灔澦》

以竹枝入長律，雄闊萬古。其厚實穩重，全于第二句積勢。

《七月一日題終明府水樓二首》

其一

或有疑第四句「漢署香」稍涉俗者，不知此與末句「尚方真賜」相爲章法，亦天然節奏也。○第一首既以「漢署」、「尚方」襯托矣，而第二首復以「邑宰」、「棄繻」、「承家」、「爲政」重規疊矩，以爲揄揚，豈似多向仕途烘染者，此所以「賓客」、「老翁」累一頓挫。即便含毫邈然，作烟雲萬頃之勢，愈見末二句之妙矣。豈但已哉，并第一首之「錦繡」、「笙簧」，雖是寫景，亦未免似涉迹相，亦正以逼出次章末二句之淡遠耳。後來山谷悟此法，遂有「出門一笑大江横」之作也。

杜公每以切姓之句與切事之句相並出之，其先後向背，則各因篇法耳。

其二

《行官張望補稻畦水歸》

《秋行官張望督促東渚耗稻向畢清晨遣女奴阿稽豎子阿段往問》

此真《小雅》之復作也。始悟「七月流火」之後，所以必接《鹿鳴》、《天保》也。○「挈」字好。

《阻雨不得歸瀼西甘林》

寫甘林亦以遥想，故不嫌于摭實也。觀後《甘林》篇可見。

《又上後園山脚》

《奉送王信州崟北歸》

此詩篇法之相間、音節之相承，如畫花之有凹凸，山水之有起伏、迴抱，當循其節拍頓挫而自得之。○「白髮」至「斯文」，皆杜公自説也，惟「解龜」、「遣騎」從王信州叙耳，末復以「甘爲」句從自己收。○「畫角」句，神氣從下一句倒吸而出。○「塵生彤管筆」，此句首必是「塵」字，斷無仄聲之理。所以兼存「老」字者，欲見此間劖鑿之迹耳。凡一本作某之字者，有益于誦詩者不少也。杜句「塵生彤管筆」，「塵生」，一作「老塵」。○「徙倚」一聯，通幅至此，乃不自知其拍節而安絃矣。○「雅」，正也，非復「盜賊」、「誅求」、「瘡痍」、「軍旅」之謂矣。此二字可抵一篇述行詩序。

《驅豎子摘蒼耳》

《甘林》

不寫甘而寫豆，開宕變化。

《暇日小園散病將種秋菜督勒耕牛兼書觸目》

此種詩，直接《三百篇》。

《雨》

前四韵即景，後十二韵叙懷。〇「素秋」二字，拆開用之，亦因雨景觸緒而得。「宿留」、「天寒」，皆叠韵也。

《溪上》

《樹間》

《白露》

此甘林遺興之作，拈「白露」爲題耳。「幽徑多蹊」，正是遺興語。

《諸葛廟》

「翊戴」謂合當日臣民以奉之也，「并吞」謂竭力恢復。此「吞」字即「遺恨失吞吴」之「吞」也。「君臣」、「賢聖」，自是提空之筆。〇「躬耕也未遲」，此由後追前，最平允質實之論。推此義也，雖以作《孟子》「仕、止、久、速」注脚，可也。宋人云「翻覆看俱好」，則花樣生新耳。

《見螢火》

《夜雨》

《更題》

《舍弟觀歸藍田迎新婦送示二首》

其一

此「水」字與「開」字，原不妨虚實作對。或欲改作「永」字，真時文迂腐之見也。杜句「東望西江水」，「水」，或作「永」，非。

其二

《别李秘書始興寺所居》

此詩非談禪也，然上下千年談禪之詩，必以此詩爲登峰造極。

《送李八祕書赴杜相公幕》公自注：「相公朝謁，今赴後期也。」

《巫峽敝廬奉贈侍御四舅别之澧朗》

《孟氏》

「學」字更質實，然「覺」字爲是。杜句「訓子覺誰門」，「覺」，一作「學」。

《吾宗》公自注：「衛倉曹崇簡。」

《奉酬薛十二丈判官見贈》

此詩不知當日情事，不能臆爲之説。

《寄狄明府博濟》

七古一韻到底之作，前人所不常有，而仄韻者尤少。此篇雖以仄韻終篇，而結尾必以跌宕變調耳。

《同元使君春陵行有序》

末段感慨病身，再三致意，非費詞也。

附《春陵行有序》元結

附《賊退示官吏有序》元結

「麥」、「菱」字相近也，「麥」字爲是。元句「將家就魚菱」，「菱」，一作「麥」。

《秋日夔府詠懷奉寄鄭監審李賓客之芳一百韻》

《寄劉峽州伯華使君四十韻》

「哀猿」一聯，正緣上「嗟」、「喜」字來，後文「贒」、「鼯」並不相犯。○「筌蹄棄」，則「洗」之盡矣；「百萬層」，則「躡」之絶矣。四句詠嘆遞接。○「刺史」四句，又蹉互對承。○「伐數」猶言伐性。○「政術」二句全收。

《秋清》

《秋峽》

「狎楚童」亦不必定指樵採，只言與愚騃共咻耳。

《摇落》

《峽隘》

第六句併有所懷之人，蓋望弟早來也。末二句即從其人收結，我覺此隘，而彼乃還望此也。

杜詩附記卷第十七

大興翁方綱學

《秋日寄題鄭監湖上亭三首》

其一

其二

其三

有次章起句「賓」字、末章起句「江」字，乃益見首章「萬里秋」之軒翥。

《秋野五首》

其一、二

其三

「紅翠」、「微香」，不言其物，亦虚實章法。

其四

此「鱗」、「翼」，較前有虚實之别。

其五

結句開山谷打諢法。

《課小豎鋤斫舍北果林枝蔓荒穢净訖移床三首》一云「秋日閒居三首」。

《返照》

《向夕》

借琴書以消遣，方得終此長夜，與「催」、「易」二句無意中自爲呼吸。

《天池》

《復愁十二首》

《自瀼西荆扉且移居東屯茅屋四首》

結句當作魏闕之懷觀之也，不可但執著鴛班鷺序字讀之，則醜矣。後篇《社日》結句同此。

《社日兩篇》

《八月十五夜月二首》

三夜四詩中，皆有通宵不寐之老人在焉，而此首更爲沈著。凡此四詩，其肌理芒彩若有凹凸，與三夜之月相因而出者，斯亦奇矣。非若後來膠執刻畫以爲貼切者也。

《十六夜翫月》

《十七夜對月》

李天生云：「杜詩『秋月仍圓夜』，正是説不圓，此乃下字法也。」愚按：此在首一句，特其最易見者耳。若末句「清切露華新」，乃愈見其爲十七夜之月也。假如詠初圓之月而曰「露華新」，則是小兒語矣。客詰予曰:「子以『露華新』爲善言十七夜月,是矣。顧其上句從茅齋說,則何不云依于空曠烟水之境,而乃必云『依橘柚』,惡在其善言月也?」予應之曰:「此其所以善言月也。蓋月華之新,難以顯狀,必于露華寫之;而露華之新,不可空摹,故特于橘柚寫之。因橘柚而露始見,因露而華始見也。似乎當日結此茅齋,若不獲依此樹,竟無以見十七夜景,有許澄鮮、皓潔之彩者。」

《曉望》

八句中六句屬望,二句屬聽。然「天清木葉聞」句,並非有意照應起五字也。蓋「地坼江帆隱」句,雖是寫望字,却是收捲望字,帆隱則望不得矣。此下,勢不得不于空中點逗矣。然則「天清木葉聞」,乃正是消納望字耳。

《日暮》

只起二句是日暮之景,下六句皆夜景也。題不云「夜」,而云「日暮」者,即「鳥雀夜各歸,中原杳茫茫」之意。蓋又空過一日,不能北歸矣。消此清夜所得者,惟是燈燼之繁花而已,于白頭老子奚裨焉。若題作「夜景」,便無此深致矣。

《暝》

《晚》

第五句對「拙養」言之。〇此「閉門」乃自適無求之意,與《日暮》篇「閉門」不同。

《夜》

此「雄劍」與前篇「星劍」之觸物寫景者又自不同。

《九月一日過孟十二倉曹十四主簿兄弟》

《孟倉曹步趾領新酒醬二物滿器見遺老夫》

《送孟十二倉曹赴東京選》

《憑孟倉曹將書覓土婁舊莊》

《簡吴郎司法》

《又呈吴郎》

《晚晴吴郎見過北舍》

三四句畫出晚晴，「隔」字更妙。杜句「柴扉隔徑開」，「隔」，一作「掃」。

《九日五首》（闕一首）

《登高》

犨石云：「結是對也。不如是，則上六句之七寶樓臺亦卸下矣。」

《覃山人隱居》

《東屯月夜》

「喬木」一聯，乃真能寫月之神者。○杜詩「輕雲倚細根」，注家率以雲生于石解之，蓋因詩家多以石爲雲根也。或遂引張景陽詩「雲根臨八極」句以證之，又以杜公拆用「雲根」二字甚新，此皆妄説，不可從也。按：詩家相沿，多以石爲雲根者，如宋孝武詩「積水溺雲根」，李義山詩「江風吹浪動雲根」，此自指石言。至于張景陽詩「雲根臨八極，雨足灑四溟」，解之者曰：「八極之雲，是雨天下。」其非言石明矣。雲根者，即謂雲起之處耳。杜詩亦屢用雲根，如「忠州三峽内，井邑聚雲根」，豈謂井邑聚于石乎？至云：「入天猶石色，穿水忽雲根」，則上一句既明詠石色矣，豈有對句復言石者乎？愚嘗謂：雲根之指石言者，當觀其文義而定之。今之詩家，即以雲根爲石之别名者，未之深考也。至此詩題是《東屯月夜》，則月是題之正位，此二句正接上「月」字來。曰「喬木澄稀影」，「稀影」非他，即喬木之影也。曰「輕雲倚細根」，「細根」非他，即輕雲之根也。然則，此二句何以貼月言乎？曰：「喬木」、「稀影」四字不屬月也，「澄」字則因月得之也；「輕雲」、「細根」四字不屬月也，「倚」字則因月得之也。謝希逸之賦曰：「氣霽地表，雲斂天末。洞庭始波，木葉微脱。」此四句神于言月矣。然「氣霽」一句，特爲雲斂而設；水波一句，特因葉脱而設耳。杜則合此四句之義，只以二句出之矣。雖然，希逸之畫月，六朝人畫也；杜之畫月，唐人畫也。宋玉之賦曰：「增之一分則太長，減之一分則太短，著粉則太白，施朱則太赤。」陳思則括以二語曰：「纖濃得中，修短合度。」義該而文約矣，然未若宋玉之善也。杜之約四言爲二言，毋乃類是。即曰：是有説焉。宋玉、陳思之賦，皆詠麗人耳，故語有詳略，而文之品境則不同。若謝之賦月，專爲月作也；杜之《東屯月夜》，則不專爲月作也。專爲月作，則必虚寔乘承，而後其理備。不專爲月作，則文之上下，别有心事焉，而「澄」、「倚」二字，已精能具足之至矣。吾固不敢以唐人之畫掩六朝人之畫，而亦豈敢以謝之詠月掩杜之詠月乎？○因東方欲白，而虚擬日轉耳，非真于日出見東方轉白也。此方是「月夜」字一氣圓足。即不必作比興觀，可矣。

《東屯北崦》

《從驛次草堂復至東屯茅屋二首》一本無「茅屋」二字。愚按：有此二字爲是。

草堂本作「山」，「山」字是也。「風烟僻」是渾撮之詞，故先著「山險」，而下三字更神完也。若云地險，則于下三字神理無别矣。杜句「山險風烟僻」，「山」，一作「地」，一作「峽」，非。

《暫住白帝復還東屯》

《茅堂檢校收稻二首》

《刈稻了詠懷》

《季秋蘇五弟纓江樓夜宴崔十三評事韋少府姪三首》

《戲寄崔評事表姪蘇五表弟韋大少府諸姪》

前三首止言酒耳，詩意至此乃補出之。

《季秋江村》

《小園》

藥、花皆園中所有也。「待」字乃「欵待」、「接待」之「待」，非「期待」之「待」。

《寒雨朝行視園樹》

純用比興，句句穩重。

《傷秋》

「蔣」字，此又作上聲。

《即事》

激宕作響。

《耳聾》

《獨坐二首》

此「會」字，不知其然而然，乃是化工之筆。

《雲》

《大曆二年九月三十日》

層層開合，仍只是一大開合。

《十月一日》

竟似承上一首作開合者。

《孟冬》

《雷》

《悶》

《夜二首》

次首起句乃追言之。

末句與前首起句相應,而兩「休」字語勢不同。

《朝二首》

《廣韵》:「帆,船使風。」在六十梵。

《戲作俳諧體遣悶二首》

《昔遊》

《雨四首》

其一

「新雲影」、「舊落聲」,乃是不可言語形容之妙,化工之極筆也。若作「雲新影」、「落舊聲」,則不通矣。〇「聲」、「影」二字,其圓如珠。杜句「秋日新雲影,寒江舊落聲」,「新雲」,黄生作「雲新」,非。「舊落」,黄作「落舊」,非。

其二

「暮秋」句承第一句,「今日」句承第二句,收裹拖接,必須如此。

其三

章法寬綽,而境益真實,乃愈澄夐矣。

其四

「楚雨」與「京華」之活對，亦非必有意與前章之「暮秋」、「今日」，「上馬」、「看鷗」相關也，然亦未嘗不暗合章法也。此皆化工之妙，所謂文章本天成者也。「繁憂不自整」，乃詣風雅之極。

《謁真諦寺禪師》

《大覺高僧蘭若》公自注：「和尚去冬住湖南。」

不有五六句之寔地，則三、四幾乎中唐十子矣。

《上卿翁請修武侯廟遺像缺落時崔卿權夔州》

《奉送卿二翁統節鎮軍還江陵》

《久雨期王將軍不至》

前後各六韵，而换韵處意却相連，與《大食刀歌》中間轉接下韵處同法。○前半屋、職通用。○只叙射鹿一事，而前後精彩飛動，與《夔府詠懷》中間叙柏中丞筵聞歌一段同法。○從久雨作結，沈鬱之至。

《虎牙行》

屋、職同用。

《錦樹行》

《自平》

《寄裴施州》

《鄭典設自施州歸》

《觀公孫大娘弟子舞劍器行并序》

雖是四個「如」字平列，然而不覺其板重者，「燿」、「矯」之比儗，至「來」、「罷」而又變也。○「天地」句震動飄忽極矣，故連著四「如」字爲句，而氣愈盛，節愈聳，非如後之效者切砌而下也〔一〕。

【校勘記】

〔一〕「切砌」，賴貴三《翁方綱〈翁批杜詩〉稿本校釋》作「排砌」。

《寫懷二首》

曉嵐云：于《永樂大典》見《貧窮老公經》有「轉燭」字，言貧賤富貴轉移之速。已于前卷《佳人》篇記之。此篇于貧富、貴賤、榮辱尤切。

杜詩附記卷第十八

大興翁方綱學

《冬至》

《柳司馬至》

《别李義》

《送高司直尋封閬州》

《可嘆》

《奉賀陽城郡王太夫人恩命加鄧國太夫人》

《送田四弟將軍將夔州柏中丞命起居江陵節度使陽城郡王衛公幕》

《題柏學士茅屋》

《題柏大兄弟山居屋壁二首》

《白帝樓》

《白帝城樓》

《有嘆》公自注：「傳蜀官軍自圍普還。」

《舍弟觀赴藍田取妻子到江陵喜寄三首》

但得舊植仍存，何須假花。

《夜歸》

此數詩須一片讀。

《前苦寒行二首》

其一

合下《晚晴》一篇讀之，始喻。

其二

《晚晴》

「支離委絶同死灰」，是極精警語，非衰颯語也。

《復陰》

《後苦寒行二首》

《元日示宗武》

諭、喻，唐人通用。

《又示宗武》

《遠懷舍弟穎觀等》

《續得觀書迎就當陽居止正月中旬定出三峽》

「飛鳴」一聯，竟不明出雁字。此所謂秃筆墨蹟也。

《太歲日》

《人日二首》

《喜聞盜賊總退口號五首》

雅、頌、箴、銘、歌、謡、史乘，杜公合而一之。

《送大理封主簿五郎親事不合却赴通州主簿前閬州賢子余與主簿平章鄭氏女子垂欲納鄭氏伯父京書至女子已許他族親事遂停》

《將别巫峽贈南卿兄瀼西果園四十畝》

「兹辰」二字，有味之至。此豈得以「正月」、「他時」句勢相近論之。

《巫山縣汾州唐使君十八弟宴别兼諸公攜酒樂相送率題小詩留于屋壁》

《敬寄族弟唐十八使君》

代宗永泰元年乙巳，其明年丙午即大曆元年，則是永泰止一年，而以「末」稱者，由大曆三年溯之也。〇「孰」即熟字，杜詩每如此。

《春夜峽州田侍御長史津亭留宴得筵字》

題中「留」字，是勒極之筆。

《大曆三年春白帝城放船出瞿唐峽久居夔府將適江陵漂泊有詩凡四十韵》

詩寔四十二韵。○此篇可抵《北征》。○「神女峰」、「昭君宅」，與後幅之「天皇寺」、「帝子渚」不必相應也，而自然有此章法。○「丘壑」以下，句句頓挫出之。

《行次古城店汎江作不揆鄙拙奉呈江陵幕府諸公》

《泊松滋江亭》

《乘雨入行軍六弟宅》

《上巳日徐司録林園宴集》

《宴胡侍御書堂》公自注：李尚書之芳、鄭秘監審同集，得歸字韵。

《書堂飲既夜復邀李尚書下馬月下賦絶句》

《奉送蘇州李二十五長史丈之任》

《暮春江陵送馬大卿公恩命追赴闕下》

《和江陵宋大少府暮春雨後同諸公及舍弟宴書齋》

《暮春陪李尚書李中丞過鄭監湖亭汎舟得過字韵》

《宇文晁尚書之甥。崔彧司業之孫。重泛鄭監審前湖》

《歸雁》

不謂雁亦如此。

《短歌行贈王郎司直》

論者以此詩比昌黎《送董邵南序》，頗是。「已」字亦好，覺「色」字更穩重。杜句「仲宣樓頭春色深」，「色」，一作「已」。

《憶昔行》

《惜别行送向卿進奉御衣之上都》

《夏日楊長寧宅送崔侍御常正字入京得深字韵》

《夏夜李尚書筵送宇文石首赴縣聯句》

《多病執熱奉懷李尚書之芳》

《水宿遣興奉呈群公》

「璉」字必仄。是轉、是開、是接，讀者須于此參悟章法。此在全篇内爲纔過前半，而此句第三字平、第四字仄，合之末句「老」字以仄收者，愈見章法之迴合也。近日杭人翟晴湖誤讀此句「璉」爲平聲，反謂杜公誤用，蓋不知詩中音節爲章法所關耳。○忽興起于鈞海，無怪東坡在海外，一日借韓子詩句而生嘆矣。

《遣悶》

《江邊星月二首》

《舟月對驛近寺》

《舟中》

亦是連數首爲一片之章法。

《江陵節度使陽城郡王新樓成王請嚴侍御判官賦七字句同作》

《又作此奉衛王》

「雄」字撐起，「爲」字押住，亦是自相吸應。〇大開大合，全以一「雄」字撐起，讀者不得以上篇之起句「冰」字比例也。「冰雪」雙字，故自與此首不同。

《秋日荆南述懷三十韵》

「已」字、「安」字、「曲」字，連换音節以激宕之，所以開振全局也，最後「夢」字捲收。

《秋日荆南送石首薛明府辭滿告别奉寄薛尚書頌德叙懷斐然之作三十韵》

杜詩附記卷第十九

大興翁方綱學

《暮歸》

《哭李尚書》

《重題》

《哭李常侍嶧二首》

「兒」與「弟」虚實對也。《説文》：「弟，韋束之次弟也。」《易釋文》亦作「弟」。《詩疏》引《説文》云：第，次也，字从竹弟。此與今行《説文》，暨《説文繫傳》皆異。

《舟出江陵南浦奉寄鄭少尹》

《移居公安山館》

《醉歌行贈公安顔十少府》

《送顧八分文學適洪吉州》

「八分」二字入稱呼，想見爾時已以此體爲稀少矣〔一〕。○「妙其書」，謂帝工八分也。○今日所見八分小字，惟《孝經注》及《龍角山碑》耳。「鉤深法祕」，確是爾時小字八分也。

【校勘記】

〔一〕「爾時已以此體」數字原缺，據賴貴三《翁方綱〈翁批杜詩〉稿本校釋》本補。

《官亭夕坐戲簡顏十少府》

《移居公安敬贈衛大郎鈞》

《公安送韋二少府匡贊》

《公安縣懷古》

《呀鶻行》

俗眼以爲醜也。

《宴王使君宅題二首》

《送覃二判官》

《公安送李二十九弟晉肅入蜀余下沔鄂》

《留別公安太易沙門》

《久客》

又懷賈生、王粲。

《冬深》

杜公晚年湖南諸作，清疏峭厲，類造化之秋冬氣，詩亦奇矣。

《曉發公安》公自注：「數月憩息此縣。」

《發劉郎浦》

《别董頲》

《夜聞觱篥》

《衡州送李大夫七丈勉赴廣州》

《歲晏行》

《泊岳陽城下》

東坡亦笑云：渡海者未必得大魚也。文人想頭之奇，不知何指。

《纜船苦風戲題四韻奉簡鄭十三判官泛》

《登岳陽樓》

《陪裴使君登岳陽樓》

其中盎盎然有氣。

《南征》

《歸夢》

「雨急」、「雲深」一聯，便已具有「洪波争道」一篇矣。

《過南嶽入洞庭湖》

因欲過南嶽而入洞庭湖也。○古人有詠五色詩以黑字命題者，似此詩，應以一黑字評之。○句句摇入陰沈黯慘去，忽然得「聖朝」一句，爲閃一亮。

《宿青草湖》

《宿白沙驛》原注：「初過湖南五里。」草堂本作「公自注」。

杜公詩到湖、湘，黯然峭絶矣，而更含蓄生氣于内，此不可解。

《湘夫人祠》

《祠南夕望》

《上水遣懷》

「陶唐人」，猶言陶唐以來之人，承上「九疑」句，故謂之陶唐也，不必定指羲和，自爲較渾。○「混瑕垢」，捲却前半。

《遣遇》

《解憂》

《宿鑿石浦》

便似《易林》、《元包》之文。

《早行》

此是深厚，並非直致。

《過津口》

《次空靈岸》

《宿花石戍》

《早發》

所謂「馳驅喪我真」也。「吾病」二字，倒裝文法，即上句「常百慮」，言爲此營所適從，適以累我也。病我者，苦我也，「病」非「疾病」之「病」。○「二柄」已該在「百慮」内矣。

《次晚洲》

「當」猶抵也。或以「花當」爲花蒂，非。○是十詩收束處，層層節族。

《清明二首》

不必定與首章起句相顧應也，而節拍天然，自成章法。

《發潭州》

賈、褚緊承「人」（字）〔事〕，妙是拓開。

《發白馬潭》

《野望》

《入喬口》公自注：「長沙北界。」

《銅官渚守風》

《北風》公自注：「新康江口，信宿方行。」

句句提筆，可悟書家懸腕之法矣。

《雙楓浦》

《詠懷二首》

附《杜員外兄垂示詩因作此寄上》郭受

《酬郭十五判官受》

《望嶽》

「府主」，乃嶽廟中道士也。謂指嶽神者，非。謂指太守者，尤支。

《嶽麓山道林二寺行》

《奉送韋中丞之晉赴湖南》

第三句言倚若長城也。

《湘江宴餞裴二端公赴道州》

「計拙」以下自謂。

《哭韋大夫之晉》

杜老亦以例言《春秋》矣。征南，其遠祖也。

《江閣卧病走筆寄呈崔盧兩侍御》

附《潭州留别杜員院長》韋詔

《酬韋韶州見寄》

《樓上》

《遠遊》

《千秋節有感二首》

詳略、虚實相爲乘承，此二首自然之節族。

杜詩附記卷第二十

大興翁方綱學

《奉贈盧五丈參謀琚》公自注：「時丈人使自江陵，在長沙待恩旨，先支率錢米。」

第十句「心」字沈頓〔一〕。○杜公自言「説詩能累夜」，可惜當日無人從旁録其所説。

【校勘記】

〔一〕「第十句」，實爲「第十二句」，即「泯心杼柚焦」。

《惜别行送劉僕射判官》

「路旁」下接「九州」，所以妙。○韵之轉換，與篇法、段法乘承比伍，熟讀此篇，思過半矣。

《重送劉十弟判官》

《湖中送敬十使君適廣陵》

「風」字以音節爲收勒。

《晚秋長沙蔡五侍御飲筵送殷六參軍歸澧州覲省》

「置」字可入音訓，詳具元無名氏《四書集解》。

《别張十三建封》

《送盧十四弟侍御護韋尚書靈櫬歸上都二十韵》

後幅「期」字關鎖。

《蘇大侍御訪江浦賦八韵紀異》

題云八韵，詩實七韵。

《暮秋枉裴道州手札率爾遣興寄遞呈蘇涣侍御》

前九韵，中六韵，後八韵。而前九韵之末二韵已開下段，此亦前偏從伍勢也。

《奉贈李八丈曛判官》

「所親」已下自謂。

《奉送魏六丈佑少府之交廣》

廿六韵中，寫歡會至十韵之多，末以一「闇」字收勒。

《北風》

《幽人》

若四皓者，豈亦雲之遊乎，麟鳳之儀乎？惜其不幸，而名見知耳。曰「局促」者，悲之也。曰「浩蕩」者，又佇望之矣。〇「五湖」、「浩蕩」，并「商山芝」亦遠矣。

《江漢》

言「落日」者，蓋又從「永夜」追言之。〇「雲」、「月」，比也；「日」、「風」，賦也。

《地隅》

《舟中夜雪有懷盧十四侍御弟》

五六句，賦雪之極筆。〇阮亭所謂「羚羊挂角，無迹可求」者，豈必盡于「三昧」諸家得之乎？杜公之大，已自無義不包矣。

《對雪》

《冬晚送長孫漸舍人歸州》

《暮冬送蘇四郎徯兵曹適桂州》

杜《送蘇四徯》云：「兼工古體詩。」知爾日已以古體、近體分其難易矣。

《客從》

《蠶穀行》

《白鳧行》

《朱鳳行》

「盡」，上聲。

《追酬故高蜀州人日見寄》

竟以「東西南北」排作四句，而不傷其氣格。且後半篇中，七字平仄相諧者，至一連九句，而愈覺其沈鬱。〇蘀石云：「『邊塞』二句仍是拗，尤妙。其寔愈諧愈是拗也。愈諧愈是拗，此理須知。」

附《人日寄杜二拾遺》高適

《送重表姪王砅評事使南海》

「上云」、「下云」，非必仿樂府體也。「上云」内之「數公」、「此人」，皆實也；「下云」内之「風雲」、「龍虎」，則虚摹寫也。所以又必加「下云」四句之虚摹寫，而後「上云」云之神乃足也。必無「此人」句下即接「秦王在坐」之文理也。○「亦俱有」，「亦」字從「秦王」倒點出之，所以「真氣」從叙置中補出。○未必十八九時輒有虬髯也。此段叙次極似史遷，亦史遷飛掣之筆。○「虬髯」二字，非夫人當時口中所稱，乃是杜公詩筆拈起説，而借作夫人語，不可泥著。○後半篇内，有此叙述生動，乃與前半遥配，此亦自然之章法也。○前、後各十九韵。

《清明》

《風雨看舟前落花戲爲新句》

此種落花詩，後人如何著手。○兼櫂歌、竹枝之妙義而出之。

《奉贈蕭二十使君》

「廊」字，中間停蓄作紐。結尾四句，亦無意中叶應之。

《奉送二十三舅録事之攝郴州崔偉》

《送魏二十四司直充嶺南掌選崔郎中判官兼寄韋韶州》

《送趙十七明府之縣》

《同豆盧峰貽主客李員外賢子棐知字韵》

《歸雁二首》

《江南逢李龜年》

《小寒食舟中作》

擇石云：「從『娟娟』、『片片』之節次遞來，直拓開到結句，乃是漸漸大來。」○「開幔」正承「隱几」來，亦正承看花來，此猶言開幔而蝶過也。若作「閒暇」之「閒」，則此處無著。杜句「娟娟戲蝶過開幔」，「開」，一作「閒」。

《燕子來舟中作》

《贈韋七贊善》

結明贈韋，而以自己拖住，穩重之至。

《奉酬寇十侍御錫見寄四韵復寄寇》

《入衡州》

五言長篇中如此種，是庾子山後特開生面者。

《逃難》

《白馬》

《舟中苦熱遣懷奉呈陽中丞通簡臺省諸公》

帳下之難，生于倉卒，「反掌」言易也。若作「當」，則失其義矣。杜句「反掌帳下難」，「掌」，一作「當」。○「愧」、「恥」、「憤惋」，俱收蓄在「平生方寸心」一句中，沈頓抑塞。○「夫何」，謂何如，是其「激衰懦」也。此句「夫」字，足證首卷《望岳》句「夫」字。

《江閣對雨有懷行營裴二端公》

《題衡山縣文宣王廟新學堂呈陸宰》

公遠祖征南序《春秋傳》曰：「涣然冰釋。」釋之者曰：「涣然解散，如春冰之釋也。」公此詩，從湖南之亂説來，由干戈而及俎豆，正是此義。俗儒乃欲改作「焕」字，其意以爲「焕」與「新」相連，猶俗語所謂焕然一新者。此不特不曉杜公詩理，抑且使學者爲詩，皆沿村塾時文之習，一句之中，字義套複，習焉而不察，爲弊豈淺鮮哉。

《聶耒陽以僕阻水書致酒肉療飢荒江詩得代懷興盡本韵至縣呈聶令陸路去方田驛四十里舟行一日時屬江漲泊于方田》

阻水療飢，却自括入時事。古人詩不苟作如此。

《迴棹》

《過洞庭湖》

南日最熱，故曰「畏日」。

《登舟將適漢陽》

「汝」謂宅也。○「有心」二字，含蓄沈頓。

《暮秋將歸秦留別湖南幕府親友》

此乃正聲、正格，何得以乞相目之。

《長沙送李十一》

《風疾舟中伏枕書懷三十六韵奉呈湖南親友》

讀詩難，讀杜詩尤難。世之注杜者，非失之散碎，即失之穿鑿，惟新城尚書能窺其深祕。然新城論詩，專求神韵。先生則闡發肌理，研精覃思，前後凡三十年，始成此册。嗣後，意有所得，隨時點定，又三十餘年，至晚歲，重加裝池。章鉅曾借讀一過，其中爲先生手寫者十之八，他人續寫者十之二。初時有圈識標記，重裝時，擬作樣本付梓，命工剔去，會事未果。今距先生殁已五年矣，紙墨如新，哲人其萎。展閲是册，猶憶蘇齋談藝時也。

道光三年癸未秋日，門人梁章鉅識。

合肥李氏，臧有覃溪先生手寫《杜詩附記》廿册，勤邦曾敬録副本，以便展閲。兹又摘鈔《坿記》爲單行之本，仍列詩目，俾存厓略。卷中其一、其二等字，係寫時私爲識别，非原册所有也。

宣統元年九月既望，夏勤邦謹記。

（徐丹丹點校）

詠物七言律詩偶記

詠物七言律詩偶記提要

《詠物七言律詩偶記》一卷，據嘉慶二十年《蘇齋叢書》本點校。撰者翁方綱，生平見《漁洋杜詩話》提要。此書有嘉慶十一年自序，略述數十年來與友人研析此體之經歷，至晚年始寫定。又亟言此體之難，唐宋以來諸家僅得百篇而已。蓋其論大抵持「捨性情倫理外，別無所謂詠物」之義，及戒用虛字等法，誠爲詠物正宗。唐、宋分别以杜、蘇爲主；本朝則雖云尊漁洋，全録其《秋柳》四首，然議第二首爲樂府，第四首爲不成章，稍不假辭色，是其評漁洋之慣技也。而録查初白多至十四首，中又記與錢載、謝墉等論及查詩一字之安與未安，而許其俱有著落，此正與評漁洋詩之「無著落」相對。蓋詠物虽需寄託，亦需落實，最宜肌理之實趣也。覃溪曾多次批閲《敬業堂集》，評爲「今日詩家正路」，又曾取與漁洋詩對觀，乃其一法，此處亦略可見端倪矣。

序

七言律詩，詠物尤難，雖古名家集中，不多遘也。蓋用意刻琢，易於傷格，而專講超脱，又未能恰到彀中。此事自關性情、學問矣，然又不得但恃性情、學問，遂謂盡其能事也。四十年前，與謝藴山日研此體，欲取諸家可傳之作鈔爲一編，而草藁未定。其後藴山作詠史七律，就吾齋往復商質，益味此中深處，而此鈔仍未及付之。前數年，曹儷笙與予隔巷寓居，時以體物之作來相析論，復有彙鈔詠物七律之約。老嬾倦於檢閲，自儷笙出使江西，迄今又二秋矣。適藴山嗣君仲蘭兄弟來官都門，談藝之頃，重理前説，而舊草未加詮次。自去春至今，又覆檢唐、宋以來諸家詩集，博觀約取，乃略鈔，甫將百篇耳，亦足以見此事之極難。昔與我友商確推敲之處，不啻繪此挑燈瀹茗，依依風味，琅然拍節之聲也。卷帙雖少，而意緒深長，即舉此以見論詩之一隅可矣。

嘉慶十一年秋七月廿日大興翁方綱。

詠物七言律詩偶記

大興　翁方綱

詠物七言律詩，在初唐如武考功平一《立春内出綵花樹應制》三四句：「黄鶯未解林間囀，紅蘂先從殿裏開。」

全篇則王右丞《敕賜百官櫻桃》：「芙蓉闕下會千官，紫禁朱櫻出上闌。纔是寢園春薦後，非關御苑鳥銜殘。歸鞍競帶青絲籠，中使頻傾赤玉盤。飽食不須愁内熱，大官還有蔗漿寒。」

杜詩《和裴迪登蜀州東亭送客逢早梅相憶見寄》：「東閣官梅動詩興，還如何遜在揚州。此時對雪遥相憶，送客逢春可自由。幸不折來傷歲暮，若爲看去亂鄉愁。江邊一樹垂垂發，朝夕催人自白頭。」此詩中四句空際傳神，而第二句先於「還如」二字爲之鏤影，末句「自」字圓成極矣。「若爲」二字乃指點之實字，非虚活語。

《野人送朱櫻》：「西蜀櫻桃也自紅，野人相贈滿筠籠。數迴細寫愁仍破，萬顆匀圓訝許同。憶昨賜霑門下省，退朝擎出大明宫。金盤玉筯無消息，此日嘗新任轉蓬。」

《題桃樹》：「小徑升堂舊不斜，五株桃樹亦從遮。高秋總饋貧人實，來歲還舒滿眼花。簾户每宜通乳燕，兒童莫信打慈鴉。寡妻群盜非今日，天下車書正一家。」此詩「舊」字領起，「正」字收足。第五句「每」字即三四句之「高秋」、「來歲」，皆在託憶之中。因所居新徑之改斜，而於一桃樹發之，無限寄慨。

《返照》：「楚王宫北正黄昏，白帝城西過雨痕。返照入江翻石壁，歸雲擁樹失山邨。衰年病肺惟高枕，絶塞愁時早閉門。不可久留豺虎亂，南方實有未招魂。」如此大篇，驚心動魄，本不可以詠物目之，但題云「返照」，即借以攝入萬象，與五律之「已低魚復暗，不盡白鹽孤。荻岸如秋水，松門似畫圖」，專寫返照者，固不同矣。〇嘗取《劍南集》「痕」字諸句彙鈔觀之，以爲放翁善用「痕」字也。至杜公此篇邨失、魂招，無一不攝入神境，昌黎所謂「雷硠巨刃」，斯其至矣。

《吹笛》：「吹笛秋山風月清，誰家巧作斷腸聲。風飄律吕相和切，月傍關山幾處明。傍一作「倚」。胡騎中宵堪北走，武陵一曲想南征。故園楊柳今摇落，何得愁中却盡生。」

聖人教人學詩，多識於鳥獸草木之名，元即在興觀群怨、事父事君之中，捨性情倫理外，别無所謂詠物也。自後人侔色揣稱，遂有專以詠物之篇見其才力，甚至或有僅以一聯之工擅場者，亦何可没耶？是以特舉杜陵諸作，具性情之真，得風雅之正，後有作者，貞淫正變之殊，雖音各成方，而要莫能外焉。

詩至中唐以後，漸趨平地矣。如錢仲文《和王員外雪晴早期》三四句：「長信月留寧避曉，宜春花滿不飛香。」此二句雖近於刻劃，然尚自大方也。

劉夢得《洛中寺北樓見賀監艸書題詩》：「高樓賀監昔曾登，壁上筆蹤龍虎騰。中國書流尚皇象，北朝文士重徐陵。偶因獨見空驚目，恨不同時便伏膺。唯恐塵埃轉磨滅，再三珍重囑山僧。」此雖不必其沉頓深至也，而叙置清白，又有自己在内。大凡詠一事而能有自己在内，則稍見骨力，亦學者所宜知耳。

白樂天《晚桃花》：「一樹紅桃亞拂池，竹遮松蔭晚開時。非因斜日無由見，不是閑人豈得知。寒地生材遺校易，第五句原其所以晚開之故，别具感慨。貧家養女嫁常遲。比興入妙。春深欲落誰憐惜，正收晚字，頓挫深致。白侍郎來折一枝。」此則詩中有人，更視劉夢得《賀監草書作》爲有味。

《題謝公東山障子》：「賢愚共在浮生内，貴賤同趨群動間。多見忙時已衰病，少聞健日肯休閑。鷹飢受緤從難退，鶴老乘軒亦不還。唯有風流謝安石，拂衣攜妓入東山。」浩浩落落，大段寫來，全是事外遠致，而題止末句一點，文豈有定格哉？○第二句、第七句平仄呼噏，然「群」字却是提筆方不塌下。

杜牧之《早雁》：「金河秋半虜弦開，雲際驚飛四散哀。仙掌月明孤影過，長門燈暗數聲來。須知胡騎紛紛在，豈逐春風一一迴。莫厭瀟湘少人處，水多菰米岸莓苔。」此五六「須知」、「豈逐」，七句「莫厭」，皆提起之筆，不得以後人作七律多用虚字者藉口也。

李義山《牡丹》：「錦幃初卷衛夫人，繡被猶堆越鄂君。垂手亂翻雕玉佩，折腰争舞鬱金裙。石家蠟燭何曾翦，荀令香爐可待薰。我是夢中傳綵筆，欲書花葉寄朝雲。」此詩第一句不用本韵，漸啓濫觴矣。然有志於此事者，無論其昉自何時，寧切戒之。

鄭都官谷以《鷓鴣》詩得名，時稱「鄭鷓鴣」云。「暖戲烟蕪錦翼齊，品流應得近山鷄。雨昏青草湖邊過，花落黄陵廟裏啼。遊子乍聞征袖濕，佳人纔唱翠眉低。相呼相應湘江曲，苦竹叢深春日西。」相應一作「相唤」，曲一作「闊」。此詩格固未高，然三四句正見神理，末句「春」字以平聲特收，亦關神理也。

胡文恭宿《殘花》：「雨壓殘紅一夜凋，曉來簾外正飄摇。數枝翠葉空相對，萬片香魂不可招。長樂夢迴春寂寂，武陵人去水迢迢。愁將玉笛傳遺恨，苦被芳風透綺寮。」此篇在唐、宋之交，而二宋已後，詠落花者，工力疊出矣。

《次韵朱沈春雨》三四句：「石牀潤極琴絲緩，水閣寒多酒力微。」

北宋之初，宋元憲、景文兄弟賦《落花》，並稱於時。元憲云：「一夜春風拂苑牆，歸來何處剩凄涼。漢皐珮冷臨江失，金谷樓危到地香。淚臉補痕煩獺髓，舞臺收影費鸞腸。南朝樂府休賡曲，桃葉桃根盡可傷。」景文云：「墜素翻紅各自傷，青樓烟雨忍相忘。將飛更作迴風舞，已落猶成半面妝。滄海客歸珠迸淚，章臺人去骨遺香。可能無意傳雙蝶，盡付芳心與蜜房。」此二宋昆弟少時在夏英公席上作，英公以爲有臺輔器。二詩爲時膾炙，並以三四句見工力。而大宋「漢皐」、「金谷」一聯，不明出「落」字，更自十分穩重，信絶唱也。

楊聘君朴《莎衣》：「軟緑柔藍著勝衣，倚船吟釣正相宜。蒹葭影裏和烟卧，菡萏香中帶雨披。狂脱酒家春醉後，亂堆漁舍晚晴時。直饒紫綬金章貴，未肯輕輕博换伊。」

晏元獻《賦得秋雨》：「點滴行雲覆苑墻，飄蕭微影度迴塘。秦聲未覺朱弦潤，楚夢先知薤葉涼。野水有波增淡碧，霜林無韵濕疎黄。螢稀燕寂高窗暮，正是西風玉漏長。」

劉子儀筠《館中新蟬》五六句：「風來玉女烏先轉，露下金莖鶴未知。」

林和靖《梅花》三四句：「疎影横斜水清淺，暗香浮動月黄昏。」又一首内三四句：「雪後園林纔半樹，水邊籬落忽横枝。」

歐陽文忠《唐崇徽公主手痕》五六句：「玉顔自古爲身累，肉食何人與國謀。」此二句朱子謂詩是第一等詩，議論是第一等議論也。

郭學士稹《和樞密侍郎因看海棠憶禁苑此花最盛》：「朱闌明媚照横塘，芳樹交加枕短墻。傳得東君深意態，染成西蜀好風光。破紅枝上仍施粉，繁翠陰中旋撲香。應爲無詩怨工部，至今含淚作紅妝。」

馮允南山《山路梅花》：「傳聞山下數株梅，不免車帷暫一開。試向林梢親手折，早知春意逼人來。何妨歸路參差見，更遣東風次第催。莫作尋常花蘂看，江南音信隔年回。」此八句純以虚字見致，雖亦有味，然學者正不可不防其漸也。

王平甫安國《春陰》：「似雨非晴意思深，宿酲牽率卧一作「泥」。重衾。苦憐燕子寒相並，生怕梨花晚不禁。薄薄簾帷欺欲透，遥遥歌管壓來沉。北園南陌狂無數，衹有芳菲會此心。」此詩一本作金人劉彧詩。

蘇詩《次韵柳子玉紙帳》：「亂文龜殼細相連，慣卧青綾恐未便。潔似僧巾白氎布，暖于蠻帳紫茸氊。錦衾速卷持還客，破屋那愁仰見天。但恐嬌兒還惡睡，夜深踏裂不成眠。」

《李鈐轄坐上分題戴花》：「二八佳人細馬馱，十千美酒渭城歌。簾前柳絮驚春晚，頭上花枝奈老何。露濕醉巾香掩冉，月明歸路影婆娑。緑珠吹笛何時見，欲把斜紅插皂羅。」

《錢安道席上令歌者道服》：「烏府先生鐵作肝，霜風卷地不知寒。猶嫌白髮年前少，故點紅燈雪裏看。他日卜鄰先有約，待君投紱一作「紱」。我休官。如今且作華陽服，醉唱儂家七返丹。」此詩句句撇脱，實句句作本題，不知者乃以爲末二句始點題耳。

《樂全先生生日以鐵拄杖爲壽二首》：「先生真是地行仙，住世因循五百年。每向銅人話疇昔，故教鐵杖鬭清堅。入懷冰雪生秋思，倚壁蛟龍護晝眠。遥想人天會方丈，衆中驚倒野狐禪。」「二年相伴影隨身，踏遍江湖草木春。擿石舊痕猶在眼，閉門高節欲生鱗。畏塗自衛真無敵，捷徑争先却纍人。遠寄知公不嫌重，筆端猶自斡千鈞。」

《玉堂栽花周正孺有詩次其韵》：「故山桃李半荒榛，粗報君恩便乞身。竹簟暑風招我老，玉堂花蘂爲誰春。纖纖翠蔓詩争發，皎皎霜葩鬢鬭新。只有來禽青李帖，他年留與學書人。」

《杜介送魚》：「新年已賜黄封酒，舊友仍分頳尾魚。陋巷關門負朝日，小園除雪得春蔬。病妻起斫銀絲鱠，稚子讙尋尺素書。醉眼朦朧覓歸路，松江烟雨晚疎疎。」

《次韵劉貢父西省種竹》：「要知西掖承平事，記取劉郎種竹初。舊德終呼名字外，後生誰續笑談餘。昔李公擇種竹館中，戲語同舍：「後人指此竹，必云李文正手植。」貢父笑曰：「文正不獨繫筆，亦知種竹耶？」時有筆工李文正。成陰障日行當見，取筍供庖計已疎。白首林間望天上，平安時報故人書。李衛公北都童子寺竹，寺僧日報平安。」

凡詠物，必有其地、其時、其人。試讀坡公此數詩，每即一物，而出處懷抱寄託咸寓其中。此詠物之神理，此詠物之性情也。學者即此知詠物雖一端，而可於斯得性情之正矣。豈徒就一物刻畫雕琢，而可謂之詠物者哉？

《壺中九華詩》：「湖口人李正臣蓄異石九峰，玲瓏宛轉，若窗櫺然。予欲以百金買之，與仇池石爲偶，方南遷，未暇也。名之曰壺中九華，且以詩紀之：我家岷蜀最高峰，夢裏猶驚翠掃空。五嶺莫愁千嶂外，九華今在一壺中。天池水落層層見，一作「石泉影落涓涓滴」。玉女窗明處處通。念我仇池太孤絶，百金歸買碧玲瓏。」

黄山谷《雲濤石》三四句：「蛟鼉出没三萬頃，雲雨縱横十二峰。」

米元章《紹聖二年八月十八日觀潮於澉江亭》：「怒勢號聲迸海門，州人傳是子胥魂。天排雲陣千軍吼，地擁一作「卷」。銀山萬馬奔。高與月輪參朔望，信如壺漏報朝昏。吴亡越霸成何事，一曲漁歌過遠村。」此末二句閒中唱歎，故五六句不覺其刻畫題事也。凡詠物須知此義。

曾茶山《諸人見和返魂梅再次韵》：「蠟炬高花半欲摧，斑斑小雨學黄梅。有時燕寢香中坐，如夢前村雪裏開。披拂故令携袖滿，横斜便欲映窗來。重簾幽户深深閉，亦恐風飄不得迴。」《瀛奎律髓》

云：「製香者，合諸香令氣味如梅花，號之曰返魂梅。此詩數句善形容，『前村雪裏』、『横斜映窗』等語，挽而歸之於所聞之香，既雅潔，又標致。」

陸放翁《秋色》：「一段凄涼傍酒盃，中年剩作楚囚哀。迢迢似伴明河出，慘慘如隨落照來。客路半生常淚眼，鄉關萬里更危臺。蓼汀荻浦江南岸，自入秋來夢幾迴。」《春陰》：「麯塵柳色正遮門，石黛江流曲抱村。小院春光方盎盎，遠林雨氣又昏昏。傍簷林鳥驚幽夢，極目烟蕪捲燒痕。只道餘寒尚如許，不知生意滿乾坤。」

盧贊元褱《窗外梅花》：「已消殘雪豆稭灰，斜壓疎籬一半開。雖我故園無分看，問渠春色幾時來。冷香漸欲熏詩夢，落蘂猶能韵砌臺。定復水邊多屐齒，試令長鬣視蒼苔。」

王中玉珉《還靖師草屨》七八句：「還君舊物君收取，認得拖泥帶水無。」此結竟是偈子。

朱新仲翌《詠菊》：「三徑誰從陶靖節，重陽惟有傅延年。《本草》：菊一名傅延年。」此二句《困學紀聞》載之。近日義門何氏斥其句法未工者，特泥於下句借用人名，則上句似亦當借用人名，豈得以陶靖節屬對乎？此習於八比時文之對偶以言詩耳。

尤延之《落梅》：「清溪西畔小橋東，落月紛紛水映紅。五夜客愁花片裏，一年春事角聲中。歌殘玉樹人何在，舞破山香曲未終。却憶孤山醉歸路，馬啼香雪襯東風。」

楊誠齋《海棠》：「小園不到負今晨，晚唤嬌紅伴老身。落日争明那肯暮，艷妝一出更無春。樹間露坐看摇影，酒底花光併入脣。銀燭不燒渠不睡，梢頭恰恰挂冰輪。」

徐竹隱似道《水仙花》一聯：「天寒不知翠袖薄，日暖但覺玉烟生。」張昭州潞《紫牡丹》一聯：「紫垂户外瞻天近，绿墜樓前到地香。」潞字東之，其詩學楊誠齋，此聯雖工，然對句亦即從宋元憲《落花》詩出耳。

蕭斯立立之《落梅》：「玉龍戰退鹿胎乾，好在晴沙野水看。舞翠夢迴仙袂遠，射鵰人去露厓寒。連環骨冷香猶暖，如意痕輕補未完。誰在高樓吹笛處，輕衫當户獨凭欄。」此即注李太白詩蕭士贇之父也。

周艸窗密《杭社試燈花》一聯：「繁華不結三春夢，零落空餘寸艸心。」此則寄託深遠，非僅以刻劃題事爲能矣。

金詩《中州集》中，如劉無黨記室迎《觀古作者梅詩戲成一章》：「翠袖佳人修竹傍，風姿綽約破湖光。静中慣識形神影，妙處誰知色味香。觀想有靈通水月，孤音無侣伴冰霜。故人愁絶今何許，烟雨霏霏子半黄。」此作亦大體相稱，又不著迹，然「慣識」二字似尚須酌，「侣」與「伴」相連，亦似宜酌也。又《梅》一首：「誰道江梅驛路遲，碧琅玕裏見横枝。爲尋疎影暗香處，獨立嫩寒清曉時。嚼蘂不妨浮白飲，認桃休賦比紅詩。平生東閣風流在，何遜而今鬢欲絲。」此作亦成章，五六微涉俗。

趙黄山渢《得鷲應制》：「駕鷲得暖下陂塘，綵騎星馳入建章。黄傘輕陰隨鳳輦，绿衣小隊出鷹坊。搏風玉爪凌霄漢，瞥目風毛墮雪霜。共喜園陵得新薦，侍臣齊捧萬年觴。」此作亦好，然第五句是切鵞否？

元遺山《杏花落後分韵得歸字》三四一聯云：「殘陽澹澹不肯下，流水溶溶何處歸。」遺山《雲巖詩自序》云：「觀州倅崞縣武伯英賦《剪燭刀》云：『嘑殘瘦玉蘭心吐，蹴落春紅燕尾香。』」

元詩如虞文靖《子昂墨竹》：「高崖數竹凌風雨，老可當年每畫之。修影自憐流水遠，虚心如待出雲時。縱横鴻爪留沙磧，宛轉鵝群向墨池。百世湖州仍見此，故知王子善參差。」《别國史院鼇峰石二首》：「秋雨莓苔數尺身，文章曾見百年人。吁嗟一代興王盛，付託諸公製作新。坰野有詩皆在魯，泰山無刻更先秦。鳳麟一去無消息，空使駑駘愧後塵。」「執戟揚郎久不還，頻年從幸到甘泉。賜歸特許先三日，作賦時令奏一篇。翠勺娱人花帶露，貂裘倚馬草横烟。殷勤爲謝堂前石，何處來秋共月圓。」《謝書巢惠梅花》：「巢翁遠送梅花樹，正在東風四日前。紅萼無言餘舊雪，白頭相見又新年。喜從嘉樹來江雨，憶共香秔上海船。春夜不眠賓客醉，只留孤鶴伴清妍。」《題著色山圖》：「江樹重重江水深，楚王宫殿在山陰。白雲窈窕生春浦，翠黛嬋娟對晚岑。宋玉少時多賦詠，江淹老去倦登臨。扁舟却上巴陵去，閑聽孤猿月下吟。」《東坡墨竹》：「扁舟憶上浣花溪，風雨横江萬竹低。石室歸來秋似水，峨眉相對醉如泥。春雷翻石蛟龍起，夕照穿林烏雀棲。二老何年重會面，爲揮濃墨寫凄迷。」

《孫宰金碧山水》：「昔代香山避暑宫，中天積翠立夫容。雲生金水三春柳，露滴銀床五粒松。飛瀑橋長通窈窕，斷堤人倦立從容。舊時行處今看畫，烟雨樓臺晚更濃。」

《文著作家窗間看竹影就題息齋墨竹》二首，今録其一：「數个篔簹一小亭，南窗承日印寒青。水晶簾裏珊瑚樹，雲母屏間翡翠翎。却愛微風動蕭瑟，翻疑薄暮倚娉婷。憑君更一作「縱」。有鵞溪絹，莫爲一作「與」。空花結定形。」其第二首五六句：「動摇時與禽相語，偃蹇惟餘石不移。」亦妙。

郝陵川經《落花》：「彩雲紅雨暗長門，翡翠枝餘萼緑痕。桃李東風蝴蝶夢，關山明月杜鵑魂。玉闌烟冷空千樹，金谷香銷漫一尊。狼籍滿庭君莫掃，且留春色到黄昏。」

楊仲弘載《宗陽宫望月分韵得聲字》：「老君臺上凉如水，坐看冰輪轉二更。大地山河微有影，九天風露寂無聲。蛟龍並起承金榜，鸞鳳雙飛載玉笙。不信弱流三萬里，此身今夕到蓬瀛。」

張光弼昱《鄰園海棠》三四句：「日色未嫣紅錦被，露華猶濕紫絲囊。」

明初袁海叟凱《白燕》：「故國飄零事已非，舊時王謝見應稀。月明漢水初無影，雪滿梁園尚未歸。柳絮池塘香入夢，梨花庭院冷侵衣。趙家姊妹多相忌，莫向昭陽殿裏飛。」先是，常熟時大本太初賦《白燕》詩云：「春社年年帶雪歸，海棠庭院月争輝。珠簾十二中間捲，玉剪一雙高下飛。天下公侯誇紫頷，國中儔侣尚烏衣。江湖多少閒鷗鷺，宜與同盟伴釣磯。」楊儀《驪珠雜録》曰：「時大本賦《白燕》詩，呈楊鐵厓，鐵厓極稱『珠簾玉剪』之句。袁景文在坐，曰：『詩雖佳，未盡體物之妙。』廉夫不以爲然。景文歸，作詩，翌日呈之，鐵厓擊節歎賞，連書數紙，盡散坐客，一時呼爲『袁白燕』，以此得名。李獻吉曰《白燕》詩最下最傳，非通論也。」愚按，鐵厓賞時作「珠簾玉剪」一聯，自是佳句，若其後半「天下公侯」四句，乃正如獻吉所評者爾。

高季迪《梅花》諸律各有佳處，「雪滿山中高士卧，月明林下美人來」一聯，人所共稱，然未若「將疎尚密微經雨，似暗還明遠在烟」。又云：「騎驢客醉風吹帽，放鶴人歸雪滿舟。」又云：「詩隨十里尋春路，愁在三更挂月邨。」

楊眉庵基《春草》：「嫩緑柔香遠更濃，春來無處不茸茸。六朝舊恨斜陽裏，南浦新愁細雨中。近水欲迷歌扇緑，隔花偏襯舞裙紅。平川十里人歸晚，無數牛羊一笛風。」此作極膾炙人口，然五六句「歌扇」「舞裙」，亦微涉帮襯俗筆也。廿年前，於曹慕堂席間遇一叟，謂予曰：「楊孟載《春草》第三句是『斜陽裏』？是『斜陽外』？某昨與友執所見之本爭之，數日不决，請君爲定是某字。」予應之曰：「自是『外』字有遠神，然當歸檢板本。」及歸檢原詩，則是「裏」字，然此字實以「外」字爲勝，附記於此。

楊升庵《詩話》：元武伯英詠《燭剪》詩一聯爲一時所賞。已見前。○按，武伯英卒於興定末，其爲金人無疑，而此誤以爲元人，蓋因其見於《遺山集》中，故誤謂遺山是元人，而并誤也。楊升庵明時人，其不知考據，無足怪，亦可見顧秀野《元詩選》誤以遺山爲元人，其沿訛有自耳。李古廉《詠剪刀》詩：「吴綾剪處魚吞浪，蜀錦裁時燕掠霞。深院響傳春晝静，小樓工罷夕陽斜。」公之直節清聲，而詩嫵媚如此，信乎賦梅花者不獨宋廣平也。古廉名懋，字時勉，以字行。

朱竹垞《静志居詩話》：鄭谷《鷓鴣》、崔珏《鴛鴦》、謝逸《蝴蝶》、袁凱《白燕》，皆以一詩目之終身，至蘇秉衡蘇平，字秉衡。以「繡鞵」得名，風斯下矣。即其「南陌踏青春有跡，西厢立月夜無聲」二語，乃本於瞿宗吉少時《香奩》之作所云「燕尾點波微有韵，鳳頭踏月悄無聲」也。按，元謝宗可、明瞿宗吉詠物諸作，今不具載。

《煖耳》詩，謝鐸方石首唱，《有旨百官戴煖耳陸庶子廉伯限韵用東西涯》。李荼陵和韵四首，自注云：「時和者甚衆，類爲騎字所苦。」今録李詩之一於此，亦非選也。「烏紗巾上透涼飈，一髮君恩力未辭。賜煖宫貂同日戴，冒寒郊馬有人騎。耳聞明主如絲詔，心似窮民挾纊時。明向玉階還再拜，羔羊重續退公詩。」

沈石田《落花》三十首，偶録其二：「似雨紛然落處晴，飄紅泊紫莫聊生。美人天遠無家别，逐客春深盡族行。去是何因忙趁蝶，問難爲説假啼鶯。悶思遺撥容酣枕，短夢茫茫又不明。」「爲爾徘徊何處邊，赤欄干外碧檐前。亂飛萬點紅無度，閒過一鶯黄可憐。觀裏又來劉禹錫，江南重見李龜年。送春把酒追無及，留取銀燈補後緣。」

楊升庵《詠柳》：「垂楊垂柳綰芳年，飛絮飛花媚遠天。金距鬬雞寒食後，玉蛾翻雪暖風前。别離江上還河上，抛擲橋邊與路邊。遊子魂銷青塞月，美人腸斷翠樓烟。」此作大局亦得樂府神致。

唐荆川《元夕詠冰燈》：「正憐火樹鬬春妍，忽見清輝映夜闌。出海蛟珠猶帶水，滿堂羅袖欲生寒。燭花不礙空中影，暈氣疑從月裏看。爲語東風暫相借，來宵還得盡餘歡。」

元明諸家詠物七律漸多，然而耐讀者頗少。因録國初諸先輩之作，以見體物之詣，深關學問，不必以時近爲限制矣。蓋此偶記，本無體例也。其稍在前者，則如吴梅邨《友人齋説餅》：「舍北溪南樹影斜，主人留客醉黄花。水溲非用淘槐葉，蜜餌寧關煮蕨芽。閣老膏環常對酒，徵君寒具好烹茶。食經二事皆堪注，休説公羊賣餅家。」靳氏注謂徵君指陳眉公，閣老或指申瑶泉，或指張司空輔之，皆梅村近時事。又詠《蓮蓬人》：「獨立平生重此翁，反裘雙袖倚東風。殘身顛倒憑誰戲，亂服麄疎恥便工。共結苦心諸子散，早拈香粉美人空。莫嫌到老絲難斷，總在汙泥不染中。」

王又旦《題瀟湘萬籟圖》：「漠漠蘆花水滿灣，萬竿修竹映湘山。日高八桂陰初合，雪落三江緑未還。離亂相逢圖畫裏，滄洲空想有無間。傷心極目連雲樹，灑淚非因帝子斑。」

國初諸家最推王漁洋，以《秋柳》詩得名，是以四首皆録於此。「秋來何處最銷魂，殘照西風白下門。他日差池春燕影，祇今憔悴晚烟痕。愁生陌上黄驄曲，夢遠江南烏夜村。莫聽臨風三弄笛，玉關哀怨總難論。」「娟娟涼露欲爲霜，萬縷千條拂玉塘。浦裏青荷中婦鏡，江干黄竹女兒箱。空憐板渚隋堤水，不見琅邪大道王。若過洛陽風景地，含情重問永豐坊。」「東風作絮糝春衣，太息蕭條景物非。扶荔宫中花事盡，靈和殿裏昔人稀。相逢南雁皆愁侶，好語西烏莫夜飛。往日風流問枚叔，梁園迴首素心違。」「桃根桃葉鎮相憐，眺盡平蕪欲化烟。秋色向人猶旖旎，春閨曾與致纏綿。新愁帝子悲今日，舊事公孫憶往年。記否青門珠絡鼓，松枝相映夕陽邊。」此四詩在當時和者至二千首。陳伯璣云：「原倡如初寫《黄庭》，恰到好處。諸名士和作皆不能及。」然平心論之，原倡四首，風神獨絶，自足照映一時。而第二首中二聯除隋堤著柳，餘皆全恃樂府以烘託之耳。至第四首三四句「向人」「人」字本無所指，則對句「與」字安能拍節？此豈得以虚實流水相對轉矜超逸乎？而五六句「帝子」、「公孫」亦無可指之故實，則新愁舊事亦皆無所著落，豈得從而爲之辭乎？再四吟誦其第四首，竟未成章也。惟以爾日先生詩名甫噪，藝林傳誦，至今何可輕議。而同時所云和者盈二千首，若以四首計之，當有五百家矣。今既不盡傳，就其最傳之作，如次韵者則汪東山繹一首云：「短長亭畔暗銷魂，無復絲絲緑映門。千縷冷風餘倦態，滿梢清露尚啼痕。蕭蕭去馬斜陽路，點點歸鴉落葉村。獨立寒潭倍惆悵，婆娑生意不堪論。」此詩似有神致矣，然第四句「尚」字亦覺未安。惟西樵次韵内一聯「折來玉手曾三月，種向金城更幾年」，漁洋所謂和作中不多得者也。不次韵者朱竹垞一首云：「回首秦川落照殘，西風遠影對巑岏。城頭霜月從今白，笛裏關山祇自寒。亡國尚憐吴苑在，行人只向灞陵看。春來已是傷心樹，猶記青青送玉鞍。」此詩亦似有神致，然「祇」、「只」二字恐涉相複。曹倦圃五六一聯「月斜樓角藏烏起，霜落河橋駐馬看」，亦見稱於時也。

漁洋《聞雁》：「縹緲涼天數雁鳴，幾家砧杵起秋聲。懷人江上楓初落，卧病空堂雨易成。尺素經時常北望，暮雲無際且南征。沅湘一帶多兵甲，莫動高樓少婦情。」

《友人送白蓮花爲詠》：「無復澄江載酒船，折枝猶帶五湖烟。香來月白風清裏，花放叢祠水驛前。鴨唼池萍微雨後，犀垂簾押夕陽天。魯連陂上新秋色，觸忤閒愁又一年。」

《跋傅彤臣侍御楊柳枝詞後》：「衣上明湖舊酒痕，漢南昨夢苦銷魂。仙人有恨看銅狄，羌笛何心度玉門。斜日靈和春殿樹，西風清弋晚江村。丱兮城畔新吟好，只似三生石上論。」

《題趙承旨畫羊》：「三百群中見兩頭，依然禿筆掃驊騮。朅來清遠吴興地，忽憶蒼茫勅勒秋。南渡銅駝猶戀洛，西歸玉馬已朝周。牧羝落盡蘇卿節，五字河梁萬古愁。」此詩五六句用趙文敏詩「故國金人泣辭漢，當年玉馬去朝周」也，注者皆不引及。

竹垞《羅浮蝴蝶》四首：「携來柏葉綴莎蟲，物候初温五月風。么鳳忽然看倒挂，仙蠶深恨不同功。粉香弄玉匀塗後，裠色麻姑想像中。離合神光終莫定，畫圖誰信小滕工。」注者謂此蝶以五月朔破繭出，予在粤東，親見此蝶以二月朔破繭出，不聞五月也。粤志亦言，聞雷則出，與二月驚蟄相合。此詩第二句固未可改二月，然未知先生詩何所據也。附記於此。「藤笈初開且試飛，櫱牙墻角見應稀。輕狂忍把霜紈撲，愛惜須加繡幕圍。萬里風花香入夢，六朝金粉畫成衣。吴孃正要湘裠樣，分付流黄第一機。」「籬邊野外舞春駒，認得羅浮種獨殊。衆裏自應呼鳳子，生來只解抱花鬚。鉛華水淨分初日，金縷衣輕颺五銖。比似吴人看西子，未貪市上一錢輸。」「猶記歸裝嶺外齎，炎天二月展金泥。衰年再見真難得，異物初生也不齊。偶落人間休悵望，但留花底莫東西。寄聲爲報垂虹長，好配新蛾與並棲。」自注：虹亭笥中尚存三繭。

查初白《夜觀燒山和中丞公韵》：「寒空月黑燄初熏，照夜俄生萬嶺雲。赤幟千人争趙壁，火牛百道走燕軍。危時莫以烽爲戲，我意方憂玉亦焚。不信劫灰吹不盡，草間狐兔尚成群。」

《三月晦日陳元亮家看海棠》：「一番陰雨花期盡，難得君家尚有春。路隔西川無好句，眼明南郭又芳辰。濃雲薄霧憐香意，翠袖紅紗絶代人。還有挂帆惆悵在，滿湖烟水夢何因。與顯武别有約而未遂，故云。」

《雨後望九華山》：「横看不與側看同，朶朶芙蓉並插空。去鳥已銜殘雨没，歸雲忽漏夕陽紅。劈開華掌層層翠，使盡湘帆面面風。終是詩人言語大，携來直欲置壺中。東坡名仇池石爲壺中九華。」

《楊花同恒齋賦》：「散作輕埃滚作團，不成花片但漫漫。春如短夢初離影，人在東風正倚欄。微雨乍粘還有態，柔條欲戀已無端。衹應老眼憐輕薄，長自摩挲霧裏看。」

《初聞黄鸝次灌園韵》：「一聲流過小窗前，去國關心又一年。圓入客吟同宛轉，熟聞鄉語倍纏綿。畫樓脉脉通春夢，碧樹茸茸羃曉烟。爲是好音須愛惜，自憐終勝受人憐。」

《蟬蜕和灌園韵》：「不應已蜕尚名蟬，彈指難留過去緣。枯比老僧初入定，輕如羽客乍登仙。誰云解脱非生理，始信飛鳴是後天。從此螗螂無攫意，機心不上七條絃。」

《陸濟成侍讀招飲丁香花下同西溟崑繩寄亭作》：「花繁葉密暗迴廊，爲放庭空特撤墻。翠幕雲遮天四角，紅燈人醉樹中央。春辭小院離離影，夜受輕衫漠漠香。曾是往年連榻地，重來容易感流光。丁卯、己巳間，與家荆州兄盤桓此地最久，故及之。」昔與錢蘀石論此詩，蘀石疑第六句「受」字未安。其後與謝金圃語及此，金圃云：「『受』字意趣甚佳，而與上句『辭』字字面對而意不對，此蘀石所以疑之也。」今再四繹之，此句「受」字乃正與第七句「往年連榻」相接，非與上句「辭」字意對也，知此乃得其題與注之味耳。

《揚州城外觀燈船和友人韵二首》：「琉璃一片映珊瑚，上有青天下有湖。岸岸樓臺開晝錦，船船絃索曳歌珠。二分明月收光避，千隊驪龍逐仗趨。不爲水嬉誇盛事，萬人連夕樂堯衢。」「錦纜朱欄綵鷁群，滿川春暖氣如熏。倒窺銀海千枝燄，迸散金波五色雲。雁齒初裝虹有暈，魚鱗不動水無紋。君王到處皆勤政，猶自宵衣坐夜分。」

《和紫滄四聲》之二《鐘聲》云：「梵天一晌泬寥開，誰激華鯨怒吼雷。日落空林無客到，烟藏遠刹有風來。三生同聽人何在，半夜孤眠夢忽回。一百八聲敲不斷，苦教積劫墮輪迴。」此詩固佳，然「迴」即「回」字，似複押矣，姑録於此。《塔鈴聲》云：「三災驀過晝沉沉，窣堵波高蘭若深。已向池中懸倒影，又從天半落清音。石如解聽無生話，風豈能摇久定心。若問此聲何起滅，本來無縫杳難尋。」

《和友咏影》：「寓形宇内豈惟人，幻出無端現在因。我覺官骸多是假，汝依水月詎爲真。隨身只怪趨難避，面壁誰知坐轉親。吹却油燈何處覓，佛光中現舜多神。」

《予昨作詩從院長乞筍有馬軍煩走送之句院長謂余兼欲致酒也今日大風遣人餉筍及菊釀二壜以詩索和次答》：「乞筍何當更致醪，笑余毋乃太貪饕。頓教野老寒蔬賤，不怕鄰姬酒價高。一飯解苞登玉饌，黄山谷《謝人送笋》詩：「都城一飯炊白玉。」又云：「豹文解籜饌寒玉。」三升出甕湧詩濤。孟郊詩云：「詩骨聳東野，詩濤湧退之。」只慚指動真踰分，仙爪能從背癢搔。」

《恭和御製詠鳥槍原韵》：「鏤金浴鐵製新傳，萬丈光生掌握前。命中巧踰弓入彀，發機突並鳥争先。毛風血雨來千里，電瞫雷硇徹九天。一震餘威收有截，坐令寰宇靖烽烟。」

毛亦史師柱太倉人。《二鸚鵡》：「緑襟緗翼赤欄東，雙立雙棲入畫中。縱炫羽毛休見妬，爲能言語却争工。堂前報客聲相應，隴首思鄉夢不同。枉自含愁頻對舞，何須玉粒戀雕籠。」

王赤抒丹林錢塘人，官中書舍人。《白桃花次乾齋侍讀韵》：「相逢不信武陵村，合是孤峰舊託根。流水有情空蘸影，春風無色最銷魂。開當玉洞難知路，吹落銀墻不見痕。多恐賺他雙舞燕，誤猜梨院繞重門。」

厲樊榭《題禹尚基畫白桃花》：「樂府争傳渡口歌，淡妝奈此折枝何。冶春合就雲爲夢，笑月應憐玉作渦。盧女後時鉛粉薄，劉郎重到鬢絲多。亭亭付與徐黄手，輕著宮衣襯碧羅。」《城北汎舟看菜花同人分韵》：「三四吟朋一葉舟，踏青過後菜花稠。連畦金粉雌雄蜨，十里斜陽子母牛。北郭不來遊女賞，東風都屬野人收。分明佛界周遭外，襯出紅橋碧玉流。」《洪曲溪延清齋雅集分題得炙硯爐》：「一夜陶泓有凍泉，故教移置煖爐邊。清霜古怨辭宮瓦，茅屋春風夢石田。勛策華林非躍冶，句回枯木不離禪。先生笑著寒齋譜，休比矮桑磨欲穿。」此詩末七字看似精意，然實單窘矣，且此作亦不煩此種音節作收也。可見名作正苦太著意耳。《秋陰集汪抱樸城北水房分韵》：「一片荒雲乍有無，此間亭館壓菰浦。淡如人意不可畫，涼到句邊渾欲逋。老柳沿堤烟影重，殘荷覆治墨痕枯。爲憑横玉吹教裂，明日西風渡鏡湖。時予將越游。」

鄭璣尺江《殘柳》：「畫橋斜去水東流，落日西風澤國秋。樹下彩雲都散盡，夜來明月尚勾留。碧蹄馬老憐荒驛，白髮人閒倚酒樓。六代離宫鴉數點，滿天踈雨不勝愁。」此筠谷有名之作，然鄙意尚覺「酒」字與「荒」字未甚工對，讀者試商確焉。

周穆門京《燕來》：「烟雨踈踈覆緑苔，海棠時節燕重來。不辭故國三千里，還認雕梁十二回。荒草誰家深院落，繁花何處好池臺。却憐舊館曾相識，爲把湘簾手自開。」

《楊花》：「南陌風光劇可憐，楊花撩亂撲鞦韆。一年春事抛流水，半醉心情付别筵。冉冉慣尋芳草岸，濛濛欲下夕陽天。殘紅同盡無消息，又化浮萍上釣船。」

朱稼翁稻孫《賦得十月先開嶺上梅》：「峰前迴雁北飛時，早是東風第一枝。小雪年晴行客路，短墻深護曲江祠。青猨上樹休教折，翠羽中宵尚未知。説與隴頭人不信，除非驛使寄相思。」

盛青嶁錦《白蓮》：「玉井分栽到野塘，冰綃翠袖迴生凉。半江殘月欲無影，一片冷雲何處香。真相尚留開士社，紅衣盡洗美人妝。水仙操罷扁舟去，誰與凌波解珮璫。」

陸陸堂《廬山開先寺觀磨厓山谷書七佛偈王陽明紀功題字》詩内一聯云：「即心即佛人留眼，擒賊擒王我服膺。」

張漁川四科《詠臙脂》一聯云：「南朝有井君王辱，北地無山婦女愁。」時人稱爲「張臙脂。」

楊二思學士述曾説其鄉人有《應京兆試不售南歸即席賦白菊花》一聯云：「燕臺秋老金無色，栗里人歸鬢已華。」

唐、宋、金、元、明至國朝諸前輩之作，共録得詠物七律九十八首，間附及一二聯，皆偶記於此，非云選也。

體物之篇，系風雅之正脈，非僅侔色揣稱也。迨其後題畫之餘，益滋類目，丹黄金碧，皆關抽秘之微矣。若寫照行看子，則往時但舉齋軒，尚與人地易相比切。至於詩品語資，漸工寫景，於是題多藻麗，而形神義法兼到爲難。以愚往復研求作者利弊，則凡題人寫照者，不惟工於寫景，必期愜當其人。豈惟愜當其人，必期於在我之交誼親疎，與見在之時地際遇，或贈處之際喻申忠孝之箴，或勸懲之間矢結韋弦之佩，皆於寄興，灼見指歸。而叙景之工切，第於此中相依而出，不止緣情綺靡也。是則六義之賦，必合比興而通會之。其於體物精詣，或庶幾焉。乙丑秋九月廿日方綱識。

國朝詩話

國朝詩話提要

《國朝詩話》二卷，據乾隆二十四年似園刊《澹寧齋集》本點校。撰者楊際昌（一七一九—一八〇四），字魯藩，號葭漁、蓬萊居士，浙江山陰人。乾隆六年舉人。會試未第，遁迹山林，以授徒行醫終。有《澹寧齋》集。據卷首例言，此書成於乾隆二十三年戊寅，楊氏年四十。因有感於國家百數十年來風雅之盛，遠軼前明，而有是集。收録始於入清存者，止於當世歿者，不論遺民，無非臣子。故所録不避鼎革之際遺詩軼事，頗重梅村體一路七古歌行之作。然康乾盛世，承平日久，詩風由變趨正，一代宗匠，終非王漁洋莫屬。楊氏識亦及此，每揭「正宗」、「大方」以爲録詩宗旨，王、朱、施、宋等大家外，上自大學士張英、張廷玉父子，下至窮微之士如楊格《閑閑草》、倪長駕《澹多軒詩》等未刊稿，多爲體制和雅、描寫太平風俗之作。又往往由詩及事，頗録掌故。此書乃自撰而非彙編他人材料，又非盡以人爲目，故入内編。

國朝詩話例言四則

國家百數十年來，聲教覃敷，風雅之盛，遠軼前代，壇坫巨公，又無明人水火相射之習，誠太和元氣也。不揣譾劣，常思遍蒐博採，彙選成集。而身處鄉曲，無力網羅，姑取案頭所有，參以管見，庸妄無所逃罪矣。

秀水朱竹垞太史《明詩綜》，多録國初遺民。以鄙意論之，鼎革後，明之士大夫，或抗王師而死，或捐軀而死，周頑殷義，自當屬明。其餘無論登仕版與否，踐土食毛，孰非臣子？故易其例，概收入卷内。

是役也，始于丙子，下帷韓兄星若之貯碧軒，迄今戊寅，繕寫甫得二卷。同人以予四十賤辰，亟請捐貲付刊。嗣後尚將陸續採輯，倘大雅見之，不鄙其瑣瑣，惠示名章，深所望云。

卷内不拘人之窮達，名之微顯，惟其人尚在者，詩雖佩服，姑存以有待，恐涉依附之私，不敢不避嫌也。

蓬萊居士楊際昌識

國朝詩話卷之一

山陰楊際昌葭漁稿

國朝右文，超軼前代。世祖撫有宇内，不廢文翰。長洲尤悔庵侗嘗作《西廂》傳奇「臨去秋波」文，深邀睿鑒，嘆爲才子。後見《讀離騷樂府》，亦稱旨，俾教坊内人，播之管絃。及龍馭升遐，悔庵罷官，自北平歸，新城王司寇士禛寄詩云：「南苑西風御水流，殿前無復按梁州。飄零法曲人間遍，誰付當年菊部頭？」尤欷歔泣下，誠感恩之至也。康熙己未，尤以博學鴻詞科入翰林。詩篇頗富，《外國竹枝詞》、《明史樂府》，世推絶妙。

黄岡杜處士茶村濬僑居金陵，與周侍郎櫟園亮工諸名士觀燈船，周出百金置席上爲采，賭鼓吹詞。茶村遽起攫之曰：「鮑叔知我貧也。」就吟席振筆，立成長歌一百七十四句，客皆傾倒，詩名大著。然其《變雅堂稿》，究以五言古今體爲拔俗，偶作短章，亦非率爾。合肥龔宗伯芝麓鼎孳極賞其咏蘇子瞻一絶云：「堂堂復堂堂，子瞻出峨眉。少讀范滂傳，晚和淵明詩。」謂下二句能盡子瞻一生也。

王新城詩，一代宗匠，總是風騷絶世。論魄力，《蜀道集》最勝，五言律尤生平所少。起句如《遇仙橋即事》：「浮雲收渭北，初日照終南。」《寶鷄縣》：「險絶古陳倉，停車落日黄。」《彌牟道中望八陣圖遺址》：「落日彌牟道，霜風百戰場。」《金方伯邀泛浣花溪》：「萬里橋邊去，還多弔古情。」《題三忠傳》：「已失夔門險，誰云蜀道難？」《雲陽縣》：「十月雲陽縣，千崖石氣青。」《抵彝陵州》：「扁舟天上落，回首萬灘高。」《峴山和孟公韵》：「往者不可作，含悽方在今。」聯句如《寶鷄道中》：「遠天吴嶽影，斜日渭川流。」《益門鎮》：「棧雲高不落，隴樹曉還蒼。」《鳳縣》：「千峰圍邸閣，一綫望中原。」《雨趨留壩》：「路遥洋水北，天盡武關東。」《武侯琴室》：「至今籌筆地，猶見出師心。」《蒼溪縣》：「蠻江吹積雨，急峽束盤渦。」《閬中感興》：「秋風吹劍外，客鬢老巴西。」《望劍州懷喬文衣》：「才士無高位，吟魂寄百蠻。」《夾江縣》：「江山真萬里，雨雪到諸蠻。」《舟出巴峽》：「雲開見江樹，峽斷望人烟。」《巴東秋風亭謁寇萊公祠》：「清猿吟楚塞，客淚落巴東。」《抵彝陵州》：「三湘初落木，萬里飽聞猿。」《宜都縣南中流大風》：「風生羊角戍，山盡虎牙關。」結句如《漢臺》：「風雲今寂寞，江漢自波瀾。」《虎跳驛》：「巴西兵馬後，多少未招魂？」《天柱山絶頂望見岷山作》：「大荒飛鳥外，眼底盡姚州。」《彌牟道中望八陣圖遺址》：「卧龍虚故蹟，駐馬惜降王。」《九日謁昭烈惠陵》：「錦江非渭水，猶作霸陵看。」《抵歸州》：「興亡紛在眼，袞袞大江流。」《題三閭大夫廟》：「武關嗚咽水，猶怨楚襄王。」《黄陵廟》：「尚憶平成日，茫茫辨九州。」《隆中》：「岷江流不盡，西望一沾襟。」此等格調，皆不愧少陵夔州作也。

太倉吴祭酒偉業詩，輒使讀者哀惋。「我本淮王舊鷄犬，不隨仙去落人間」，「忍死偷生廿載餘，而今罪孽怎消除」，尤一字一淚也。

嘉定孫公致彌《題秦淮小榭四絶句》，丰致宛轉，極耐咀嚼。詩云：「赤欄橋外柳千條，一曲青溪漲晚潮。鵝管偷聲催月上，不知何計不魂消。」「南部烟花失舊聞，都無歌笑有愁雲。才人潦倒佳人老，腸斷當年白練裙。」「艷曲空傳燕子箋，如雷羯鼓鬧燈船。可憐三五花梢月，曾向臨春閣外圓。」「欸乃聲中酒半消，水天閒話總無聊。不須重數華胥夢，衰柳秋風見六朝。」

平樂太守佟鍈妻趙恭人，早寡，鞠子濬成進士。所居曰殘夢樓，因號殘夢主人。有《祭竈》詩云：「再拜東廚司命神，聊將清水餞行尊。年年破屋多塵土，須恕夫亡子幼人。」真切有趣。又《題邊塞圖》云：「黄沙漠漠迥無垠，萬古關河不度春。今見畫圖腸欲斷，可知當日戍邊人。」亦不類巾幗語也。

有一僧假紺池和尚宗渭「亂松殘雪寺，孤磬夕陽山」句，謁王阮亭先生，先生極賞之，贈詩云：「愛公殘雪句，何減碧雲篇」。余謂此等詩初無深意，不過録唐人幽淡句子作藍本耳。

陳恪勤公鵬年爲國朝偉人，偶見其《冬日感懷》詩內一首云：「平生夢落五湖邊，竹馬重來事黯然。蠲賜歡聲方動地，滯淫秋水又浮天。東南財賦無籌策，士女嬉遊有歲年。春樹萬家烟霧裏，白公堤上每流連。」懷抱溢於楮墨矣。

孔東塘尚任用侯方域、李香君事作《桃花扇》傳奇，詩人題咏甚多。德州田司農雯云：「一例降旗出石頭，烏啼楓落秣陵秋。南朝賸有傷心淚，更向胭脂井畔流。」爲得作者本意。商丘宋太宰犖云：「血作桃花寄怨孤，天涯把扇幾長吁。不知壯悔高堂下，入骨相思悔得無？」乃朝宗針砭也。

蔚州魏尚書象樞作《循吏行送人之官》云：「古人愛身今愛官，此身一失官何補？」維世名言，可想見其生平。

樂府以古質爲最高，然高處全在命意，意高格自高矣。吴南邨宗漢《東門行》一首絶佳：「出東門，意欲前，欲前未及得前。遠聞兒啼女泣，使我僕馬爲流連。君但行，勿流連。堂上有兩親，機中有絲日一縑。賤妾餔糟糠，終不令君親饑且寒。道旁之水泥濁濁，長安馬，多食粟，一車覆，一車續。願君爲臣忠，爲吏廉，吹風到茅屋，結駟歸來非我欲。」

蕭芷崖詩以攻木爲業，暇則吟咏。《度關》五言律云：「獨身遊萬里，深雪度重關。遼海吞邊月，長城鎖亂山。馬隨鷄唱發，心逐雁飛還。東道多賢主，葡萄壯客顔。」音響琅琅，雅非凡筆。鈕玉樵琇目爲藝隱。

康熙間，朝鮮使臣來賀聖祖萬壽，有「河清適際千年一，嵩壽齊呼萬歲三」之句。用事甚熟，一經屬對，即成奇特，非才人不辦。

金陵詩托興於王、謝燕子者，自劉夢得後頗多。康熙間，秀水布衣王价人一絶，爲時所稱：「水滿秦淮長緑蘋，千秋王謝已灰塵。春風燕子家家入，無復當時舊主人。」視夢得意露，而詞則更悽婉。

楊鐵崖、李西涯樂府，同工異曲，久傳於世。吴江鈕易庵棨所著《新樂府》，有《權門犬》、《椒山膽》二題，詞亦淋漓。《權門犬》云：「權門犬，吠權門。好官自我爲，笑駡誰復論？嘷以南，嘷以北，權門有竇恣出入。鹵簿都城天地黑，徒令志士空嘆息。一朝權門冷落車馬稀，群犬狺狺失所依。犬兮犬兮良可悲，摇尾權門空爾爲！」《椒山膽》云：「椒山膽，何壯哉！一月官四遷，遠自狄道萬里來。君恩一何渥，臣心安敢灰？一腔熱血不敢冷，九死百折終不回。寧與夏曾同日死，不顧權門怒若雷。捐此七尺軀，上報明天子。忠臣之心聊復爾，刀鋸鼎鑊甘如旨。十罪五奸義不移，疏草一入人人危。椒山自有膽，何用蚺蛇爲！」

龔尚書姬人顧横波，善畫蘭，虞山錢宗伯牧齋謙益所寵柳是小字蘼蕪者題其上。宣城梅耦長庚有絶句云：「半幅雙鈎楚澤春，南朝舊部總傷神。蘼蕪詩句横波墨，都是尚書傳裏人。」微文托諷，深得風人之旨。

牧齋《題沈朗倩石厓秋柳小景》絶句云：「刻露巉巖石骨愁，兩株風柳曳殘秋。分明一段荒寒景，今日鍾山古石頭。」王阮亭和之云：「宫柳烟含六代愁，絲絲畏見冶城秋。無情畫裏逢摇落，一夜西風滿石頭。」袁籜庵韞玉極爲嘆賞。阮亭亦輒自喜，書之《居易録》。余意阮亭詩自俊，要是有意求工，牧齋則信筆寫出，所感已深耳。

如皋冒巢民襄園林之勝，賓客之美，一時莫並，同人唱和，亦多佳句。余最愛陳其年維崧「十隊寶刀春結客，三更銀甲夜開樽」，豪氣勃勃。若徐方虎倬「人憐滄海遺民少，話聽開元逸事多」，更不止流連光景矣。

徐芝仙蘭《出居庸關》詩云：「將軍此去必封侯，士卒何心肯逗留。馬後桃花馬前雪，出關争得不回頭。」新警可傳。

吴逆爲亂時，長沙朱氏女被營兵所掠。氏堅志，衆莫敢犯。舟至小孤山，投江死。屍逆流三日，浮至故居水濱，夢訴於父母。驚起跡之，獲其屍，懷間得絶句十首。有云：「少小伶俜畫閣時，詩書曾奉母爲師。濤聲向夜悲何急，猶記燈前讀楚詞。」又云：「狂帆慘説過雙孤，掩袖潸潸淚欲枯。葬入江魚浮海去，不留羞塚在姑蘇。」此人此詩，載筆者詎容遺之耶？

澤州陳相公廷敬《聞笛》詩云：「一片長安秋月明，誰吹玉笛夜多情。關山萬古無消息，腸斷風前入破聲。」丰致洒然，絶不妝點臺閣氣象。

王阮亭極重徐東癡夜，爲刻集二百餘篇。偶憶其《清明》詩云：「今年春冷候常賒，野曠烏啼日又斜。寒食清明都已過，墓田撩亂野棠花。」《轉城》詩云：「來看東風剪柳條，土膏新軟雪全消。轉城三面無相識，黄葉隨人過板橋。」幽澹之致，故是軼俗。

吴東里宗濳嘗有句云：「大烹豆腐瓜茄菜，高會荆妻兒女孫。」雖屬游戲，亦自有趣，但不可相倣效耳。

秀水朱檢討竹垞彝尊與王阮亭齊名，世稱南朱北王。王專擅風神，朱兼騁才藻，以云作家，皆非妄有名也。朱七言近體少於王，然有可爲正宗者數首。如《秣陵》云：「秣陵城闕暮雲封，估客帆檣落日逢。萬里星霜沙塞雁，五更風雨掖門松。長江鐵鎖空千尺，大道朱樓定幾重。此夕愁人聽鼓角，驚心不似景陽鐘。」《登大庾嶺》云：「雄關直上嶺雲孤，驛路梅花歲月徂。丞相祠堂虚寂寞，越王城闕總荒蕪。自來北至無鴻雁，從此南飛有鷓鴣。鄉國不堪重佇望，亂山落日滿長途。」《崧臺晚眺》：「傑閣臨江試獨過，側身天地一悲歌。蒼梧風起愁雲暮，高峽晴開落照多。緑草炎州巢翠羽，金鞭沙市走明駝。平蠻更憶當年事，諸將誰同馬伏波？」《留别董三》：「離堂剪燭重燒燭，深夜他鄉説故鄉。作客蕭條官舍下，逢君歌哭酒壚傍。明朝分手仍南北，後會相期各渺茫。長路烽烟驚海甸，亂山風雨暗河梁。」《送曹侍郎備兵大同》：「司農議論朝端重，副相聲名輦下聞。豈意尚煩西顧策，翻教暫領朔方軍。河邊遠道人千里，天外鄉書雁幾群。到日關城春色早，李陵臺畔柳紛紛。」《夢中送祁六出關》：「酌酒一杯歌一篇，沙頭落葉何紛然。朔方此去幾時反，南浦送君真可憐。遼海月明霜滿野，陰山風動草連天。紅顔白髮雙愁汝，欲寄音書何處傳？」《宣府鎮》：「高城西北控燕都，吹角清秋落日孤。尚憶武皇巡玉塞，親從鎮國剖金符。宮槐御柳今蕭瑟，虎圈鷹坊舊有無。邊事百年虚想像，誰誇天險塞飛狐？」工穩流麗，氣韵亦不薄。

國初海内士子至京師者，先以所作呈龔芝麓，次必謁王阮亭、汪鈍翁琬、劉公勇體仁，汪輒詆，王輒贊，劉輒寘不還。劉未没時，與友蘇銘至鳳陽龍興寺，禪喜竟日，回旅舍，是夕遂化去。見夢於蘇，吟詩云：「六十年來一夢醒，飄然四大御風輕。與君昨日龍興寺，猶是拖泥帶水行。」可知此公胸中初無罣礙。

毛太史西河奇齡選浙江閨秀詩，獨遺山陰王氏。王氏有女名端淑，寄以詩云：「王嫱非不無顔色，怎奈毛君下筆何。」使事可謂巧絶。

家四負老人格久客工詩，老而貧，有《閒閒草》四卷，未及刻。五言古詩《寄内》云：「卿如念遠遊，殷勤事吾母。吾母鬢已斑，有子天涯走。終日倚門閭，望斷重回首。此身未得歸，悽切卿知否？」真摯可追孟郊《遊子吟》。近體佳句，五言如「稻花香野岸，楓葉冷清溪」，「鄉心花月夜，旅夢水山程」，「大江潮暗上，孤艇渡猶迷」，「雁度秋雲迥，人吟夕照低」，「敝裘霜降後，驅馬日熹時」。七言如「半牀絮冷關河夢，一雁書啣蘆荻秋」，「平橋遥繫垂江柳，深巷斜飛隔市烟」，「楓林寂寂數蟬噪，荻浦青青一鶴行」，「詩成賴有高人賞，財匱曾甘俠客憐」，「離家浪迹河山徧，投老荒園松菊存」，「樵鼓隨風驚遠夢，紙窗留月照孤眠」，「百歲光陰消客枕，半生踪跡寄僧房」。吐屬皆工雅。

錢牧齋極愛楊無補「閒魚食葉如游樹，高柳眠陰半在池」之句。上句尚有刻劃痕，下句則天然入妙矣。

王考功西樵士禄與諸名士同賦《丹鳳城南秋夜長》詩，時推擅場。詩云：「丹鳳城南秋夜長，關河寒近落微霜。那須錦字論長恨，自有清砧使斷腸。破衲沙頭雁欲去，拂雲堆上草初黄。傷心不及邊城月，猶照盧家玳瑁梁。」纏綿婉摯，不愧風人。

世稱杜少陵爲詩史，學杜者不須襲其貌，正須識此意耳。吴梅村歌行，大抵發於感愴，可歌可泣。余尤服膺《圓圓曲》前幅云：「慟哭六軍皆縞素，衝冠一怒爲紅顔。」後幅云：「全家白骨成灰土，一代紅妝照汗青。」使吴逆無地自容。體則元、白，可爲史則已如杜也。

偶然吟咏，可以覘人氣概。三原孫豹人枝蔚《遊焦山》詩：「風起中流浪打船，秦人失色海雲邊。也知賦命原窮薄，尚欲西歸太華眠。」殊非凡語。

王阮亭七言絶句，以夢得、義山、牧之爲宗，間啓秀於宋、元，藝林競賞，大約在使事設色。予意宫詞、懷古、題畫、《竹枝》諸體，點染生新，自是作手，終以眼前情景，天然有興會有情寄者，爲最上乘。試舉若干首，質之海内同志。《高郵雨泊》：「寒雨秦淮夜泊船，南湖新漲水連天。風流不見秦淮海，寂寞人間五百年。」《夜雨題寒山寺寄西樵禮吉》次首：「楓葉蕭條水驛空，離居千里悵難同。十年舊約江南夢，獨聽寒山半夜鐘。」《大風渡江》第一首：「鑿翠流丹杳靄間，銀濤雪浪急潺湲。布帆十尺如飛鳥，卧看金陵兩岸山。」《真州絶句》第三首：「曉上江樓最上層，去帆婀娜意難勝。白沙亭下潮千尺，直送離心到秣陵。」《雨中度故關》：「危棧飛流萬仞山，戍樓遥指暮雲間。西風忽送蕭蕭雨，滿路槐花出故關。」《望見華山》：「蒲坂南來問釣船，風陵埠上隔風烟。黄河一曲流千里，太華居然落眼前。」《灞橋寄内》次首：「太華終南萬里遥，西來無處不魂銷。閨中若問金錢卜，秋雨秋風過灞橋。」《荆山口待渡》：「西連豐沛走中原，風色蕭蕭野渡昏。一望孤城天接水，亂山合沓是彭門。」《自錦繡峰下至東林寺》：「江州郭外雪雲濃，翠壁丹崖錦繡重。行盡清溪三百里，東林纔打午時鐘。」《烈山》：「古寺紅墻出翠微，莓苔石壁滴人衣。一行白鷺銜船起，卻上半巖松頂飛。」《嘉陵江上憶家》：「自入秦關歲月遲，棧雲隴樹苦相思。嘉陵驛路三千里，處處春山叫畫眉。」《漢州紀夢》：「照壁孤檠不自聊，隔窗寒雨打紅蕉。驚回一枕鄉園夢，身在西川金雁橋。」

聖廟幸海子捕魚賜群臣，命賦詩。查翰林慎行詩云：「笠簷蓑袂平生夢，臣本烟波一釣徒。」稱旨，内侍傳「烟波釣徒查翰林」，以别于聲山昇學士。劉廉使在園廷璣云：「可與『春城無處不飛花』韓翃，同一佳話。」

宛平王公崇簡《新歲感興》第二首：「憶昔何人秉國成，甘泉烽火歲頻驚。盈廷聚訟皆鈎黨，伏闕求官藉論兵。坐使威權歸北寺，遂令盜賊躙西京。五陵豪貴皆塵土，日暮青燐遍野横。」明愍帝朝事，包括殆盡。

真定梁公清標《古意》絶句：「邊城戍卒枕琱戈，草白沙黄獵騎多。報道將軍行塞外，層冰夜渡黑羊河。」以擬唐人，在高適、李頎之間。

四明鄭刺史寒村梁曉行有句云：「野水無橋牽馬渡，曉星如月照人行。」寫景工絶。

呂文兆熊爲劉在園所器，在園廉察江右，呂《登滕王閣》詩，一時傳誦，氣格殊健。詩云：「洪都尚有滕王閣，偶此登臨秋色開。風月不隨帝子去，江山如待老夫來。酒當紅葉黄花勸，詩是殘霞孤鶩催。大手文章天亦忌，龍門千載有餘哀。」王勃龍門人，結蓋借以自況。

「雪後天高雙羽輕，金睛斜瞬暮雲平。誰知艮嶽山頭燕，風雨年年駡蔡京」。戴巖犖明説《題徽宗畫鷹》詩也，殊覺新穎。

趙韋齋開雍《次江東門懷古》：「歌舞臺空迹已更，莫愁湖水尚盈盈。英雄消歇知多少，紅粉猶傳身後名。」令人喟然。

江都王墨舟轂《岳墓》詩：「綉旗手揭宫中賜，一日金牌下十二。後先兩詔死生殊，總爲獄成三箇字。嗟哉岳侯英且武，背嵬失取黄龍府。縱言矯詔陷爰書，也應收得中原土。豈知侯乃忠孝人，違命興師是不臣。得地難將功蓋罪，一生大節向誰伸？妖狐片語將星没，玉環老卒埋香骨。忠魂未必戀湖山，還隨二帝悲寒月。」是詩無一懈筆，尤愛「豈知侯乃忠孝人」四句，可盡掃行權諸論。

會稽沈宜士樵元工詩，有《吹竹集》，絶句每入晚唐勝境。《揚州宫人斜》云：「恩寵何常判死生，玉鈎斜近阿麼塋。雷塘帝魄癡如舊，一隊香魂舞月明。」《楚宫怨》云：「巫山偏到楚疆來，行雨行雲撥不開。神女豈真腰更細，君王只是夢陽臺。」《聞歌》云：「揚州水調至今傳，不管離人尚未眠。一片商音何處去？分明收在淚痕邊。」

山陰沈仲臨居敬久客不得志，遺詩兩卷，多淒苦之音。《邊城雜咏》云：「野馬悲嘶秋夜涼，邊風天半葉飛揚。驚人欹枕鐙明滅，始信梁州曲斷腸。」《舟中聞雁》云：「征鴻嘹嚦向南飛，回首家鄉淚濕衣。此去關山無定所，難將消息寄君歸。」可想其遇。

「木葉蕭蕭下，亭臯慘淡中。讀詩懷柳惲，賦別餞文通。殘夜雁翎白，斜陽鴉背紅。計程今日去，秋盡到河東」，「一官看汝去，行李嘆蕭條。襆被包書卷，詩囊雜酒瓢。山過虞坂脊，雲截太行腰。遥憶江楓冷，鄉心廿四橋」。京口李基和《送江辰六之官解梁》作也，雅淡有中唐風。

左寧南良玉爲將功不掩罪，最後以誅馬、阮爲名，稱兵東下，尤爲不宜。然統觀史傳，其志尚可原也。王新城載筆屢斥之。予意吴梅村身歷變故，聞見必真，如《圓圓曲》、《臨淮老妓行》，皆無忌諱，何獨諱夫寧南？其《揚州》詩「東來處仲無他志」，謂寧南也。目以「處仲」，原其「無他志」，斟酌平允。惟錢虞山《題畫像歌》「誓剜心肝奉天子，拚洒毫毛布戰場」，過於袒護。此新城所以有「東林諸公諱其作賊」之議也。

虞山丙戌南還，《贈別故侯家妓人冬哥》詩：「繡嶺灰飛金谷殘，内人紅袖淚闌干。臨觴莫悵青娥老，兩見仙人泣露盤。」「天樂荒涼禁苑傾，教坊淒斷舊歌聲。臨歧只合懵騰去，不忍聽他唱渭城。」《金壇逢水榭故妓》詩：「黄閣青樓盡可哀，啼妝墮髻尚低徊。莫欺烏爪麻姑少，曾見滄桑前度來。」「剩水殘山花信稀，瑣窗鸜鵒舊籠非。儂家十二珠簾外，可有尋常燕子飛？」《金陵雜題》詩：「頓老琵琶舊典刑，檀槽生澀響丁零。南巡法曲誰人問？頭白周郎掩淚聽。」「舊曲新詩壓教坊，縷衣垂白感湖湘。閒開《閏集》教孫女，身是前朝鄭妥娘。」哀音感人，豈可但以風流結習目之。周郎名錫圭，字禹錫，吾越人。妥娘字如英，詩載《列朝詩選・閏集》。

寶應朱秋崖克生《送魏推官學渠之成都任》律句云：「佐郡分符入武擔，錦韉玉勒跨桃驂。梁園賓客歌楊柳，蜀國山河種石楠。叱馭寧辭九折坂，題詩應過百花潭。何年得訪嚴平宅？欲卜升沉望劍南。」時王西樵、汪鈍翁諸公皆賦詩，秋崖分韵得「覃」字，全首使事命意皆佳。

孟津王公覺斯鐸詩篇甚富，材力亦饒，所乏者情韵。間爲絶句，轉使人把玩不厭。「三十年前紫塞垣，眉長鬢短眼殊昏。淚垂只説功名誤，怕教兒孫過雁門」。《咏老兵》也。「竹簟銀牀生暗塵，空庭似水共冰輪。月華留意遲遲落，好照昭陽歌舞人」。《秋宫怨詞》也。「古木蕭蕭野岸空，多年血戰起陰風。公然一派西山水，流到沙場便不同」。《白溝河》也。「宫中何必論蛾眉，薄命生來只自知。他日君王如見面，可憐又遇白頭時」。《宫意》也。

「滄江如此急，亂石自中流」，程山公名俟考。《登焦山》句也，極爲寧都魏叔子禧所賞。余未詳山公爲人，但以詩論，已拔俗千仞矣。

平湖陸稼書先生隴其，真儒也。朱竹垞有詩寄之：「主恩先後逐臣還，羨爾幽棲泖一灣。想得著書風幔底，桂花如霰落秋山。」下二句能狀其蕭然自得之致。

國初遺民閻古古爾梅，蒙世祖恩赦後，《別柏鄉魏相公裔介合肥龔尚書》詩：「君相從來能造命，湖山此去好容身。」述感謝意殊得體。其他如咏秦始皇：「貴盛難消生妄想，聰明太盡轉癡愚。」咏歌風臺：「英雄原不羞貧賤，歌舞何曾損帝王。」「嫚駡亦看何等客，腐儒原是使人輕。」議論暢快。《至函谷關》：「范叔西來人不識，田文東去吏猶眠。」使事工穩，不減胡宿也。

康熙丁丑，聖廟親征葛爾丹，奏凱歸，群臣多賦詩紀盛。崑山徐公果亭秉義倣唐楊巨源體，獻《聖武成功詩》十章。其四章云：「帳殿神居迥，戎衣睿慮長。韎韋珠作服，鞞琫玉爲裝。蓄衆仁無敵，勝殘武獨揚。旌旃林蔽影，組練日流光。魚麗成前列，龍韜運上方。軍容分左右，黃鉞在中央。」形容典麗。九章云：「鑾發秦川永，龍回晉水清。睿情周隱蔀，朗鑒肅髟纓。兵自天河洗，功因月窟成。三農安襏襫，一宿落欃槍。大漠烟何峻，周行砥似平。無窮宵旰意，浩蕩及蒼生。」尤能狀如天之仁，不愧《雅》、《頌》遺軌也。

永年申和孟涵光，節愍公佳允子。與逸民殷岳、張蓋、劉逢源友，開河朔詩派。七言絶句中，有不煩彫飾天然如畫者。《遊黃花谷》云：「竹杖尋源入上方，滿山槲葉晚蒼蒼。亂碑零落遊人少，一道飛泉下夕陽。」《泛舟明湖》云：「女墻倒影下寒空，樹杪飛橋度遠虹。歷下人家十萬户，秋來都在雁聲中。」《溪上》云：「微霜昨夜下庭槐，水畔閒登萬里臺。兩岸蘆花飛白雪，午橋烟裏一舟來。」《茅屋成》云：「溪上新成屋數間，柳花蒲葉滿松關。醉來白眼西窗下，卧看烟中馬服山。」

山陰張登子陛《經雁門關》詩：「重關高峻勢嵯峨，傑閣天開有雁過。六月寒風吹客袂，三春衰柳遍山坡。泉從絶頂分溪澗，雲到中峰隱薜蘿。每憶當年邊戍苦，烽烟無警荷戈多。」全首熨貼，結語尤振。

常熟錢木庵良擇《寄劉在園官台州》詩云：「人從楊柳烟中去，書是桃花洞口來。」極工設色。後歸空門。有《唐音審體》行世。

泰興季天中開生《出關草》，多淋漓悲壯。《尚陽堡即事》第五首：「鑿冰十丈得泉歸，却望千門白雪圍。海岸漁樵生計少，天涯親舊過談稀。頑山入屋霜連枕，斷壑當門月上衣。狼虎乍啼兒女哭，夜添松火敵寒威。」《送左大來先生葬》：「重關不禁旅魂過，夢裏看君渡塞河。白日總悲生事少，黄泉翻羡故人多。荒臺啼鳥圍松柏，廢苑寒雲鎖薜蘿。未遂首丘須淺葬，好留枯骨待恩波。」《遼陽道中》：「闗連白草暮雲平，東望龍樓紫氣生。烽羽久停無野哭，管絃將動有春耕。海潮仍洗殘兵壘，邊日曾覷大將營。隋堞唐宮皆寂寞，惟聞山杵夜虚鳴。」

近人論詩，或詆新城近體爲新聲忘倦，以其多尚丰神也。獨不見「絶頂高秋盤鸛鶴，大江白日踏黿鼉」，「城上風雲猶護蜀，江間波浪失呑吴」，「高秋華岳三峰出，曉日潼關四扇開」，「兩戒中分蟠太華，孤城北折走黄河」，「大江日夜流如昔，武帝雄風去不還」，「吴楚青蒼分極浦，江山平遠入新秋」等句乎？惟《秋柳》四律，韵遠而骨媚，初非正宗，《精華録》猶未割愛，遂貽口實。先生有《趙北口見秋柳》二絶句：「十二年前乍到時，板橋一曲柳千絲。而今滿目金城感，不見柔條踠地垂。」「六載隋堤送客驂，樹猶如此我何堪。銷魂橋上重相見，一樹依依似漢南。」幾使讀者亦欲下宣武之淚，轉勝律句也。

龔合肥詩文下筆數千言立就，不加點竄，世祖嘗於禁中賞嘆其才。詩刻意摹杜，古體多用韵，予謂見長初不在此。雅愛其《贈白仲調長歌》起云：「甲乙之歲無事無，臺城白晝嗥妖狐。」指南渡時事也。下云：「中有一人髯且怒，昔母趙嬈父王甫。」指懷寧也。「髯且怒」，活用「髯參軍能令公喜，能令公怒」事，是懷寧氣象。下句是懷寧罪案，老辣非淺學可辨。歛才爲絶句，如：「倚檻春愁玉樹飄，空江鐵鎖野烟消。興懷何限蘭亭感，流水青山送六朝。」「萬里秋陰入暮烟，盤空石磴斷虹前。西風殘葉能多少，變盡江山九月天。」氣韵絶不凡也。虞山、太倉間，非公自難鼎足。顧茂倫有孝趙山子澐鈔《江左三大家詩》刻之。

嶺南陳元孝恭尹佳句，膾炙藝林，莫如「十年士女河邊骨，一笑君王鏡裏頭」，「南國干戈征士淚，西風刀剪美人心」。然「一笑」句究似涉佻，不如下聯新穎，無傷大雅。

劉在園官括蒼時，有句云「官舍夜深曾過虎，人家日午不聞鷄」，酷肖山僻景況。《戲友人納妓》云「閒花只合閒中看，一折歸來便不鮮」，可於唐人「黄金用盡教歌舞，留與他人樂少年」，下一轉語。又歌行「嗟此紛紛假弟兄，五倫忘却真朋友」之句，亦有味也。

懷古詩，唐人推劉滄、許渾，然求其波瀾切、評斷確，終須宗杜，若《咏懷古跡》諸首，可按也。後人不論何地，略切一二語，即倚殘山剩水、蔓草荒烟爲活計，其實不作可也。王墨舟《金陵懷古》第二作：「連江烽火亂如麻，猶自笙歌擁麗華。絳蠟不知天已曙，鳳帷初起月將斜。詔催江令翻新曲，書止隋軍奏暮笳。千古君臣渾不悟，依然高唱後庭花。」借陳以刺福王也。魄力雖難擬杜，要非無爲而作者。

諸惕庵九鼎《咸陽》詩：「十二金人環殿闕，三千秦女卷衣裳。」對屬之工，亦幾類「秦地重關一百二，漢家離宫三十六」也。

渡揚子江詩，使事精采者少。王東亭士祜「地近沉舟悲戰伐，人從擊楫想風流」，自是名句。宗定九元鼎《吴音曲》「璧月庭花夜夜重，隋兵已斷曲阿衝。麗華膝上能多記，偏忘牀前告急封」。也，有玉溪風致。

黄岡王公昊廬澤弘爲騷壇領袖，嘗咏留侯祠：「報韓志切逢黄石，翼漢功成賴紫芝。」典雅可見一斑。

咏揚州詩多新雋可愛，汪鈍翁絶句，筆妙尤過人。其一云：「水調歌殘翠黛消，幾枝烟柳曳寒潮。隋家無限傷心事，第一休過廿四橋。」其二云：「艷骨香魂怨月明，荒村賸有玉鈎名。春風吹遍青青草，直到雷塘不斷生。」

朱竹垞最工絶句《竹枝》體，國朝無出其右。予所欣賞，間在其不甚着意者。如《題高侍讀江村圖》：「菊磵疏寮舊跡存，畫圖彷彿見江村。雙橋儘許通舟楫，他日柳陰來叩門。」「杜甫南鄰有朱老，吾將徙宅問東家。水邊沙際閒田闊，添種鴨桃千樹花。」興趣甚逸。

杜茶村《金山》諸律，如「江流元自湧，天地亦何心」，「極目非無岸，滄波接大荒」，「海氣昏南北，鐘聲變古今」，胸孔眼界，超出尋常，是少陵嫡派。

新城《論詩》諸絶，秤等不踰，且多寓意。獨不解者，李滄溟詩雖有習氣，七言近體自推高手，乃云：「未及尚書有邊習，猶傳林雨忽沾衣。」滄溟餘韵，何遽不如邊耶？嘗見鈍翁《説鈴》載先生言：「若遇仲默、昌穀，必自把臂入林，若遇獻吉，便當退三舍避之。」鈍翁云：「都不道及汝鄉于鱗耶？」先生默然。何滄溟之見遺於先生也？恨九原不作，無由質之。

華亭沈公繹堂荃《潞河道中》句云：「夜氣臨關紫，河流倒日黄。」《返照》句云：「頽雲千里黑，返照半天黄。」押「黄」字皆入神。

魏環極《剥榆歌》：「黄沙日暮白村路，烟火盡絶泥塞户。路傍老人擕稺兒，手持短鐵剥榆樹。我問剥榆何所爲，老翁倚馬哽咽悲。去歲死蝗前死寇，數十村落無孑遺。蒼蒼不恤儂衰老，獨留餘生伴荒草。三日兩日乏再饘，不剥榆皮焉能飽。榆皮療我饑，那管榆無衣。我腹縱不果，寧教我兒肥。嗟乎此榆贍我父若子，日食其皮皮有幾？今朝有榆且剥榆，榆盡同來樹下死。我爲老翁頒丹綸，免貢蠲租十道使。而况天子軫遐邊，九閽胡云隔萬里。願告今日鄭監門，長歌繪作流民紙。」句句沉摯，結束尤得大臣之體。

李舒章雯詩宗王弇州、李于鱗，不無郛廓，然天才自俊。如《送江谷尚歸長沙》作：「長沙才子拂征衣，淪落京華客漸稀。楚玉深懷人不見，江雲高捲雁同飛。霜流湘浦蒹葭薄，月冷昭潭橘柚肥。只爲君家傳別賦，消魂尤在送將歸。」《早春遊萬駙馬白石莊》作：「白石橋邊御路隄，沁園池館向清溪。

花分洛苑香猶静，樹擬長楊葉未齊。金井牀寒妝閣後，玉樓簫斷鳳城西。青山半入朱軒裏，門外春風聽馬嘶。」細膩風光，非凡手可效，天固生之，以備聖朝鼓吹。

同里沈菊莊天漁工於詩，至老不遇，後裔式微，遺稿散軼。予篋衍尚存二篇，乃少時見賞於慕公天顔者也。其一《韓淮陰釣竿歌》：「人謂釣竿三尺細，我謂淮陰生死繫。淮陰淮陰未虎嘯，落寞王孫只垂釣。茹魚不飽體得全，況逢阿母相周旋。魚不易求誅羽易，且擲釣竿干沛季。劍在手，印佩肘，噲等何人敢匹偶？千金之重酬漂母，一竿之微還憶否？淮陰江上魚嬉游，未央宫中烹走狗。吁嗟乎！漢王嗜殺功高臣，不聞嗜殺釣魚人。」其一《賦得去國漢妃還似玉》：「邊風獵獵馬嘶頻，即此聲聞亦慘神。鬟髮已堆胡女髻，修眉曾鎖漢宫顰。妝成自惜紅顔命，别後誰憐紫塞春。未必北庭無畫史，也甘塗抹作閒人。」

福清林茂之古度鼎革後居金陵。嘗訪王阮亭於揚州，與諸名士宴集紅橋平山堂間，王親爲撰杖。林以詩屬王删定，王録其學六朝者，汰其染竟陵派者。予觀林詩如「松聲流夜雨，草色積春烟」，「鄉心雲外盡，春色雨中過」，「流水到門響，梅花繞屋多」，「今日已春色，深山猶未知」等句，頗近韋、孟風致，但氣韵薄耳。林八十餘，貧甚，冬夜眠敗絮中，有詩云：「恰如孤鶴入蘆花。」桐城方爾止文寄以詩：「積雪初晴鳥曬毛，閒攜幼女出林皋。家人莫怪兒衣薄，八十五翁猶緼袍。」洵藝林韵事也。

吴郡徐元嘆波隱居工詩，譚友夏元春書其門曰落木庵。國初尚在，年七十。錢牧齋寄詩云：「皇天老眼慰蹉跎，七十年華小劫過。天寶貞元詞客盡，江東留得一徐波。」「落木庵空紅豆貧，木魚風響貝多新。常明燈下須彌頂，雪北香南見兩人。」詩有《謚簫堂》、《染香庵》等集。五言句如「野水斷村路，孤烟生竹籬」，「小池晚雨到，古郡秋風初」，清微沖淡，不染纖塵。

山陰壽朗洲致瀛，少時以「青楓曲水岸，茅屋野烟村」句，見稱藝林。後棘闈屢躓，遂刻意攻詩。《友菉軒集》四卷，藏於家。詩喜多多益善，一題或數十首，一首或數千言。予所愛獨在少許勝人。《採蓮曲》云：「若耶蓮種猶如昔，下塘紅盛上塘白，自注：「《會稽志》曰：『山陰荷最盛，出偏門至三山多白蓮，出三江門至梅山多紅蓮。』」採蓮女兒蓮步窄。蓮步窄，翻輕波。驚小艇，不採多。」《擬古》云：「纖纖桑下韭，條條河畔柳。柳條任所攀，但弗出陽關。陽關欲斷魂，行人何昏昏？烟霧迷古道，萋萋動芳草。日從東方來，輝光照我襟。對此輝光好，行樂應及今。」《嘆落梅》云：「芳容漸覺老，憔悴依春草。猶憶暗香時，憐之且莫掃。」《和沈菊莊咏史嚴先生》云：「桐江一釣叟，偶與天子宿。只知是故人，足竟加其腹。」《安金藏》云：「剖腹明廬陵，迺在伶人列。女主雖奇兇，感彼終了徹。」言簡味長，最是高格。平生輕財重然諾，晚染足痱，杖頭錢亦缺，有句云「大造至公偏靳健，密交雖邇不知貧」，聞者喟然。

萊陽姜給事如農埰，與弟考功如須垓，皆以金石爲肝膽者也。給事明崇禎辛未進士。壬午擢禮垣，五月中條上三十疏，以言事觸首輔怒，與行人司副熊魚山開元同下北鎮撫司獄，備極考掠，瀕死者數。甲申正月，謫戍宣州衛。會京師陷，愍帝殉社稷，金陵馬、阮用事，流離徽州、吴門間。國初奉母歸萊陽，山東巡撫招之，托疾免。還寓蘇州，自號宣州老兵。康熙癸丑病亟，遺命赴葬戍所，以故君未賜環也。及卒，其子葬之敬亭山下。予嘗見《赴戍敬亭》詩，結云「先皇千滴淚，獨在敬亭山」，大節盡此十字矣。考功崇禎庚辰進士。官行人時，見解舍碑有阮大鋮姓名，特疏請碎之，重書勒石。愍帝允之，乃削去。徐孝廉昭法枋詩所云「擊奸穹碑碎」是也。鼎革後隱吴門，有《篔簹集》、《佇石山人稿》。其《對酒行同秋岳作》内云：「草凋騏驥分宜瘦，國危賢哲須自疚。末年朝議最紛紛，兄弟擊奸計不就。」以詩徵事，梗概可想。秋岳，秀水曹侍郎溶也，字鑒躬，别號金陀老圃。藏書最富。有《倦圃詩稿》，載《對酒嚴氏山樓同如須作》，内云：「忤奸直諫熊與姜，比肩論事最親暱。朝堂盤踞多巨公，鄙軀未肯供呵叱。入殿雖稀雨露恩，當時頗畏風霜筆。」即指魚山、如農也。

仁和徐野君士俊少奇敏，好讀書，至老勿倦。爲文跌宕自喜，詩亦然。《蜀中竹枝》云：「蜀山高高天際齊，蜀江清清浣妾衣。高塘驛中尋夢去，鬼門關上唤魂歸。」思致自别。全集名《雁樓》。年八十，面如嬰兒，世傳其曾遇異人授導引法云。

練川吴西亭符奇，明季曾雋武闈，分守水汛，有司簡之，棄去爲諸生，以詩見稱程松圓。國初首餼於庠，名益噪。屢困場屋，老死無嗣。吉水李公醒齋振裕并其弟茂含莊集刊行，曰《延陵合璧》。西亭詩未能婉而多風，七言絶句新致殊似杜樊川。如《過江陰》云：「鴉啼日出少人行，聞説當年苦戰争。多少江南形勝地，降旗先插石頭城。」《江行》其二云：「漫説東南王氣雄，六朝歌吹轉頭空。長江信是無情物，纔有樓船便順風。」其三云：「誰唱當年玉樹歌，眼前無復舊山河。江流枉自深千尺，不及宫前一井多。」其六云：「故壘寒江一片雲，當年成敗幾紛紛。儒生功業空千古，酹酒荒臺弔允文。」《題畫册褒姒舉烽》云：「烽火兒嬉事可哀，西周宗社陡成灰。方知八百盟津會，只直驪山一笑來。」《西施泛湖》云：「烟水蒼茫一棹空，館娃歌吹已濛濛。當時便赦孤臣死，那肯相隨到甬東。」《石湖晚眺》云：「雨足西橋一水長，秋風十里稻花香。范公祠下笙歌散，葉葉魚舠弄夕陽。」

短章易於有趣，難於有勢。永城李公容齋天馥《曉獵》詩：「曉獵城西好，高風遠帳開。紅塵不斷處，一騎臂鷹來。」勢如千百言，可見大方手筆。又《偶憶巢湖》詩：「巢湖又別誤華簪，湖上青山夢裏酣。三月鰣魚九月橘，令人那不憶江南。」第三句，使後人於尊鱸之外，更添詩料矣。

雲間王農山廣心詩秀氣成采，長篇如《大梁行送林平子》，韻致彷彿梅村。七言近體佳句，如《冬至》：「東堂宦興銷殘雪，南國鄉心散早梅。」《送向西崑奉使還蜀》：「亂後草堂江燕在，春來劍閣杜鵑鳴。」《挂劍臺》：「交情生死精靈在，劍氣山川日夜浮。」《夏日集雙壽堂酧魏惟度》：「海角斷虹殘雨後，城陰洗馬晚涼時。」《春寒》：「新綠市橋楊葉短，亂紅山寺杏花殘。」可換凡骨。先生繞膝三鳳，黼紱昇平，鍾毓固有自云。

江寧張南村揔《報國寺看松》詩：「不復辨何代，泠然想太初。孤根原耿直，高節自蕭疎。未敢輕攜酒，焉能常讀書？此中真世外，却擬結吾廬。」閩人魏惟度憲云：「起得峻嶒，使人神想。」固非妄嘆。「君恩三疏得抽簪，緑野新開古塞陰。出處蚤關天下計，清忠不盡老臣心。兩朝國是青編在，一代身名白髮深。金甲已銷耕鑿穩，朔雲邊月快登臨」。陳澤州《送魏環極致政歸蔚州》詩也。「迴首孤稜別紫宸，孤舟遥下富川濱。誰令江外漁樵侶，爭識先皇侍從臣。上殿似聞辛慶忌，行吟休擬楚靈均。千秋公議存青史，應爲朝廷惜此人。」王新城《送張蕢山貞生歸廬陵》詩也。「十載江湖穩釣磯，跨鞍絶塞欲誰依？草荒白帝家何在？瓜熟青門事已非。著作千秋身未老，悲歌萬里客將歸。并州風勁霜如雪，送爾離亭淚滿衣」。崑山徐公健庵乾學《贈李研齋》名俟考。詩也。真正爾雅，可參史乘，非泛泛投贈之什。

上元黄九烟周星《遊冒巢民春暉園》詩：「夢老吴山五十年，今朝始得卧蒼烟。三峰已叩生公石，一水還浮米芾船。海國衣冠名士會，醉鄉花月美人天。豪情勝事真千古，那羨蘭亭共輞川。」宕逸可玩。後流寓湖州，年七十，忽縱飲大醉，沉南潯河死。所著《唐詩快》，脱盡滄溟、竟陵窠臼，足增人才識。

山陰錢去病霍有《望舒樓詩集》，《長門怨》一首，予所最愛：「十度漢宫秋，不曾聞促織。一朝入長門，蟲聲始唧唧。盛年羞别離，掩面空悲啼。静夜疑妾心，傾耳聽車音。春殿昭陽歌舞空，玉階白露起秋風。還把鏡中顔自看，阿嬌仍是少時紅。」全首怨而不怒，起四句極善形容得意人忽然失意情景。

宫詞高唱無過王龍標。龍標後仲初最擅名，然所長在於鋪陳諷刺，稍失敦厚之意。自花蕊而降，大抵宗仲初派。會稽孟耒山軒有《宫詞》二十二首。其第十首云：「敢説蛾眉迥絶倫，主恩自偏漢宫春。王嫱出塞今還憶，況是殷勤侍酒人。」第十一首云：「肯將歌舞誤長安，雨雪紛紛對酒看。侍妾雖然金屋暖，君王須念玉關寒。」命意高出前人。

蒲州吴徵君天章雯初至京師，未知名。新城亟賞其詩，稱爲天才，常口誦諸巨公前，吴名大噪。

予按新城《河中》詩「河聲近挾中條雨，關勢遥分太華旒」一聯，意象高遠，非凡筆可效。天章「河聲夜聽崑崙遠，岳色晴瞻太華高」，更覺渾成也。天章復有「門前九曲崑崙水，千點桃花尺半魚」之句。意其生河岳間，故應獨擅勝場。

湯潛庵先生斌，學問政事，彪炳國朝，初不藉詩以見，詩亦自佳。嘗《題畫》云：「秋林不厭静，高士自能閒。盡日茅亭下，開窗對遠山。」着筆不多，胸次可想。

館閣相贈詩，極難清新。嚴中允繩孫《贈顧舍人貞觀》詩：「曈曈曉日鳳城開，纔是仙郎下直回。絳蠟未消封詔罷，滿身清露落宫槐。」真仙品也。

宗室香嬰居士文昭有絶句云：「小徑深沉繡緑苔，曲闌干外儘徘徊。似疎半密三更雨，墻角碧桃無數開。」春澤咺融，淡淡寫出，使人愛玩不已。

唐人「妾夢不離江上水，人傳郎在鳳凰山」，可謂思深言婉矣。李屺瞻念慈《春閨曲》，却翻一意云：「聞道漁陽路，千山復萬山。如何妾夢裏，一夜一回還？」

莆田余澹心懷居建康，風流領袖，所著《板橋雜記》，世眼以爲艷情，道眼以爲殷鑒。《金陵懷古》詩，如《謝公墩》、《孫楚酒樓》、《雨花臺》諸作，漁洋山人比之劉賓客。近人多愛其「緑蘿僧院孤烟外，紅樹人家小閣西」一聯。予謂寫景雖工，要是裝色畫，非逸品也。不如「芳草故都春閉户，落花寒食夜開樽」，淡宕有味。

桐城張相公英七言律句，如「好水好山春草路，輕烟輕雨杏花時」，「開户最宜春夜月，到門無限夕陽山」，「方塘斷岸經春雨，野水平橋復舊痕」，「空山去郭十餘里，老樹成陰三兩株」，「繁英滿座風飄入，碧草當堦雨剪齊」，「古寺晚鐘春水外，遠村低樹夕陽邊」，「趁晴小葺看花屋，闢地先編護菜籬」，秀骨天成，清新拔俗。硯齋相公廷玉詩體相肖，如《春日侍直暢春園即事》五言律句「綠蕪酣宿雨，紅杏破輕烟」，「在藻魚吹浪，銜芝鹿近人」，「柳陰春水曲，花外暮山多」，「松影團成幄，花光散作雲」，不斤斤規撫燕、許，自非郊、島氣象。他如《田園雜興》：「每趁斜陽曬網，好乘春雨扶犁。供客但將鱸膾，祈年只用豚蹄。」「課讀不妨春作，禦寒自織冬衣。門外兒童散塾，窗間少婦鳴機。」「烟生茅屋雲白，雨過菱塘水新。今歲秋田大稔，稻苗高過行人。」「小橋流水村近，疏柳長堤路斜。車馬不聞叩户，鷄豚自識還家。」太平風俗，描寫熙然。

登燕子磯詩，泥於眼前，則興寄不遠，泛從興亡着筆，皆是金陵懷古詩也。新城「岷濤萬里望中收」，先喝大勢。「振策危磯最上頭」，擒住題面，已如建瓴。下六句步步得手，自屬絶唱。若秦留仙松齡「自昔稱奇險，殘陽試一登。江聲趨鐵甕，山勢束金陵。去住隨明月，興亡問老僧」，老勁極矣。結語「空亭憑絶巘，吟眺我猶能」，略弱，然不失爲名作。梅淵公清七言律前四句云：「石翼何年水面浮，飛來屹立大江流。波沉臺榭三吴夢，烟鎖艨艟六代愁。」亦妙。

虞山《漂母祠》詩，人以「千金知老母」寓意極深。沈台臣受宏《經漂母墓》詩云：「一飯成千古，令人心慨然。王孫倘不貴，老母竟誰傳！落日照淮水，西風吹墓田。猶多釣魚者，相視合相憐。」説得更暢矣。

宫定庵夢仁《居庸關》五言律：「叠翠空中見，嶙峋聳帝京。黄花南作鎮，赤石北爲城。鴻雁風前急，橐駝夜半鳴。昔年兵甲氣，此日静無聲。」結體工整，幾可擅「長城」之目。

汪鈍翁嘗與李武曾良年即席爲一畫師賦詩，李攬筆即成云：「王郎畫手今無匹，相值秦淮歲已闌。却憶帝京消夏日，見君雲壑畫生寒。」汪嘆其章法高老，遂擲管。足見先輩雖自矜許，不乏虚心也。

咏物詩有刻劃惟肖者，有淡遠傳神者，總以情寄爲主，風格佐之，乃不失比興之義。咏花一體，最易涉蕩子女郎聲口，試舉所見以立標準：如「百年冰雪身仍在，十日春風花已生」，萬年少壽祺賦草堂舊梅句也。「初疑皎潔同身珮，細嗅氛氲是國香」，龔半千賢賦玉蘭句也。「節後有佳色，歲寒留晚香」，吴鱗潭苑賦冬菊句也。「香色自能回造化，清高原不近時人」，沈華璧文璋賦梅句也。「小院飄時香未歇，春泥點去子纔生」，孔東塘賦落梅句也。「暗風吹不落，寒月獨相侵」，陳靖共寅賦臘梅句也。「長夜應難叫，危冠空自雄」，錢飲光澄之賦鷄冠句也。「村落猶分樹，江天但見霞」，卓鹿墟爾堪賦桃花句也。「微月步遥夜，輕風生素波」，釋海岳賦水仙句也。「猶然心未老，却早鬢如霜」，吴丹步雯燦賦蘆花句也。「若非清到骨，安得氣凌霜」，宋嵩南衡賦菊句也。「照日乍疑珠珮冷，臨風如見玉山頹」，劉古巖弘道賦雪毬句也。「半夜月明人不見，秋風吹動一池香」，洪去蕪嘉植賦白蓮句也。「清白一心應自賞，玲瓏八面任人看」，程千仞集賦繡毬句也。「富貴無驕色，烟霞留淡妝」，吴六章志奎賦白牡丹句也。「一枝能獨秀，數樹自成林」，程克庵用昌賦桂花句也。「傾國仙姿如欲語，可人幽韵不須香」，賦海棠句也。「獨犯炎威出，泠然冰雪姿」，汪舟次楫賦茉莉句也。托物寫懷，皆屬高格。他如宋荔裳賦梨花：

「艷曲還聞歌玉樹，故宮久已罷霓裳。」吴菌次綺賦西湖宋時三桂：「西湖風月誰爲主，南宋山川獨此花。」另是一格。周櫟園《雨後看牡丹》：「細雨難催孤棹去，繁花苦約老人看。」直似少陵「幸不折來傷歲暮，若爲看去亂鄉愁」矣。

詩不可學富貴語，亦不可學寒乞語。鄭寒村《向郡贖典》詩：「一年纔得一旬歸，又去衝寒贖典衣。滑滑冰紋驚鳥立，輕輕雪片傍人飛。農家掃舍將迎竈，野店催逋却掩扉。爆竹數聲城郭近，斜陽漸喜似春暉。」結二語定非槁項牖下人口角。

富平李天生因篤，以博學鴻詞科入翰林，乞終養一疏，至性大文也。詩格奇闢，五言律尤工造句。如「倒壑噴高雪，飛巖帶夕陽」，着意在「倒」、「飛」二字。「層雲封鼠跡，暴雨出龍聲」，着意在「封」、「出」二字。「厓蛛當户冷，石蘚襯階柔」，着意在「冷」、「柔」二字。「磬聲緣壑細，燈焰入樓深」，着意在「緣」、「入」二字。「澗僻開花久，林迴飛翠濃」，着意在「僻」、「迴」二字。他如《登五臺絶頂》：「此邦連大漠，何路抵中原」，「塞馬嘶玄岳，關榆墮紫荆」等句，渾成工妙，直入初、盛唐之室。

聖廟享國久，昇平樂事，群臣歌咏甚盛。喬學士石林萊《南苑賜觀烟火歌》起云：「上元之夜雲朣朧，千門火樹交加紅。烟花九陌遞歌舞，聖人駕出蓬萊宮。」序述莊雅。中云：「宵中纖翳忽四卷，極望天漢磨青銅。砉然鐵鎖如可掣，一道直駕長橋虹。魚龍鞭蟄起空際，施設無乃煩天工。」又云：「霞車轟翻暗壓陣，鐵騎蝟集宵傳烽。重圍遥聽屋瓦震，百戰仰受雲梯攻。」形容奇麗。結云：「人間此樂得未有，主恩特許臣民同。」浩然氣象，於小題見之，真如椽之筆也。

于少保祠詩，悲壯者甚多，不免似岳忠武，可通用。錢塘陸雲士次雲「不將北宋爲南宋，翻藉新君返故君」，乃鐵案也。歙縣吴劍宜荃拜墓句：「八方驚土木，一老靖烽烟。」亦佳。

作詩貴有達識。嚴陵釣臺詩，往往説成千古人品只有隱逸，甚而揶揄光武，菲薄雲臺，尤可哂也。遼陽蘇小眉良嗣七言古詩結云：「試想羊裘老子非熊翁，隱顯雖殊道則同。丈夫遭遇各有命，何事拘牽形迹中。」最爲豁達。

梅澹克鉞《團江謡》三首：「團江風景好，前對鴨蛋洲。小船如小屋，大船如大樓。」「大船泊洪涯，小船泊淺莎。大船賣鹽米，小船賣魚蝦。」「道傍種楊柳，好作郎馬鞭。門前種楊柳，好與郎繫船。」丰格在齊、梁以上。

大司馬吴留村興祚詩，若「溪隱毒蟲氣，山多朽木香」，「飢鳶獵水去，老犉負雲歸」，「風吹溪瘴黑，日落嶺雲黄」，「魚起時浮岳，波高欲撼天」，「雲卧巖前白，花開洞口紅」，「鷄犬聞獠洞，魚蝦市蛋船」，「驚魂欣已定，白骨痛猶存」，「賊縱無深計，臣寧不遠謀」，「祇云求罪薄，焉敢論功高」，皆入粤時情景也。公材器非凡，似此筆致，亦何減古作者。

予於明詩不尚鍾竟陵，然頗愛其《登高》句：「子姪漸親知老至，江山無故覺愁生。」非獨暮年人增喟，壯齡讀之，亦自怦怦心動。今閲汪栗亭《稽古堂稿》咏《中秋》有「老當佳節珍良夜，人在鄉山愛好秋」之句，參之竟陵，所見略同。

「萬事總隨新曆换，一樽留取隔年開」，程雲峰瑞綸《元旦》句也，極新極確。

詩景有虚有實，若虚實之間，不必常有此，却自應有此，惟高手自然寫出，新穎可喜。錢虞山「春風蘊藉養花天」，田山薑「衣上新泥燕子來」，李武曾「故人船到月當門」，施愚山「寒禽日暖作春啼」，皆臻妙境，可爲初學舉隅。

詩語成讖，往往有之。莆田魏宜仲天申，惟度雁行也。惟度以選詩留白下，宜仲令于楚，寄詩招之。詩云：「天涯薄宦一身輕，望斷吴江路不平。赤壁寒風空鶴夢，白門夜雨憶鷄鳴。文章千載知虚席，貧病三春倚短檠。汝不肯來予莫往，再生應了子由情。」惟度得詩憂之，未幾宜仲死矣。

廖蓮山騰煃《長安即事》詩：「上林春到囀流鶯，無數遊人載酒鐺。客枕誰來驚曉夢，盈盈都是賣花聲。」「春堤緑柳正含烟，醉拉佳人坐馬看。彩袖迎風嬌欲墮，呼郎緩轡莫揚鞭。」雖若近纖，却是昇平世界士女恬熙光景，與俗艷不同也。

「孌弟封侯列上卿，漢家危卵禁中兵。安劉幸爾歸平勃，誰守王陵白馬盟」。孫司空屺瞻在豐《咏史》作也，平允可入史斷。

徐方虎《蠶婦曲》：「蠶房新婦嬌紅玉，擕籠採桑拗青竹。繡襪羅裙踏作泥，弱腕并刀切葉齊。良夜香幬體不着，身在燈前蠶在箔。戴勝纔啼又杜鵑，紙窗風暖正三眠。意慵肩嚲垂楊柳，欲撚青梅懶舉手。鏡奩偷展暗咨嗟，眉黄不掃鬟欹斜。山頭繭白翁媪喜，小姑催入繅車裏。千繅萬繅多苦辛，寸絲不挂蠶婦身。低聲又約鄰家女，明日沙頭漂絮去。」極寫勤勞，無一字酸楚，兼能狀輕盈婉孌之態，非秀骨天成，不足辦此。

詩家用着力字多見重複，或由材窘，然情景既工，亦不須避，如杜工部屢用「動」字，反奇妙也。丘南齋象升《嶺南集腰古驛》句：「雨沉埋古驛，榕老逼危樓。」《茶亭晚行》句：「晚雲摩石黑，驟雨逼天青。」二「逼」字皆佳。《那烏山》句：「樹陰昏古廟，澗水溜殘磯。」《出洋》句：「蜃氣昏如雨，鼉聲暴似風。」兩「昏」字皆佳。

萊陽宋荔裳琬，宣城施愚山閏章，漁洋所推南施北宋者也。施太夫人遭蒸梨之變，終身孺慕。蒞外任，以循良稱。膺鴻詞科，入史館，臨殁猶草《馮恭定傳》，其勤職如此。宋故家令子，當景運維新，擢登仕版。遘浮謗頌繫，事旋雪，補官郎署。外調蜀臬，入覲殁於京師。漁洋以先後入蜀，不一見爲恨，其人可知。曩四負老人爲予言：「客江右時，與流寓呂逸田、釋心壁論康熙詩人，曾舉漁洋推施、宋語，揣量未定。子以爲何如？」予未及應，藏於心十年。今尋繹二先生集，施骨清，宋才俊。施古今體擅長尤在五言，宋古今體擅長尤在七言。施如良玉之温潤而栗，宋如豐城寶劍，時露光氣。要其陶冶唐、宋，自抒性情，成昭代雅音則一，分鑣南北，殊非溢美。今老人不可作矣，予於二先生妄附末議。寒宵燈施，追憶龐眉，曷勝零落山丘之感。

吴漢槎兆騫出塞，諸名公不勝惋惜，見於詩詞者，吴梅村、顧梁汾其最著也。徐公健庵每對酒談及，忽忽不樂。後蒙恩赦歸，新城和健庵詩，有「太息梅村今宿草，不留老眼待君還」之句。余觀其《秋笳集》，如「龍山曉色連沙起，皮島濤聲蹴岸回」，「天盡龜林通鐵勒，地從魚海入銀河」，「軍容直入無雷地，戰氣初銷盛雪天」，「種榆尚識秦人地，射柳空傳漢將壇」，「旌旆曉迷鴉嶺色，風濤春走雁沙聲」，

「滿目沙場征戰後，誰將耕鑿起凋殘」，「劍鋒用盡瘡痍在，愁殺松山夜突圍」等句，悲壯雄麗，自是出群材，宜諸公之見重也。歸未久即死，才人命薄，至今猶慨。吴少時簡傲不拘禮法，其師計青轔名大加捶楚。後見所作《膽賦》，曰：「此子必有盛名，然不免於禍。」兩言俱驗矣。

《三百篇》形容情景處，多以疊字，其連句用者，若《衛風・碩人》之卒章是也。《古詩十九首》，用疊字亦精。楊公筠湄素蘊《贈戴又還》詩：「莽莽朝歌道，轔轔西歸輪。戚戚一杯酒，悢悢别故人。遥遥十餘年，悠悠各苦辛。」連用六句。《宿周府庵》詩：「亭亭門前柏，青青林中竹。灼灼澗底花，呦呦山下鹿。」連用四句，皆不厭其煩。其近體名句，五言如「千盤雲裏路，九曲客中腸」，「中驛鳴鷄早，嚴關落日微」，「細泉穿石腹，老樹踞山腰」，「地脈臨關亢，風威近塞偏」。七言如「杖底嚴城臨衛水，峰前凍樹障秦關」，「亂後青烟寒戍壘，春來嬌鳥雜邊聲」，「玉帳琵琶彈夜月，沙場風雨泣冤魂」，「隴頭月照千屯馬，棧閣雲連萬竈營」，「黄雲日暮低平野，白草秋空没斷山」。非元和後音律也。

山川景象，詩人無限名作。求其窮極筆力，專工縋幽鑿險者，昔則胚胎于謝康樂，神化于杜少陵，怪變于韓昌黎，今則虞山《登岱五十韵》、《遊黄山》諸歌，新城入蜀入粤諸古體，大手筆也。其他如施宣城《玉甑峰》詩：「曉看江海間，巨艦烱一髮。」《大龍湫》詩：「白龍倒影垂青天，天河欲決沉桑田。」王黄湄又旦《大風雨自玉井歸西峰宿范湘濱道人復庵》詩：「天色變多端，一氣自迴複。徒侶對向失，苔滑沮紆曲。」馮訥生雲驤《雲棧》詩：「峰峰自迴合，藤蔓束荒烟。盤盤緣石壁，磴磴捫青天。」《過九折坂》詩：「捫蘿踏天梯，棧石欹還斷。大壑老蛟潛，金鱗時一閃。」皆不須詞費，已見神力。

《竹枝》體宜拗中順，淺中深，俚中雅，太刻劃則失之，入科諢更謬矣。劉夢得創調可按也。國朝大家，竹垞、阮亭外，作者林立。王碩園昊「青油畫舫木蘭橈，猶趁吴王送女潮。郎心未識分離苦，容易行過寶帶橋。」吾鄉徐伯調緘《鏡湖詞》：「勾踐城南春水生，水中鬭鴨自呼名。楊花飛遲雁飛急，郎進城時儂出城。」在此體中非艷稱者，格韵却甚穩。伯調蚤歲曾見重於虞山，有「越絶新書徵宛委」之句。後交宋荔裳、施愚山，皆序其集。

銅雀臺詩，唐人後已難下筆。申和孟七言律，鄧偶樵廷羅七言古，頗出清新，妙俱在結句。申詩云：「漳南落木繞寒雲，野雉昏鴉魏武墳。不信繁華成白草，可憐歌舞屬紅裙。西園亂石來三國，古瓦遺書認八分。七十二陵空感慨，至今誰説漢將軍。」鄧詩云：「漳河冰雪深没腰，寒沙十里東海潮。行人笑指一抔土，荒涼銅雀當年橋。橋上春風何處招，美人一去空魂消，但恨曹瞞不見此蕭條。」

泰州黄仙裳雲善談負氣，謾駡俗人。晚年貧苦，屢辭聘召，益肆力於詩歌。《與諸生講禹貢》詩内云：「當其過門日，中心常苦悲。痛父殛羽山，遑顧呱呱兒。」真不朽語。又《青溪夜月續燈庵即事》詩：「莫信繁華擅六朝，攜僧深坐話清宵。金陵萬事都如夢，月色猶留舊板橋。」題小意大也。

盛唐人送仕宦詩不作泛語，如「此鄉多寶玉，慎勿厭清貧」，「别後能爲政，相思淇水長」之類。送遷謫詩不作苦語，如「聖代即今多雨露，暫時分手莫躊躇」，「長沙不久留才子，賈誼何須弔屈平」之類。嚴顥亭沆《送龔芝麓使粤東》：「灞陵衰柳映平蕪，持節争看汲大夫。元老風霜標冀闕，清時雨露下番禺。千山象郡蠻烟合，萬里羊城塞日孤。此去那論河内火，流民應上使臣圖。」方爾止《送王酉山之閩中》：「君行萬里莫淒然，自古文人多左遷。官舍況當榕樹緑，王程正及荔枝鮮。從軍瘴海知無事，送客榆關悵各天。他日量移吴與越，相逢重在水雲邊。」二詩皆不失典刑。

范天翮雲鴻《劍客》絶句：「翩翩俠氣走天涯，只辨恩仇不問家。來往長懸三尺水，酒闌抽看落霜花。」餘如《從軍行》句：「戰士營中寒觱篥，美人帳下怨箜篌。」《白下中秋遊南郊》：「夕陽每戀江邊色，明月先開嶺上樓。」軒然有爽致。范會稽人，詩名《鴻爪集》。

高處士琴山聖行與沈菊莊，家四負友，詩必錘鍊，十餘日乃脱稿，咏古多佳。《屈大夫》云：「瀟湘夜雨哭精靈，想見孤臣憔悴形。遺節自標漢史傳，沉憂誰識楚騷經。微茫烟景滄浪水，斷續歌聲漁父亭。千古幾人憑弔處，汨羅江畔草青青。」《蘇屬國》云：「羈留絶域身漂泊，閲歷危途境苦辛。别有冰心懸漢節，從他雪窖困王臣。八千里外胡天月，十九年來塞草春。不是雲中傳雁信，誰知海上牧羊人？」他如《咏陶徵君》：「潯陽高節孤松老，彭澤清風五柳輕。」《咏明妃》：「君王永億傾城貌，天地偏分孤塚春。」《咏岳少保》：「南渡君臣仇野戰，中原父老哭精忠。」皆儆切不刊。

商丘宋公七言古詩，心摹手追於眉山，得其清放之氣，各體亦秀，以臺閣人成山林格者也。《即事六首》其一云：「兩年宦況一囊詩，盡日都爲嘯咏時。欲向廳前了公事，一三老吏正圍棋。」其三云：「東齋不復似官衙，竹徑松扉興自賒。最是園丁能解事，黄昏時節課澆花。」其五云：「雨過山光翠且重，一輪新月掛長松。吏人散盡家僮睡，坐聽寒溪古寺鐘。」此種風致，安得謂宦途中定是塵容俗狀耶？與新城獎掖後進幾四十年。毘陵邵子湘長蘅有《王宋合選》之刻。

《江左十五子詩》，商丘開府時所選也。分道揚鑣，一時競爽。匠門張太史大受筆力稍弱，七言絶句，丰致絶秀。《清流關咏古》其一云：「樹障重雲鳥跕山，中原旗幟望空還。風流後主耽歌舞，不閉南朝第一關。」其二云：「半疊霓裳舞未休，宋師不覺到清流。可憐百戰南唐將，莫爲宫中大小周。」其三云：「玉笙吹徹小樓寒，誰念東南戰血乾。夢斷故宫凋夜合，西風飛角過磨盤。」其四云：「一鼓關前暉鳳擒，降王片紙出澄心。東流只有春江水，每念家山淚不禁。」曩義門何太史焯嘗稱匠門時藝，良質美手，英英鮮潤。詩詎不然耶？商丘原序云：「書地而不書爵，所期者遠。」厥後諸家，多官禁近，擅詞場，南沙蔣相公爲世宗親任，益嘆商丘之鑒遠矣。

國朝詩話卷之二

山陰楊際昌葭漁稿

毛西河説經長於辨駁，文體長於序事，雖以攻紫陽蒙詬，實一代才也。詩擬唐人，意在矯虞山推重宋、元之枉，議者目爲唐皮。予按絢爛有餘，但未歸平淡耳。《飲馬城邊曲》二絶：「燕臺北望薊城山，飲馬城邊驅馬還。前度錦車休出塞，將軍近在草橋關」，「城邊飲馬莫辭遐，將採燕山二月花。日在陣前誰敢敵，薊門關外盡風沙」。却類高、岑。他如五言絶句：「楓落林暫紅，草疎路微白。墻低落澗光，門静入山色。」山居景領會入細。五字三韵體中「種蔬逢好雨，送客在殘陽」、「山色門邊起，江聲城外來」，五言律中「林深無犬吠，一任亂鶯啼」、「盤溪三十度，總在碧雲中」等句，則天然超妙，非粉飾也。總之漢、魏、六朝、三唐、宋、元，必難禁其互相消長於天地間，隨體别裁，隨時挽救，自在識者，過分門户，皆失平心。

題《桃花扇》詩，田山薑、宋漫堂最爲扼要。山陰茅布衣商隱逸有一作云：「宫殿分旗駐大兵，秦淮水淺板橋傾。南朝無限傷心地，總有藍瑛畫不成。」點染頗雋。

「園廟衣冠此内藏，野花歲歲上陵香。邯鄲鼓瑟應如舊，贏得佳兒畢六王」。康孟謀乃心《題莊襄王墓》詩也，盛爲新城所稱，有「關中三李，不如一康」之目。三李，天生太史，其一也。康、李軒輊，恐難遽定。此詩固瓣香新城者，宜爲欣賞。

苕上嚴公存庵我斯詩格不甚高，體製和雅，自是昇平歌咏。《西洋國貢獅子歌》：「皇帝端拱御八極，坐開明堂朝萬國。龍庭鯷海盡輸誠，不貴異物貴明德。爰有神獸毛群王，雄姿特兀金精剛。産自西域筋骨異，獨秉正色含中央。銅爪鐵甲目如電，左顧右盼生光焰。有時哮呼發聲響，歕山欱野林木戰。騰躍豈受人羈縻，張牙奮鬣形髹髵。肉視羆虎孩犀象，其餘瑣細皆紛披。探微妙手九齡贊，百鬼驚啼飛走竄。何況盤旋親見之，巖巖赑赑真雄悍。吾聞聖人有道四靈出，百獸率舞兩階側。麒麟在藪白澤遊，懷仁效義無不集。當今天子垂衣裳，聲靈赫濯我武揚。陳書旅獒親虎觀，奏賦羽獵罷長楊。物無不庭遠自致，鬆首雕題争慕義。臣妾贄幣理固然，示以含容非所利。此物何爲來遐陬，梯山航海多春秋。豈同白狼誇周滿，何如赤豹歌韓侯。置之不近耳目玩，長林豐草遠宫觀。殺胎覆巢戒田漁，懷柔服猛勤宵旰。安得使之戰陣催前鋒，虎豹股栗長戈舂。征討不王戮後至，河清海晏消邊烽。」鋪陳雄麗。如「不貴異物貴明德」，「示以含容非所利」，「置之不近耳目玩」數語，尤得體也。

海陵吴賓賢嘉紀居陋軒，朗吟高讀，自號野人。周櫟園刻其詩。《内子生日》有「絶無暇日臨青鏡，頻過凶年到白頭」之句，真可云糟糠婦矣。

餘姚譚公子宗，落拓不羈，善音律。嘗于維揚酒樓唱《西樓錯夢》，備極婉轉。俄有人起自鄰座，摘其中某字猶未穩。初負氣不相下，繼詢其人，即譜曲之于叔夜也。遂相與登西樓，訪穆素徽。時素徽已白髮矣。詩載倪繼宗《續姚江逸詩》，如《采石磯夜泊》起數語云：「得名縱有數，發生自奇特。下臨水蕭蕭，上欲翠滴滴。縱不遇謫仙，亦必傳此石。」翻案有致。

虞姬墓在靈璧縣東十餘里，昔人表曰虞姬墓。三原韓聖秋詩爲增一「楚」字，賦三絶句。第二首云：「題卿楚字慰卿魂，地下惟知故主恩。老雉傾劉千古駡，人奴賣國出鴻門。」足爲美人生色，亦足爲重瞳吐氣。

作古題形摹吻肖，自《詩歸》出，已攻其謬。然有意爲幽深峭刻，復乖大方。雲間董閬石含《黄鵠歌》、《陌上桑》、《塘上行》三首，淺深恰當，意亦雅正。《黄鵠歌》云：「覽黄鵠之雙飛兮，交頸巖阿。雄被彈射兮，遭逢轗軻。淒風苦雨兮，獨宿高柯。嗟羽毛其摧折兮，顧影婆娑。感物傷懷兮，涕泗滂沱。我將改適兮，死者其謂何。前有茂樹兮，棲鳥何多。守志獨處兮，誓不相過。」《陌上桑》云：「十五秦樓女，採桑南陌垂。妾心重恩義，調笑欲何爲？」《塘上行》云：「蒲生緑水側，翠葉何芊芊。顧影曾幾時，憔悴非復前。繞池被芙蕖，顏色幽且妍。薄俗異新故，中道乃見捐。上有雙鴛鴦，喈喈不忍分。銜恩誓相守，風雨同翩翻。妾心本無他，男子情易遷。盛衰詎有常，飄零分所安。願君若明鏡，照妾如當年。」

禪林詩多以清曠幽淡見長，雖是本色，仍不離蔬筍。廣東釋剩人函可《關山月》一篇，卓然作者：「月向巫閭山上出，不照生人照死骨。死骨千年更不還，魂隨山月度重關。關山叠叠歸魂苦，蒼茫不記來時路。閨中少婦獨夜眠，心心囑夢去寒邊。夢去魂歸不得遇，明月如霜草蟲語。」

汪鈍翁官京師，與王阮亭齊名，阮亭詩所云「姓氏慚龍腹，文章忝雁行」也。汪性狷急，與時多忤，交游鮮善終者。退居堯峰後，與阮亭亦不免齟齬。及卒，阮亭有「知交滿海内，議論根柢，終推此君」

之語，未始不重之也。以予管見，汪古文優於王，王詩優於汪。汪七言絶句，陶冶南宋、元人，自成機杼，世多樂誦。律詩則卑視之，然其間亦自有唐調。如《秋日送人之秦》「千里烽烟連朔氣，萬家砧杵斷寒聲」，《送蔣給事之任九江》「峰疊似屏圍楚塞，水流如帶繞湓城」，《送搢九之河南》「河流直接三臺險，山色遥連少室秋」，《送客遊楚》「十年湖海愁將老，萬里烽烟喜漸開」，《吴中感懷》「鷓鴣盡日啼春雨，睥睨連天起暮雲」，《寄贈吴門故人》「家臨緑水長洲苑，人在青山短簿祠」，《送魏子存之成都》「望帝愁魂春樹外，卧龍故壘夕陽間」，《送許侍御西巡》「三衞龍媒饒水草，五原狼燧絶烟塵」等句是也。絶句《無題》二首，一云：「故宫高與碧山齊，無數垂楊接御堤。玉輦不來花落盡，晾鷹臺上鳥空啼。」一云：「新甃湯泉咽不流，繚垣欹側野塘秋。月明深鎖長生殿，夜半無人誓女牛。」悽婉綿邈，極得唐人丰韵。著《説鈴》時，以爲無名氏題，見之慈仁寺東廊下。及晚年鈔入集中，豈《説鈴》乃偶爾卮言歟？抑編校者誤入集中歟？姑爲先生闕疑。

良工不示人以璞，詩家亦何常禁設色，要須腴不害骨，乃爲作家。周釜山茂源律句，如《舟泊錢唐》：「隔岸青山神禹廟，中流白浪伍胥潮。」《雨中諸子集機山别業》：「何當花月春江夜，共此蒹葭秋水心。」《贈魏惟度》：「鄉夢花殘烏石雨，旅愁雁叫白門霜。」《城隅晚眺》：「燕子初歸春雨後，桃花半老夕陽中。」《得家書》：「經年乍得盤中句，憶遠頻看錦上文。」《將赴山遊之約風雨遺懷》：「芳樹雨餘山閣暮，楝花風急海天涼。」《雨後過回龍庵》：「龍女乍回香徑濕，雁王初下夕陽遲。」《彭古晉歸自南康邀同楚越諸子小集》：「冰天破笠東林寺，雪夜孤燈左蠡船。」皆刻意烹鍊也。先生官秋部，以恤刑駐節雪苑，有山人得罪，別駕欲加以刑，山人倉卒中托言秋部執友，冀緩其責，實未嘗謀面也。別駕謁先生問之，先生引爲好友，山人獲免，一時推長者。官比部時，郎署爲王、李諸公舊遊，日與同官諸名彦過從，飲酒賦詩，大風雪勿輟，風流亦復可慕。

明季時海内瘡痍，秦淮獨爲行樂地，若狂尤在冶情，亂後詩人憑弔，名章絡繹。江寧陳幼木菁歌行前幅云：「公子王孫不惜錢，千金買笑擁芳筵。十二樓中覓妖冶，琵琶滿載採蓮船。文軒繡幕鬬驕奢，朱檻雕窗掩碧紗。四時歌舞暫不歇，夜來明月朝來花。秦淮女兒愛追歡，珠簾暮捲倚闌干。魂消來往中流客，一路香風吹麝蘭。」描寫盡致矣。

國朝歌行，其初遺老虞山入室韓、蘇，太倉具體元、白，合肥學杜，不無蛟螭螻蚓之雜，才氣自大，韓、蘇、杜之嫡派也，元、白，初唐之遺響也。聖廟時，巨公濟濟，總以南朱北王爲職志。朱始尚才華，後極馳騁，佳處兼似青蓮。王則杜、韓皆宗，而得力於蘇爲多，平生頗略元、白，性趣使然也。予謂果有風情，元、白體自不可廢。常熟錢湘靈陸燦《牡丹花下集同袁籜庵唐祖命方爾止張瑶星余淡心黄俞部諸君子長句一首》云：「前歲花時渡江去，去歲吴門三月暮。三度花開一度看，今年恰在金陵住。金陵舊時帝王都，歲歲花開如畫圖。此花又殿春風後，朱衣王謝相傳呼。一筵釀費中人産，一花千人萬人眼。金盤綵籃競詒贈，招邀名士分折柬。永和蘭亭金谷園，月落檀板催金樽。百尺烏絲長到地，清詞艷句争飛翻。得所穠花易消歇，子規啼血棲宫闕。無復天彭百馱花，王孫五勝埋香骨。花殘人散可憐春，十處園林九戰塵。欲往城南訪耆舊，酒徒零落空芳辰。太史園中花百種，紅欹緑捧花頭重。花神有意洗妝遲，要勒詞頭固君寵。諸公同日看花來，鄧生酒甕還重開。廿年無此好事者，無詩不醉那能回？酒醉詩成花欲語，明歲花開待予汝。春雨春風作主人，鸞飄鳳泊同羈旅。」《杜于皇蒼略來看寓園芍藥酒後有感南村花時作歌》云：「吾鄉花事虎涇口，陸家芍藥三百畝。年年有約看花行，每到花時掣吾肘。南村作計討花忙，秋分種植墻之後。沐以香醪築以臺，其冬苦溉山妻手。明年甲辰三月暮，花開爛熳缸盈酒。老夫江外戴星還，山妻對花觴余壽。那知芍藥年年開，山妻下地余出走。兒子花時一寄書，報余朵數千千有。憑闌不見種花人，乞食長閑看花叟。叟寓金陵萬竹園，紅藥翻堦賤如韭。牡丹花約別花翁，一日登堂多白首。杜家兄弟遲數日，來問芍藥行開否。誰道春風一夜歸，攢簇芳菲滿窗牖。絲絲細雨濕花魂，花口微含到申酉。只愁明日晴還落，似説欹紅未堪揉。花神直遇賞心人，詩若不成罰大斗。著屐昏黄放客行，一叟花前嘆老醜。梁園縱美怕登樓，輞川飽飯空縛帚。摩詰堂前錢仲文，春衫裹淚頻抖擻。一枝剩欲簪雙鬢，後山詩句真不朽。自昔詩人不偶吟，感花嘆舊情何厚。南村花朵故嫣然，客底看花傷井臼。一任花開豔婀娜，分付園丁牢禁杜。君不見，當時王謝藥闌傾折久。」不失元、白風情也。

新安吕元素履恒，忠節先生孫也。《夢月巖詩集》，氣格聲調似明七子，故非卑響，終未免規橅痕。中原詩人，自王孟津宗尚空同，多以盛唐自命。元素，孟津外孫，宜派別相承也。予所採者，五言近體《問孫家灣藕花》首：「偶然漁父引，率爾向深隈。路轉幾峰去，香從何礀來。谿風吹欲墮，山月照初開。目盡高雲處，還登萬仞臺。」自注：「上有扁鵲廟臺址。」七言近體句如「楊柳樓高鶯對語，梨花院静燕交飛」，「江漢秋聲吹白露，關山寒色照黄花」，「茅屋望中殘雪在，寒春聲裏夕陽低」，「積雨全低檐際樹，微風遥見水邊花」，「路指夕陽初見塔，風迴秋嶺忽聞鐘」，「亭邊花氣迎人出，石上松陰待客來」，「山雨夜聞裁竹後，溪雲朝對捲簾初」，「葉輕將墮風旋起，菊冷方含露浥開」，「林光隱見南湖水，鳥影高低西塞山」。五言絶句如《採蓮》首：「湖中荷葉深，與儂作紈扇。不是照秋水，無人見儂面。」七言絶句如《宛在軒贈謝明府》首：「高軒日暮且停觴，喬木陰多四座涼。醉卧不聞風竹響，隔窗吹過芰荷香。」《江妃怨》首：「羯鼓聽殘宫漏沉，樓東賦就更微吟。坐看石上梅花影，曾與君王月夜臨。」在作者恐非得意處，却是才人本色，不蹈習氣。

李笠翁漁工度曲，詩則游戲耳。李外曲最擅名者，袁籜庵、洪昉思昇、孔東塘也。袁風流才子，落拓不羈。守荆州，忤道員，罷歸。嘗策騎夜行過某宅門外，聞内演《西樓》，狂喜墮地。填詞工小令，見《紅橋唱和集》。詩少傳誦者。洪遭家難，流寓坎壈。年五十餘，自苕霅返杭，落水死。遺詩大半經漁洋山人點定，今亦不甚流播。予於坊選中見數首，極愛其「流水去不息，白雲時在山」句。東塘以國子先生宣力淮揚，頗著賢聲。詩甚富，《湖海集》七卷，則鄧孝威漢儀、宗定九、黄仙裳、吴園次諸公評閲也。才思濬發，揮洒自如，絶無鍥舟刻楮之迹。太衝口處，不免元輕白俗；極脱極俊處，自是作手。予所重尤在骨格老蒼，古體如《維揚聞顔修來考功訃》、《單刀行》、《寄田綸霞》、《書錢節婦傳略》、《丁廉使》、《亂後寄家信》、《贈蔡霖蒼》七篇。近體如《贈陳健夫》云：「君亦悲歌士，遥從燕市來。逢山題野竹，隨路折江梅。白馬嘶難住，黄河凍不開。曾無三醆酒，同上釣魚臺。」《二十四橋》云：「不見舊時橋，仰問當年月。何處一聲簫，半夜猶淒絶。」《揚州》云：「阮亭合是揚州守，杜牧風流數後生。廿四橋邊添酒社，十三樓下説詩名。曾經畫舫無閒柳，再到紗窗總舊鶯。亦有蕪城詞賦手，烟花好句讓多情。」《北固山看大江》云：「孤城鐵甕四山圍，絶頂高秋坐落暉。眼見長江趨大海，青天却似向西飛。」

閨情詩本《國風》之遺，題雖小，須以大方出之。沈繹堂先生《擬冬閨》四絶，其一云：「江關極目思悠悠，吴楚烟霜萬里愁。纔折梅花逢遠使，春風楊柳到高樓。」其二云：「孤帆江上憶春初，彈指流光忽歲除。料是客中忘日月，南鴻不寄一緘書。」其三云：「高城叠鼓奏鳴笳，畫閣金樽度歲華。見説主人能醉客，非關蕩子不思家。」其四云：「江天冰雪益淒其，兒女燈前話別離。擬倩東風傳笑語，五更吹入夢回時。」情至而不傷格。先生宗仰盛唐，此其餘技也。

左寧南幕下，柳敬亭善説書，蘇崑生善唱曲，國初名公巨卿，贈詩屢屢，亦「舊人惟有何戡在，重與殷勤唱渭城」之意也。一技被寵，於興亡要是無關，詩不宜過分。陳其年贈柳絶句：「憶昔孤軍鄂渚秋，武昌城北戰雲愁。如今衰白誰相問，獨對西風哭故侯。」只述其感念寧南，自有斟酌。

山陰黄儀逋逵豪飲工詩，自比太白。久客江南，爲名流推許。卒於姑蘇，朱廣文殯之虎丘，立石以表。遺稿散佚。端午有句云：「午時天下醉，水底一人醒。」中秋有句云：「天下月惟今夜賞，古來賦有幾人誇？」尚傳人口。

漢、魏迄盛唐投贈詩題，祇書姓名兼及職銜行輩，自元、白交書字，後之書名者寡矣。朱竹垞《曝書亭集》，獨遵古法。

詩家連篇歌咏，須意思錯綜，章法聯貫，分之自爲一章，合之統如一章。又有行乎不得不行之情寄托其間，在作者方非誇鬬，在讀者不厭流連。否則材雖富，句雖佳，總未免平原才多之患，風雅遺則，轉於是衰矣。稽諸前哲，古體則《十九首》、阮嗣宗《咏懷》、陳伯玉《感遇》、李太白《古風》，近體則杜少陵《秋興》，人人膾炙，稍有訾議者，必嗤其妄，作者原自不苟也。虞山以下，非獨多篇，且頻頻疊韵，瑕瑜究不相掩。

開、寶以前，和詩只和其題，詩中見和意而已。韵則分拈，絕無次用者。此派濫觴於元、白，浸淫於皮、陸，自蘇、黄而降，非是不見才之長、情之重矣。善歌繼聲，固勢所必至，未嘗無流弊滋其間也。作者惟自見身分，自出機杼則可。多玉巖時珍《滕王閣》詩，宋漫堂次韵和之。多落「快」韵：「座中年少有王郎，一賦纔成衆稱快。」宋云：「揭來持節繼閻公，天畔褰裳意良快。」多落「薤」韵：「遥峰隱隱淡於烟，遠樹濛濛紛若薤。」宋云：「臨風惆悵覓遺篇，斷碣銷沉失倒薤。」多落「怪」韵：「落霞孤鶩景依然，筆有化工吁可怪。」宋云：「逢逢鼉鼓何處鳴？震起魚龍驚百怪。」多落「疥」韵：「莫將駢語薄前人，我欲題詩羞壁疥。」宋云：「新詩題壁得未曾，讀罷真成爪爬疥。」句意皆別，仍出自然。潘稼堂耒《南雄旅次》律詩：「輿卒能言驛傳苦，館人偏記禁林名。」關中劉省庵名俟考。云：「消魂再聽流鶯語，勸去重驚杜宇名。」錫山嚴蓀友繩孫云：「萬里青山俱作客，十年丹禁不成名。」雲間董二川名俟考。云：「懷香惜別多詩句，掃壁挑燈記姓名。」「名」雖平韵，諸公各各造意。

集句之端，啓自石曼卿、王半山，後人由句而首，由近體而古，以化去痕迹，仍見精采爲工。聯句之格，縱于《鬭鷄》、《石鼎》，以工力悉敵，氣脈不斷爲工。竹垞集中，俱擅其勝。

康熙間山林詩，石門吴孟舉之振最有名，《黄葉村莊詩集》寢食宋人，五言古體《黄河夫》篇，直追少陵矣。近體工寫景，七言絶句尤足自張一軍。《課蠶詞》十六首，描寫風俗，應推絶唱。第二首云：「孤虚旺相驗蠶符，浴種還嫌風色粗。記取東南蠶室利，算來把火是三姑。」自注：「術家先期覘蠶符，有大姑、二姑、三姑把蠶之别，爲豐儉之驗。」第三首云：「火盆低簇半温涼，晴日融和暖透窗。舍下秀才蒙上考，頒來官紙白如霜。」自注：「俗以官給紙糊窗，蠶必大利。」第四首云：「三日晴和兩日陰，初生蠶子細如針。家家禁忌行人絶，吠犬鳴鷄亦斷音。」第五首云：「桑葉團團蠶二眠，暄涼饑飽要心堅。白頭巫媪談休咎，消息今年勝舊年。」第六首云：「芹菜泥乾燕乳兒，鯉魚風動柳飛絲。交皆遶屋啼桑扈，正是吴蠶出火時。」自注：「蠶三眠須涼爽，去火盆，故俗名三眠爲出火。」第七首云：「三起三眠日夜忙，早蠶將熟恰清涼。争傳葉價俄騰貴，兩槳如飛去採桑。」第十三首云：「下路桑枝着地低，杭城都用採桑梯。算來總是三吴地，物土相宜已不齊。」第十五首云：「麥收蠶熟百無憂，酒釃茶香挽客留。底用催科惱官府，八分秋税已過頭。」

嶺南詩追琢唐音，體尚蒼涼，情多感慨，音節最擅場，韵致稍減。漁洋山人極賞陳元孝「映花溪路閉，潄水石根虚」，「積雪迴孤棹，寒江共此心」，「桄榔過雨垂空地，玳瑁乘潮上古城」，「三徑草生殘雨後，數家門掩落花中」等句，厥旨甚微。予竊取其意，元孝句如「落日客尋江上寺，出林僧放月中船」，

「隔岸山光横枕上，遠天帆影落墻頭」。絶句如《題畫》：「深山深處有人争，擬寄閒身畫裏行。日掩柴門無箇事，碧溪寒葉一聲聲。」《贈真際上人》云：「道在寧知白髮生，禪房闃寂好經行。月明滿地無人會，消受菩提葉葉聲。」似與前數句相近。梁藥亭佩蘭絶句：「風回江岸雪初收，吹落江波作水流。望裏雲山垂一片，九華峰影在船頭。」「舟泊潯陽水氣陰，九江流入洞庭深。榜人月黑連檣語，半是吴音半楚音。」「前頭金笛後銀簫，隔浦歌聲向晚嬌。醉倚夕陽人影外，緑烟如水浸紅橋。」亦其稿中别調也。

山陰金晴村璧、荆溪吴他山介于交甚密，吴夭死，金窮死。蕭山詩老沈漁莊堡並交兩人，鬻産刻其詩。金詩清朗，吴詩韶秀。金《寒食京口踏青》律：「雲水流光去十里，踏青溪壑徧流連。無窮吴楚王孫草，兩點金焦寒食烟。燕子空江尋舊壘，桃花古墓落春田。斷腸不爲身爲客，薄暮餳簫聽黯然。」《寄懷顧梁汾舍人》絶：「一代風流老辟疆，才名不減惠泉香。只今十五琵琶女，猶唱元和舊樂章。」「海内紛紛絶妙詞，曉風殘月少人知。一聲柳七新紅豆，妬殺江南舊柘枝。」佳句如《江上懷古》：「煬帝幾何花歲月，寄奴一片莽江山。」「峰抱金陵全盛勢，潮吞鐵甕可憐聲。」《陸丞相祠》：「君臣魚腹同埋日，家國波心立盡時。」《登長干寺浮圖》：「如螺山髻環鍾阜，似練江光抱石城。」吴律詩佳句如《贈潘文水》：「一杯在手渾忘世，四季看花不出門。」《贈王補臣》：「巷北烏衣新燕子，墻東白髮舊才人。」《夢中吟》：「青山自有千春色，流水曾無一息情。」《重陽前二日訪倪穀似》：「詩成落月愁盈帙，節近重陽風滿郊。」絶句如《柳枝詞》第四首云：「清晝鳴禽小閣東，時時弄影過簾櫳。情多自爾嬌柔慣，軟颺輕摇不爲風。」《偶占》云：「羈客江皋暮，衣迎霜降單。空山惟葉響，冷月少人看。」

武進董文友以寧《隴頭流水歌詞》：「白日欲落，北風大作。」八字爲一首，凄凉寥廓之況，宛然在目，真有漢、魏遺風。

詩題至無可翻新，可以不作，作必須挽以深厚，否則愈新愈尖，愈尖愈薄，不成雅響。如咏明妃其一也，柏鄉相公二絶，獨渾成。詩云：「深宫不覩君王面，命薄何由怨畫師。時上龍堆聽曉角，高鴻陣陣過焉支。」「金屋自藏傾國色，寧甘沙漠死紅顔。年年青草知何意，牧馬悲鳴散黑山。」

談允謙《邊關春晚曲》：「馬上胡姬酪滿瓶，風沙千里走龍庭。停鞭借問江南客，却道如何是踏青？」「胡姬隊隊弄胡琴，酒滴醴酥取次斟。花柳既無鶯燕少，總然春去不關心。」脱胎「春風不度玉門關」意，却不入苦調。

報國寺松，諸名公長篇題咏，多擅其勝。仁和陳祚明二絶句，韵頗不減：「花宫雙樹倚瑶壇，老幹蕭疏拂地寒。千古興亡人不見，春風秋月舊長安。」「屈鐵虬枝翠葉齊，秋陰古殿夕陽低。人間亦有千年物，不必烟霞鎖碧溪。」陳又有《元夕燈詞》：「楚語吴歌朱邸長，六街燈火夜蒼蒼。相逢半是他鄉客，若箇猶能憶故鄉？」亦雋永。

常熟吴修齡殳嘗著《正錢録》以駁牧齋，王漁洋、計改亭東極不喜之，汪鈍庵亦寄書往復。吴之攻錢，力固不敵，要不失爲才士。律詩仿玉溪，弔古佳者，漁洋已録《感舊集》中。其《西溪》一首，思路殊未可棄。西溪在杭城西四十里，宋高宗擇都曰：「西溪且留下。」吴詩云：「宗岳中原事可爲，君王只戀越江湄。後人自有厓山在，留下西溪待阿誰？」

王懌民忭《秋日雜感》詩：「須知青白時人眼，莫羨玄黄公子裳。」使料甚雋。

「錦衣白晝故鄉祠，可似歸來富貴時。鉅壁軍聲河浪怒，咸陽宫火野烟悲。誰言猴冠輸争鹿，已帝鴻溝任逝騅。莫聽傷心歌四面，淮陰侯墓更淒其」。方育盛《宿遷項王廟》詩也。「吁嗟乎！天意真可疑，韓侯功高三族夷。拒涉拒通矢天日，兵權既去反何爲。家人告變安知實，欲加之罪豈無辭。後賢諒稱不叛劉，紫陽綱目嗣春秋。會陳書執楚王信，繼書后殺淮陰侯。不以反書不去爵，推明心跡闡厥幽。吕氏殘忍赤人族，圖王吕氏生反覆。詎知身死肉未寒，家無少長駢就戮。志載軼事韓公雍，當年治兵粤西東。粤有洞長諸韋氏，表稱原係韓侯宗。昔當夷族中尉過，竊侯幼子投蕭何。丞相私給漢圖記，渡江寓書越王佗。改封韋氏長諸蠻，蕭書佗册今班班。天意從來不可測，天道從來多好還。君不見漢室江山安在哉，淮陰至今有釣臺」。張璵若《淮陰釣臺歌》也。方作令項王氣平，張作令韓侯目瞑，皆屬不刊。

李屺瞻生十四日而母亡，其名字皆志哀也。嘗作長歌《書汪五河爲其母輓詩後》云：「汪生手中一編詩，將詩示我淚如絲。自言哀傷爲其母，泣向知交乞挽詞。汪母懿行不可滅，還珠禮佛皆奇絶。余子澹心爲作傳，一字一讀聲一咽。汪生純孝復多才，三年廬墓長干隈。一時贈言多名士，就中李生心獨哀。吁嗟乎！汝母棄汝孫繞膝，我母棄我十四日。懷中呱呱不解痛，容貌聲音那可悉？我父語我淚沾巾，始知母死由我身。因之名予曰念慈，終天此恨嘗酸辛。人生甘脆隨所計，風木北堂安可繫？將來應亦霑微禄，墓門木拱復何濟。汪生汪生聽我終斯章，努力明德留爾芳。古來顯揚皆有道，無爲徘徊悲泣心徒傷！」

國初詩，大江以南多尚文，大江以北多尚質，各有不可磨滅處，則視乎性情得正。高陽李坦園相公霨《投河嘆》一篇，逼近古調：「彼嗷嗷者鴻兮，我生不辰，弗爾獲同兮。鴻有羽，東西南北翔兮。我饑無力，匍匐難行兮。一解。哀我凶年，我廬已捐，我田已圈，我突無烟，我婦子斯遷。二解。洶乎其流，滹沱之水兮。孑乎其遊，流離之子兮。招招舟子，艤船近岸兮。我囊無資，不濟以看兮。仰天長號，淚不可以斷兮。三解。滹沱之水，流澌澌兮。安得鱗鬣，飛渡無淹兮。嗟我骨肉，於斯殲兮。踴如凫浴，浮且淺兮。瘦腹枯腸，蛟鼉所嫌兮。四解。咄舟子兮胡不仁，競刀錐兮怒人神。舟子笑曰：彼峩冠而高坐者，夫寧匪人？咄舟子兮何足嗔！五解。維聖朝兮恩如天，發棠移粟民命延。卮無當兮，膏則迍邅。死者已矣兮，不可復起。嗟嗟官吏兮，念爾孫子。六解。」自序云：「甲午春大饑，民多南徙，夫婦襁子女至滹沱，欲濟無資，舟子難之，遂舉室赴河死。」詩中摹寫慘悽，一結尤仁人之言。

漢陽李過廬昌祚古詩絶去浮響，真摯可傳。《永安道上值果兒生日漫作示之》篇：「生汝亦不早，汝年且十五。憶昔年三四，挈汝出庭户。避地將萬里，艱虞何能數？昨忽來京師，羨言圖書府。三年食官糧，無復充絜縷。四世傳清白，幸不謫終窶。汝生祖未見，今又失曾祖。我痛汝同哀，汝慰我解組。發櫂自津門，十日五風雨。嘆息汝生後，多爲行道苦。遇合各有時，吾志寄仰俯。努力念前修，豈必爲公輔。」《白下別張爾公》篇：「江風寒何早，肅肅向我吹。石頭城上來，十日不成寐。橋邊一舟艤，乃見芑山子。相思二十年，相隔數千里。相將各有懷，脈脈不能哆。天欲成君志，而我遂如此。斯文應有屬，君學誠良史。視我直芸署，欝欝相摽毁。有母未遑將，一官真敝蹝。嗟嗟歷多難，世情日淴漫。逢場盛顔色，深夜浹背汗。誰爲素心人，安得不永嘆。我行悲思殷，知我莫如君。十月濤聲急，岸柳拂暮雲。腸斷不爲别，徒爾涕紛紛。」父子朋友間率真傾吐，又非漫無裁剪。

江都吴薗次由拔貢歷官湖州太守，擒大猾，修勝跡，見稱公卿間。顧喜與賓客遊，四方士過從無虚日，卒以是罷官。梅村有句云「官隨殘夢短，客比亂山多」，雖似諧語，蓋實録也。才綺如其名，工填詞及短幅駢體。詩則歌行如《青山下望黄將軍墓道》，淋漓頓挫，亹亹逼梅村。五言律如《送人歸里》首：「關塞雪初盡，大河春水生。送君歸薜荔，值我憶柴荆。浪穩怡鳧性，雲高出雁聲。故鄉烟樹外，立馬一含情。」乃明七子派之佳者。

吾越忠貞之裔，若姚江黄徵君太沖宗羲，宿學重望，身備文獻，其最表表者，不必以詩見也。其餘著述，不甚流布。山陰祁氏，世居梅市，與予里距二十五里耳，曩時理孫、班孫諸哲，且難搜訪其遺篇。近從故紙堆中，見上虞倪文貞曾孫雲士長駕《澹多軒》詩一帙，丰致頗雅。五律如《折楊柳》：「北塞流星驛，西秦明月關。」《長安秋夜月》：「愁從曉角起，思逐故鄉來。」七律如《宋陵》：「馬骴半掩江南土，鉦鼓難消塞北塵。」「一自風沙迷故國，幾多臺殿没斜陽。」「赤虹劍血長天落，白馬銀濤滄海奔。」七言絶句如《金陵覽古燕支井》：「自古興亡史册存，貪生避井事偏新。高公不解風流意，玉碎香消答主人。」《孫楚酒樓》：「月户星橋烟火稠，遊人都上舊名樓。何年李白同觴此，明月湖濱載莫愁。」《舊院》：「温柔當日强名鄉，紅袖年來盡白楊。十四樓頭風雨夜，誰將詞句問韋莊？」自注：「韋詞云：『騎馬倚斜橋，滿樓紅袖招。』」《銅城驛舍》：「斜陽古道草毵毵，纔上征鞍又解驂。處處蠻歌沙外唱，可知俱不似江南。」

李侍郎退庵敬於維揚舟次，與新城論近代布衣詩，新城舉吴非熊兆、程孟陽嘉燧，退庵云：「終須還他邢昉第一。」明季，吴受知曹石倉學佺，程受知錢牧齋。新城五言許吴，七言許程，甚允。邢詩藻麗不及吴，清新不及程，骨格則勝，退庵殆略才重格也。退庵善指摘人文章，嘗摘鈍翁所用「菁莪」字爲俗學，云：「《詩》有《菁菁者莪》之什，無『菁莪之什』。」汪大服。詩體清削，《讀水經注》、《懷洞庭》七律，和者甚多。自定若干首刻之，囑其子二十餘年後方可印行。其矜尚如此。邢字孟貞，高淳人。

德州盧紫房世漼篤好老杜，築亭祀工部象，自稱杜亭亭長，著《讀杜私言》、《杜詩胥鈔》。虞山自題小箋，云應其請。新城論杜詩箋傳，有「苦爲南華求向郭，前惟山谷後錢盧」之句，固遺老中服古者也。詩逞才氣，如駿馬騰踏，不受羈勒。新城獨登《古意》一首，意在别標遒上，非盡薄其餘也。盧與同鄉程正夫先貞詩派不同，深相契許。

王邁人庭官布政，以清惠稱。罷歸後足不入城市，常衣布袍行田間，人不知其大僚也。予嘗論陶、韋五字詩，自是高品，但無其性情，必難神似。如先生真堪嗣響，約抄二首，以誌大概。《雨後》云：「落日殘雨餘，林樹半昏黑。南山白雲間，澹然見秋色。冷風何淒淒，微微野烟息。歸巢鳥更鳴，當户蟲還織。惆悵獨坐時，悠悠思何極。」《秋雨遣懷》云：「抱病身獨閒，起行日云晏。蕭條空林中，靡靡秋雨偏。殘葉踏饑禽，荒村吠寒犬。虚室静琴書，閒階冷苔蘚。欲愁生計疎，還嗟世情淺。自適在丘園，非能薄軒冕。悠悠歲月深，閒情誰當遣？」

漁洋、漫堂皆有《過采石磯太白樓題蕭尺木畫壁歌》，皆淋漓盡致。予心慕蕭畫，恨無由登樓一見。嗣觀吴青壇震方所輯《説鈴》内載吴寶崖陳琰《曠園雜志》云：「胡季瀛守太平日，慕尺木名，三訪之，俱辭不見，胡怒。時新修太白樓成，遂於案牘中插入尺木名攝之。比至，送詣樓中，曰：『圖成即當開釋。』尺木年已七十餘，力疾應命，畫匡廬、峩眉、泰岱、衡岳四大名山，七日而就。」蕭名雲從，兼能詩。《梅花下贈唐祖命允甲》作：「同情卧冰雪，每覺春來遲。何意君作客，弛擔在茅茨。寒風裂窗紙，偶見向南枝。獨挈一樽酒，高吟五字詩。」迥然拔俗。

諸暨陳章侯洪綬畫由天縱，甫四齡，于婦翁家新堊壁，登案畫漢前將軍關侯象八九尺。明季與北平崔青蚓齊名。縱酒狎妓。有妾顧浄鬘亦善花草，錢塘馮研祥嘗贈以詩。鼎革後自稱老遲，又曰老蓮。遺詩不多，有「楓溪梅雨山樓醉，竹塢茶香佛閣眠」之句，採入《漁洋詩話》。

吴中世家，如荆石之後有烟客，弇州之後有元照，以仕宦善畫，少陵所謂「文采風流今尚存」也。文處士與也點爲文肅公孫，窮居以書畫自給，得待詔家法。八齡時從長老泛石湖，得句云：「長橋連月湧，遠水隔山分」，洵夙慧也。

王胥庭熙「到門流水遠，尋境白雲遮」，「人行沙岸小，樹近夕陽偏」。曹升六貞吉「橋横殘照出，雪壓大河流」。姚若侯文然「橋束重重水，樓横面面山」，「柴門臨水閉，竹圃護籬深」。吴伯其淇「楚雲淒似雨，湘草淡如烟」。徐善長元夢「落日銜千樹，寒流抱一村」。丘季真象隨「天沉危岸下，江折亂山多」。王山長岱「沙鳥銜烟白，晴霓背雨紅」。王于一猷定「長江流剩夢，短棹撥殘星」。汪栗亭士鋐「雲葉一湖天際合，烟帆數點雁邊來」。吴園次「山路乍回秋草白，江流不斷晚雲黄」。繆念齋彤「雲移樹影窗中入，雨帶秋聲檻外來」。張約齋廷璐「竹枝風影更宜月，荷葉露香偏勝花」。胡其章周鼒「藏雲古寺飛秋葉，帶雨寒樵上晚船」。閔賓連麟嗣「松盤絶壁留山徑，鳥起危巢駭杖聲」。楊傳人繼經「白帢草堂湖上路，紅泉石磴雨中峰」。沈平山堂「横笛短吹樵徑雨，枕簑閒卧釣船風」。皆詩中畫也。其深細處，正恐畫手難到，所以爲高。

詩不拘何派，情韻總不可離，離則非纖人即傖父也。姑舉所見近體句，如孫子長永祚「一身多病猶爲客，二月連陰不見春」。丁野鶴耀亢「異域相逢俱萬里，名山小别即千年」。韓石耕畕「一簾細雨仍飛燕，幾日殘花又送春」。周子俶肇「十年世事全萍梗，四海交情半鬢絲」。黄庭表與堅「王宫滅没餘抔土，霸業消沉付夕陽」。許九日旭「白門柳色千條雨，皖口山形二月春」。顧伊人湄「一櫂鐘聲殘照裏，六橋山色暮寒中」。王巽公撰「謝公屐冷山無恙，白傅船空水自流」。徐存永延壽「千里别情芳草外，五更殘夢落花前」。崔不雕華「丹楓江冷人初去，黄葉聲多酒不辭」。楊聖企通俊「三楚江濤環建業，六朝風物弔臺城」。李大村國宋「閒身日向江湖老，人事空悲水旱餘」。許天玉珌「大江春老人横槊，故國天高弩射潮」。曹澹餘申吉「三春雪影留吴舫，臘月鴻聲憶楚吟」。孫笠山蕙「官廨閒雲遺碣在，人琴往迹大江流」。王幼輿維坤「風雨愁連小寒食，鄉關淚濺閏花朝」。李丹壑孚青「南國荒鷄中夜夢，秣陵殘日六朝山」。此種情韵，堪鼓吹諸巨公。

華亭宋轅文徵輿、尚木徵璧、子建存標，陳大樽所稱三宋也。詩遵大樽派，多尚華縟，然自有丰致。如轅文《長信草》五絶：「青青長信草，無意學逢迎。不厭淒涼地，春來還自生。」豈非六朝高手？

建昌楊因之思本《踏花明日值雨》詩：「折得花來不贈人，小瓶相對一枝春。遥憐昨夜行歌處，落草沾泥倍愴神。」極善寄托。

金孝章俊明初名衮，字九章，吴縣諸生。鼎革初，筮焦氏《易林》，得蠱之艮，遂棄去。善書，工畫梅。嘗乞友人呼得下谷賦生輓詩。其詩《暗香若梅寄盛柯亭》句云：「窮來吾道有貞吉，老去醉鄉無是非。」想見高尚矣。

餘姚釋豁堂正嵓絶句，如《剡溪舟中望謝太傅東山舊隱》、《戲酬友人惠日鑄茶》諸作，爲漁洋所賞。猶未若《赤壁》云：「扁舟絶壁酬西風，千古雄雌在眼中。欲得周郎重回顧，銅絃鐵板唱江東。」更脱香火氣。漁洋又稱滇南釋蒼雪讀徹「一夜花開湖上路，半春家在雪中山」，及其弟子秋皐「鳥啼殘雪樹，人語夕陽山」句。蒼雪自佳，秋皐之病，不異「亂松殘雪寺，孤磬夕陽山」也。詩家寫景高下，總在死活。

萊陽董亦樵樵學詩於趙伯濬士喆，漁洋賞其五言「春風公瑾墓，細雨吕蒙城」句，七言「春風嗚咽嗚珂地，寒雨淒涼散蠟辰」句。七言情致悽惻動人，五言則下三字隨地可成對屬，以上二字湊合，亦學唐膚習，去「氣蒸」、「波撼」力量遠甚。董隱居食貧，嘗棄薪道旁，人珍藏之。婺郡閨秀倪氏高其人，遺以方竹杖。趙賦《遼宫詞》，連篇皆工。山東掖縣人。

詩人相調，本非正則，能雅即佳。薛户部大武奮生數輕鈍翁爲文士，鈍翁調以絶句云：「十載雕蟲稍擅名，未嘗縛袴學長征。他時若得登三事，但乞蕭郎作騎兵。」典而有趣。

刻劃小題，不可入惡道。王太平遵坦《戲咏佛手柑》：「斷此黄金體，施諸祇樹林。度人難下指，合掌即傳心。味向駢枝悟，香從反覆尋。禪天有真訣，巨擘競森森。」應推妙手。

周櫟園領袖騷壇，近體工於古，七言工於五言，清新流麗。如「半綻桃花全待雨，平飛柳絮欲爲烟」，「深秋梁苑新沙磧，明月清溪舊板橋」，「西山夢冷花藏寺，南浦人來雨壓城」，「敝廬響滴千山雨，破衲新縫九月霜」，「瑯琊赤映方生日，泰岱青分未了山」等句，皆豹斑也。又有《示弟》絶句：「爾又遠來予未去，高堂清淚幾時乾？」此則先生風雅源頭所在。

經史學問，詞林如竹垞考核稱首，遺民中黄太沖、顧亭林炎武相望江浙間，顧文遜黄，黄詩遜顧。顧與同邑歸玄恭莊齊名，有「歸奇顧怪」之目。其人與太沖異趨，平生足跡幾遍天下，詩則清雅有法。《賦得老鶴萬里心》長律云：「何來千歲鶴，忽下九臯陰。一自仙人去，摧頹已至今。臨風時獨舞，警露亦長吟。乍識人民異，還悲歲月侵。寒飈連北極，急景向西岑。寂歷依空帳，紆迴失舊林。三珠天外冷，甲子世間深。尚想蓬萊日，終思弱水陰。神州迷再舉，帝闕杳千尋。多少乘軒者，知同一寸心？」細意熨貼，絶不似放誕人作。

鄧州彭禹峰而述長身修髯，聲若洪鐘，一飲能盡數升，一食能盡一彘肩。有戡亂功，龔芝麓寄詩所謂「軍中轉粟青天上，使者論功大夏西」也。其詩軒爽，亦推中州弁冕。七律如「白露蠻江凋木葉，黄沙羯鼓下營州」，「千盤路吐檳榔嶼，一線天開瑇瑁池」，「隔岸春城來檻外，亂帆斜日到尊前」，「殘碑草没斜陽外，戰壘雲深斷岸間」，「萬里蠻鄉同作客，一城黄葉此登臺」，「天涯尊酒留書劍，海内風塵老弟兄」，紙上英氣勃勃。

高侍郎念東珩詩才甚迅，每宴飲，歌行近體衝口而出，代書者筆不暇停，一閲即棄。漁洋極贊其《祭告南岳》詩内二首云：「緑浄不可唾，此語足千古。天水澹相涵，中有數聲艣。」「幾月舟行久，今朝倦眼開。萬峰飛舞處，一片大江來。」予以爲尤屬五絶老境。

金沙蔣虎臣超仕居史官，性好山水，前身峩眉老僧，晚化于伏虎寺。《春日郊行有感》詩：「慘緑嫣紅郭外稠，花開不待客登樓。穗頭鶴髮黄扉客，多少青春是夢游？」慧根見於此矣。

太原趙懿侯瑾詩類江南派，如「須憑竹葉開愁思，莫遣楊花到酒船」，「漁船遠繫藏鴉柳，烟墅横開買酒樓」，「階上月明寒蟋蟀，池邊露冷落芙蓉」，「別酒慣沾揮袂處，客愁常滿峭帆中」，皆可誦。

孫文定公廷銓詠息夫人云：「無言空有恨，兒女粲成行。」識者多喜其諧語解頤，畢竟非大方得意處。不若《詠史》云：「田叔歸來竇后傷，蕭條梁苑下微霜。一時賓客多枚馬，不遣雄文悟孝王。」意義深永。難弟廷鐸五言古多澹雅，近體如「夕陽猶反照，初月已生明」，極類香山勝處。

「空江微微月東出，何人舟中吹鐵笛。傳呼隔水不知名，寂寞滄江迴夜色。吴音越調聲悽愴，遠遊客子思故鄉。燕子梨花春已暮，欲歸不歸空斷腸。」吴處士六益懋謙《聞舟中吹笛》作也，可云「俊逸鮑參軍」。

董蒼水俞舉孝廉，以事永廢，卜築南村，歌嘯自如。宋荔裳稱其究極於風雅正變之間。鈍翁獨標《送客入都》詩云：「蕭條易水逝，驅馬向空臺。岸柳春前放，江鴻雪後來。」以爲雅淡自然。前輩賞鑒如此。

商丘侯朝宗、陽羨陳定生貞慧、如皋冒巢民、桐城方密之以智，明季稱四公子。入國初，方歸空門，陳、侯旋殁，獨冒存，與諸名士觴咏。梅村稱定生、朝宗儀觀偉然，巢民舉止蘊藉，吐納風流。予觀冒集《小秦淮曲》云：「澹烟絲柳罥横塘，明月清秋讀謝莊。夾岸哀箏横笛外，誰家小立怨昏黄？」風流猶可想見。

江寧顧與治孟游少稱神童，性任俠。晚歷坎坷，無子。施愚山經紀其喪，從其友方爾止搜羅遺稿刻之。有句云：「空山澹無言，來者成古今。」十字足留千古。

上元紀伯紫映鍾，歌行得陸劍南清挺之氣，近體極愛其「寺古花爲曆，山深鳥報更」語。其妹嫁莒州杜氏，早寡，以節終。有絶句云：「棲鴉流水點秋光，愛此蕭踈樹幾行。不與行人綰離别，吟成謝女雪飛香。」漁洋在秦淮有「棲鴉流水空蕭瑟，不見題詩紀阿男」之句。阿男，婦字也。伯紫見之，以雜綺語之什，殊不喜。後婦請旌，漁洋入爲儀曹，力主覆疏，云「以懺悔少年之過」。詩林佳話，何可無此。

馬嵬詩，荔裳先生「何事漁陽動鼓鼙，香魂不逐六龍西。可憐杜宇聲聲血，只在長生殿裏啼」一絶，惻惻入情，婉而多風。寧都曾庭聞畹詩云：「濯錦明河萬里開，上皇羽蓋自西來。那堪此地青青冢，更待紅塵蜀道回？」與宋同工。曾初名傳燈，其弟傳燦，字青藜，亦能詩，虞山甚稱之。

詩家惡勦襲，不忌脱胎。張虞山養重「南樓楚雨三更遠，春水吴江一夜增」，脱「寒雨連江夜入吴」意也，筆妙頓覺生新。張他詩多雋，推重名公卿間。

題畫詩沉鬱淋漓，少陵獨步，自後作者，凡遇珍玩碑碣，多師其意，用全力出奇。牧齋《華山廟碑》、《松談閣印史》、《太清樓二王法帖》三歌，心摹韓、蘇《石鼓》。漁洋一生歌行，尤沉着於此，幾欲凌轢遺山、道園，追攀東坡、山谷。其徒張桐峰琴《子昂六馬圖歌》，不愧火傳。歌云：「子昂畫馬能畫骨，軒軒紙上真龍出。六匹神駿不一態，骨相權奇形滅没。相傳子昂善唐馬，韓幹之上曹霸下。至今人識宋王孫，筆勢飛騰意瀟灑。此馬神肖昭陵圖，想見真主來天都。煌煌拳毛騧，炎炎什伐赤。黑闥既擒滅，支胡亦褫魄。更有青騅特勒驃，騰空飛練驚波濤。又見紫燕白啼烏，追風越塊秋天杳。竇氏薛氏無一生，六馬横行四海平。太宗功成駿骨靈，陵前勒石垂丹青。向非乘運附聖主，長鳴伏櫪悲荒坰。我展此圖推案起，房公魏公亦幸耳。牝牡驪黄誰辨此，未遇其人則已矣。」

常熟多詩人，大抵師法中晚。馮定遠班表章《才調集》，寢食以之，尤工爲艷詞。如《題畫屏》一絶云：「時勢梳妝色色新，吴娃偏自小腰身。修蛾雲鬟能多少，枉向陽林賦洛神。」陸勑先貽典所稱美刺有體，可見一斑。

康熙初，孝廉長洲宋既庭實穎最騰譽。尤悔庵云：「一時有江東獨秀之目。」鈍翁擬之阮思曠。宋和鈍翁《歲暮雜感》詩：「年少才名也自雄，老來城北半飄蓬。閉門種菜渾閒事，輸與人間霹靂弓。」「雲去無心鳥絶踪，道人心地懶支筇。楞嚴半偈阿難省，一片光明雪浪中。」故非凡品。

高太史澹人士奇荷聖廟深眷，入直扈從最久，昇平盛事，詩所不盡者，載諸筆記，使寒素見之，恍親禁近也。華亭錢舍人寶汾芳標内直詩亦佳。中二首云：「靈臺進曆沸簫韶，閶闔晨開會百僚。先賚諸王歸邸第，茜羅封裹出重霄。」「軒皇鼎就久乘龍，東觀緗函感睿容。更選詞臣搜故事，穹碑常照孝陵松。」尤能傳慈孝之德。錢初名鼎瑞，字寶汾。前身從天童來。一日與客坐齋中，有天童僧持一緘書至，錢啓視，殊不駭，但云：「倉猝奈何！」明日徧召親故與訣，書一偈云：「來是白雲來，去是白雲去。笑指天童山，是我舊游處。」微笑而逝。

四川釋破山海明，周旋正希先生于死後。《山居即事》詩：「園裏竹鷄晴引子，崖前石虎老生斑。」尚有俠氣。

登眺古跡，須自抒懷抱，若限定公家言，必無好詩。曲周劉津逮逢源《九日登赤壁》作：「九日至黄州，听然獨西笑。赤壁落吾手，于焉恣遊眺。一杖凌層崖，劃然發長嘯。把酒呼魚龍，踞石登虎豹。小亭遺像存，長髯側烏帽。卓然東坡叟，煜煜神光照。群兒戲弄兵，蟻鬭何足道。想公弔古心，還爲後人弔。鶴影落寒空，笛聲來遠棹。杖策下荒岑，江烟起魚竈。」「群兒」二語，故作傲岸，彷彿嗣宗廣武原一嘆。

馬源思澄《鷄雛》詩：「貧家亦有事，早起飼鷄雛。鷄雛二十餘，一一聽我呼。跌宕如走丸，見食競相趨。粱粒豈必多，所快給斯須。其母延頸來，兩眼何瞿瞿。呼子集墻下，爛漫比襜褕。黠者登母肩，弱者伏母膚。鼓翅土中嬉，飽滿忘其愚。」摹寫雅絶。

歌行合肥喜用杜韵，新城、商丘喜用蘇韵，初非風雅定軌，有才固無礙也。吴江朱長孺鶴齡《山行次昌黎韵》一首：「山石歷亂凌翠微，楓杉十里蜻蜓飛。細泉百道流木末，黄梅雨過楊梅肥。入寺不聞聲剥啄，精舍半掩人來稀。老僧睡起偏袒坐，飯我青精充我饑。須臾策杖出平莽，半山鐘磬聞禪扉。丹梯徑斷樵牧絶，祇見嵌竇烟雲霏。巨石蟠拏立猛獸，翠屏却立如長圍。緣源萬轉興未極，落花拂拂沾人衣。此中仙景遇髣髴，焉用刺促隨鞿鞿。從此息機混蟲鳥，攜家採藥何時歸？」意不能出韓範圍，機致尚佳。長孺平生沉浸古籍，所注杜少陵、李義山集行于世。曩時士林以杜注牴牾牧齋，李注剽竊釋石林詆之，今聲價各不相掩也。

錢塘布衣胡彦遠介，古今詩俱清迥有骨。梅村被徵入都，彦遠投以四律，如「身隨杞宋爲文獻，代過商周重鼎彝」，「歸心更度桑乾水，伏櫪重登郭隗臺」，「榛苓過眼成虚谷，禾黍關心拜故宫」，「花暗鳳池思劍珮，春深虎觀夢江湖」，能令梅村悲喜交集。妻翁少君詩亦佳，《重過西湖》云：「風風雨雨鳥空啼，草緑山腰水滿隄。畫閣已傾歌舞散，十年重到六橋西。」

予僻居村墅，力不能購書，遠省文翰，見少益珍。蜀人費此度密「大江流漢水，孤艇接殘春」一聯，漁洋極賞者也，心慕有年。近覩其他作，大約五字多工。《古琴》絶句：「古琴久不理，塵積斷痕斑。爲君彈一曲，明月滿江山。」逸致翩翩。

山左顔考功修來光敏，少時讀其制義，仗氣愛奇，動多振絶。詩體亦然。漁洋所舉在《清流關》、《長干寺》、《渡江》諸首，愚山所舉在五言《太華》、《燕子磯》，七言《麥雨》、《地震》諸首。予以爲先生詩，不拘何體，覽之皆啓發人。

寶應陳冰壑鈺與朱秋厓齊名。《送友人歸江州》絶句：「潯陽南望天連水，大孤小孤黄葉稀。一片歸帆秋正好，滿江烟雨鷺鷥飛。」意象甚工遠勢。

漁洋生自世家，青年科第，目擊遺老漸就衰謝。順治、康熙之際，正聲甫奏，王、李流弊亢而浮，鍾、譚流弊僻而細，猶有存者。慨然以風雅自任，天姿學力又皆秀絶，操王、孟宗旨，陶鑄天下士。士被吹噓者，大抵務爲沖淡蘊藉，雖歷久亦有蹊徑，要無俗氛入其壇坫。昭代輶軒，應推首功。先生謁虞山尚在早歲，虞山一見，以代興相許。至今追思餘韵，虞山老眼，先生苦心，皆不朽也。先生門下如宗定九之七絶，汪舟次之五古，堪立高足。汪《西山紀遊六百字》，筆力到家。近體如「怒濤回萬里，老屋受長風」，「人初入混沌，天不改青蒼」，「漏天懸日月，絶壁走雷霆」，其尤卓卓者。

江西詩人，陳伯璣允衡，其翹楚也。伯璣早爲鄉先達熊雪堂文舉黎左嚴元寬所許，後流寓江南，名甚噪。所撰《詩慰》、《國雅》，宗工多稱之。其詩魄力頗弱，五言古法襄陽、蘇州，以淡勝。《拜先大夫墓下述》一篇，惻惻動人，得性情之正。詩云：「母氏望門閭，已是苦寒日。兒今别翁墳，悲風飄淚濕。墳前萬松樹，樹樹兒手植。十年過人長，能作菁葱色。再拜告土人，人誰非子職。但願護根株，慎勿肆戕賊。兒行多回顧，夢繞松枝泣。來歸當有時，早晚難自必。將欲東遊南，又思西去北。傭書與授經，庶幾近食力。骨肉永相保，此身任通塞。翁靈無不之，兒衷難罄述。」及卒，施愚山有詩云：「稚子當何依，殘編逝誰理？平生八口憂，此日君都已。」亦可哀也。

歸安吴長庚光《棲霞寺》五律：「萬木隱深翠，夕陽明亂峰。遥聞白雲外，暝落青山鐘。竹徑飛泉瀉，松門遠梵重。因懷静者趣，長得謝塵蹤。」神韵不及摩詰《香積寺》，立格頗肖。

三楚自竟陵後，海内有楚派之目，昊廬先生一雪之。秦中自空同酷擬少陵，萬曆之季，文太青翔鳳復爲揚波，海内有秦聲之目。牧齋云：「《小戎》、《駟驖》外，何可無《蒹葭》、秋水？黄湄先生起，遂有此致矣。」

江都汪蛟門懋麟，「輦下十子」之一也。爲郎時，與吾越沈康臣胤范同舍，論詩極合時稱。汪、沈詩體亦相近，七言古佳處，多寓跌宕於平淡中，學梅村而失之靡曼者，二家可救。

益都楊水心涵《題自畫芭蕉》句云：「縱然裂盡秋聲急，也似高人着破衫。」思致殊巧。

西樵詩近體修削太過，讀者如啖橄欖，得味于回，不若阮亭時露丰采。《和阮亭秋柳》作，骨格較高。歌行如《焦山古鼎》、《湖心亭大風雨》、《北固多景樓》三篇，阮亭亦遜其遒宕。百幾十年來，詩人林立，如先生清骨，未易多覯。

阮亭論武進董玉虬文驥《外遷隴右道留别》詩云：「『逐臣西北去，河水東南流』，初謂常語。後讀《北史》：魏孝武西奔宇文泰，循河西行，流涕謂梁禦曰：『此水東流，而朕西上。』深嘆董語用古之妙。」此論真以金針度人。若竟如嚴滄浪云「詩有别材，非關書也」，貽誤可勝窮乎？滄浪所云，兆於鍾嶸稱「清晨登隴首」、「高臺多悲風」等句，以爲「羌無故實」，其流極於伯敬、友夏。來者玩阮亭此論，不獨無廢書之患，亦自無堆垛割剥之患矣。董詩甚拔俗，五言古如《緣無定河行》、《扶蘇墓》、《八盤》、

《華不注》、《問始皇墓》，七言古如《題長平驛壁》，皆學少陵。

南海程湟溱可則冠南宮，入禁苑，爲議者索瘢，改官郎署，益肆力詩文。絶句如《夜泊九思灘却寄韶州諸子》：「作客蓉江雨浹旬，青山日與故人親。雄州一去灘聲急，無數青山不見人。」《題老將騎馬圖》：「一騎平沙大漠風，據鞍誰識伏波雄？平生白草黄雲意，猶在蕭蕭落日中。」非大曆後體。

彭羨門孫遹詩工近體，丰神絶類阮亭，嘗刻《彭王倡和集》。王極稱其《廣州竹枝》及「依然極浦生秋水，終古寒潮送夕陽」，「湖光盡日依樓堞，山色終朝滿縣城」句，誠雅韵也。彭又有《南還至横浦驛前與程五別處》作：「憶向清秋採白蘋，今來江上值殘春。一從横浦三年別，南北俱爲萬里人。」格甚高渾。

葉訒庵方藹以德聞，予告家居，忽有陳其居鄉不法者，仁皇帝命蘇撫田雯察之。雯以鄉評之實入奏，仁皇帝曰：「朕固知葉方藹不如是也。」將大用而方藹卒，易名文敏。其詩追摹蘇、陸，《賦枯樹》云：「敢將榮悴争時代，獨與巖流共古今。」非有品人不能道。

陳其年駢體，世以匹悔庵；填詞，世以匹竹垞；詩則知否各半。予觀其集，歌行佳者似梅村，律佳者似雲間派，大約風華是其本色，惟骨少耳。七言絶清詞麗句，足擅一家。

曹學士顧庵爾堪詩斟酌華實，不落畦町。作《錢牧齋輓詞》：「入世雄心老漸灰，昔年鈎黨競風雷。俊廚何救東京殁，刁顧還從北渡來。天爲文章留末路，人推牌版冠群材。先朝實録尤淹貫，多少微詞記定哀。」是此老公斷。

計甫草以孝廉歷交公卿間，多以才略相許。《豫讓橋》一絶：「秋盡蓬山慘不驕，流泉夾岸夕陽遥。傷心國士酬恩地，瘦馬單衫豫讓橋。」頗露梗概。嘗至鄴城，表謝茂秦墓。過順德，求歸震川《廳記》所稱遺址不可得，於署旁廢圃設瓣香，流涕再拜，觀者大笑，勿顧也。坐事黜，及己未徵博學鴻詞，宛平將薦之，甫草已殁，亦命也夫。

查梅壑士標《題清涼寺掃葉上人壁》云：「拈花久礙人天眼，掃葉猶留解脱心。何事無花并無葉，千山明月一空林。」于禪門宗旨，直可參「菩提本無樹，明鏡亦非臺」一偈。

顧見山大申《戚城》詩：「漢家營六宇，群雄受羈紲。徒手并秦項，壯心頓房闥。楚歌抱幼子，飲泣訣愛妾。羽翼彼已成，恩寵中道歇。含笑對四公，胣隤痛傷割。朱顔銷永巷，旨酒摧晨獵。清蹕不可期，黄泉爲誰説？我來戚城邊，蓬飛風凛冽。烏鴉啄城頭，巢傾烏子滅。不見當時人，但聞水嗚咽。烏飛上高柯，未央宫若何？」手法絶高。

遵化周伯衡體觀，愚山稱其多尚自然，不事雕飾，信然。五古如《壕黍村》云：「壕黍何年村？離離盡茅屋。居人百餘家，生事在樵牧。山間田可耕，種植惟黍穀。村北車箱谷，亂石雜惡木。村西溪水曲，溯洄白蘋澳。村東結園圃，折柳緣山麓。村南椒栗林，陰陰氣森肅。行人出其下，翠滴衣衫緑。村中兩茅店，所飯豆與粥。行人苟不早，半投村中宿。村老多白頭，村童多赤足。獨饒太古風，伏臘相親睦。」閲者竟如到彼矣。東西南北實寫，似拙彌工。又絶句：「不見當年劉克猷，西風吹淚古黄州。舊時江路能來否？落日招魂古驛樓。」先生與劉同年成進士，情之所至，矢口成文，已爲絶唱。

錢塘陸講山圻爲西泠耆宿，明季送張西銘葬，賦五言長律，一時推傑作。入國初，以史案牽連，尋釋，遠遊不歸，莫知所終。洪昉思詩云：「君問西泠陸講山，飄然一鉢竟忘還。乘雲或化孤飛鶴，來往天台雁宕間。」

仁和丁藥園澎，少時以《白燕樓》詩著名。官禮曹，貢使廉知藥園爲主客，持紫貂玉犀，從吏人易其詩歸國。香山鷄林，寧足誇乎？

鄧舍人《詩觀》諸選，流播海内，意在力返唐音。所作詩多偉麗，七律句如「萬里烽烟長草屩，一生魂夢客銅駝」，「鑾花争傍陳隋碣，海道曾過秦漢兵」，「垂柳軍城殘日動，新烟漁浦戰雲荒」，「隔岸樊山晴欲雨，夕陽皤冢水連天」，「易代磨崖争日月，當年奮筆掃鯨鯢」，「運移典午人皆散，日落春申樹幾重」，皆琅琅作金石聲。

寶應陶昭萬澂《樵風徑》絶句：「若耶渡邊秋思多，南風北風吹白波。行人來往不知處，日暮山深聞棹歌。」風景宛然。其集氣骨清蒼，卓然名家，當少陵《新安吏》、《新婚别》諸樂府，記崇禎間事，陸士衡所謂「方言哀而已嘆」，絶非妄作。平生絶干求，以硯田給妻子。己未舉薦鴻博，堅辭，以布衣終。

西泠毛馳黄先舒《吴宫詞》：「蘇臺月出夜烏棲，宴罷吴王醉似泥。别有深恩酬不得，向君歌舞背君啼。」最爲漁洋欣賞，謂下二語未經人道。其《西湖竹枝詞》：「晴湖歷歷草萋萋，水向東流日向西。桃花落盡楊花落，好鳥啼休苦鳥啼。」詞旨雋永，亦自不減前作。

鈍翁《楊柳枝詞》，刻意標新。石門虞景明黄昊有作云：「楊花如雪撲征衣，馬上征夫苦憶歸。曾向曲中回首望，不知真在路旁飛。」用義山「幾度木蘭舟上望，不知原是此花身」意翻出，雋逸絶倫，比似鈍翁，幾欲以少許勝多許。

宣城風雅極盛，愚山先生已爲海内職志，梅氏諸賢復英英秀發，振聖俞家風。高檢討阮懷詠古詩多綺，近體如「石徑到門通畫舫，香林過雨見疎燈」，「白蘋風裏暮愁重，紅藕香中秋夢多」，「草衣過雨懸瓜架，水鳥無人上釣舟」，「靈禽鳴澗月初上，石門落花春已深」，殆放翁後身也。《池北偶談》載宣城科甲久替，康熙己未，先生與愚山以薦辟，孫予立卓茆楚畹薦馨以鼎甲同入翰林。施園有梅，三月復開四花，方位恰應四人所居，亦異矣。先生少時夢至文昌宫授史官，後復夢如初，遂引疾歸。次年卒，自知其期。

鍾廣漢淵映善談古今，對人作青白眼，人多忌之。詩才故自俊，嘗至越中看月，得句云：「乍生天柱嶺，直照越王都。」

張一衡霍《讀史》：「舞陽變色後，無人信童子。」奇句也。韓宗伯菼雅重之，送其還侯官，有「往惠予琅玕，氣與江湖奔。真奇欣激賞，交臂不可諼」之語。

金壇潘孟升高詩格淡而味腴，絶句如「細雨絲絲濕淺沙，嫩寒池閣客分茶。雙扉不上鳩鳴午，落盡城南山杏花」，「一種沙禽一種啼，鷓鴣格格洞庭西。行人早到黄陵泊，莎草連天日又低」，「江水悠悠送畫橈，東風何處不魂消。春歸萬里無消息，又過垂楊舊板橋」。愛玩不置。

蕭山何毅庵之杰，與同邑西河、山陰徐伯調、會稽姜鐵夫梗，後先有名。聖祖南巡，獻詩十章，曾邀睿賞。查聲山太史跋其詩曰：「聖鑒所及，足慰毅庵生平稽古之力。」

晉江黃俞邰虞稷寓居白下，崑山徐立齋元文先生疏薦，以諸生召入明史館，食七品俸，有「抽書盡日向東華」之句。姜太史西溟宸英爲錢孝修名侯考。《題山中採藥圖卷》詩云：「題詩舊日東華侶，好句初看淚滿襟。恨識斯文猶未盡，九重泉下幾知音。」自注云：「爲哀俞邰前輩。」篤誼往往如此。西溟布衣時蒙九重深眷，己未鴻博不與，丁丑以暮年擢高第，海内榮之。今予向四明老友錢黄初秉琮索其遺稿，已不可得矣。

錢塘潘雪帆問奇，長篇如《寧武將軍歌》、《玉容歌》、《青藤歌》，音調甚佳。七律造句如「雁鴻遠趁思鄉路，鷹隼高盤釀雪天」，「秋月影侵吴客枕，荻花聲變楚江風」，「舊雨滄江雙鬢白，秋鐙老屋一編青」。絶句如咏留侯：「智如隆準都瞞過，也信人間有赤松。」咏明妃：「當時多少承恩女，青塚何曾得到今？」《題桃源圖》：「當年不種桃千樹，未必漁郎入得來。」皆非陳言。其執友江都田梅岑登詩如「共喜天邊客，暫爲花下人」，「幾間竹屋欲傾倒，一帶花籬半舊新」，亦雅。

侯氏多才，朝宗爲白眉。其文向來多重之，雖鈍翁善掎摭，亦云：「書策誌銘多奇構。」寧南一傳，所訾失實耳，序事未嘗不許之。平心而論，醖釀未深，才氣自大。詩則雪社諸子相爲推服而已。予觀《四憶堂集》，病在學杜，不見性靈。五言《哀詞》九章，終不可没。絶句如《游吴遇李校書》：「回首江城隔碧霄，兩行雲雨楚王朝。武昌新柳今何在，夢裏猶聞説舞腰。」自注：「校書舊出楚宫。」「零落衫裾到芰荷，湘靈皎月照愁多。停舟曾向潯陽過，怕聽當年太傅歌。」才人韵致自在。

會稽魯庶常秋塍曾煜，爲前輩李穆堂紱所得士，入詞館，未久予告歸，至老不起。勤訂經史，詩其餘技。嘗病唐賢咏帝京用事多泛，博據典故，作《唐宫》長篇。晚刻《秋塍詩鈔》，諸體皆稟先民，《催租行》一首，尤見風人譏刺之義。詩云：「陳穀虧，新穀熟，自注：見《吕氏春秋》。大户催租督田僕。主家之貴新開府，僕之來兮猛如虎。主家之富贏千倉，僕之來兮貪如狼。老農瞥見嚇破膽，鮮衣危帽坐飲噉。諦視畜牧盡刮收，小者鵝鴨大羊牛。忽來調戲機上女，旁有睨者爲大怒。鼕鼕打鼓以號衆，壯夫數十頃刻聚。交捽其髮厭老拳，僕之去兮脱如兔。嗚呼！僕之去兮脱如兔，寒鴉啞啞孤村暮。」

詩法辨體説

詩法辨體説提要

《詩法辨體説》二卷，據乾隆間存正堂刊本點校。撰者吕德本，字樹滋，山西桐封人。卷首有申贊皇序與自序，申序署乾隆三十一年丙戌，當是刊行時間；自序署乾隆二十四年，則是書成之時。自序又曰從王謂易學詩法，從母舅高步青學音韵反切，即排比二家之説，各舉唐詩爲例説明之，所謂「唐人詩首首皆佳，即首首皆法」，而成是書。此爲適應乾隆丁丑年科舉加試八韵詩之需，故辨體僅及五、七言近體。吕氏頗諳聲韵之學，其説反切及於開、齊、撮、閉、合諸口法，説五音(七音)分出清、濁，著爲各式圖譜，欲便學子記誦成習。説五、七律以正、變、拗體爲法，别立「體式」爲體。又有「折脚」、「交股」等法，而「變拗」、「出格」又似爲體，種種名目，自成一系統。其説繁瑣，未必有便於學詩，然爲傳統音韵學之一種材料，可資參考，則可無疑。

序

《書》曰：「詩言志，歌永言，聲依永，律和聲。」詩之必範以律，自昔而然。故南風理曲，擊壤興謠，明良賡頌，莫不響振璆玕，調鏗金石，不獨《國風》、《雅》、《頌》已也。秦漢而還，代有作者，皆聲入天籟，律呂自調。至於律詩，尤極細膩，即「一三五不論」之中，要自有未嘗不論者。苟佶屈聱牙，無順成和動之音，而欲上溯詩教之本原，猶指南而之幽薊，溯北而之閩粤，豈可得哉？特是俗學悠悠，誰爲究心。惟我樹滋吕先生，體聖朝作人之雅化，殫畢生考核之精心，諸體咸備，各法皆詳，名曰《詩法辨體》，用以昭示後學，奉作楷模，洵爲暗室之燈，迷津之筏。當爲童子時，即將各字各音分清平入上去，握管時又有此成法當前，將始之諧其音節，繼之審其宗旨，終之觀其體裁。往復是編，如適遠道者陸行之有車馬，水行之有舟楫。於戲，其或可至也歟！

乾隆丙戌春日，同學弟元和耜仙申贊皇謹序於潞公軒之北窗。

詩法辨體說序

今上御極以來，文教鴻敷，人才蔚起。丁丑春闈易二場表判加八韵詩一首。復允廷臣題請，將來自己卯以後，並科歲兩試俱炤丁丑年例。王言炳如日星，士子争自濯磨矣。特是詩之爲道，戛戛乎難之。自「一三五不論」之説出，學者喜其簡捷，群然相從，往往辭意足採而聲調未諧。此唐音之所以獨有千古也。余年甫弱冠，從吾師謂易王夫子遊，課文之暇，指示詩法。復時謁母舅步青高大人，等音韵而知反切，正近體而識推敲。其訓誨之詞，與吾師若合符節。兩先生俱稱文壇宿儒，詩窖宗匠，而今往矣。回憶金玉，感傷人琴，幸蒙批導郤竅，幾得窺見一斑。若緘秘而不宣，不幾蹈鑽核之誚乎？因不揣謭陋，搜羅唐詩，臚列於左，辨别正、變、拗諸體，説借還、交股、折脚等法，條分縷析，以備印證。庶兩先生之諄諄誨余者，余得以公之於人。雖不敢云法律悉備，然於詩學，未必無小補云。

乾隆二十四年歲次己卯天中節後五日，桐封樹滋吕德本序於家塾之防心小齋。

詩法辨體說目録

上卷

五言正體說

五言變體說

秦州雜詩之十六　杜甫
夜宿七盤嶺　沈佺期
聖泉宴　王勃
山居秋暝　王維
雨晴　杜甫
送汾陽王主簿　韋應物
訪戴天山道士不遇　李白
終南山　王維
觀李固請司馬題山水圖　杜甫
恩勅麗正……應制　張說
夏日過鄭七山齋　杜審言
傷春　李昌符
夜渡湘水　孟浩然
送沙門宏　應制　宋之問
蘇氏別業　祖詠
江行留別　馬戴

五言拗體說

秋思　李白
苦竹　杜甫
送友人　李白
秋登宣城謝脁北樓　李白
觀兵　杜甫
巳上人茅齋　杜甫
題潼關樓　崔顥
雜詩之十一　杜甫
麂　杜甫
送平淡然判官　王維
渡荊門送別　李白
文翁講堂　盧照鄰
春日懷李白　杜甫
春夜別友人　陳子昂
春日登九華觀　陳子昂
金山寺　張祜
巴山　杜甫
題李凝幽居　賈島

五言體式說

五言變拗説

漢上題韋氏莊　戎昱
張谷田舍　儲光羲
丁香　杜甫
擣衣　杜甫
見寄　劉長卿
宿青谿米處士幽居　李中
玉臺觀　杜甫
陪諸貴公子……遇雨　杜甫
過野叟居　馬戴
登裴廸秀……臺作　王維
自閬州領妻
有歎　杜甫
早秋山居　温庭筠
遊思觀迴王白雲在後　孟浩然
立秋後題　杜甫
凌朝浮江旅思　馬周
送通禪師還……靜寺　孟浩然
三二　杜甫
酬李侍御
商山早行　温庭筠
寄鏡湖朱處士　李頎
懷錦水居止之二　杜甫

五言拗格説

春日還郊　王勃
寄終南真空禪師　馬戴
南陽　李白
前出塞九首之九　杜甫
送別崔著作東征　陳子昂
遺興之五　杜甫
昭君怨　盧照鄰
使至塞上　王維
北風　杜甫
晚次樂鄉縣　陳子昂

五言出格説

五言排律説

玄元皇帝
無疆　趙鐸
陪張丞相自……渚宮　孟浩然
奉和杜相……相公　劉長卿
長安送友人之黔南　薛能

五言絶句說

宿建德江　孟浩然
九日龍山飲　李白
宮樂　令狐楚
江亭月夜送别　王勃
登鸛雀樓　暢當
前題　王之涣
汾上驚秋　蘇頲
江梅　王適
别輞川　王維
長干行　崔灝
江上之三　杜甫
絶句　杜甫
長安道　儲光羲
夏日山中　李白
途中口號　盧僎
答武陵田太守　王昌齡
閨人贈遠之三　王涯
擊磬老人　王昌齡
送兵到薊北　高適
怨情　李白
子夜春歌　郭振
勸酒　于武陵
宮中題　文宗皇帝
復愁　杜甫
寒夜思友　王勃
玉階怨　李白
臨高臺送黎拾遺　王維
雜詩之二　王維
怨詞之一　崔國輔
孟城坳　王維

附作詩十八法説

下卷

七言正體説

小至　杜甫
從蓬萊向
秋興之二　杜甫
閣夜　杜甫
諸將五首之二　杜甫
應制　李燈
臘日　杜甫
燕子來舟中作　杜甫
紫宸殿退朝口號　杜甫
遣悶戲呈路十九曹長　杜甫

七言變體説

晴雪早朝　錢起
送李尚書鎮滑州　劉禹錫
九日登仙……明府　崔署
寄中書年舍人　楊巨源
應制　沈佺期
奉和春日
奉和聖製……應制　王維
登高　杜甫
西亭上言懷　張謂
勅賜百官櫻桃　王維
諸將之五　杜甫
洛中送楊……遊蜀　劉禹錫
諸將之三　杜甫
應制　蘇頲
曲江之一　杜甫
和賈至舍人早朝大明宫之作　岑參
秋興之二　杜甫
禁中作　韓偓
春初幸太平
得替後移居雲溪館　杜牧
杜侍御送貢物戲贈　張謂
九日藍田崔氏莊　杜甫

七言拗體説

七言體式説

堂成 杜甫　宣政殿退　左掖 杜甫
奉和賈至舍……綵綸 杜甫　侍宴隆慶池應制 張説　秋興八首之二 杜甫
留別公安太易沙門 杜甫　聞官軍收河南河北 杜甫　送賀監歸……應制 李白
和太常韋主……寓目 王維　黑鷹 杜甫　和裴廸蜀州
相憶 杜甫　黃鶴樓 崔灝　鸚鵡洲 李白
迴文體二首 陸龜蒙

七言變拗説

茂陵 李商隱　醻李端校書見贈 司空曙　送左先輩 王建
晚秋過洞庭 杜甫　題張氏隱居 杜甫　曲江之二 杜甫
奉酬嚴公……之作 杜甫　將赴荆南寄……州弟 杜甫　赤甲 杜甫
小寒食舟中作 杜甫　寄常徵君 杜甫　雨不絶 杜甫
即事 杜甫　覃山人隱居 杜甫　秋郊間望 薛逢
八月十五夜……翫月 劉禹錫　洛陽城 元稹　江行書事 劉滄
秋夜旅舍寓懷 薛能　遣興 杜牧

七言拗格説

七言出格説

七言排律説

七言絶句説

附六言詩體説

按：原上下卷目録分置卷首及卷二前，今合併於卷首。條目或有簡省，與正文不一致，姑録以備參。

詩法辨體説卷首

早梅詩反切全圖

齊齒	齊齒	撮口	合口
辱若日石審	西思先天賢	渠窮群薰諄	奪鐸獨祿矗
合口	撮口	混呼	閉口
弩誘煖管欵	樞穿春倫雲	彷訪芳香良	蘸譜占艷染
齊齒	齊齒	齊齒	開口
陣者綻雁訕	脛解見殿變	基京皆匡釵	剥博百策宅
開口	開口	開口	齊齒合口
河孩寒干難	宰走早襖好	荷亥後口斗	狶休花瓜詩
合口	開口	撮口	合口
模理梅杯崔	鏗康開哉台	福弗發吶悦	枯匡魁回威

子母反切圖説

右《早梅》詩一首，余爲調平仄而作。字上注切，字下注反，子母相關，生生不息。其法直捷簡便，若沉潛玩味，倣第二字取音叶韵，久慣自然，如磁石引針，母唤其子，聲即隨讀而出矣。竊思字者，子也，係孳乳所生。有子必有母，有母始能生子也。孳乳既繁，形聲廣博，使無所統率，必致浩瀚而莫稽，故宜有所攝。攝者，統攝也。反切於是生焉。既云反，又云切者，何也？反者，翻也，謂以聲韵展轉相叶而成，故曰反。切者，磋也，上字定位，下字取音，謂以兩字磨盪而成，故曰切。考經書上皆是反，《字彙》上都是切，名雖有二，義本不殊。假如古韵，以辱字爲母，戟韵，以石字爲子，叶之曰辱石切。先從古韵齊齒呼至三十二位上，坐下辱字，次齊齒呼至戟韵三十二位上，即生出日字。仍以日字倒調之，得仍忍認日，平上去入，四聲全矣。又如覺韵，以若字爲母，吉韵，以密字爲子，翻之曰若密反。先從覺韵齊齒呼至三十二位上，得了若字，次齊齒呼至吉韵三十二位上，即翻出日字。亦以日字倒調之，得而爾二日，平上去入，四聲全矣。又如基韵，以西字爲母，堅韵，以天字爲子，叶之曰西天切。先從基韵齊齒呼至十六位上，坐下西字，次齊齒呼至堅韵十六位上，即生出先字。仍以先字順調之，得先銑霰屑，平上去入，四聲全矣。又如貲韵，以思字爲母，堅韵，以賢字爲子，翻之曰思賢反。先從貲韵齊齒呼至十六位上，得了思字，次齊齒呼至堅韵十六位上，即翻出先字。亦以先字順調之，得先獮霰屑，平上去入，四聲全矣。聊舉一平一仄以爲反切規則，餘皆準諸此。

七音清濁字母反切局説

前列子母反切圖，是概言子母反切，而未分晰子母反切五音之清濁也。上篇云反切不殊，今只言切，而反即可類推矣。切字之法，必先正五音以類其字，各歸其母，然後調聲切之。五音者，宫、舌居中。商、口開張。角、舌縮脚。徵、舌拄齒。羽。口撮聚。脣音、舌音、各八音。牙音、喉音、各四音。齒、有十音。半徵、半商，有二音。五音兼次商、次宫、半徵、半商爲七音。字母三十六字，分之爲七音。音之清濁，横看即見。凡字之聲，總括於是，而不能出乎其外也，故謂之爲定局。後又附切韵捷法詩。

七音清濁三十六母反切定局

	清音	次音	次清音	濁音	次濁音	次濁次音
角音	見母經堅	溪母輕牽		群母擎虔勤虔	疑迎妍母銀言	
羽音	影母因烟	曉母興軒		匣母刑賢	喻寅延母匀緣	
商音	精母精箋津煎	清母清千親千	心母新仙	從母秦前	邪母餳涎	
次商音	照母征氈 知母直氈	徹母稱燀 穿母嗔延嗔昌	審母聲羶身羶	澄母陳廛 床母榛潺	娘母紉嬿	禪母神禪輕牽
徵音	端母丁顛	透母汀天		定母亭田	泥母寧年	
宮音	幫母賓邊	滂母娉偏繽偏		並母平便頻便	明母民綿	
次宮音	非母分蕃	敷母芬番		奉母墳煩	微母文構無文	
半商音	日母人然					
半徵音	來母零連鄰連					

切韵先須辨四聲，五音六律次兼行。難呼語句皆爲濁，易紐言辭盡屬清。唇上必班賓報博，舌頭當的蒂都丁。拍脣坡頗潘鋪拍，齊齒知時始實誠。正齒止征真正折，舌根機結計堅輕。撮唇呼虎烏塢污，開口何莪我可更。張牙加賈芽雅訝，捲舌呻優壹謁嬰。合口含甘鹹坎淡，密牙乍窄澁争笙。引喉勾口謳嘔候，逆鼻蒿毫好黑亨。字母貫通三十六，要分清濁重和輕。會得這些玄妙法，世間無字不知音。

右切韵捷法詩。

陰陽交互並切字母轉音經緯圖小引

嘗讀經緯七音，一呼而聚，四聲不召自來，機相通焉。右圖上一層屬陽，下二層屬陰。就圖中徒字起切，騰壇轉音而得唐字。就唐字起切，仍以騰壇轉音而得徒字。此非陰陽交互而樞柚在其中乎？至三十六字母，母原生子，今列切字母法，正以見淵源有自，循環無端也。然切字無轉音，不能的確，又列轉音圖，可知開、齊、撮、閉、合諸口法，更能辨五音、分清濁，而發《字彙》、《等韵》不傳之秘矣。

陰陽交互切字法圖

陽	陽	陽	陽	陽	陽
徒郎唐羅 徒騰壇唐 唐騰壇徒	盈基移經 盈寅延移 移寅延盈	旁麻琶忙 旁彭槃琶 琶彭槃旁	奇尤求移 奇勤乾求 求勤乾奇	墻容從良 墻秦前從 從秦前墻	潮加茶蕭 潮陳纏茶 茶陳纏潮
陰	陰	陰	陰	陰	陰
拖郎湯羅 拖鼜灘湯 湯鼜灘拖	興基希經 興欣軒希 希欣軒興	滂麻葩忙 滂烹潘葩 葩烹潘滂	谿尤丘移 谿鑿牽丘 丘鑿牽谿	瑲容聰良 瑲親千聰 聰親千瑲	超加叉蕭 超瞋脡叉 叉瞋脡超
陰	陰	陰	陰	陰	陰
多郎當羅 多登丹當 當登丹多	鶯基衣經 鶯因烟衣 衣因烟鶯	幫麻巴忙 幫崩般巴 巴崩般幫	基尤鳩移 基巾堅鳩 鳩巾堅基	將容宗良 將津㟼宗 宗津㟼將	朝加蹅蕭 朝珍邅蹅 蹅珍邅朝

三十六字母切韵法

經電經巾堅見　牽溪牽鬈牽溪　瞿云瞿群權群　魚其魚銀妍疑　多官多敦端端　他後他鼜灘透　徒競徒廷田定　年題年寧年泥　珍螭珍瞋脠知　敕列敕侲延徹侲，痴鄰切。延，抽延切。　持陵持陳纏澄　女良女紉孊娘孊，女聯切。紉，尼斤切。　博傍博崩般幫　部迴部貧梗並　眉兵眉民綿明　匪微匪分番非　芳無芳芬翻敷　父勇父焚煩奉　無非無文樠微樠，武官切。　子盈子津牋精　七精七親千清　墻容墻秦前從　思尋思心暹心　徐嗟徐尋涎邪　之笑之真旃照　昌緣昌春穿穿　仕莊仕脣狗床狗，崇關切　式衽式深苫審　持連持辰鋋禪　於景於因烟影　興烏興欣軒曉　轄甲轄礥賢匣礥，下珍切。　俞絮俞雲圓喻　郎才郎棱蘭來　入隻入人然日　普郎普烹潘滂

右列字母之母。字有母，獨無父乎？今指字母則有了額衣阿午之五。字父則有則者格百德測揞克魄忒日物弗澤勒麥溺色石黑之二十。筆之以廣見聞。

轉音經緯圖

	庚寒	真先	文元	侵鹽	魂桓	
一見牙音	庚午	巾堅	君涓	金兼	昆官	角純清
二溪	鏗刊	鑋牽	皸圈	欽謙	坤寬	角次清
三群	○○	勤乾	群權	琴黔	○○	角純濁
四疑	娙豻	銀妍	輑元	吟嚴	僤刓	角次濁
五端舌頭	登丹	○顛	○○	○敁	敦端	徵純清
六透	鼟灘	○天	○○	舚添	暾湍	徵次清
七定	鬬壇	○田	○○	○甜	豚團	徵純濁
八泥	能難	○年	○○	○拈	磨渜	徵次濁
九知舌上	睁○	珍邅	屯櫖	砧沾	屯○	徵純清
十徹	橕○	瞋脡	椿猭	琛覘	椿○	徵次清
十一澄	橙○	陳纏	酏傳	沉黏	酏窀	徵純濁
十二娘	獰○	紉○	○○	絍鮎	○奻	徵次濁

（續表）

	庚寒	真先	文元	侵鹽	魂桓	
十三精斜齒	增牋	津牋	遵鐫	祲尖	尊鑽	商純清
十四清	蹭餐	親千	逡詮	侵僉	村攛	商次清
十五從	層殘	秦前	鶉全	鬵潛	存攢	商純濁
十六心	僧珊	親先	荀宣	心暹	孫酸	商次清
十七邪	○○	○涎	旬旋	尋燗	○○	商純濁
十八照正齒	爭○	真旃	諄專	簪詹	諄跧	商純清
十九穿	鐺○	瞋川	春穿	參襜	春○	商次清
二十牀	傖○	神○	唇船	岑○	唇丹	商純濁
二十一審	生○	申羶	○○	森苫	○栓	商次清
二十二禪	○○	辰鋋	純遄	諶蟾	純○	商純濁
二十三幫重唇	祊般	賓邊	○○	○砭	奔般	羽純清
二十四滂	烹潘	繽篇	○困	○○	濆潘	羽次清
二十五並	彭槃	貧楩	○○	○柉	盆槃	羽純濁
二十六明	萌瞞	民眠	○謾	○○	門瞞	羽次濁

	庚寒	真先	文元	侵鹽	魂桓	
二十七非輕唇	○○	○○	分番	○○	分○	羽　純清
二十八敷	○○	○○	芬翻	○○	芬○	羽　次清
二十九奉	○○	○○	焚煩	○○	棼○	羽　純濁
三十微	○○	○○	文樠	○○	文○	羽　次濁
三十一曉喉音	亨鼾	欣軒	薰喧	歆蔹	昏歡	宮　次清
三十二匣	恒寒	礥賢	○玄	○嫌	魂桓	宮　純濁
三十三影	甖安	因烟	氳淵	音淹	温剜	宮　純清
三十四喻	○○	寅延	雲圓	淫鹽	○○	宮　次濁
三十五來半舌	棱蘭	鄰連	倫攣	林廉	論鸞	變徵　次濁
三十六日半齒	○○	人然	犉瞑	壬髯	䐽○	變宮　次濁
	開口	齊齒捲舌附	撮口	閉口	合口混附	

陰陽交互字母切韻轉音經緯圖説

前陰陽交互，及三十六母翻切，其妙在於熟呼。即如當字爲多郎切，須口中先呼多郎二字，隨呼多登丹當四字，以極熟爲度。并將字諸母切熟誦，則凡遇生疎切脚，自能調出字音，有不期然而然者。蓋多郎即當字之切脚，登丹即當字之轉音。轉音者，從上轉下之過文也。聲籟皆本天然，一經呼唱，則機括圓溜，而天然字音出矣。然止憑牙舌虚翻，豈無絲毫糊突、什一差譌？若欲口中翻調得法，先須辨清轉音，即因烟人然之類。斯字音無謬。今其轉音一圖，上排見、溪諸字母，業與前定局無異。兩邊傍所列，則僅庚、寒、真、先、文、元、侵、鹽、魂、桓十韻之目，緣轉音字眼總收在此十韻中，其餘廿六韻絶無干涉故耳。每一母下有五等轉音，共計十字。但看切脚上一字屬第幾母所轄，則轉音即在本母一行，斷不牽溷别母之下。又看下一字韻旁鈐何口法，則轉音口法，亦皆符券，斷不牽溷餘四等轉音之中。蓋以上半切定三十六行之一行，以下半切定一行中五等之一等，斯轉音辨法盡之矣。即如多郎，多登、丹當之切，當、郎兩字，出開口岡韻，故須開口翻切，斯登、丹轉音，不覺忽來。蓋登丹亦開口字面，氣類所以相從。今人口法，每誤用齊齒，且合得丁、顛二音。雖切來仍是當字，然齊齒之當，而非開口之當。所憂絲毫糊突者此耳。其上邊多字，乃第五端母所轄，而登丹轉音，亦天然列在端母下。至下邊郎字，屬岡韻之開口，今登丹二字，隸前圖庚、寒兩韻，亦轉音之開口者也。以開口字韻求開口轉音，一横一直，則十字中心，曲尺轉角，正登丹兩字之位。又如盈基、盈寅、延移之切，上邊盈字，乃三十四喻母所管，而寅延之轉音，亦天然列在三十四行。及看下邊基字，屬基韵之齊齒，今寅延二字，隸前圖真、先兩韵，亦轉音之齊齒者也。以齊齒字韵合齊齒轉音，而經緯交錯之中心，豈非又是寅延兩字之位？然則轉音口法，如開口、撮口、閉口、合口、齊齒、捲舌、混是也。不管上半切，惟宗下半切。上半切音轉音雖在中間，然亦漸轉而收其音矣。故開、齊、撮、閉之口法，槩以下一字爲准。故下邊一字口法，誠爲喫緊。如盈基之基字，查韵應齊齒，須將此字口法模擬十分合竅，然後連轉音齊齒調去，則寅延兩字不覺自來，而聲清音確，恰成一齊齒移字。不然基字若撮口呼，則轉音亦是撮口雲圓，而移字不鄰於余字哉？至用閉口淫鹽、開口〇〇、合口〇〇，益與基移風馬牛，而不成字音矣。總之，每行五轉音，原即每母下三十六子中之字，故子必肖母，聲響十分貼切。且其橫排位次，十韵行列，分隸三十六母下，隻字無有異同，則知音位乃出天然，口法無容假借。方便法門，不於焉啓之哉？圖中空圈處，係有音無字之位。第將母子連綿，依行直豎，熟呼徹誦，則無文之音，自可唱提如珠貫。滿圖之字，奚難暗誦如夙聞？每母有三十六子，雖散從各韵，而牙、舌、齒、脣、喉之口法，出一母鑪錘，故母呼子答，捷應如響。無文之音，隱隱排布，何難唱提如珠貫哉？而又不必母母呼到，字字唱完，任舉數母數韵，清朗哦吟，則機觸聲通，而圈音字音不覺依序湧出，學者無驚易爲難也。又或呼誦旦夕難熟，更有簡捷之法。但用本圈上邊字母，與旁邊韵目，兩字權當切脚，翻來却是圈音。是合曲尺兩頭之字，即可切曲尺轉角之字矣。且不獨字母韵目能切無字之圈，凡母下三十六子，盡堪爲切脚上一字，韵内三十六音，盡堪爲切脚下一字。雖更翻迭切，而此一圈音，絶無移換。是合十字之横直七十二音，皆可切十字中心之一音矣。以此遍推無字之圈，圈圈有其音。更以此遍切有音之字，不字字析其微哉？如歌韵横數至第九、第十、十一、十二行之四空圈，上係知、徹、澄、娘四母，即將知歌兩字權當切脚，而九位之圈音可翻矣。再以徹歌兩字切之，而十位之圈音亦可調矣。不寧惟是，更於知母下偶舉一中字作上半切，於歌韵中偶舉一訶字作下半切，翻來仍是知歌切之音。更於徹母下提一超字作上半切，於歌韵中偶提一多字作下半切，翻來仍是徹歌切之音，秋毫不爽。舉兩圈而餘圈之音，一隅可三矣。更説前《早梅》詩中切字，口法摩擬務的確，有平仄相錯而用，是陰陽交互切法也。《字彙》所在多然。又有二字純用平，二字純用仄者，是淨陰净陽切字法也。此圖是純陽，而純陰即可類推。若不於此處講論明白，倘見《字彙》之切法，上下二字，平仄參差，豈能免士人之狐疑不定乎？按三十六母繇來，創自舍利温公，天然常正，五方無殊響，千古無異音。體會融通，各母各韵，自知純清、次清，純濁、次濁。宫、商、角、徵、羽之分屬，須將此篇説解對閲前幅諸圖。圖所難晰處，覽説自明。説猶有費解處，再循圖覆照，未有不燎如指掌者。余之諄諄詳言，不厭其複，亦不過集腋成裘，俾士君子咸知等韵切字之法，不勝欣忭之至矣。

詩法辨體説卷之一

桐封吕德本樹滋選輯

五言平起仄受律式

平平仄仄平韵（平平平仄仄句）　仄仄仄平平韵　仄仄平平仄句　平平仄仄平韵　平平平仄仄句
仄仄仄平平韵　仄仄平平仄句　平平仄仄平韵

五言仄起平受律式

仄仄仄平平韵（仄仄平平仄句）　平平仄仄平韵　平平平仄仄句　仄仄仄平平韵　仄仄平平仄句
平平仄仄平韵　平平平仄仄句　仄仄仄平平韵

平起仄受合律體如杜甫《秦州雜詩》之十二：「山頭南郭寺，水號北流泉。老樹空庭得，清渠一邑傳。秋花危石底，晚景卧鐘邊。俛仰悲身世，溪風爲颯然。」

仄起平受合律體如杜甫《李監宅》之一：「尚覺王孫貴，豪家意頗濃。屏開金孔雀，褥隱繡芙蓉。且食雙魚美，誰看異味重。門闌多喜色，女婿近乘龍。」

右詩二體，一平一仄，自首至尾，八句之中，平仄黏連，無一字或苟。此謂合律式，真正正體是也。

五言正體説

前列正體二式，字字黏連，妙不可言。考之唐詩，亦百不一見，可知合律之難得。倘不通以活法，勢必爲律所縛。所以於合式後尋列正體，按句詳察，自可得其梗概也。蓋正體之中，無借還、折脚、交股等法，每句只在第一字上講究其當論不當論已耳。大約或平起仄起，第一字不論者多，必論者少，而第三字句句必論者，總是調腰字欲令音調響亮也。平起必論者，在四八句第一字上。仄起必論者，在二六句第一字上。以二式此處第一字俱是平起，下第三字俱是仄接，與別句不同，最爲要緊，此正法眼所在也。謹録體式於左，便於查對。不論之字，旁則以黑●別之；必當論之字，旁則用圓○以記之。庶一見了然，而遵循不患其無自矣。

五言平起正體六首

見於二五七句第一字不論者，如杜甫《早起》：「春來常早起，幽事頗相關。帖石防隤岸，開林出遠山。一丘藏曲折，緩步有躋攀。童僕來城市，缾中得酒還。」

見於二五七句第一字不論者，如《江亭王閬州筵餞蕭遂州》：「離亭非舊國，春色是他鄉。老畏歌聲短，愁從舞曲長。二天開寵餞，五馬爛生光。川路風烟接，俱宜下鳳凰。」

見於三句第一字不論者，如《送趙十七明府之縣》：「連城爲寶重，茂宰得才新。山雉迎舟楫，江花報邑人。論交翻恨晚，卧病却愁春。惠愛南翁悦，餘波及老身。」

見於二六句第一字不論者，如杜審言《送崔融》：「君王行出將，書記遠從征。祖帳連河闕，軍麾動洛城。旌旗朝朔氣，笳吹夜邊聲。坐覺烟塵掃，秋風古北平。」

見於六句第一字不論者，如杜甫《峽口》之二：「時清關失險，世亂戟如林。去矣英雄事，荒哉割據心。蘆花留客晚，楓樹坐猿深。疲薾煩親故，諸侯數賜金。」

見於七句第一字不論者，如《秦州雜詩》之二十：「唐堯真自聖，野老復何知。曬藥能無婦，應門亦有兒。藏書聞禹穴，讀記憶仇池。爲報鴛行舊，鷦鷯在一枝。」

五言仄起正體六首

見於一三七句第一字不論者，如岑參《寄左省杜拾遺》：「聯步趨丹陛，分曹限紫微。曉隨天仗入，莫惹御香歸。白髮悲花落，青雲羡鳥飛。聖朝無闕事，自覺諫書稀。」

見於一四五八句第一字不論者，如杜甫《登兖州城樓》：「東郡趨庭日，南樓縱目初。浮雲連海岱，平野入青徐。孤嶂秦碑在，荒城魯殿餘。從來多古意，臨眺獨躊躇。」

見於三七句第一字不論者，如杜審言《和韋承慶過義陽公主山池》：「逕轉危峰逼，橋迴缺岸妨。

玉泉移酒味，石髓换粳香。縮霧青絲弱，牽風紫蔓長。猶言宴樂少，别向後池塘。」

見於四句第一字不論者，如李嶠《長寧公主東莊侍宴》：「别業臨青甸，鳴鑾降紫霄。長筵鵷鷺集，仙管鳳皇調。樹接南山近，烟含北渚遥。承恩咸已醉，戀賞未還鑣。」

見於四五句第一字不論者，如李白《送友人入蜀》：「見説蠶叢路，崎嶇不易行。山從人面起，雲傍馬頭生。芳樹籠秦棧，春流遶蜀城。升沉應已定，不必問君平。」

見於五八句第一字不論者，如杜甫《旅夜書懷》：「細草微風岸，危檣獨夜舟。星隨平野闊，月湧大江流。名豈文章著，官因老病休。飄飄何所似，天地一沙鷗。」

五言變體説

體既云變，翻然有改觀之象在，與正體自不相同。且變體者，所以濟正體之窮也。正體或有不合，乃用變體以通之。其法惟用借還而已。如出句第一字宜平而用仄，即於對句第一字借平以還之，此謂之隔句借還也。夫隔句借還，似類於交股，而實非交股。蓋交股在隔句第三字上借還，故列於拗體之中。今在隔句第一字上借還，須當識其爲變體也。其見於平起者，則在一、二、五、六句第一字上借還。見於仄起者，則在三、四、七、八句第一字上借還。然本句中亦有借還，乃是第一字宜平用仄，第三字即借平以還之。平起本句借還，見於第一句一、三字上，入韵不入韵皆可用。仄起本句借還，見於第二句一、三字上。謹録體式於左。其隔句本句借還者，俱用◎以標之。至於當論不當論之字，仍照前正體平仄二式圈點，兹不復贅。

五言平起變體隔句借還六首

見於一二句第一字單借還者，如杜甫《秦州雜詩》之十六：「鳳林戈未息，魚海路當難。候火雲峰峻，懸軍幕井乾。風連西極動，月過北庭寒。故老思飛將，何時議築壇。」又如沈佺期《夜宿七盤嶺》：「獨遊千里外，高臥七盤西。山月臨窗近，天河入户低。芳春平仲緑，清夜子規啼。浮客空留聽，褒城聞曙雞。」

見於五六句第一字單借還者，如王勃《聖泉宴》：「披襟乘石磴，列籍俯春泉。嵐氣熏山酌，松聲韵野絃。影飄垂葉外，香度落花前。興與林塘晚，重岩起夕烟。」又如王維《山居秋暝》：「空山新雨後，天氣晚來秋。明月松間照，清泉石上流。竹喧歸浣女，蓮動下漁舟。隨意春芳歇，王孫自可留。」

見於一二五六句第一字雙借還者，如杜甫《雨晴》：「雨晴山不改，晴罷峽如新。天路休殊俗，秋江思殺人。有猿揮淚盡，無犬附書頻。故國愁眉外，長歌欲損神。」又如韋應物《送汾陽王主簿》：「少年初帶印，汾上又經過。芳草歸時徧，情人故郡多。禁鐘春雨細，宮樹野烟和。相望東橋别，微風起夕波。」

五言仄起變體隔句借還六首

見於三四句第一字單借還者，如李白《訪戴天山道士不遇》：「犬吠水聲中，桃花帶雨濃。樹深時見鹿，谿午不聞鐘。野竹分青靄，飛泉挂碧峰。無人知所往，愁倚兩三松。」又如王維《終南山》：「太乙近天都，連山到海隅。白雲迴望合，青靄入看無。分野中峰變，陰晴衆壑殊。欲投人處宿，隔水問樵夫。」

見於七八句第一字單借還者，如杜甫《觀李固請司馬題山水圖》：「方丈渾連水，天台總映雲。人間長見畫，老去恨空聞。范蠡舟偏小，王喬鶴不群。此生隨萬物，何處出塵氛。」又如張説《恩敕麗正殿書院賜宴應制得林字》：「東壁圖書府，西園翰墨林。誦詩聞國政，講《易》見天心。位竊和羹重，恩叨醉酒深。載歌春興曲，情竭爲知音。」

見於三四七八句第一字雙借還者，如杜審言《夏日過鄭七山齋》：「共有尊中好，言尋谷口來。薜蘿山徑入，荷芰水亭開。日氣含殘雨，雲陰送晚雷。洛陽鐘鼓至，車馬繫遲迴。」又如李昌符《傷春》：「酒醒鄉關遠，迢迢聽漏終。曙分林影外，春盡雨聲中。鳥思江村路，花殘野岸風。十年成底事，羸馬倦西東。」

五言平起變體本句隔字借還二首

見於第一句一三字借還者，如孟浩然《夜渡湘水》：「客舟貪利涉，闇裏渡湘川。露氣聞芳杜，歌聲識采蓮。榜人投岸火，漁子宿潭烟。行旅時相問，潯陽何處邊。」又如宋之問《送沙門宏景道俊玄奘還荆州應制》：「一乘歸淨域，萬騎餞通莊。就日離亭近，彌天別路長。荆南旋杖鉢，渭北限津梁。何日舒真果，還來入帝鄉。」

五言仄起變體本句隔字借還二首

見於第二句一三字借還者，如祖詠《蘇氏別業》：「別業居幽處，到來生隱心。南山當户牖，澧水映園林。竹覆經冬雪，庭昏未夕陰。寥寥人境外，閑坐聽春禽。」又如馬戴《江行留別》：「吴楚半秋色，渡江逢葦花。雲侵帆影盡，風逼鴈行斜。返照開嵐翠，寒潮蕩浦沙。余將何所往，海嶠擬營家。」

五言拗體説

變之不能，不得已而用拗。拗者，又所以通變體之窮也。如人偶得佳句，或與變體不合，存之不妥，棄之可惜，若用拗體以通之，既不廢詩，又不失體，洵善法也。其法亦不離乎借還。平起者名交股，仄起者名折脚，與七言律大不相同。平起交股多見於三、四，七、八句，五、六句用交股者較少，亦間有用於一、二句者。仄起折脚見於三、七句，一定不可挪移。然仄起有折脚，平起亦有折脚。平折脚見於一、五句，平仄折脚俱是第三字宜平用仄，即於第四字必借平以還之。宜平者而用仄，宜仄者而用平，顛之倒之，在第四字宜分明窩中，一似不論，不知上下挨字借還，似不論而實必論也。如人脚底本着下，今反使之着上，折脚之名所由起乎？且要知凡用折脚之句，第一字必要用平聲，方合式響亮，拗得過。若用箇仄字，便拗不過來。一見者名單飛鴈，再見者名雙飛鴈。惟用雙飛鴈，於平起第一句第一字還偶有用仄字者，別處萬不可用，須當緊記。前云平起有交股，仄起亦有交股。仄交股多見於一、二、五、六句中，三、四句用者亦不少，惟七、八句不用交股。若在全拗體中求之，亦偶有用者。所云交股者何？於每出句第三字宜平用仄，即於對句第三字借平以還之，彼此相顧如兩腿並峙而立，互相撑持，此交股之所由名也。兹者詩之初興，正變二體足矣，乃復繼之以拗，在不知者未必不嫌絡索冗煩，要此何用。豈知此法巧爲湊合，莫妙於此，今時雖不用，藏之腹笥，以備不時之需。倘若用着，求之無門，倉卒急逼，臨渴掘井，濟之何及？故備此法以廣見聞焉。交股用對尖斜▽△以明之，折脚用連⧖以辨之。挨字者是折脚，隔句第三字是交股，又何至指鹿爲馬，相混而不分哉？

五言拗體平交股八首

見於三四句交股者，如李白《秋思》：「燕支黄葉落，妾望自登臺。海上碧雲斷，單于秋色來。胡兵沙塞合，漢使玉關回。征客無歸日，空悲蕙草摧。」又如杜甫《苦竹》：「青冥亦自守，軟弱强扶持。味若夏蟲避，叢卑春鳥疑。軒墀曾不重，剪伐欲無辭。幸近幽人屋，霜根結在兹。」

見於七八句交股者，如李白《送友人》：「青山横北郭，白水遶東城。此地一爲別，孤蓬萬里征。浮雲遊子意，落日故人情。揮手自兹去，蕭蕭班馬鳴。」又如《秋登宣城謝朓北樓》：「江城如畫裏，山曉望晴空。兩水夾明鏡，雙橋落彩虹。人烟寒橘柚，秋色老梧桐。誰念北樓上，臨風懷謝公。」

見於三四七八句雙交股者，如杜甫《觀兵》：「北庭送壯士，貔虎數尤多。精鋭舊無敵，邊隅今若何。妖氛擁白馬，元帥待彫戈。莫守鄴城下，斬鯨遼海波。」又如《巳上人茅齋》：「巳公茅屋下，可以賦新詩。枕簟入林僻，茶瓜留客遲。江蓮摇白羽，天棘蔓青絲。空忝許詢輩，難酬支遁詞。」

見於五六句交股者，如崔顥《題潼關樓》：「客行逢雨霽，歇馬上津樓。山勢雄三輔，關門扼九州。川從陝路去，河遶華陰流。向晚登臨處，風烟萬里愁。」

見於一二三四句交股者，如杜甫《雜詩二十首》之十一：「蕭蕭古塞冷，漠漠秋雲低。黄鵠翅垂雨，蒼鷹饑啄泥。薊門誰自北，漢將獨西征。不意書生耳，臨衰厭鼓鞞。」

五言拗體仄折脚八首

見於三句三四字折脚單飛鴈，如杜甫《麂》：「永與清溪別，蒙將玉饌俱。無才逐仙隱，不敢恨庖厨。亂世輕全物，微聲及禍樞。衣冠兼盗賊，饕餮用斯須。」又如王維《送平淡然判官》：「不識陽關路，新從定遠侯。黄雲斷春色，畫角起邊愁。潮海經年別，交河出塞流。須令外國使，知飲月支頭。」

見於七句三四字折脚單飛鴈，如李白《渡荆門送別》：「渡遠荆門外，來從楚國遊。山隨平野盡，江入大荒流。月下飛天鏡，雲生結海樓。仍憐故鄉水，萬里送行舟。」又如盧照鄰《文翁講堂》：「錦里淹中館，岷山稷下亭。空梁無燕雀，古壁有丹青。槐落猶疑市，苔深不辨銘。良哉二千石，江漢表遺靈。」

見於三七句折脚雙飛鴈，如杜甫《春日懷李白》：「白也詩無敵，飄然思不群。清新庾開府，俊逸鮑參軍。渭北春天樹，江東日暮雲。何時一樽酒，重與細論文。」又如陳子昂《春夜別友人》：「銀燭吐清烟，金尊對綺筵。離堂思琴瑟，別路繞山川。明月隱高樹，長河没曉天。悠悠洛陽去，此會在何年。」又如《春日登九華觀》：「白玉仙臺古，丹丘別望遥。山川亂雲日，樓榭入烟霄。鶴舞千年樹，虹飛百尺橋。還逢赤松子，天路坐相邀。」又如張祜《金山寺》：「一宿金山寺，微茫水國分。僧歸夜船月，龍出曉堂雲。樹影中流見，鐘聲兩岸聞。因悲在城市，終日醉醺醺。」

五言拗體平折脚八首

見於第一句三四字折脚單飛鴈，如杜甫《巴山》：「巴山遇中使，云自峽城來。盜賊還奔突，乘輿恐未迴。天寒邵伯樹，地闊望仙臺。狼狽風塵裏，群臣安在哉。」又如賈島《題李凝幽居》：「閒居少陵並，草徑入荒村。鳥宿池邊樹，僧敲月下門。過橋分野色，移石動雲根。暫去還來此，幽期不負言。」

見於第五句三四字折脚單飛鴈，如杜甫《天河》：「常時任顯晦，秋至最分明。縱被微雲掩，終能永夜清。含星動雙闕，伴月落邊城。牛女年年度，何曾風浪生。」又如王維《過香積寺》：「不知香積寺，數里入雲峰。古木無人逕，深山何處鐘。泉聲咽危石，日色冷青松。薄暮空潭曲，安禪制毒龍。」

見於一五句折脚雙飛鴈，如杜甫《暫如臨邑至嵖山湖亭奉懷李員外率爾成興》：「野亭逼湖水，歇馬高林間。鼉吼風奔浪，魚跳日映山。暫遊阻詞伯，却望懷青關。藹藹生雲霧，唯應促駕還。」又如《過宋員外之問舊莊》：「宋公舊池館，零落首陽阿。枉道祇從入，吟詩許更過。淹留問耆老，寂寞向山河。更識將軍樹，悲風日暮多。」又如孟浩然《過故人莊》：「故人具鷄黍，邀我至田家。緑樹邨邊合，青山郭外斜。開軒面場圃，把酒話桑麻。待到重陽日，還來就菊花。」又如王維《別韋五》：「徒然酌杯酒，不見散人愁。相識仍遠去，欲歸翻旅遊。憂雲滿郊甸，明月照河洲。莫恨征途遠，東看漳水流。」

五言拗體仄交股十首

見於一二句交股者，如杜甫《喜雨》：「南國旱無雨，今朝江出雲。入空纔漠漠，灑迥已紛紛。巢燕高飛盡，林花潤色分。晚來聲不絶，應得夜深聞。」又如《過南鄰朱山人水亭》：「相近竹參差，相過人不知。幽花欹滿樹，小水細通池。歸客村非遠，殘樽席更移。看君多道氣，從此數追隨。」

見於五六句交股者，如《西閣夜》：「恍惚寒山暮，逶迤白霧昏。山虛風落石，樓靜月侵門。擊柝可憐子，無衣何處村。時危關百慮，盜賊爾猶存。」又如《初冬》：「垂老戎衣窄，歸林寒色深。漁舟上急水，獵火著高林。日有習池醉，愁來梁甫吟。干戈未偃息，出處遂何心。」

見於三四句交股者，如《雙燕》：「旅食驚雙燕，銜泥入此堂。應同避燥濕，且復過炎涼。養子風塵際，來時道路長。今秋天地在，吾亦離殊方。」又如駱賓王《遊紫雲觀》：「碧落澄秋景，玄門啓曙關。人疑列禦至，客似令威還。羽蓋從欣仰，雲車未可攀。祇應傾玉醴，時許寄頹顏。」

見於一二五六句交股者，如杜甫《歲暮》：「歲暮遠爲客，邊隅還用兵。烟塵犯雪嶺，鼓角動江城。天地日流血，朝廷誰請纓。濟時敢愛死，寂寞壯心驚。」又如《入喬口》：「漠漠舊京遠，遲遲歸路賒。殘年傍水國，落日對春華。樹蜜早蜂亂，江泥輕燕斜。賈生骨已朽，悽惻近長沙。」又如《贈孟氏》：「孟氏好兄弟，養親唯小園。承顔胝手足，坐客强盤餐。負米夕葵外，讀書秋樹根。卜鄰慙近舍，訓子覺先門。」

見於八句交股全拗者，如王維《終南別業》：「中歲頗好道，晚家南山陲。興來每獨往，勝事空自知。行到水窮處，坐看雲起時。偶然值林叟，談笑無還期。」

五言體式説

前列正、變、拗三體，法度詳明，應自範圍。不過要知是言乎詩之法，而非詩之體也。夫詩之體與法相爲表裏，且不一而足。若渾渾不言，有用無體，未爲完璧。今繼法而細言體式。有八句全對不用韻體，有八句全對用韻體，有前對後散不用韻體，有前散後對不用韻體，有對起用韻體，有散起用韻體，有起結不對不用韻體，有起結不對用韻體，有對結用韻體，有起對頷不對名曰偷春體。詩繁不及備載，每體只録一平一仄爲式。體式既備，法自寓乎其中。如遇借還、交股、折脚等法，仍依前規。至於當論不當論之字，前已疊見，今不復瀆矣。

五言八句全對不用韻體

平如杜甫《自瀼西荆扉且移居東屯茅屋四首》之一：「白鹽危嶠北，赤甲古城東。平地一川穩，高山四面同。烟霜凄野日，秔稻熟天風。人事傷蓬轉，吾將守桂叢。」

仄如《宿江邊閣》：「暝色延山逕，高齋次水門。薄雲巖際宿，孤月浪中翻。鸛鶴追飛盡，豺狼得食喧。不眠憂戰伐，無力正乾坤。」

五言八句全對用韻體

平如劉廷芝《入塞詩》：「將軍破虜圍，邊地息戎機。霜雪交河盡，旌旗入塞飛。曉光隨馬度，春色伴人歸。課績朝明主，臨軒拜武威。」

仄如李嶠《奉和春日遊苑喜雨應制》：「仙蹕九成臺，香筵萬壽杯。一旬初降雨，二月早聞雷。葉向朝躋密，花含宿潤開。幸承天澤豫，無使日光催。」

五言前對後散不用韻體

平如杜甫《廣州段功曹到得楊五長史書功曹却歸聯寄此詩》：「衛青開幕府，楊僕將樓船。漢節梅花外，春城海水邊。銅梁書及遠，珠浦使將旋。貧病他鄉老，煩君萬里傳。」

仄如《江漲》：「江發蠻夷漲，山添雨雪流。大聲吹地轉，高浪蹴天浮。魚鼈爲人得，蛟龍不自謀。輕帆好去便，吾道付滄洲。」

五言前散後對不用韻體

平如杜甫《野望》：「清秋望不極，迢遞起層陰。遠水兼天浄，孤城隱霧深。葉稀風更落，山迥日初沉。獨鶴歸何晚，昏鴉已滿林。」

仄如《禹廟》：「禹廟空山裏，秋風落日斜。荒庭垂橘柚，古屋畫龍蛇。雲氣生虚壁，江聲走白沙。早知乘四載，疏鑿控三巴。」

五言對起用韻體

平如杜甫《重題鄭氏東亭》：「華亭入翠微，秋日亂晴暉。崩石欹山樹，清漣曳水衣。紫鱗衝岸躍，蒼隼護巢歸。向晚尋征路，殘雲傍馬飛。」

仄如王勃《杜少府之任蜀州》：「城闕輔三秦，風烟望五津。與君離别意，同是宦遊人。海内存知己，天涯若比鄰。無爲在岐路，兒女共霑巾。」

五言散起用韵體

平如杜甫《鄭城西原送李判官兄武判官弟赴成都府》：「憑高送所親，久坐惜芳辰。遠水非無浪，他山自有春。野花隨處發，官柳著行新。天際傷愁别，離筵何太頻。」

仄如《朝雨》：「涼氣曉蕭蕭，江雲亂眼飄。風鴛藏近渚，雨燕集深條。黄綺終辭漢，巢由不見堯。草堂樽酒在，幸得過清朝。」

五言起結不對不用韵體

平如杜甫《秦州雜詩》二十之二：「秦州北城寺，傳是隗囂宫。苔蘚山門古，丹青野殿空。月明垂葉露，雲逐度溪風。清渭無情極，愁時獨向東。」

仄如《送段功曹歸廣州》：「南海春天外，功曹幾月程。峽雲籠樹小，湖日落船明。交趾丹砂重，韶州白葛輕。幸君因估客，時寄錦官城。」

五言起結不對用韵體

平如杜甫《船下蜀州郭宿雨濕不得上岸別王十二判官》：「依沙宿舸船，石瀨月娟娟。風起春燈亂，江鳴夜雨懸。晨鐘雲外濕，勝地石堂偏。柔艣輕鷗外，含悽覺汝賢。」

仄如《中宵》：「西閣百尋餘，中宵步綺疏。飛星過水白，落月動沙虚。擇木知幽鳥，潛波想巨魚。親朋滿天地，兵甲少來書。」

五言對結用韵體

平如盧照鄰《春晚山莊率題》首二句拗平格：「田家無四鄰，獨坐一園春。鶯啼非選樹，魚戲不驚綸。山水彈琴盡，風花酌酒頻。年華已可樂，高興復留人。」

仄如楊炯《從軍行》：「烽火照西京，心中自不平。牙璋辭鳳闕，鐵騎繞龍城。雪暗凋旗畫，風多雜鼓聲。寧爲百夫長，勝作一書生。」

五言起對頷不對名偷春體

平如常建《破山寺後禪院》：「清晨入古寺，初日照高林。曲逕通幽處，禪房花木深。山光悦鳥性，潭影空人心。萬籟此俱寂，惟聞鐘磬音。」

仄如杜甫《王十五司馬弟出郭相訪兼遺營草堂貲》：「客裏何遷次，江邊正寂寥。肯來尋一老，愁破是今朝。憂我營茅棟，攜錢過野橋。他鄉惟表弟，還往莫辭勞。」

五言變拗説

法度既標於前，體式復列於後。以之觀法，則周而密，以之求體，則備而詳。又奚必沾沾於變拗爲？要知前所説之法，借還是借還，交股是交股，折脚是折脚，清清楚楚，參商不見，欲學者一見了然，惟恐變拗相繞，赤白不分，混簫成鼓。此余於篇章繁賾堆中，千斟萬酌，所以費周折竭心力，而披沙揀金也。然詩之汗牛充棟，無異江漢之汪洋；法之水乳交融，無異涇渭之清濁不混也。或交股而兼借還，或借還而兼折脚，或折脚、交股、借還一首而兼用者，種種法律，難更僕數。兹若删而弗載，無以識法度之變换而不拘。因於平仄二式中，聊録二十首，可知法度雖一定而不易，却自貴通而善變，神而明之，存乎其人矣。

五言平變拗十首

第一句一、三字借還，三、四句交股，五、六句第一字借還，如戎昱《漢上題韋氏莊》：「結茅同楚客，卜築漢江邊。日落數歸鳥，夜深聞扣舷。水痕侵岸柳，山翠借厨烟。調笑提筐婦，春來蠶幾眠。」

第一句一、三字借還，三、四、七、八句交股，第五句折脚，如馬戴《過野叟居》：「野人閑種樹，樹老野人前。居止白雲内，漁樵滄海邊。呼兒採山藥，放犢飲溪泉。自著養生論，無煩憂暮年。」

第一句折脚，一、二句第一字又借還，五、六句第一字又借還，如馬周《凌朝浮江旅思》：「太清上初日，春水送孤舟。山遠疑無樹，潮平似不流。岸花開且落，江鳥没還浮。羈望傷千里，長歌遣四愁。」

一、二句第一字借還，三、四句交股，如儲光羲《張谷田舍》：「縣官清且儉，深谷有人家。一徑入寒竹，小橋穿野花。碓喧春澗滿，梯倚緑桑斜。自説年來稔，前村酒可賒。」

三、四句交股，第五句折脚，如王維《登裴迪秀才小臺作》：「端居不出户，滿目望雲山。落日鳥邊下，秋原人外閒。遥知遠林際，不見此簷間。好客多乘月，應門莫上關。」

一、二句第一字借還，一、二、三、四、五、六句交股，如孟浩然《送通禪師還南陵隱静寺》：「我聞隱静寺，山水多奇踪。巖種朗公橘，門深杯渡松。道人制猛虎，振錫還孤峰。他日南林下，相期谷口逢。」

一、五句折脚，三、四句交股，如杜甫《丁香》用仄韵：「丁香體柔弱，亂結枝猶墊。細葉帶浮毛，疏花披素艷。深栽小齋後，庶近幽人占。晚墮蘭麝中，休懷粉身念。」

第一句折脚，三、四句交股，如《自閬州領妻子却赴蜀山行三首》之二：「長林偃風色，迴復意猶迷。衫裛翠微潤，馬銜青草嘶。棧懸斜避石，橋斷却尋溪。何日兵戈盡，飄飄愧老妻。」

一、二句第一字借還，三、四句交股，第五句折脚，如《擣衣》：「亦知戍不返，秋至拭清砧。已近苦寒月，況經長别心。寧辭搗熨倦，一寄塞垣深。用盡閨中力，君聽空外音。」

第一句折脚，五、六句交股，如《有歎》：「壯心久零落，白首寄人間。天下兵常鬪，江東客未還。窮猿號雨雪，老馬望關山。武德開元際，蒼生豈重攀。」

五言仄變拗十首

三、四句借還，第七句折脚，如劉長卿《酬李侍御登岳陽見寄》：「想見孤舟去，無由此路尋。暮帆遥在眼，春色獨何心。緑水瀟湘闊，青山鄠杜深。誰當北風至，爲爾一開襟。」

一、二、五、六句交股，三、四、七、八句第一字借還，如温庭筠《早秋山居》：「山近覺寒早，草堂霜氣晴。樹凋窗有日，池滿水無聲。果落見猿過，葉乾聞鹿行。素琴機慮静，空伴夜泉清。」

一、二、五、六句交股，第七句折脚，如《商山早行》：「晨起動征鐸，客行悲故鄉。鷄聲茅店月，人跡板橋霜。槲葉落山路，枳花明驛墻。因思杜陵夢，鳬鴈滿迴塘。」

第二句一、三字借還，第七句折脚，如李中《宿青谿米處士幽居》：「寄宿溪光裏，夜涼高士家。養風窗外竹，叫月水中蛙。静慮同搜句，清神旋煮茶。唯憂曉鷄唱，塵裏事如麻。」

第三句折脚，五、六句交股，如孟浩然《遊精思觀迴王白雲在後》：「出谷未停午，至家日已曛。迴瞻下山路，但見牛羊群。樵子暗相失，草蟲寒不聞。衡門猶未掩，佇立望夫君。」

一、二、五、六句交股，三、七句折脚，如李頎《寄鏡湖朱處士》：「澄霽晚流闊，微風吹緑蘋。鱗鱗遠峰見，淡淡平湖春。芳草日堪把，白雲心所親。何時可爲樂，夢裏東山人。」

三、四句借還，第七句折脚，如杜甫《玉臺觀》：「浩劫因王造，平臺訪古遊。彩雲蕭史駐，文字魯恭留。宫闕通群帝，乾坤到十洲。人傳有笙鶴，時過北山頭。」

五、六句交股，七、八句借還，七句又兼折脚，如《立秋後題》：仄韵。「日月不相饒，節叙昨夜隔。玄蟬無停號，秋燕已如客。平生獨往願，惆悵年半百。罷官亦由人，何事拘形役。」

第二句一、三字借還，五、六句交股，如《懷錦水居止》之二：「萬里橋西宅，百花潭北莊。層軒皆面水，老樹飽經霜。雪嶺界天白，錦城曛日黄。惜哉形勝地，回首一茫茫。」

一、二句交股，三、四、七、八句借還，如《陪諸貴公子丈八溝攜妓納涼晚遇雨》：「落日放船好，輕風生浪遲。竹深留客處，荷浄納涼時。公子調冰水，佳人雪藕絲。片雲頭上黑，應是雨催詩。」

五言拗格説

平起式屬陽，仄起式屬陰。取陰陽之義，法天地之道，洵自然之理也。然陰陽雖分，其實動静互根，樞機循環，亘古如斯已。兹詩中平格而兼用仄，仄格而兼用平，名之曰拗格，或者由斯而命名乎？是未可知也。但其法或平起而拗仄格，或仄起而拗平格，或平仄折脚，一首中有雙見者，此類難以殫述。聊舉數首，以例其餘。别法照前規，此處惟用「　」號識爲拗格。唐音至此，真是千古絶調，愈出愈奇，有不可以方物者矣。

五言平仄拗格共十首

平起結聯拗仄格，如王勃《春日還郊》：「閑情兼默語，攜杖赴巖泉。草緑縈新帶，榆青綴古錢。魚牀侵岸水，鳥路入山烟。還題平子賦，花樹滿春田。」

平起結中幅拗仄格，如陳子昂《送别崔著作東征》：「金天方肅殺，白露始專征。王師非樂戰，之子慎佳兵。海氣侵南部，邊風掃北平。莫賣盧龍塞，歸邀麟閣名。」

首聯平起下拗仄格，如王維《使至塞上》：「單車欲問邊，屬國過居延。征蓬出漢塞，歸鴈入胡天。大漠孤烟直，長河落日圓。蕭關逢侯吏，都護在燕然。」

首句平起用折脚，以下拗仄格，如馬戴《寄終南真空禪師》：「閑愁白雲外，了然清淨僧。松門山半寺，夜雨佛前燈。此境可長住，浮生自不能。一從林下别，瀑布幾成冰。」

平起頷聯拗仄格，如杜甫《遺興》之五仄韵：「吾憐孟浩然，裋褐即長夜。賦詩何必多，往往凌鮑謝。清江空舊魚，春雨餘甘蔗。每望東南雲，令人幾悲吒。」

平起折脚兼借還，頷聯拗仄格，五、六、七、八平交股，如《北風》：「北風破南極，朱鳳日威垂。洞庭秋欲雪，鴻鴈將安歸。十年殺氣盛，六合人烟稀。吾慕漢初老，時清猶茹芝。」

首聯仄起，下拗平格，三、四、七、八交股，五句折脚，如李白《南陽》：「斗酒勿爲薄，寸心貴不忘。坐惜故人去，偏令遊子傷。離哀怨芳草，春思結垂楊。揮手再三别，臨岐空斷腸。」

仄起，五、六句交股，結聯拗平格，如盧照鄰《昭君怨》：「合殿恩中絶，交河使漸稀。肝腸隨玉輦，形影向金微。漢地草應緑，朝廷沙正飛。願遂三秋鴈，年年一度歸。」

首聯平起，用平折脚，以下拗仄格，七句用仄折脚，此平仄折脚雙見者，如陳子昂《晚次樂鄉縣》：「故鄉杳無際，日暮且孤征。川原迷舊國，道路入邊城。野戍荒烟斷，深山古木平。如何此時恨，嗷嗷夜猿鳴。」

首聯平起用平折脚，頷聯拗仄格用交股，頸聯復用平格，結聯拗仄格，七句用仄折脚，平仄折脚雙見者，如杜甫《前出塞九首》之九：「從軍十年餘，能無分寸功。衆人貴苟得，欲語羞雷同。中原有鬬争，況在敵與戎。丈夫四方志，安可辭固窮。」

五言出格説

前云拗格，大概是平、仄二格互用，猶在格律之中，而未出於格也。今曰出格，仍列於律中者，何居？蓋八句全不粘者爲古風，此八句非全不粘也，特前大半或平起仄起，有一句不粘散行者，即應作出格論，故雖出乎格之外，究自入乎律之中也。昔余當成童時，有友舉「高閣横秀氣」詩云：「一、二句爲仄折脚，三、七句爲平折脚。」「北闕休上書」、「八月湖水平」云：「是仄折脚，見於一二句者。」「光細弦欲上」云：「是仄折脚，見於一、二、五、六句者。」至云：「平折脚其見於三、四句者，有如『暢以沙際鶴，飛之雲外山』。再則『野火燒不盡，春風吹又生』是也。」余驟聞之而喜，既而駭，謂平、仄折脚，何參差不相齊也。因偵其故，友曰：「名師當初指授余者，只云出句第四字宜平而仄，則對句第三字宜仄而平以還之即是。余之所聞者若此，别並不知其所以然。」迨後余請教於吾舅鎮安公，乃佛然曰：「汝之問何異也。是爾自爲摩索者，抑有人指授耶？」余以實對，始逞顏而教之曰：「凡事有竅，須當摸着，矧詩邪？如詩平有平折脚，仄有仄折脚，各有其位，動移不得，斯爲法律。平折脚其法在一、五句中挨字借還，仄折脚其法在三、七句中挨字借還，是法眼所在處，外無他巧。據爾所述之詩，俱在出格之中，奈何云平仄折脚哉？試思彼所云平仄折脚，先自相矛盾。何者？其云仄折脚是一句第四字借，二句第三字還，五六句亦然，已爲舛錯，不必深究。至云平折脚先是三、七句中借還，更非正法。後云在三句第四字宜平而仄，四句第三字宜仄而平以還之，先後不一，忽東忽西，爾以爲有此法乎否？然平、仄折脚，未嘗無此法，必要在拗格中方用得。平起在一、五句中，仄起在三、七句中，再無隔句借還、折脚之理。此法是余壯歲遊京畿時，幸蒙際飛詞林黄公，爲斯文知己，講究得來的。爲爾告之，其默識之。」余聆是言，涣然冰釋。由今憶昔，言猶在耳，而余舅作古人已多年。兹者搦管説詩，念及訓語，能不悲哉。謹録數十首於左，其出格之句，亦用前鈎法以界之。舉目自可迎刃而解矣。

五言平仄出格詩共十六首

李白《過崔八丈水亭》：「高閣横秀氣，清幽併在君。檐飛宛溪水，窗落敬亭雲。猿嘯風中斷，漁歌月裏聞。閒隨白鷗去，沙上自爲群。」

孟浩然《歸終南山》：「北闕休上書，南山歸敝廬。不才明主棄，多病故人疏。白髮催年老，青陽逼歲除。永懷愁不寐，松月夜窗虚。」

《臨洞庭》：「八月湖水平，涵虚混太清。氣蒸雲夢澤，波撼岳陽城。欲濟無舟楫，端居恥聖明。坐觀垂釣者，徒有羨魚情。」

杜甫《初月》：「光細弦欲上，影斜輪未安。微升古塞外，已隱暮雲端。河漢不改色，關山空自寒。庭前有白露，暗滿菊花團。」

王維《汎前陂》：「秋空自明迥，況復遠人間。暢以沙際鶴，飛之雲外山。澄波淡將夕，清月皓方閒。此夜任孤棹，夷猶殊未還。」

白居易《草》：「離離原上草，一歲一枯榮。野火燒不盡，春風吹又生。遠芳侵古道，晴翠接荒城。又送王孫去，萋萋滿别情。」

岑參《還高冠潭口留别舍弟》：「昨日山有信，祇今耕種時。遥傳杜陵叟，怪我還山遲。獨向潭上酌，無人林下碁。東谿憶汝處，閒卧對鸕鷀。」

高適《淇上別業》：「依依西山下，別業桑林邊。庭鴨喜多雨，鄰鷄知暮天。野人種秋菜，古老開原田。且向世情遠，吾今聊自然。」

戴叔倫《送友人東歸》：「萬里楊柳色，出關送故人。輕烟拂流水，落日照行塵。積夢江湖闊，憶家兄弟貧。徘徊灞亭上，不語自傷春。」

崔塗《除夜有感》：「迢遞三巴路，羈危萬里身。亂山殘雪夜，孤燭異鄉人。漸與骨肉遠，轉於僮僕親。那堪正飄泊，明日歲華新。」

齊己《秋夜聽業上人彈琴》：「萬物都寂寂，堪聽彈正聲。人心盡如此，天下自和平。湘水瀉和碧，古風吹太清。往年廬岳奏，今夕更分明。」

杜甫《房兵曹胡馬》：「胡馬大宛名，鋒稜瘦骨成。竹批雙耳峻，風入四蹄輕。所向無空闊，真堪托死生。驍騰有如此，萬里可横行。」

《遣興五首》之四：「賀公雅吳語，在位常清狂。上疏乞骸骨，黄冠歸故鄉。爽氣不可致，斯人今則亡。山陰一茅宇，江海日清涼。」

《蕃劍》：「致此自避遠，又非珠玉裝。如何有奇怪，每夜吐光茫。虎氣必騰上，龍身寧久藏。風塵苦未息，持女奉明王。」

《白馬》仄韵：「白馬東北來，空鞍雙貫箭。可憐馬上郎，意氣今誰見。近時主將戮，中夜商於戰。喪亂死多門，嗚呼涕如霰。」

《送遠》：「帶甲滿天地，何爲君遠行。親朋盡一哭，鞍馬向孤城。「草木歲月晚」，關河霜雪清。別離已昨日，因見古人情。」

五言排律説

排律者，就律詩而排之，或六韵、八韵，以至數十，數百，靡有定規。總以重字、病韵爲忌。雖古人亦偶有犯之者，然終不若弗犯之，白璧爲無瑕也。按排律爲今時之所習尚，不列於前，而居於後者，何意？蓋以排律原從律詩中衍出，律詩精熟，排律自然工穩。倘律詩不明，而驟欲排律切當，譬之嬰兒未爬先走，能保無周章跌蹶之失乎？此排律之所以留著於後也。玆揭排律而論之，局勢闊大，地步寬展，或明暗淺深寫，或分合順逆陪襯寫，其法較多於律，竪説横説，無施不可。非如律詩法度相繩，八句之中，起承轉合，俱備且要，渾涵包括，緊而整嚴，地位逼窄而無多也。然地步雖寬於律，而法度究不能出乎律。嘗考唐人應制之作，用折脚、交股、借還等法，難更僕數。古人已用，今人豈不可用？安見古今人先後之不相及哉？謹録數十首於左，以爲登瀛之先聲。質之高明，不知首肯否。

五言六韵平起排律正體二首

李白《宣州九日聞崔侍御與宇文太守遊敬亭余時登響山不同此賞寄崔》：「九卿天上落，五馬道傍來。列戟朱門曉，褰帷碧帳開。登高望遠海，召客得英才。紫綬歡情洽，黄花逸興催。山從圖上見，溪即鏡中回。遥羡重陽作，應過戲馬臺。」

岑參《早秋與諸子登虢州西亭觀眺得低字》：「亭高出鳥外，客到與雲齊。樹點千家小，天圍萬嶺低。殘虹挂陝北，急雨過關西。酒榼緣青壁，瓜田傍緑溪。微官何足道，愛客且相攜。惟有鄉園處，依依望不迷。」

五言六韻仄起排律正體二首

宋之問《奉和晦日幸昆明池應制》：「春豫靈池會，滄波帳殿開。舟凌石鯨度，槎拂斗牛迴。節晦蓂全落，春遲柳暗催。象溟看浴景，燒劫辨沉灰。鎬飲周文樂，汾歌漢武才。不愁明月盡，自有夜珠來。」

王維《奉和聖製上巳於望春亭觀禊飲應制》：「長樂青門外，宜春小苑東。樓開萬户上，輦過百花中。畫鷁移仙仗，金貂列上公。清歌邀落日，妙舞向春風。渭水明秦甸，黄山入漢宫。君王來祓禊，灞滻亦朝宗。」

五言六韻平起排律變體二首

駱賓王《晚泊蒲類》：「二庭歸望斷，萬里客心愁。山路猶南屬，河源自北流。晚風連朔氣，新月照邊秋。竈火通軍壁，烽烟上戍樓。龍庭但苦戰，燕頷會封侯。莫作蘭山下，空令漢國羞。」

祖詠《清明宴司勳劉郎中別業》：「田家復近臣，行樂不違親。霽日園林好，清明烟火新。以文常會友，惟德自成鄰。池照窗陰晚，杯香藥味春。欄前花覆地，竹外鳥窺人。何必桃源裏，深居作隱淪。」

五言六韻仄起排律變體二首

杜甫《春歸》：「苔徑臨江竹，茅簷覆地花。別來頻甲子，歸到忽春華。倚仗看孤石，傾壺就淺沙。遠鷗浮水静，輕燕受風斜。世路雖多梗，吾生亦有涯。此身醒復醉，乘興即爲家。」

錢起《省試湘靈鼓瑟》：「善鼓雲和瑟，常聞帝子靈。馮彝空自舞，楚客不堪聽。苦調淒金石，清音入杳冥。蒼梧來怨慕，白芷動芳馨。流水傳湘浦，悲風過洞庭。曲終人不見，江上數峰青。」

五言六韻平起排律拗體二首

宋之問《奉和幸長安故城未央宫應制》兩扇格：「漢主未息戰，蕭相乃營宫。壯麗一朝盡，威靈千載空。皇唐悵前跡，置酒宴群公。寒輕綵仗外，春發幔城中。樂思迴斜日，歌詞繼大風。今朝天子貴，不假叔孫通。」

李頎《聖善閣送裴廸入京》：「雲華滿高閣，苔色上勾欄。藥草空堦静，梧桐返照寒。清吟可愈疾，携手暫同歡。墜葉和金磬，饑烏鳴露盤。伊流惜東別，灞水向西看。舊託含香署，雲霄何足難。」

五言六韵仄起排律拗體二首

張説《奉和聖製途經華嶽》：「西嶽鎮皇京，中峰入太清。玉鑾重嶺應，緹綺薄雲迎。白日懸高掌，寒空映削成。軒遊會神處，漢幸望仙情。舊廟清林古，新碑緑字生。群臣願封岱，迴駕勒鴻名。」

李景《都堂試貢士慶春雪》：「密雪分天路，群才坐粉廊。靄空迷晝景，臨宇借寒光。似暖花融地，無聲玉滿堂。灑詞偏誤曲，留硯不因方。幾處曹風比，何人謝賦長。春暉早相照，莫滯九衢旁。」

五言八韵平起排律拗體四首

杜甫《立秋日雨院中有作》：「山雲行絶塞，大火復西流。飛雨動華屋，蕭蕭梁棟秋。窮途愧知己，暮齒借前籌。已費清晨謁，那成長者謀。解衣開北户，高枕對南樓。樹濕風涼進，江喧水氣浮。禮寬心有適，節爽病微瘳。主將歸調鼎，吾還訪舊丘。」

温庭筠《詠寒宵》：「寒宵何耿耿，良讌有餘姿。寶靺徘回處，熏鑪悵望時。曲瓊垂翡翠，斜月到罘罳。委墜金釭燼，闌珊玉局棊。話窮猶注睇，歌罷尚揞頤。晻曖遥相矚，氛氲積所思。秦娥卷衣晚，胡鴈度雲遲。上郡歸來夢，那知錦字詩。」

姚合《和裴令公遊南莊有憶》：「四郊初雨歇，高樹滴猶殘。池滿紅蓮濕，雲收緑野寬。花開半山曉，竹動數村寒。鬬雀翻衣袂，驚魚觸釣竿。罇前多野客，膝下盡即官。斸石通泉脉，移松出藥欄。

關東分務重，天下似公難。半醉思韋白，題詩染彩翰。」

李頎《送盧少府赴延陵》：「問君從宦所，何日府中趨。遥指金陵縣，青山天一隅。行人懷寸禄，小吏獻新圖。北固波濤險，南天風雨殊。春江連橘柚，晚景媚菰蒲。漠漠花生渚，亭亭嶺逼湖。灘沙映村火，水霧歛檣烏。回首東門路，鄉書不可無。」

五言八韻仄起排律拗體四首

趙鐸《玄元皇帝應見賀聖祚無疆》：「聖主今司契，神功格上元。豈惟求傳野，更有叶鈞天。審夢西山下，焚香北闕前。道光尊聖日，福應集靈年。咫尺真容近，巍莪大象懸。觴從百僚獻，形爲萬方傳。聲教惟皇矣，英威固邈然。慚無美周頌，徒上祝堯篇。」

孟浩然《陪張丞相自松滋江東泊渚宫》：「放溜下松滋，登舟命檝師。詎忘經濟日，不憚沍寒時。洗幘豈猶古，濯纓良在兹。政成人自理，機息鳥無疑。雲物吟孤嶼，江山辨四維。晚來風稍緊，冬至日行遲。獵響驚雲夢，漁歌激楚辭。渚宫何處是，川暝欲安之。」

劉長卿《奉和杜相公新移長興宅呈元相公》：「間氣生真宰，同心奉至尊。功高開北第，機静灌中園。入並蟬冠影，歸分騎士喧。窗聞漢宫漏，家識杜陵原。獻替常焚稿，清閑獨樹萱。花香逐荀令，草色對王孫。有地先開閤，何人不掃門。江湖難自退，明主托元元。」

薛能《長安送友人之黔南》：「衡岳猶云過，君家獨幾千。心從賤遊話，分向禁城偏。陸路終何處，三湘在素船。琴書去迢遞，星露照潺湲。臺鏡簪秋晚，盤蔬飯雨天。鳥聲喧別恨，花色艷離筵。後會應多日，歸程自一年。貧交永無忘，白水共相憐。」

五言絶句説

五言絶句，藍本常載於篇首，茲乃叙於篇末者，原因分截律詩之半而成者也。或截前四句前散後對者，或截後四句前對後散者，或截中四句前後俱對者，或截首尾四句前後俱散者。每絶只録一平一仄以爲式。至於折脚、交股，亦聊録幾首以爲法。其變拗俱同律句，故不再瀆。又有仄壓韵者，録六首以爲式。

五言絶前四句者

平如孟浩然《宿建德江》：「移舟泊烟渚，日暮客愁新。野曠天低樹，江清月近人。」

仄如李白《九日龍山飲》：「九日龍山飲，黄花笑逐臣。醉看風落帽，舞愛月留人。」

五言絶後四句者

平如令狐楚《宫樂》：「九重青瑣闥，百尺碧雲樓。明月秋風夜，珠簾上玉鉤。」

仄如王勃《江亭月夜送別》：「泛泛東流水，飛飛北上塵。歸驂將別棹，俱是倦遊人。」

五言絶中四句者

平如暢當《登鸛雀樓》：「迥臨飛鳥上，高出人世間。天勢圍平野，河流入斷山。」

仄如王之涣《登鸛雀樓》：「白日依山盡，黄河入海流。欲窮千里目，更上一層樓。」

五言絶首尾四句者

平如蘇頲《汾上驚秋》：「北風吹白雲，萬里渡河汾。心緒逢摇落，秋聲不可聞。」

仄如王適《江梅》：「忽見寒梅樹，開花漢水濱。不知春色早，疑是弄珠人。」

五言平折脚二首

王維《別輞川》：「依遲動車馬，惆悵出松蘿。忍別青山去，其如緑水何。」

崔灝《長干行》：「君家住何處，妾住在横塘。」停船暫借問，或恐是同鄉。」

五言仄交股二首

杜甫《江上》之三：「江動月移石，溪虚雲傍花。鳥棲知故道，帆過宿誰家。」

又杜甫《絶句》：「江碧鳥逾白，山青花欲然。今春看又過，何日是歸年。」

五言平交股二首

儲光羲《長安道》：「鳴鞭過酒肆，袨服遊倡門。百萬一時盡，含情無片言。」

李白《夏日山中》：「懶摇白羽扇，躶體青林中。脱巾挂石壁，露頂洒松風。」

五言仄折脚二首

盧僎《途中口號》：「抱玉三朝楚，懷書十上秦。年年洛陽陌，花鳥弄歸人。」

王昌齡《答武陵田太守》：「仗劍行千里，微軀敢一言。曾爲大梁客，不負信陵恩。」

五言折脚交股兼用者四首

王涯《閨人贈遠》之三：「形影一相别，烟波千里分。君看望君處，只是起白雲。」

王昌齡《擊磬老人》：「雙峰褐衣久，一磬白眉長。誰識野人意，徒看春草芳。」

高適《送兵到薊北》：「積雪與天迴，屯軍連塞愁。誰知此行邁，不爲覓封侯。」

李白《怨情》：「美人捲珠簾，深坐嚬蛾眉。但見淚痕濕，不知心恨誰。」

五言平起第一句一三字借還二首

郭振《子夜春歌》：「陌頭楊柳枝，已被春風吹。妾心正斷絶，君懷那得知。」

于武陵《勸酒》：「勸君金屈巵，滿酌不須辭。花發多風雨，人生足别離。」

五言仄起第二句一三字借還二首

文宗皇帝《宫中題》：「輦路生秋草，上林花滿枝。憑高何限意，無復侍臣知。」

杜甫《復愁》：「萬國尚戎馬，故園今若何。昔歸相識少，早已戰場多。」

五言仄壓韵者六首

平如王勃《寒夜思友》：「雲間征思斷，月下歸愁切。鴻鴈西南飛，如何故人别。」

又如李白《玉階怨》：「玉階生白露，夜久生羅襪。却下水晶簾，玲瓏望秋月。」

仄如王維《臨高臺送黎拾遺》：「相送臨高臺，川原杳何極。日暮飛鳥還，行人去不息。」

又如王維《雜詩》之二：「君自故鄉來，應知故鄉事。來日綺窗前，寒梅着花未。」

崔國輔《怨詞》之一：「妾有羅衣裳，秦王在時作。爲舞春風多，秋來不堪着。」王維《孟城坳》：「新家孟城口，古木餘衰柳。來者復爲誰，空悲昔人有。」

附作詩十八法説

客有問於余曰：「作詩與作文，有以異乎？」曰：「無以異也。」又曰：「作文有虚有實，有順有逆，有開合，有賓主，有正喻旁襯、針穿線引、鈎射綰結等法，與作詩亦無有異乎？」曰：「無以異也。夫文法固甚紛賾，詩法亦復繁沓。其經槖哲道過者，無庸余之喋喋。惟於搦管時，必先審題，審得題爲何題，自知法當用何法。斟酌盡善，則胸有智珠，下筆自勢如破竹耳。」客曰：「然則用何法以爲的？」余曰：「子未閲唐人試帖乎？唐人詩首首皆佳，即首首皆法。」客更蹙額曰：「詩帙流傳，至今日而汗牛充棟，浩若江漢，不有以提綱契領而總其大凡，將泛濫無歸宿，致學者愛博而情不專矣。可奈何？」當是時，余茫然未有以對也。客既退，余即於篋册中揀其鎔鑄精鍊、準繩合拍者，理緒而分，比類而合。非敢謂渺滄海於一粟，亦務使金之在鎔，木之從繩，既曲成而不遺，又範圍而不過。統約其法，條分而臚列，聊爲作詩之印證榜様云。逾日，客詣余而復問焉，余出所揀作詩法以酬之。客喜而笑，如有所得，唯唯而去。

一線穿珠第一法

如李景《都堂試貢士日慶春雪》：見前「密雪分天路，群才坐粉廊。靄空迷晝景，臨宇借寒光。似暖花融地，無聲玉滿堂。灑詞偏誤曲，留硯忽因方。幾處曹風比，何人謝賦長。春暉早相照，莫滯九衢芳。」珠散而線貫之，珠分而線□之，治化之文，至方而實至圓，至板而實至活者，用此道也。然珠有定而線無定，線有形而穿無形，總之穿有順逆，法歸自然。此作探得「雪」字作線，而「都堂試貢士」等字俱以「雪」字穿去，工如織錦，巧邁雕雲。熟此，則百斛明珠不難收拾矣。

虚描題神第二法

如張蕭遠《履春冰》：「一步一愁新，輕輕恐陷人。薄光全透日，殘色半銷春。蟬想行時翼，魚驚踏處鱗。底虚難動足，岸闊怯迴身。豈暇躊躕久，寧容顧盼頻。願將矜慎意，從此越通津。」箋疏「春冰」，猶人所能。從「履」字落想，繪出戰兢情態，遂覺洗盡陳言，戛戛生新。題有宜避實擊虚者，即此可推。

實疏題面第三法

如黃滔《奉詔春漲曲江池》：「地脉寒來淺，恩波注後新。引將諸派水，別貯大都春。幽咽疏通處，清泠並入辰。漸平連杏岸，旋闊映梅津。沙没迷行徑，洲寬恣躍鱗。願當舟楫便，一附濟川人。」文忌油滑，詩亦然。題宜實疏，須各還實際，庶幾鑄鼎象物，差免浮游之誚。此題眼目在一「漲」字，扼定實發，題無剩義，筆有餘妍。類此者，可以隅反。

順題挨講第四法

如侯洌《金谷園花發懷古》：「金谷千年後，春花放滿園。紅芳徒笑日，穠艷尚迎軒。雨濕輕光軟，風摇翠影翻。猶疑施錦帳，堪歎罷朱紈。愁思鶯吟澁，啼容露墜繁。殷勤問前事，桃李竟無言。」題本三層，作者層層脱卸，如遊絲在空，輕颺而下。尤妙在破承中用樓臺倒影法，攝起「懷古」意，詩法所謂挑，即制義中之埋伏也。結用珠簾倒捲法，暗挽「花發」意，詩法所謂鈎，即制義中之迴顧也。不然，難免直頭布袋之譏。此又宜知。

分義遞寫第五法

如鄭轅《清明日賜百官新火》：「改火清明候，優恩賜近臣。漏殘丹禁曉，燧發白榆新。瑞彩來雙闕，神光焕四鄰。氣回侯第暖，烟散帝城春。利用調羹鼎，餘輝燭縉紳。皇明如照隱，願及聚螢人。」此題似挨講，而其實不同。挨講是就題中原有層折，挨次講去。遞寫則從題字分出數義，層層遞寫者也。此作從「賜」字分義，層遞而下，詞意俱優。熟此可以生發不窮。

順逆相生第六法

如陳祐《風光草際浮》：「秀發王孫草，春生君子風。光摇低偃處，影散艷陽中。稍稍移蘋末，微微轉蕙叢。浮烟傾緑野，遠色澹晴空。泛彩池塘媚，含芳景氣融。清暉誰不挹，幾許賞心同。」數往者順，知來者逆，圖書千古文字之祖，而生剋制化，不外順逆二字。作文作詩，何獨不然。合之則通篇爲順逆，分之則每聯中各有順逆。總之，前二句順拖，後二句便宜逆綰。參伍錯綜，自爾面面玲瓏，中邊皆徹。即此可以類推。

關襯展托第七法

如杜荀鶴《御溝新柳》：「律到九重春，溝連柳色新。細籠穿禁水，輕拂入朝人。日近韶光早，天低聖澤勻。谷鶯棲未穩，宫女畫難真。楚國空摇浪，隋隄暗惹塵。如何帝城裏，先得覆龍津。」文有題意已盡，忽用神龍掉尾法，現出異境，遂覺綽有餘地者。唐人早得之於詩。此作前四句題意已盡，後比忽然宕開，局陣寬展，轉幾圓敏。熟此可無窘步。

題中襯托第八法

如盧肇《風不鳴條》：「習習和風至，柔條詎自鳴。暗通青律起，遠傍緑蘋生。拂樹花仍發，經林鳥不驚。幾牽蘿影動，潛惹柳絮輕。入谷迷松響，開窗失竹聲。風雷交感後，應識昊天情。」魯亮齊評云：「『不鳴』字有襯法無染法。」此語最精。條之不鳴，無聲而但有氣耳，正難摹寫。作者純用襯法，「樹」、「林」、「蘿」、「柳」、「松」、「竹」等字，是爲題中一「條」字臚列其概，而襯托不鳴處，法雖同而筆各異。

題外襯托第九法

如金厚載《風不鳴條》：「寂寂曙風生，遲遲散野輕。露華揺有歛，林葉褭無聲。暗翦蘩芳發，空傳谷鳥鳴。悠揚韶景静，澹蕩霽烟横。遠水波瀾息，荒郊草樹榮。吾君垂至化，萬類共澄清。」題面既難摹寫，純從題外生情，托出本題，此文家影照法也。與盧作同一襯法，而用意又别。横斜反覆，因變生妍。兩作合讀，足濬發心源。

金針補綻第十法

如錢可復《鶯出谷》：「玉律陽和變，時禽羽翮新。載飛初出谷，一囀已驚人。拂柳宜烟暖，銜花覺路春。搏風翻翰疾，向日弄吭頻。求友心何切，遷喬幸有因。華林高玉樹，棲託及芳晨。」「鴛鴦綉出從君看，莫把金針度與人。」此金針補綻之法也。題句所無，題中所有，補之而後全，故謂筆補造化。第恐補非所補，固謂剜肉醫瘡；補不善補，亦成附贅懸疣。此題只言出谷耳，然出必有聲，出必有情，補筆皆非添設。故補如不補，不補而補，洵金針不度之妙也夫。

兩截分賦第十一法

如皇甫冉《華清宫望幸》即温泉宫：「驪岫接新豐，岩嶤駕碧空。鑿山開秘殿，隱霧蔽仙宫。絳闕猶棲鳳，雕梁尚帶虹。温泉曾浴日，華館舊迎風。肅穆瞻雲輦，深沈閉綺櫳。東郊望幸處，瑞氣靄濛濛。」文有兩截，詩亦有分賦。如殷寅《玄元皇帝應見賀聖祚無疆》等題，俱用此法。兹作前四韵專賦「華清宫」，後二韵專賦「望幸」，亦其法也。妙在語語切定「華清」二字，移向他宫不得。○凡以分賦立局者，上截須打通下截消息，至落下截，便覺一語千鈞。即文家所云「筆所未到氣已吞」與夫「山斷雲連」者是也。

開合排宕第十二法

如元稹《河鯉登龍門》：「魚貫終何益，龍門在此登。有成當作雨，無用恥爲鵬。激浪誠難泝，雄心自可憑。風雷潛會合，鬐鬣忽騰凌。溟涬辭河濁，烟霄見海澄。迴瞻順流輩，誰敢望同升。」文有三句直下者，便非至文。詩有兩聯平排者，亦非好詩。此作破題先開後合，承語先合後開，頸比一開一合，腹比一賓一主，後比筆繞登後之意，一淺一深，恰好開下結句。筆力老横無敵，只緣熟於開合賓主之法，遂覺盤旋騶宕，筆如游龍，爪鱗隱見，不可端倪。而題中「登」字亦面面皆圓。此排律第一妙訣。

虚實相間第十三法

如李華《尚書都堂瓦松》：「華省秘仙蹤，高堂露瓦松。葉因春後長，花爲雨來濃。影混鴛鴦色，光合翡翠容。近天欣所寄，拔地歎無從。接棟凌雙闕，連甍蓋九重。寧知深澗底，霜雪歲兼封。」通體皆實則滯，通體皆虛則浮，二者均忌。虛實間用，則機局圓活，氣度從容，庶見雅人深致。此作「瓦松」二字分寫，上二句用虛，下二句用實。「尚書都堂」四字合寫，亦上二句用虛，下二句用實。通體看來，則又是順逆相生法，開後學無限法門。

借賓形主第十四法

如王維《清如玉壺冰》：「玉壺何用好，偏許素冰居。未共銷丹日，還同照綺疏。抱明中不隱，含靜外疑虛。氣似庭霜積，光涵砌月餘。曉凌飛鵲鏡，宵映聚螢書。若向貪夫比，貞心定不如。」文有不寫正面，專從旁面托出者，借賓形主之法是也。此題「清如」二字指人，係主位，「玉壺冰」是賓位。作者專就下三字着筆，寫得表裏澄澈。「清」字已透，末用反筆點出「如」字，則題義不煩言而解。得此法，應無難於刻畫之題。

正喻雙關第十五法

如盧綸《清如玉壺冰》：「玉壺冰始結，循吏政初成。既有虛心鑑，還如照膽清。瑶池慚洞徹，金鏡讓澄明。氣若朝霜肅，形隨夜月盈。臨人能不蔽，待物本無情。怯對圓光裏，妍媸自此呈。」張藻畫松，雙管齊下，一枝榮而一枝枯，遂成絶技。此作扼定「清如」二字，正喻夾寫，語語關會，儼有雙管齊下之妙。王作偏鋒，此作正鋒，合觀可以參變。

前後總括第十六法

如王維《秋日懸清光》：「寥廓涼天净，晶明白日秋。圓光含萬象，碎影入閑流。迥與青冥合，遥同江甸浮。晝陰殊衆木，斜影下危樓。宋玉登高怨，張衡望遠愁。餘暉如可託，雲路豈悠悠。」無總括處則精神不聚，故文家前面空中樓閣，末路憑空結撰，皆其精神團結處也。此作中三比逐字分疏，而前後俱用總括，已開有明王、唐、瞿、薛諸大家之派。

前後分寫第十七法

如王季友《玉壺冰》：「玉壺知素潔，止水復中澄。堅白能虚受，清寒將自凝。分形同曉鏡，照物掩宵燈。壁映圓光徹，人驚爽氣凌。金罍何足貴，瑶席幾同升。正值求珪瓚，提攜共飲冰。」題有兩義，前後分析，庶幾眉目了然。此作中間句句總疏，而分破分結，其質瑩然。與《秋日》總括作並觀，可悟分合之妙。

到頭結穴第十八法

如冷朝陽《春從何處來》：「玉律傳佳節，青陽應北辰。土牛呈歲稔，彩燕表年春。臘盡星回次，寒餘月建寅。風光行處好，雲物望中新。流水初消凍，潛魚甫振鱗。欲知韶景至，須問日邊人。」青鳥家論穴有三結：曰初結，曰中結，曰末結。到頭結穴者，末結之謂也。龍氣大盡處方作結聚，氣力愈大，結聚愈完。《四書》題有長而氣聚於末句者，有短而氣應走下者，皆當用此法。此作「來」字三層，淋漓盡致，「何處」一點，傳神阿堵，手法絶高。

詩法辨體説卷之二

桐封吕德本樹滋選輯

七言平起平受律式

平平仄仄仄平平韵(平平仄仄平平仄句) 仄仄平平仄仄平叶 仄仄平平平仄仄句 平平仄仄仄平平叶 平平仄仄平平仄句 仄仄平平仄仄平叶 仄仄平平平仄仄句 平平仄仄仄平平叶

七言仄起仄受律式

仄仄平平仄仄平韵(仄仄平平平仄仄句) 平平仄仄仄平平叶 平平仄仄平平仄句 仄仄平平仄仄平叶 仄仄平平平仄仄句 平平仄仄仄平平叶 平平仄仄平平仄句 仄仄平平仄仄平叶

平起平受合律式如杜審言《大酺》:「毘陵震澤九州通,士女歡娱萬國同。伐鼓撞鐘驚海上,新妝袨服照江東。梅花落處疑殘雪,柳葉開時任好風。火德雲官逢道泰,天長地久屬年豐。」

仄起仄受合律式:「别館芳菲上苑東,飛花澹蕩御筵紅。城臨渭水天河近,闕對南山雨露通。遶殿流鶯凡幾樹,當溪亂蝶許多叢。春園既醉心和樂,共識皇恩造化同。」

右詩二式，一平一仄。自首至尾，八句之中，平仄黏連，一字不苟，亦與五言律相同也。

七言正體説

七言律句，又五言八句之變也。在唐以前，沈君攸七言儷句已近其調，至唐人始專此體。夫七言正體之中，無借還、交股、折脚等法，亦與五言相同。其所以當辨别者，不在二、四、六字上，而在一、三、五字上。蓋二、四、六字應宜分明，自不必説。惟一、三、五字有當論有不當論者，須細爲之講究耳。試以平起式言之。平起第一句入韵者，第一字必用平，第五字必用仄，而第三字不論可。不入韵者，一、三字不論可，而第五字必用平。第二句一、五字不論皆可，而第三字必用平。第三句一、三字不論皆可，而第五字必用平。第四句第一字必用平，第五字必用仄，而第三字不論可，與首句入韵者相同。第五句一、三字不論皆可，而第五字必用平，此句平仄與不入韵首句相同。第六句一、五字不論皆可，而第三字必用平，與第二句相同。第七句一、三字不論皆可，而第五字必用平，與第三句相同。第八句第一字必用平，第五字必用仄，而第三字不論可，亦與入韵者首句相同。此平起式法律也。又以仄起式言之。仄起第一句入韵者，第三字必用平，而一、五字不論皆可。不入韵者，第五字必用平，而一、三字不論皆可。第二句第一字必用平，第五字必用仄，而第三字不論可。第三句一、三字不論皆可，而第五字必用平。第四句一、五字不論皆可，而第三字必用平。第五句一、三字不論皆可，而第五字必用平，此句平仄與不入韵首句相同。第六句第一字必用平，第五字必用仄，而第三字不論可，與第二句相同。第七句一、三字不論皆可，而第五字必用平，與第三句相同。第八句一、五字不論皆可，而第三字必用平，與第四句相同，亦與入韵者首句相同。此仄起式法律也。竊思平起在一、四、八句第一字俱用平，第五字俱用仄。仄起在二、六句亦是第一字俱用平，第五字俱用仄，而第三字俱不論。其餘别句，或論第三字而不論第五字，或論第五字而不論第三字，至第一字俱不論。看其所論之或三字、五字，俱都用平聲者，總是調腰字而令其音調鏗金戛玉也。古人既開其法於前，今人何不可繼其美於後乎？謹録體式於左。其必當論之字，亦如五言用圓○以記之。不論之字，亦如五言用黑●以别之。法度昭著，是在善學者潛心而玩味之。

七言平起六首俱入韵不入韵者，見於後體式中。

沈佺期《侍宴安樂公主新宅應制》：「皇家貴主好神仙，别業初開雲漢邊。山出盡如鳴鳳嶺，池成不讓飲龍川。妝樓翠幌教春住，舞閣金鋪借日懸。敬從乘輿來此地，稱觴獻壽樂鈞天。」

岑參《和祠部王員外雪後早朝即事》：「長安雪後似春歸，積素凝華連曙暉。色借玉珂迷曉騎，光添銀燭晃朝衣。西山落月臨天仗，北闕晴雲捧禁闈。聞道仙郎歌白雪，由來此曲和人稀。」

李頎《送魏萬之京》：「朝聞游子唱離歌，昨夜微霜初渡河。鴻雁不堪愁裏聽，雲山況是客中過。關城曙色催寒近，御苑砧聲向晚多。莫見長安行樂處，空令歲月易蹉跎。」

杜甫《小至》：「天時人事日相催，冬至陽生春又來。刺繡五紋添弱綫，吹葭六琯動浮灰。岸容待臘將舒柳，山意衝寒欲放梅。雲物不殊鄉國異，教兒且覆掌中杯。」

《諸將五首》之二：「韓公本意築三城，擬絶天驕拔漢旌。豈謂盡煩回紇馬，翻然遠救朔方兵。胡來不覺潼關隘，龍起猶聞晉水清。獨使至尊憂社稷，諸君何以答升平。」

《燕子來舟中作》：「湖南爲客動經春，燕子啣泥兩度新。舊入故園嘗識主，如今社日遠看人。可憐處處巢居室，何異飄飄託此身。暫語船檣還起去，穿花度水益霑巾。」

七言仄起正體六首，前四首入韵，後二首不入韵。

李嶠《奉和聖製從蓬萊向興慶閣道中留春雨中春樹之作應制》：「別館春還淑氣催，三宫路轉鳳凰臺。雲飛北闕輕陰散，雨歇南山積翠來。御柳遥隨天仗發，林花不待曉風開。已知聖澤深無限，更喜年芳入睿才。」

杜甫《紫宸殿退朝口號》：「户外昭容紫袖垂，雙瞻御坐引朝儀。香飄合殿春風轉，花覆千官淑景移。晝漏稀聞高閣報，天顔有喜近臣知。宫中每出歸東省，會送夔龍集鳳池。」

《秋興》之二：「玉露凋傷楓樹林，巫山巫峽氣蕭森。江間波浪兼天湧，塞上風雲接地陰。叢菊兩開他日淚，孤舟一繫故園心。寒衣處處催刀尺，白帝城高急暮砧。」

《臘日》：「臘日常年暖尚遥，今年臘日凍全消。侵陵雪色還萱草，漏洩春光有柳條。縱酒欲謀良夜醉，還家初散紫宸朝。口脂面藥隨恩澤，翠管銀罌下九霄。」

《遣悶戲呈路十九曹長》不入韵：「江浦雷聲喧昨夜，春城雨色動微寒。黄鸝並坐交愁濕，白鷺群飛大劇乾。晚節漸於詩律細，誰家數去酒杯寬。唯君最愛清狂客，百遍相過意未闌。」

《閣夜》同前：「歲暮陰陽催短景，天涯霜雪霽寒宵。五更鼓角聲悲壯，三峽星河影動摇。野哭千家聞戰伐，夷歌幾處起漁樵。卧龍躍馬終黄土，人事音書漫寂寥。」

七言變體説

七言之變與五言之變不同。五言之變在隔句借還，七言之變則在本句中一、三字借還也。其見於平起者，在一、四、八句第一字宜平用仄，第三字即借平以還之。仄起者在二、六句亦是第一字宜平用仄，第三字即借平以還之。二式之變，其法乃如此。亦無交股、折脚等法。前正體中用圈者，盡合乎平仄，其用點者，有合乎平仄者，有不合乎平仄者，而概用之以點。以用點處俱是不論之字，欲學者一見知其爲不論之字，是法眼所在處，故不拘平仄合不合而概用之以點也。若合式者不用點，不合式者方用點，勢必參差不齊，安能認法眼之所在乎？今前法既有定規，於變體中其當論處仍用圓圈，其不當論處，不合式者纔用點，合式者即不用點矣。至於借還處，亦仍如五言用◎以標之。舉目一視，有不涣然冰釋者哉。

七言平起變體十四首

見於第一句單借還如錢起《和王員外晴雪早朝》：「紫微晴雪帶恩光，繞仗偏隨鴛鷺行。長信月留寧避曉，宜春花滿不飛香。獨看積素凝清禁，已覺輕寒讓太陽。題柱盛名兼絶唱，風流誰繼漢田郎。」又如張謂《西亭上言懷》：「數叢芳草在堂陰，幾處閒花映竹林。樹上玄猿呼群吏，沙邊白鳥應家禽。青山看景知高下，流水聞聲覺淺深。官屬不令拘禮數，時時緩步一相尋。」

見於第四句單借還如岑參《和賈至舍人早朝大明宫之作》：「鷄鳴紫陌曙光寒，鶯囀皇州春色闌。金闕曉鐘開萬户，玉階仙仗擁千官。花迎劍佩星初落，柳拂旌旗露未乾。獨有鳳凰池上客，陽春一曲和皆難。」又如劉禹錫《送李尚書鎮滑州》：「南徐報政入文昌，東郡須才别建章。視草名高同蜀客，擁旄年少勝荀郎。黄河一曲當城下，緹騎千重照路旁。自古相門還出將，如今人望在岩廊。」

見於第八句單借還如王維《勅賜百官櫻桃》：「芙蓉闕下會千官，紫禁朱櫻出上蘭。纔是寢園春荐後，非關御花鳥銜殘。歸鞍競帶青絲籠，中使頻傾赤玉盤。飽食不須愁内熱，大官還有蔗漿寒。」又如杜甫《秋興》之三：「千家山郭静朝暉，日日江樓坐翠微。信宿漁人還泛泛，清秋燕子故飛飛。匡衡抗疏功名薄，劉向傳經心事違。同學少年多不賤，五陵衣馬自輕肥。」

見於第一句四句雙借還如崔署《九日登仙臺呈劉明府》：「漢文皇帝有高臺，此日登臨曙色開。三晉雲山皆北向，二陵風雨自東來。關門令尹誰能識，河上仙翁去不回。且欲近尋彭澤宰，陶然共醉菊花杯。」又如杜甫《諸將》之五：「錦江春色逐人來，巫峽清秋萬壑哀。正憶往時嚴僕射，共迎中使望鄉臺。主恩前後三持節，軍令分明數舉杯。西蜀地形天下險，安危須仗出群材。」

見於第四句八句雙借還如韓偓《禁中作》不入韵：「銀臺直北金鑾外，暑雨初晴皓月中。唯對松篁聽刻漏，更無塵土翳虚空。緑香熨齒金盤果，清冷侵肌水殿風。坐久忽聞鈴索動，玉堂西畔響丁東。」又如楊巨源《寄中書年舍人》：「晴明紫閣最高峰，仙掖開簾范彦龍。五色天書詞焕爛，九華春殿語從容。彩毫應染爐烟細，清佩仍含玉漏重。二十年前同日喜，碧霄何處得相逢。」

見於第一句八句雙借還如劉禹錫《洛中送楊處厚入關便遊蜀》：「洛陽秋日正凄凄，君去西秦更向西。舊學三冬今轉富，曾傷六翮養初齊。王城曉入窺丹鳳，蜀路晴來見碧鷄。早識卧龍應有分，不妨從此躡丹梯。」又如沈佺期《奉和春初幸太平公主南莊應制》：「主家山第早春歸，御輦春遊繞翠微。買地鋪金曾作埒，尋河取石舊支磯。雲間樹色千花滿，竹裏泉聲百道飛。自有神仙鳴鳳闕，併將歌舞報恩暉。」

見於第一四八句三借還如杜甫《諸將》之三：「洛陽宫殿化爲烽，休道秦關百二重。滄海未全歸禹貢，薊門何處覓堯封。朝廷衮職誰争補，天下軍儲自不供。稍喜臨邊王相國，肯銷金甲事春農。」又如杜牧《得替後移居霅溪館》：「萬家相慶喜秋成，處處樓臺歌板聲。千歲鶴歸猶有恨，一年人住豈無情。夜涼溪館留僧語，風定蘇潭看月生。景物登臨閒始見，願爲閒客此閒行。」

七言仄起變體六首

見於第二句單借還如蘇頲《奉和春日幸望春宫應制》：「東望望春春可憐，更逢晴日柳含烟。宫中下見南山盡，城上平臨北斗懸。細草偏承回輦處，飛花故落舞觴前。宸遊對此歡無極，鳥弄歌聲雜管絃。」又如張謂《杜侍御送貢物戲贈》：「銅柱朱崖道路難，伏波横海舊登壇。越人自貢珊瑚樹，漢使何勞獬豸冠。疲馬山中愁日晚，孤舟江上畏春寒。由來此貨稱難得，多恐君王不忍看。」

見於第六句單借還如王維《奉和聖製從蓬萊向興慶閣道中留春雨中春望之作應制》不入韵：「渭水自縈秦塞曲，黄山舊繞漢宫斜。鑾輿迥出千門柳，閣道迴看上苑花。雲裏帝城雙鳳闕，雨中春樹萬人家。爲乘陽氣行時令，不是宸遊玩物華。」又如杜甫《曲江》之一：「一片花飛減却春，風飄萬點正愁人。且看欲盡花經眼，莫厭傷多酒入脣。江上小堂巢翡翠，苑邊高塚卧麒麟。細推物理須行樂，何用浮名絆此身。」

見於第二句六句雙借還如杜甫《九日藍田崔氏莊》：「老去悲秋强自寬，興來今日盡君歡。羞將短髮還吹帽，笑倩旁人爲正冠。藍水遠從千澗落，玉山高並兩峰寒。明年此會知誰健，醉把茱萸子細看。」又如《登高》：「風急天高猿嘯哀，渚清沙白鳥飛迴。無邊落木蕭蕭下，不盡長江滚滚來。萬里悲秋常作客，百年多病獨登臺。艱難苦恨繁霜鬢，潦倒新亭濁酒杯。」

七言拗體説

七言與五言，其法異者，非另開生面也，但七言平起者爲折脚，仄起者爲交股，與五言逕庭而相反耳。平起折脚在三、七句，與五言仄起相似。其法乃第五字宜平用仄，第六字宜仄用平，此亦是連字借還而爲折脚。一見者名單飛鴈，兩見者名雙飛鴈也。仄起交股，在頷聯出句第五字宜平用仄，即於對句第五字仄窩中借平以還之。亦有在頷聯出句第三字宜仄用平，即於對句第三字平窩中借仄以還之。又有一句中疊見者，結聯出句第五字宜平用仄，即於對句第五字仄窩中借平以還之。此隔句借還，係交股之正法。一見者亦名單飛鴈，疊見者亦名雙飛鴈也。且交股體中，有中四句交股者，有除首聯下六句交股者。甚至頸聯中有三、四、五、六字連交股者，如杜工部《九日》：「世亂鬱鬱久爲客，路難悠悠常傍人。」又頸聯中四、五、六字連交股者，如杜工部《暮春》：「沙上草閣柳新暗，城邊野池蓮欲紅。」以上雖係交股體法，拗體中却不可用，必拗格出格中方用得，故列於後拗格出格之內。以此處在交股體中講明，無俟後之煩言矣。夫仄起爲交股，而平起如五言亦有交股。平交股在頷聯、頸聯中，俱是出句第五字宜平用仄，即於對句第五字仄窩中借平以還之是也。然前云平爲折脚，七言仄起亦未嘗無折脚，而七言仄折脚又似與五言平起折脚相類。蓋五言平折脚在一、五句，而七言仄折脚亦在一、五句也。其法亦是第五字宜平用仄，第六字宜仄用平，與平起折脚相同。不同者，只在地位耳。還要知仄起首句用折脚，必須用不入韵之仄仄平平平仄仄方可折得。不然若用入韵之仄仄平平仄仄平，五六字俱是仄聲，雖欲折之，抑將折甚麽乎？此又一大竅也。急爲指出，下筆時應免朋從之弊。其折脚亦如五言用⧖以辨之，交股亦如五言用對尖▽△以明之。細細探索，吾知了然於心，當必了然於目矣。

七言拗體平折脚六首

見於第三句單折脚如沈佺期《嵩山石淙侍宴應制》：「金輿且下緑雲衢，彩殿晴臨碧澗隅。溪水泠泠逐行漏，山烟片片引香爐。仙人六膳調神鼎，玉女三漿捧帝壺。自惜汾陽紆道駕，無如太室覽玄圖。」又如杜甫《秋興》之五：「蓬萊宫闕對南山，承露金莖霄漢間。西望瑶池降王母，東來紫氣滿函關。雲移雉尾開宫扇，日繞龍鱗識聖顔。一卧滄江驚歲晚，幾回青瑣點朝班。」

見於第七句單折脚如沈佺期《遥同杜員外審言過嶺》：「天長地闊嶺頭分，去國離家見白雲。洛浦風光何所似，崇山瘴癘不堪聞。南浮漲海人何處，北望衡陽鴈幾群。兩地江山萬餘里，何時重謁聖明君。」又如杜甫《宿府》：「清秋幕府井梧寒，獨宿江城蠟炬殘。永夜角聲悲自語，中天月色好誰看。風塵荏苒音書絶，關塞蕭條行路難。已忍伶俜十年事，彊移栖息一枝安。」

見於第三句七句雙折脚又變者如趙嘏《經漢武泉》：「芙蓉苑裏起清風，漢武泉聲落御溝。他日江山映蓬鬢，二年楊柳别漁舟。竹間駐馬題詩去，物外何人識醉遊。盡把歸心付紅葉，晚來隨水向東流。」又如李郢《江亭春霽》：「茳蘺漠漠荇田田，江上雲亭霽景鮮。蜀客帆檣背歸燕，楚山花木怨啼鵑。春風掩映千門柳，曉日凄涼萬井烟。金磬泠泠水南寺，上方僧室翠微連。」

七言拗體仄交股八首

見於頷聯交股單飛雁如杜甫《蜀相》：「丞相祠堂何處尋，錦官城外柏森森。映階碧草自春色，隔葉黄鸝空好音。三顧頻繁天下計，兩朝開濟老臣心。出師未捷身先死，長使英雄淚滿襟。」又如姚鵠《玉真觀尋趙尊師不遇》：「羽客朝元晝掩扉，林中一逕雪中微。松陰繞院鶴相對，山色滿樓人未歸。盡日獨思鳳馭返，寥天幾望野雲飛。凭高目斷無消息，自醉自吟愁落暉。」

見於結聯交股單飛鴈前用平拗格如杜甫《白帝城最高樓》：「城尖徑仄旌旆愁，獨立縹緲之飛樓。峽圻雲霾龍虎睡，江清日抱黿鼉遊。扶桑西枝封斷石，弱水東影隨長流。杖藜歎世者誰子，泣血迸空回白頭。」又如《曉發公安數月憩息此縣》：「北城擊柝復欲罷，東方明星亦不遲。鄰鷄野哭如昨日，物色生態能幾時。舟楫眇然自此去，江湖遠適無前期。出門轉眄已陳迹，藥餌扶吾隨所之。」

見於頷聯交股雙飛鴈如許渾《咸陽西門晚眺》：「一上高城萬里愁，蒹葭楊柳似汀洲。溪雲初起日沉閣，山雨欲來風滿樓。鳥下緑蕪秦苑夕，蟬鳴黄葉漢宮秋。行人莫問前朝事，渭水寒聲晝夜流。」又如韋莊《關河道中思歸》：「槐陌蟬聲柳市風，驛樓高倚夕陽東。往來千里路常在，聚散十年人不同。但見時光流似箭，豈知天道曲如弓。生平志業匡堯舜，又擬滄浪學釣翁。」

見於三四七八句交股雙飛鴈如劉滄《秋日山寺懷友人》：「蕭寺樓臺對夕陰，淡烟疎磬散空林。風生寒渚白蘋動，霜落秋山黄葉深。雲盡獨看晴塞鴈，月明遥聽遠村砧。相思不見又經歲，坐向松窗彈玉琴。」又如項斯《宿山寺》：「栗葉重重覆翠微，黄昏溪上語人稀。月明古寺客初到，風動閒門僧未歸。山果經霜多自落，水螢穿竹不停飛。中宵能得幾時睡，又聽鐘聲催着衣。」

七言拗體平交股六首

見於頷聯交股單飛鴈如劉長卿《贈别嚴士元》：「春風倚棹闔閭城，水國春寒陰復晴。細雨濕衣看不見，閒花落地聽無聲。日斜江上孤帆影，草緑湖南萬里情。東道若逢相識問，青袍今已誤儒生。」又如杜甫《十二月一日》之二借仄代平：「寒輕市上山烟碧，日滿樓前江霧黄。負鹽出井此溪女，打鼓發船何郡郎。新亭舉目風景切，茂陵著書消渴長。春花不愁不爛熳，楚客惟聽棹相將。」

見於頸聯交股單飛鴈如陶峴《西塞下迴舟作》：「匡廬舊業是誰主，吴越新居安此生。白髮數莖歸未得，青山一望計還成。鵶翻楓葉夕陽動，鷺立蘆花秋水明。從此捨舟何所詣，酒旗歌扇正相迎。」又如杜牧《殘春獨來南亭因寄張祜》：「煖雲如粉草如茵，閒步長堤不見人。一嶺桃花紅錦黦，半溪山水碧羅新。高枝百舌太欺鳥，帶葉梨花明送春。仲蔚欲知何處在，苦吟林下避紅塵。」

見於頷聯頸聯交股雙飛鴈如杜甫《題省中院壁》前古後律：「掖垣竹埤梧十尋，洞門對雪常陰陰。落花遊絲白日静，鳴鳩乳燕青春深。腐儒衰晚謬通籍，退食遲回違寸心。衮職曾無一字補，許身愧比雙南金。」又如《將赴成都草堂塗中有作先寄嚴鄭公五首》之五：「錦官城西生事微，烏皮几在還思歸。昔去爲憂亂兵入，今來已恐鄰人非。側身天地更懷古，回首風塵甘息機。共説總戎雲鳥陣，不妨遊子芰荷衣。」

七言拗體仄折脚四首

見於第一句折脚如杜甫《詠懷古跡五首》之四：「蜀主窺吴幸三峽，崩年亦在永安宫。翠華想象空山裏，玉殿虚無野寺中。古廟杉松巢水鶴，歲時伏臘走村翁。武侯祠屋長鄰近，一體君臣祭祀同。」又如賈島《送羅少府歸牛渚》：「作尉長安始三日，忽思牛渚夢天台。楚山遠色獨歸去，灞水空流相送回。霜覆鶴身松子落，月分螢影石房開。白雲多處應頻到，寒澗泠泠漱古苔。」

見於第五句折脚如杜甫《諸將五首》之四：「回首扶桑銅柱標，冥冥氛祲未全銷。越裳翡翠無消息，南海明珠久寂寥。殊錫曾爲大司馬，總戎皆插侍中貂。炎風朔雪天王地，只在忠良翊聖朝。」又如《詠懷古跡五首》之五：「諸葛大名垂宇宙，宗臣遺像肅清高。三分割據紆籌策，萬古雲霄一羽毛。伯仲之間見伊吕，指揮若定失蕭曹。運移漢祚終難復，志決身殲軍務勞。」

七言體式説

七言之有正、變、拗三體，與五言旗鼓適相當也。五言三體是言法，後復繼之以體，庶體用皆備。今七言繼法而不言體式可乎？今道其體式，大概與五言相髣髴。有八句全對用韵體，有八句全對不用韵體。有起對結散用韵體，有起對結散不用韵體。有起散對結用韵體，有起散對結不用韵體。有起結不對用韵體，有起結不對不用韵體。有前古後律體，有順逆迴文體。此皆正體也。又有上馬失脚體，通首皆用一韵，而起句乃用他韵，如東用冬之類。又有青牛掉尾體，通首亦皆用一韵，而結句乃用他韵，如天用原之類。此體初盛唐却無，惟中晚唐有之。因是體似近於戲，故只言其法，而弗録其詩。才子見此法，或者欲展才，隨口遊戲，以爲一時行樂之快事，疇曰不宜。前正體詩，不及備載，每體亦如五言，只録一平一仄以爲式。凡遇借還、交股、折脚等法，亦照前例。至於宜論不宜論之字，前已叠陳，兹弗另贅以滋蔓。

七言八句全對用韵體

平如宋之問：「青門路接鳳凰臺，素滻宸遊龍騎來。澗草自隨香輦合，岩花應待御筵開。文移北斗成天象，酒近南山作壽杯。此日侍臣將石去，共歡明主賜金回。」

仄如孫逖《和左司張員外自洛使入京中路先赴長安逢立春日贈韋侍御及諸公》：「忽覩雲間數鴈迴，更逢山上一花開。河邊淑氣迎芳草，林下輕風待落梅。秋憲府中高唱入，春卿署裏和歌來。共言東閣招賢地，自有西征作賦才。」

七言八句全對不用韵體

平如杜甫《冬至》：「年年至日長爲客，忽忽窮愁泥殺人。江上形容吾獨老，天涯風俗自相親。杖藜雪後臨丹壑，鳴玉朝來散紫宸。心折此時無一寸，路迷何處見三秦。」

仄如《季夏送鄉弟韶陪黄門從叔朝謁》兩扇格：「令弟尚爲蒼水使，名家莫出杜陵人。北來相國兼安蜀，歸赴朝廷已入秦。捨舟策馬論兵地，拖玉腰金報主身。莫度清秋吟蟋蟀，早聞黄閣畫麒麟。」

七言起對結散用韵體

平如杜甫《城西陂汎舟》頷聯拗仄格：「青蛾皓齒在樓船，横笛短簫悲遠天。春風自信牙檣動，遲日徐看錦纜牽。魚吹細浪摇歌扇，燕蹴飛花落舞筵。不有小舟能盪槳，百壺那送酒如泉。」

仄如《堂成》「背郭堂成蔭白茅，緣江路熟俯青郊。榿林礙日吟風葉，籠竹和烟滴露梢。暫止飛烏將數子，頻來語燕定新巢。旁人錯比楊雄宅，嬾惰無心作解嘲。」

七言起對結散不用韵體

平如杜甫《宣政殿退朝晚出左掖》兩扇格：「天門日射黄金牓，春殿晴曛赤羽旗。宫草霏霏承委佩，爐烟細細駐遊絲。雲近蓬萊常五色，雪殘鳷鵲亦多時。侍臣緩步歸青鎖，退食從容出每遲。」

仄如《奉和賈至舍人早朝大明宫舍人先世掌絲綸》：「五夜漏聲催曉箭，九重春色醉僊桃。旌旗日暖龍蛇動，宫殿風微燕雀高。朝罷香烟攜滿袖，詩成珠玉在揮毫。欲知世掌絲綸美，池上於今有鳳毛。」

七言起散對結用韵體

平如張説《侍宴隆慶池應制》：「龍池月滿直城隈，黼帳天臨御路開。東沼初暘疑吐出，南山曉翠若浮來。魚龍百戲紛容與，鳧鷁雙舟較泝洄。願似金堤春草色，長承瑶水白雲杯。」

仄如杜甫《秋興八首》之二：「夔府孤城落日斜，每依南斗望京華。聽猿實下三聲淚，奉使虚隨八月槎。畫省香爐違伏枕，山樓粉堞隱悲笳。請看石上藤蘿月，已映洲前蘆荻花。」

七言起散對結不用韵體

平如杜甫《留别公安太易沙門》：「隱居欲就廬山遠，麗藻初逢休上人。數問舟航留製作，長開篋笥擬心神。沙村白雲仍含凍，江縣紅梅已放春。先踏爐峰置蘭若，徐飛錫杖出風塵。」

仄如《聞官軍收河南河北》：「劍外忽傳收薊北，初聞涕淚滿衣裳。却看妻子愁何在，謾卷詩書喜欲狂。白首放歌須縱酒，青春作伴好還鄉。即從巴峽穿巫峽，便下襄陽向洛陽。」

七言起結不對用韵體

平如李白《送賀監歸四明應制》：「久辭榮禄遂初衣，曾向長生説息機。真訣自從茅氏得，恩波寧阻洞庭歸。瑶臺含霧星辰晚，仙嶠浮空島嶼微。借問欲棲珠樹鶴，何年却向帝城飛。」

仄如王維《和太常韋主簿五郎温泉寓目》兩扇格：「漢主離宫接露臺，秦川一半夕陽開。青山盡是朱旗繞，碧澗翻從玉殿來。」新豐樹裹行人渡，小苑城邊獵騎回。聞道甘泉能獻賦，懸知獨有子雲才。」

七言起結不對不用韵體

平如杜甫《黑鷹》：「黑鷹不省人間有，渡海疑從北極來。正翮搏風超紫塞，玄冬幾夜宿陽臺。虞羅自各虚施巧，春鴈同歸必見猜。萬里寒空祇一日，金眸玉爪不凡材。」

仄如《和裴廸蜀州東亭逢早梅相憶》：「東閣官梅動詩興，還如何遜在揚州。此時對雪遥相憶，送客逢春可自由。幸不折來傷歲暮，若爲看去亂鄉愁。江邊一樹垂垂發，朝夕催人自白頭。」

七言前古後律體

如崔灝《黄鶴樓》：「昔人已乘白雲去，此地空餘黄鶴樓。黄鶴一去不復返，白雲千載空悠悠。晴川歷歷漢陽樹，芳草凄凄鸚鵡洲。日暮鄉關何處是，烟波江上使人愁。」如李白《鸚鵡洲》：「鸚鵡來過吴江水，江上洲傳鸚鵡名。鸚鵡西飛隴山去，芳洲之樹何青青。烟開蘭葉香風起，岸夾桃花錦浪生。遷客此時徒極目，長洲孤月向誰明。」

七言迴文體

如陸龜蒙順讀成一首：「潮回暗浪雪山傾，遠浦漁舟釣月明。橋對寺門松徑小，檻當泉眼石波清。迢迢緑樹江天暮，靄靄紅霞海日晴。遥望四邊雲接水，碧峰千點數鷗輕。」逆讀又成一首：「輕鷗數點千峰碧，水接雲邊四望遥。晴日海霞紅靄靄，暮天江樹緑迢迢。清波石眼泉當檻，小徑松門寺對橋。明月釣舟漁浦遠，傾山雪浪暗回潮。」

七言變拗説

七言之體與法，既完且備，何爲復諄諄言及於變拗哉？蓋因前體各項中，是耑指其肯節，並弗旁有所及。正如龍門之桐高百尺而無枝，其本質原如是也。若節外生枝，便非本來面目矣。雖前體中亦兼有一二首帶變用拗格者，亦是借來特指其法，不以變體拗格爲重也。玆者另舉變拗，法雖猶是也，而花樣却又生新矣。或是折脚兼借還，借還兼交股，交股連四字而借還，桃柳參差，錯雜爛熳，不幾恍遊武夷九曲，步步令人入勝乎。謹録二十首於左，以備玩賞。不知高明以爲何如。

七言平變拗十首

李商隱《茂陵》：「漢家天馬出蒲梢，苜蓿榴花徧近郊。内苑只知銜鳳嘴，屬車無復插鷄翹。玉桃偷得憐方朔，金屋妝成貯阿嬌。誰料蘇卿老歸國，茂陵松栢雨蕭蕭。」

司空曙《酧李端較書見贈》：「綠槐垂穗乳烏飛，忽憶山中獨未歸。青鏡流年看髮變，白雲芳草與心違。乍逢酒客春遊慣，久别林僧夜坐稀。昨日聞君到城市，莫將簪弁勝荷衣。」

王建《送左先輩》：「狂歌白鹿上青天，何似蘭塘釣紫烟。萬卷祖龍坑外物，一泓孫楚耳中泉。翩翾鸞檻薰晴浦，轂轆魚車響夜船。學取青蓮李居士，一生杯酒在神仙。」

杜甫《晚秋過洞庭》：「征帆高挂酒初酣，暮景離情兩不堪。千里晚霞雲夢北，一洲霜橘洞庭南。溪風送雨過秋寺，石澗驚龍落夜潭。莫把羈魂弔湘岸，九嶷愁絶鎖烟嵐。」

《題張氏隱居》：「春山無伴獨相求，伐木丁丁山更幽。澗道餘寒歷冰雪，石門斜日到林丘。不貪夜識金銀氣，遠害朝看麋鹿遊。乘興杳然迷出處，對君疑是汎虚舟。」

《曲江》之二：「朝回日日典春衣，每日江頭盡醉歸。酒債尋常行處有，人生七十古來稀。穿花蛺蝶深深見，點水蜻蜓欵欵飛。傳語風光共流轉，暫時相賞莫相違。」

《奉酬嚴公寄題野亭之作》：「拾遺曾奏數行書，懶性從來水竹居。奉引濫騎沙苑馬，幽棲真釣錦江魚。謝安不倦登臨費，阮籍焉知禮法疎。枉沭旌旆出城府，草茆無逕欲教鋤。」

《將赴荆南寄别李劍州弟》：「使君高義驅今古，寥落三年坐劍州。但見文翁能化俗，焉知李廣未封侯。路經灧澦雙蓬鬢，天入滄浪一釣舟。戎馬相逢更何日，春風回首仲宣樓。」

《赤甲》：「卜居赤甲遷居新，兩見巫山楚水春。炙背可以獻天子，美芹由來知野人。荆州鄭薛寄書近，蜀客郄岑非我鄰。笑接郎中評事飲，病從深酌道吾真。」

《小寒食舟中作》：「佳辰强飲食猶寒，隱几蕭條戴鶡冠。春水船如天上坐，老年花似霧中看。娟娟戲蝶過間幔，片片輕鷗下急湍。雲白山青萬餘里，愁看直北是長安。」

七言仄變拗十首

杜甫《寄常徵君》：「白水青山空復春，徵君晚節傍風塵。楚妃堂上色殊衆，海鶴階前鳴向人。萬事糾紛猶絶粒，一官羈絆實藏身。開州入夏知涼冷，不似雲安毒熱新。」

《雨不絶》：「鳴雨既過漸細微，映空摇颺如絲飛。階前短草泥不亂，院裏長條風乍稀。舞石旋應將乳子，行雲莫自濕僊衣。眼邊江舸何忽促，未得安流逆浪歸。」

《即事》：「天畔群山孤草亭，江中風浪雨冥冥。一雙白魚不受釣，三寸黄柑猶自青。多病馬卿無日起，窮塗阮籍幾時醒。未聞細柳散金甲，腸斷秦川流濁涇。」

《覃山人隱居》：「南極老人自有星，北山移文誰勒銘。徵君已去獨松菊，哀壑無光留户庭。予見亂離不得已，子知出處必須輕。高車駟馬帶傾覆，悵望秋天虚翠屏。」

薛逢《秋郊間望》：「楓葉微紅近有霜，碧雲秋色滿吴鄉。魚銜駭浪雪鱗健，鴉閃殘陽金背光。心爲感思長慘慽，鬢因經亂早滄浪。可憐廣武山前寺，楚漢寧教作戰場。」

劉禹錫《八月十五夜宿鶴林寺翫月》：「待月東林月正圓，廣庭無樹草無烟。中秋雲浄出滄海，半夜霜寒當碧天。輪彩漸移金殿外，鏡光猶掛畫樓前。莫辭達曙殷勤望，一墮西巖又隔年。」

元稹《洛陽城》：「禾黍離離半野蒿，昔人城此豈知勞。水聲東去市朝變，山勢北來宫殿高。鴉噪暮雲歸故堞，鴈迷寒雨下空濠。可憐緱嶺登仙子，猶自吹笙醉碧桃。」

劉滄《江行書事》：「遠渚蒹葭覆緑苔，姑蘇南望思徘徊。空江獨樹楚山背，暮雨孤舟吴苑來。人渡深秋楓葉落，鳥飛殘照水烟開。寒潮欲上泛蘋藻，寄荐三閭情自哀。」

薛能《秋夜旅舍寓懷》：「庭鎖荒蕪獨夜吟，西風吹動故園心。三秋木落半年客，滿地月明何處砧。漁唱亂沿汀鷺合，鴈聲寒咽隴雲深。平生只有松堪對，露浥霜欺不受侵。」

杜牧《遺興》：「浮世忙忙蟻子群，莫嗔頭上雪紛紛。沉憂萬種與千種，行樂十分無一分。越外險巇防俗事，就中拘檢信人文。醉鄉日月終須覓，去作先生號白雲。」

七言拗格説

向來詩未盛興，而文人未嘗不讀詩也。顧讀則讀矣，亦不過記誦其艷聯佳句，至於平仄粘連，留心者想應寥寥。一旦揭拗格詩而詰之曰：「句句承接相頂，詩法原宜如是。何詩中首聯是仄體，下接俱是平體？或前後俱是仄體，惟當中頸聯又是平體？或結聯亦是平體？或前半平而後半仄？或前半仄而後半平？參差相錯，此何以故？」而人未必不曰：「是古作者之失粘也。」特是今日作者往矣，即責其失粘，當亦不能辨，余亦不敢代爲辨焉。然而拗格則不受也。驟聞有聲自紙中來，曰：「我之所以彪炳玉版不朽者，實籍古人一點心血而傳。子今不識我之行藏，反斥古人爲失粘。子對我即責古人，我與子對面，不能不替古人而嗤子。噫！是可笑矣。」以不識彼之故，致令彼啞然失笑。余旁聽低徊者久之，將欲緘秘不言，恐彼笑煞文人；將欲强辭相酌，又怕彼笑倒在地。正躊躇莫决，忽憶吾師曩昔之指授者，即是彼也。余故率爾向彼而直指之曰：「爾是拗格也夫，疇不識爾乎？」自點破之後，猶冀其有後言，乃竟嘿然無詞。余又默爲忖度，想是識破他的行藏，彼自晏然順受而去矣。余不能不述師訓，而復析之曰：統而言之，是拗格。分而言之，仄起平結，或頸聯用平者，俱是拗格體。前平後仄、前仄後平停勾者，是兩扇格也。仄體平結，而雙用折脚者，是平仄折脚格也。觀賈至《早朝》詩可見。試思一首之中，雲霞相繞，風雷交集，閃忽不定，其中真有神龍夭矯變幻，而莫測其妙者矣。此法雖非塲屋中所宜用，亦應制之所頻見。謹録十首，以備奇觀，耳目當亦爲之一新焉。其鈎法亦與五言拗格相同。

七言拗格詩共十首

平仄折脚兼變者如賈至《早朝大明宫呈兩省僚友》：「銀燭朝天紫陌長，禁城春色曉蒼蒼。千條弱柳垂青瑣，百囀流鶯遶建章。劍珮聲隨玉墀步，衣冠身惹御爐香。共沐恩波鳳池上，朝朝染翰侍君王。」王維《和賈至舍人早朝大明宫之作》：「絳幘鷄人報曉籌，尚衣方進翠雲裘。九天閶闔開宫殿，萬國衣冠拜冕旒。日色纔臨仙掌動，香烟欲傍衮龍浮。朝罷須裁五色詔，珮聲歸到鳳池頭。」兩扇如徐安貞《聞鄰家理箏》：「北斗横天夜欲闌，愁人倚月思無端。忽聞畫閣秦箏逸，知是鄰家趙女彈。曲成虚憶青蛾歛，調急遥憐玉指寒。銀鎖重幃聽未闢，不如眠去夢中看。」兩扇如高適《夜别韋司士》：「高館張燈酒復清，夜鐘殘月鴈歸聲。只言啼鳥堪求侣，無那春風欲送行。黄河曲裏沙爲岸，白馬津邊柳向城。莫怨他鄉暫離别，知君到處有逢迎。」錢起《闕下贈裴舍人》：「二月黄鸝飛上林，春城紫禁曉陰陰。長樂鐘聲花外盡，龍池柳色雨中深。陽和不散窮途恨，霄漢長懸捧日心。獻賦十年猶未遇，羞將白髮對華簪。」

前半仄折脚兼交股頸聯拗平交股，如杜甫《所思》：「苦憶荆州醉司馬，謫官樽酒定常開。九江日落醒何處，一柱觀頭眠幾回。可憐懷抱向人盡，欲問平安無使來。故憑錦水將雙淚，好過瞿塘灧澦堆。」

兩扇如《賓至》：「幽棲地僻經過少，老病人扶再拜難。豈有文章驚海内，謾勞車馬駐江干。竟日淹留佳客坐，百年麤糲腐儒餐。不嫌野外無供給，乘興還來看藥欄。」

又如《嚴中丞仲夏枉駕草堂兼攜酒饌得寒字》：「竹裏行厨洗玉盤，花邊立馬簇金鞍。非關使者徵求急，自識將軍禮數寬。百年地僻柴門迥，五月江深草閣寒。看弄漁舟移白日，老農何有罄交歡。」《七月一日題終明府水樓》之二：「虙子彈琴邑宰日，終軍棄繻英妙時。承家節操尚不泯，爲政風流今在兹。可憐賓客盡傾蓋，何處老翁來賦詩。楚江巫峽半雲雨，清簟疏簾看奕棋。」《詠懷古跡五首》之二：「摇落深知宋玉悲，風流儒雅亦吾師。悵望千秋一灑淚，蕭條異代不同時。江山故宅空文藻，雲雨荒臺豈夢思。最是楚宫俱泯滅，舟人指點到今疑。」

七言出格説

七言平仄長短不拘，如詩用韵者，爲古風。若七言平仄不拘，而每句用韵者，則爲栢梁體。

昔余當成童時，即折肱斯道。緣習帖括，務此道者少，余所以韜晦而不言也。歲丙子春，余公車北上，入太學。遇翰林馬公，問叙云：「科場有加詩之議。」余日在太學，與江浙諸年友晤對，遂談及詩法。諸年友曰：「古來詩翁，代不乏人，而求其最著堪稱爲鼻祖者，莫老杜若。蓋杜詩不一其種，有直抒衷臆、粉澤盡謝者，有包羅景物、沉酣濃郁者，有和平閒雅、輕重有倫者，有直寫世變，兼之論言，如傳如記，世謂詩史者。試取別名公詩而較之，有能兼此數種者誰乎？」余曰：「誠哉是言。但老杜有《暮歸》『霜黄』之什，却不知屬那一種也？請年公教之。」曰：「此是出格體，又另是一種也，並不在余所論之例。若論此一種，與《白帝》『城尖』之什，危側反聲，崎嶔險健，轉石轟雷，改弦促柱，媲他別詩分外絶佳。」余曰：「惜乎此詩是出格。若是正體，法此應制，豈不甚妙。」年友乃曰：「否否。讀詩學其品格氣象。格雖不同，以氣象品格而移之正體，應自壓倒元、白，特患學之不能耳。」余曰：「詩之種類，既已聞命，敢問出格之所以何如？」曰：「論出格體，或首句，或首聯，平仄不協，即爲出格。又俗名拗句格。以下或拗格，或不拗格，或交股而連數字者，此是出格之所以。別名公不過一二首足矣，而此格又惟老杜爲最多。即如公所偵『霜黄』之什，首聯平仄不粘，頷聯、結聯第五字交股，原是拗體。至於頸聯中連交股五字，此即出格之所以也。再如《九日》『卧病』諸什，俱是頸聯中或連交股三字，或四字，亦即出格之所以也。他如王維『酌酒』之什，起仄，接平，轉是仄，結又平，且兼交股，論格爲全拗，而體則又是交股也。又如『桃源』之什，平起，平結，而中用仄體，此又爲大拗格也。諸如此類，不勝屈指，舉其大略，餘可類推。」余揖謝之曰：「承年公指授，領教多多矣。」至平日所講詩法，彼此問答者，不過即是前所説之法，不必贅陳。今因説出格之詩，憶及前言，述其事而並叙之云。

七言出格詩共十二首

沈佺期《龍池篇》：「龍池躍龍龍已飛，龍德先天天不違。」池開天漢分黄道，龍向天門入紫微。邸第樓臺多氣色，君王鳧雁有光輝。」「爲報寰中百川水，來朝此地莫東歸。」

王維《酌酒與裴迪》全拗：「酌酒與君君自寬，人情翻覆似波瀾。」白首相知猶按劍，朱門先達笑彈冠。」草色全經細雨濕，花枝欲動春風寒。」世事浮雲何足問，不如高卧且加餐。」

《春日與裴廸過新豊里訪吕逸人不遇》大拗：「桃源面面少風塵，柳市南頭訪隱淪。」「到門不敢題凡鳥，看竹何須問主人。」城外青山如屋裏，東家流水入西鄰。」閉户著書多歲月，種松皆作老龍鱗。」

杜甫《卜居》：「浣花溪水水西頭，主人爲卜林塘幽。已知出郭少塵事，更有澄江銷客愁。無數蜻蜓齊上下，一雙鸂鶒對沈浮。東行萬里堪乘興，須向山陰上小舟。」

《野望》：「金華山北涪水西，仲冬風日始凄凄。山連粤嶲蟠三蜀，水散巴渝下五溪。獨鶴不知何事舞，饑烏似欲向人啼。射洪春酒寒仍緑，目極傷神誰爲擕。」

《九日》：「去年登高郪縣北，今日重在涪江濱。苦遭白髮不相放，羞見黄花無數新。世亂鬱鬱久爲客，路難悠悠常傍人。酒闌却憶十年事，腸斷驪山清路塵。」

《灔澦》：「灔澦既没孤根深，西來水多愁太陰。江天漠漠鳥雙去，風雨時時龍一吟。舟人漁子歌回首，估客胡商淚滿襟。寄語舟航惡年少，休翻鹽井横黄金。」

《即事》：「暮春三月巫峽長，皛皛行雲浮日光。雷聲忽送千峰雨，花氣渾如百和香。」黄鶯過水翻回去，燕子銜泥濕不妨。飛閣捲簾圖畫裏，虚無只少對瀟湘。」

《暮春》：「卧病擁塞在峽中，瀟湘洞庭虚映空。楚天不斷四時雨，巫峽常吹萬里風。沙上草閣柳新暗，城邊野池蓮欲紅。暮春鴛鷺立洲渚，挾子翻飛還一叢。」

《見螢火》：「巫山秋夜螢火飛，簾疏巧入坐人衣。忽驚屋裏琴書冷，復亂簷前星宿稀。却繞井欄添箇箇，偶經花蘂弄輝輝。滄江白髮愁看汝，來歲如今歸未歸。」《柏學士茅屋》：「碧山學士焚銀魚，白馬却走身岩居。古人已用三冬足，年少今開萬卷餘。晴雲滿户團輕蓋，秋水浮階溜芙渠。富貴必從勤苦得，男兒須讀五車書。」《暮歸》：「霜黄碧梧白鶴栖，城上擊柝復烏啼。客子入門月皎皎，誰家擣練風凄凄。南渡桂水闕舟楫，北歸秦川多鼓鞞。年過半百不稱意，明日看雲還杖藜。」

七言排律説

七言排律，亦忌重字病韵。其長短不拘，俱與五言排律無異也。但五言排律爲應制之體，所以繁而且賾，録之不竭焉。考之詩選，從未見有以七言排律應制者。夫古今來雖不以此應制，而此體究不可少。何也？蓋五言至排律，而其體始全備。今七言而無排律，譬之人有四體，纔爲完人，若缺一體，便成廢人。是知七言排律誠不可以虧缺也。然搜羅全唐，此體罕見，惟杜工部有此二首，謹録之以作模範，且以爲後勁而殿之云。

七言排律二首

杜甫《清明》：「朝來新火起新烟，湖色春光浄客船。繡羽衝花他自得，紅顔騎竹我無緣。胡童結束還難有，楚女腰肢亦可憐。不見定王城舊處，長懷賈傅井依然。虚霑焦舉爲寒食，實藉君平賣卜錢。鐘鼎山林各天性，濁醪粗飯任吾年。」

其二：「此身飄泊任西東，右臂偏枯半耳聾。寂寂繫舟雙下淚，悠悠伏枕左書空。十年蹴蹴將雛遠，萬里鞦韆習俗同。旅鴈上雲歸紫塞，家人鑽火用青楓。秦女樓閣烟花裏，漢主山河錦繡中。風水春來洞庭闊，白蘋愁殺白頭翁。」

七言絶句説

七言絶句亦同五言絶，截律詩之半而成者也。或絶前四句，或絶後四句，或絶中四句，或絶首尾四句。有起句用韻者，有起句不用韻者，且有用仄聲壓韻者。至於法度準繩，悉備七言律詩之中，故不復贅，但列古詩於後以爲式焉。

七言絶前四句者

平如杜審言《贈蘇綰書記》：「知君書記本翩翩，爲許從戎赴朔邊。紅粉樓中應計日，燕支山下莫經年。」

仄如宋之問《苑中遇雪應制》：「紫禁仙輿詰旦來，青旂遥倚望春臺。不知庭霰今朝落，疑是林花昨夜開。」

七言絶後四句者

平如沈佺期《奉和聖製幸韋嗣立莊應制》：「東山朝日翠屏開，北闕晴雲綵仗來。喜遇天文動七曜，少微今夜入三台。」

仄如顧況《桃花曲》：「魏帝宫人舞鳳樓，隋家天子泛龍舟。君王夜醉春眠宴，不覺桃花逐水流。」

七言絶中四句者

平如武平一《奉和聖製幸韋嗣立莊應制》：「鸞旂絡繹下重樓，羽蓋逍遥向一丘。漢日惟聞白衣寵，唐年更覩赤松遊。」

仄如李嶠《奉和聖製幸韋嗣立莊應制》：「萬騎千官擁帝車，八龍三馬訪仙家。鳳凰原上窺青壁，鸚鵡盃中弄紫霞。」

七言絶首尾四句者

平如王翰《凉州詞》之一：「蒲萄美酒夜光杯，欲飲琵琶馬上催。醉卧砂場君莫笑，古來征戰幾人回。」

仄如李白《上皇西巡南京歌》之四：「劍閣重關蜀北門，上皇歸馬若雲屯。少帝長安開紫極，雙懸日月照乾坤。」

七言起句用韵者

平如李白《長門怨》之一：「天回北斗挂西樓，金屋無人螢火流。月光欲到長門殿，别作深宫一段愁。」

仄如王昌齡《青樓曲》之一：「白馬金鞍從武皇，旌旗十萬宿長楊。樓頭小婦鳴箏坐，遥見飛塵入建章。」

七言起句不用韵者

平如王維《戲題盤石》：「可憐盤石臨泉水，復有垂楊拂酒盃。若道春風不解意，何因吹送落花來。」

仄如《九月九日憶山東兄弟》：「獨在異鄉爲異客，每逢佳節倍思親。遥知兄弟登高處，遍插茱萸少一人。」

七言仄壓韵者

如喬知之《折楊柳》：「可憐濯濯春楊柳，攀折將來就纖手。妾容共此同盛衰，何必君恩獨能久。」

如王昌齡《送朱越》:「遠別舟中蔣山暮,君行舉首燕城路。薊門秋月隱黄雲,期向金陵醉江樹。」如岑參《春夢》:「洞房昨夜春風起,遥憶美人湘江水。枕上片時春夢中,行盡江南數千里。」如高適《營州歌》:「營州少年厭原野,狐裘蒙茸獵城下。虜酒千鍾不醉人,胡兒十歲能騎馬。」

七言平變拗絶句四首

杜甫《贈花卿》:「錦城絲管日紛紛,半入江風半入雲。此曲衹應天上有,人間能得幾回聞。」李白《客中行》:「蘭陵美酒鬱金香,玉盌盛來琥珀光。但使主人能醉客,不知何處是他鄉。」《越中懷古》:「越王勾踐破吴歸,義士還家盡錦衣。宫女如花滿春殿,只今惟有鷓鴣飛。」《聞王昌齡左遷龍標尉遥有此寄》:「楊花落盡子規啼,聞道龍標過五溪。我寄愁心與明月,隨風直到夜郎西。」

七言仄變拗絶句四首

趙嘏《江樓書感》:「獨上江樓思渺然,月光如水水連天。同來翫月人何處,風景依稀似去年。」高適《别董大》:「十里黄雲白日曛,北風吹鴈雪紛紛。莫愁前路無知己,天下誰人不識君。」賀知章《回鄉偶書》之一:「少小離鄉老大回,鄉音無改鬢毛衰。兒童相見不相識,笑問客從何處來。」李白《黄鶴樓送孟浩然之廣陵》:「故人西辭黄鶴樓,烟花三月下揚州。孤帆遠影碧空盡,惟見長江天際流。」

附六言詩體説

六言詩，《樂苑》以爲商調曲也，係唐太宗所造，取名《破陣樂》。迨後玄宗又作《小破陣樂》，亦舞曲也。今疑《破陣》爲八句，《小破陣》爲四句，或者八句爲太宗所作，而四句乃玄宗所造，故曰「小」邪？亦不具論。按，六言平、仄二式，每式只四句，八句即四句而加之，非有他道也。五、七言詩，論二四六，一三五有論有不論者，此體惟第五字最爲着眼要緊，不可忽略。至於其詩，作者甚少，求之唐代，亦不多得。後之所録者，雖寥寥數首，已收載籍之全。其中偶有失黏者，並不敢苛求，亦不過欲備一體以爲標準云爾。

六言平起式

平平仄仄平仄句韵　仄仄平平仄平韵　仄仄平平仄仄句　平平仄仄平平韵

平如王維《田園樂》之二：「萋萋芳草春緑，落落長松夏寒。牛羊自歸邨巷，童稚不識衣冠。」

六言仄起式

仄仄平平仄仄句韵　平平仄仄平平韵　平平仄仄平仄句　仄仄平平仄平韵

仄如劉長卿《尋張逸人山居》：「危石纔通鳥道，空山更有人家。桃源定在深處，澗水浮來落花。」《田園樂》之一：「采菱渡頭風急，策仗郵西日斜。杏樹壇邊漁父，桃花源裏人家。」其三：「山下孤烟遠邨，天邊獨樹高原。一瓢顔回陋巷，五柳先生對門。」其四：「酌酒會臨泉水，把琴好倚長松。南園露葵朝折，西舍黄粱夜舂。」其五：「桃紅復含宿雨，柳緑更帶朝烟。花落家僮未掃，鳥啼山客猶眠。」其六：「竹屋日長茶熟，水亭風細荷香。不用蒲葵小扇，自然心地清涼。」其七：「金井梧飄一葉，楚天鴈唳三秋。何處數聲長笛，月明人倚高樓。」其八：「雲凍欲雪不雪，梅瘦將花未花。緑水青山處所，茂林修竹人家。」劉長卿《送陸灃還吴》：「瓜步寒潮送客，楊柳暮雨沾衣。故山南望何處，秋草連天獨歸。」《發越州赴潤州使院留别鮑侍御》：「對水看山别離，孤舟日暮行遲。江北江南春草，獨向金陵去時。」張繼《奉寄皇甫補闕冉》：「京口情人别久，揚州估客來疏。潮至潯陽回去，相思何處通書。」皇甫冉《送鄭二之茅山》：「水流絶澗終日，草長深山暮春。犬吠雞鳴幾處，條桑種杏何人。」《小江懷靈一上人》：「江上年年春草，津頭日日行人。借問山陰遠近，猶聞薄暮鐘聲。」《問李二司直所居雲山》：「門外流水何處，天邊樹遶誰家。山色東西多少，朝朝幾度雲遮。」顧況《歸山》：

「心事數莖白髮，生涯一片青山。空林有雪相待，古道無人獨還。」王建《宮中三台》：「池北池南草緑，殿前殿後花紅。天子千秋萬歲，未央明月清風。」「青草湖邊草色，飛猨嶺上猨聲。萬里湘江客到，有風有雨人行。」劉禹錫《答樂天臨都驛見贈》：「北固山邊波浪，東都城裏風塵。世事不同心事，新人何似故人。」

六言八句詩五首

平起者如周賀《送李憶東歸》：「黄山遠隔秦樹，紫禁斜通渭城。别路青青柳弱，前溪漠漠苔生。和風澹蕩歸客，落日殷勤早鶯。灞上金樽未飲，讌歌已有餘聲。」

仄起者如盧綸《送萬臣》：「把酒留君聽琴，誰堪歲暮離心。霜葉無風自落，秋雲不雨空陰。人愁荒邨路細，馬怯寒溪水深。望盡青山獨立，更知何處相尋。」張説《破陣樂》：「漢兵出頓金微，照日明光鐵衣。百里火幡焰焰，千行雲騎騑騑。蹙踏遼河自竭，鼓譟燕山可飛。正屬四方朝賀，端知萬舞皇威。」《苕溪詶梁耿别後見寄》：「清川永路何極，落日孤舟解攜。鳥向平蕪遠近，人隨流水東西。白雲千里萬里，明月前溪後溪。惆悵長沙謫去，江潭芳草萋萋。」《送陳明府赴淮南》：「年華近過清明，落日微風送行。黄鳥綿蠻芳樹，紫騮蹀躞東城。花間一盃促膝，烟外千里含情。應渡淮南信宿，諸侯擁旆相迎。」

詩法辨體説跋

粤嵇古詩，有「鴛鴦繡出從君看，不把金針度與人」二語。今於前後集觀之，借還有定窩，交股有定位，折脚有定所，條分縷析，井井不紊。是知鴛鴦既已繡出，金針自不能不度與人也。又聞禪機有剥葱皮解。回顧二集之中，正外有變，變外有拗，法律亦因體而遞更，剥去一層又是一層，層層剥削，詩學非即用葱皮解乎？曩者庖丁解牛之始，所見無非全牛。迨過三年之後，不惟不見全牛，且以神遇，不以目遇耳。由此以思斯道之妙，沈潛有素，乃可中音，豈鹵莽涉獵所能領略哉？間嘗讀杜工部詩，至「老去漸於詩律細」之句，竊喟然嘆曰：「細」之一字，誠非易言矣。余質疏慵，敢謂於詩知之細耶？特緣詩法之傳，悉得自先輩諸君子之口授，徒爲默識而無益，意欲壽諸梨棗，俾詩法之韜晦不彰者，克以顯著於當世。是即余之志也夫。

時重陽九日，樹滋吕德本再識於家塾之防心齋。

劍堂詩法

劍堂詩法提要

《劍堂詩法》四卷，據乾隆間繹山房刊本點校。輯撰者沙臨，字君宜，號劍堂，山東鄒縣人。生平不詳。此書未署刊刻年份，然自序有「鄉會場加添排律」云云，應作於乾隆二十二年科場恢復試詩後不久，姑置於此。全書卷一題「名言」，乃彙輯宋元以來詩話中語，總論詩學；卷二題「管見」，乃自述詩法；卷三「律格」，卷四「排律」，乃舉老杜詩例，專述律法，後三卷均自爲撰述也。其説大抵主詩、文同法，尤以時文之法與律詩之法通，如謂「詩之首二句足當文之前半幅，謂之破、承」，而「古法不盡然，有破題者，有不破題者」，以爲「破題者與時文同，不破題者與古文同」。其説已較清初金聖歎、徐而庵之分解説及「起承轉合」説大爲精密，金説此時已幾無嗣響，賴此稍承其餘緒也。

序

五言六韵，八股之祖。是時文自詩來也，宜乎能文者悉能詩矣。前明制義以還，學者日從事于彷聲肖口以求工，言志之文缺焉弗講，誠憾事也。夫人各有志，不容假也，詩之道可廢乎哉？我朝鴻詞大儒，雅頌鏗鏘，稱極盛矣。鄉曲之士，多未習焉，則沿襲之陋也。鄉會場加添排律，是矣。而學者苦難，茫無入手，蓋以詩之法與文異也。夫詩文同法，在昔之人已言之。然語焉不詳，終成扞格，士之畏難苟安也固宜。余質疎陋，不能克紹前業，播遷流離之餘，以先大宗伯餘蔭，備員學宫，得親詩書，而聲韻有偏好焉。居常以作文之法参諸作詩之法，無不吻合者。大悟詩與文不異法，昔之人不我欺也。每有所得，書之簡編，數年以來，積成篇帙。把酒孤吟，聊將自遣云爾，曷敢國門之懸，招來非笑也哉？乃功令之初，人人閣筆，朝廷名公詞章，下里既不獲讀法，坊間詩學諸刻，又皆含糊籠統，初學茫無適從。不揣鄙陋，編集古今名言一卷，以作文之法説詩，著管見一卷，律分十二定格一卷，排分五等做法一卷。明白簡易，使學者易于入手。實搜古人之秘，非敢自我作古。見者咸以爲便，固請付之欹劂，公諸同學，于以鼓吹休明，揄揚聖治，是集不無小補焉。狂妄之責，所不敢辭也。劍堂自序。

劍堂詩法目録

例言

一，是書爲後場而設，説排可已，何説乎律？蓋做排律必自律詩做起，則學排律亦必自律詩學起，故説排律亦必自律詩説起。

一，場屋之體，率六韻、八韻而止，集中所載亦只六韻、八韻，長排所不選也。

一，絶句有法，而不盡乎法；古風有法，而難定乎法。惟律詩整整八句，包涵萬有，能善乎此，絶句不待言；推此以作古，則變通不拘；推此以作排，則生發不窮。此説律之本意。

一，絶句、古詩，非場屋之急，故不登選，嗣當緩出。

一，杜詩集大成，無法不備，無人不讀，管見只説杜律，諸家皆所不論。

一，集中所載名言，係學詩以來，所見所聞，隨手抄録，隻牘片紙，存之篋笥者。搜索編緝成帖，其本論出處不無錯誤，觀者諒之。

一，古今成論，其載之詩法等書者，彼此借引旁録，但以所見之書，冠于本論之首，不暇溯源。

一，集中所論杜律，其評論解釋，多因舊注，其不穩切者，參以管見，容或有之。

一，集中所分律格，與排律解疏，爲學者便于入手而設。學成之後，變化亦所不拘。

一，管見以作文之法作詩，爲知文不知詩者説也。究之詩文原無二法。

一，國朝名公彙出，詩學遠過四唐，草茅苦未多見，僅于坊本中見亦寥寥，盡録以備章程。

一，集中所述名言，隨手録叙，而其人之時代、論之本末，前後皆所不拘。

一，起承轉合之法，縛人已久，不知變通者，遂死于句下。管見辨論諸法，實搜古人之秘，標而出之，非敢自我作古，妄開法門。

一，律詩、排律做法，古無明言，説詩者亦皆含糊沿襲，初學難覓頭緒。今將律詩分爲十二定格，排律分爲五等做法，使覽者一見了然。

一，詩學刻中所載，偏頭、迴文、四聲、花名、藥名諸體，近于游戲，非惟不登選，概置不論。

一，詩中所用字眼典故，其出處舊本載之已詳，今只詳其文義篇法，而注解事故，皆所不録。

劍堂詩法名言第一

鄒國沙臨君宜集編

詩學總論

《滄浪詩話》：詩有别才，非關書也；詩有别趣，非關理也。然非多讀書、多窮理，則不能極其至。所謂不涉理路，不落言筌者上也。盛唐諸人，惟在興趣，羚羊掛角，無迹可求。

《竹坡詩話》：有人作詩甚難，求捷法于東坡，坡作二詩與之。一云：「字字覓奇險，節節累枝葉。咬嚼三十年，轉更無交涉。」一云：「衝口出常言，法度法前軌。人言非妙處，妙處在于是。」乃知作詩到平澹處，要似非力所能。陶潛、謝朓皆平澹有思致，非後來詩人怵心劌目雕琢者所爲。大抵欲造平澹，須自組麗中來，落其華芬，然後可造平澹之境。今人多作拙易詩，而自以爲平澹，識者未始不絶倒也。到平澹處甚難，平澹而到天然處則善矣。

《漁洋詩話》：姜白石説云：僻事實用，熟事虚用。學有餘而約以用之，善用事者也；意有餘而約以盡之，善措詞者也。句中無餘字，篇中無長語，非善之善者也；句中有餘味，篇中有餘意，善之善者也。始于意格，成于句字。詩有四種高妙：一曰理高妙，二曰意高妙，三曰想高妙，四曰自然高妙。一篇全在結句，如截奔馬，辭意俱盡。如臨水送將歸，辭盡意不盡。若夫意盡辭不盡，剡谿歸棹是也。

辭意俱不盡，温伯雪子是也。一家之言，自有一家風味。如樂之二十四調，各有聲韵，乃是歸宿處。橅彷者語雖似之，韵則亡矣。

越處女與勾踐論劍術曰：「妾非受于人也，而忽自有之。」相如曰：「賦家之心，得之于內，不可得而傳。」雲門禪師曰：「汝等不記己語，反記吾語，異日裨販我耶？」數語皆詩家三昧。

洪昇昉思問詩法于施愚山，先述余夙昔言詩大指。愚山曰：「子師言詩，如華嚴樓閣，彈指即現，又如仙人五城十二樓，縹緲俱在天際。余即不然，譬作室者，瓴甓木石，一一須就平地築起。」洪曰：「此禪宗頓漸二義也。」

《直方詩話》：梁簡文云：「早知半路應相失，不若從來本獨飛。」李義山：「何事芙蕖應相失，不及從來莫作雙。」近時樂府：「早知今日長相憶，不及從來莫作雙。」遞相踵襲，似最爲詩之大患。

宋人論詩，用古人名多者，曰點鬼簿。金銀字多者，曰至寶丹。數目字多者，曰算博士。天文字多者，曰洩天機。羽毛字多者，曰禽獸譜。以此評詩，則太過矣。運用工妙何妨，但勿呆相耳。

漁洋：詩如鏡中花，水中月。内典云「不即不離，不粘不脱」，曹洞宗所云「參活句」是也。看《唐賢三昧集》自知之。至于議論、叙事，自别是一體。蓋五七言詩有二體：田園丘壑，當學陶、韋；鋪叙感慨，當學杜子美《北征》等篇是也。

詩以意爲主，以詞輔之，不可先詞後意。唐詩主情，故多藴藉。宋詩主氣，故多徑露，所以不及。

昔人論詩曰：「不涉理路，不落言筌。」宋惟程、邵、朱子好説理，在詩家謂之旁門。

談藝者言七言詩一句不可兩入故事，一篇中不可重犯故事，此病犯者固少，能拈出亦見精嚴。吾以爲非妙悟也。作詩到神情傳處，下得不覺痕迹，縱重犯無傷。如太白：「峨嵋山月半輪秋，影入平羌江水流。夜發清溪向三峽，思君不見下渝州。」五入地名，古今目爲絶唱，殊不厭重。《長公外紀》：坡詩有全篇用事者，如《賀人生子》「鬱葱佳氣夜充閭」一首、《戲張子野買妾》「錦里先生自笑狂」一首，句句用事，曷嘗不好？

《藝苑雌黄》：有直用其事者，有反其意而用之者。李義山詩：「可憐半夜虚前席，不問蒼生問鬼神。」雖説賈誼，然反其意而用之矣。林和靖：「茂陵他日求遺稿，猶喜曾無封禪書。」雖説相如，亦反其意而用之矣。

漁洋：詩中用事要死事成活。總之六朝以前事，用之即多古雅，唐宋以後，須擇其尤雅者用之。如劉後村專用本朝事，直是惡道。〇運用古語，用史易，用經難，總之使人不覺爲妙。用事琢句，妙在言其用而不言其名。東坡《答子由》詩：「猶勝相逢不相識，形容變盡語音存。」此用事而不言其名也。又荆公：「繰成白雪桑重緑，割盡黄雲稻正青。」白雪即絲，黄雲即麥，亦不言其名也。

張南軒曰：作詩不可直説破，須如詩人婉而成章。《楚詞》最得詩人之意，如「沅有芷兮澧有蘭，思公子兮未敢言」，則思之深而不可以言語形容也。若説破如何思，則意味淺矣。

《王守溪詩説》：余讀《詩》至《緑衣》、《燕燕》、《碩人》、《黍離》等篇，有言外無窮之感，後世惟唐人或有此意。如「薛王沉醉壽王醒」，不涉譏刺而譏刺之意溢于言外。「君向瀟湘我向秦」，不言悵別而悵別之意溢于言外。「凝碧池頭奏管絃」，不言亡國而亡國之痛溢于言外。「溪水悠悠春自來」，不言懷友而懷友之意溢于言外。「潮打空城寂寞回」，不言興亡而興亡之感溢于言外。得詩人之旨矣。

作詩須量力度才，就其近似者摹倣之，久則成家。若性質恬曠而務求華艷，才情綺麗而强擬沉鬱，始雖郊顰，終失故步。

漁洋：學詩當取材于《選》，取法于唐。學唐人只就筆性所近者效之。學五言古者，六朝則二謝、鮑、何遜，唐則張曲江、韋蘇州數家可以宗法。《古詩十九首》如天衣無縫，難學。淵明純任真率，自寫胸臆，亦不易學。○七言長短句，唐人惟太白多有之，或有句《雜騷》體者，總不必學。○東坡千古一人，惟律詩不可學。

楊誠齋：詩有句中無其詞，而句外有其意者。如老杜：「遣人向市賒香秔，喚婦出房親自饌。」上言力貧，故曰賒，下言無使令，故曰親。

《説詩樂趣》：方岳論詩以雋永爲勝，誠是矣。至以詩涉議論遂貶抑之，未爲確也。題屬咏古，自當以各出議論見長，要不可與他題例視。如武侯廟詩，「伯仲之間見伊吕，指揮若定失蕭曹」，豈不涉議論？而古今推爲定評。

詩以含蓄雍容爲上，議論雄奇次之。論古題則但可曰寓議論于含蓄之中，使不盡其趣，不得曰不宜涉議論。如題昭君詩，古今不知多少，如「意態由來畫不成，當時枉殺毛延壽」，又「願君莫殺毛延壽，留畫商岩夢裏賢」，議論愈出愈奇，總以不落前人窠臼爲妙，可概廢議論哉？

賦者，鋪張實事。比者，以彼比此，明明説彼物彼事，却隱隱是此人此情。有通篇比者，有帶興帶賦者，難于顯白者用之。興者，以彼引此，或就時地，或借景物，引起意中之所欲言，引起之後，所引者撇去不顧。有兼賦兼比者，難于徑遂者用之。

詩法瑣細之事，足見政治得失。如譏黷武則言邊塞之苦危，刺勞役則言閨房之怨思，小人在上則言爵秩之寵榮，賢者在下則言山林之閒曠等類，俱用風之意。莊重之事，不涉草野者，如朝廷等題，俱用雅之意，樂府俱用頌之意。

連章之法，有由淺入深者，有由反及正者，有每章各詠一事，合數章成篇，不能增一減一者。《冷齋夜話》：山谷云：「意無窮而人才有限，以有限之才追無窮之意，雖淵明、少陵不得工也。必易其心而造其語，謂之換骨法。規模其意而變化之，謂之奪胎法。」潘邠老云：「陳三所謂『學詩如學仙，時至骨自換』，此語爲得。如『不知眼界開多少，白雲去盡青天回』，凡此之類，皆換骨法也。樂天詩『臨風杪秋樹，對酒長年身。醉貌如霜葉，雖紅不是春』，坡《南中詩》『兒童誤喜朱顔在，一笑那知是酒紅』，凡此皆奪胎法也。舒王詩『江月轉空爲白晝，嶺雲分暝與黃昏』、『一水護田將緑繞，兩山排闥送青來』，東坡《海棠》詩『只恐夜深花睡去，故燒高燭照紅妝』，又曰『我攜此石歸，袖中有東海』，山谷曰：此皆謂之句中眼。」

詩有不用正面，故作反筆側筆，而題意愈爾沉痛者。明詩如陳薦夫《宮詞》：「雖言逐隊向長門，十載何曾識至尊。命薄不教人見妬，始知無寵是君恩。」李至清《題五柳圖》云：「淒慘江城柳萬條，淡烟疎雨夜蕭蕭。輕柔不似先生節，逢着東風便折腰。」皆能反題立意，自出機杼，別見峭致。《説詩樂趣》

漁洋：或問：「詩工于發端，如何？」曰：「如謝宣城『大江流日夜，客心悲未央』、王右丞『風勁角弓鳴，將軍獵渭城』、老杜『帶甲滿天地，胡爲君遠行』是也。」

孫少述《栽竹詩》：「更起粉墻高千尺，莫令墻外俗人看。」晏臨淄曰：「何用粉墻高千尺，任教墻外俗人看。」處士之節，宰相之量，各言其志也。

《青箱雜記》：白樂天「無事日月長，不羈天地闊」，達者之詞也。孟東野「出門即有礙，誰謂天地寬」，褊狹者之詞也。然則天地曷嘗礙，郊自礙耳。○晏元獻覽李慶《富貴曲》云：「『軸傳曲譜金書字，樹記花名玉篆碑』，此乃乞兒相，未諳富貴者。」公每言富貴，不及金玉錦繡，惟説其氣象。若「樓臺側畔楊花過，簾幙中間燕子飛」、「梨花院落溶溶月，柳絮池塘淡淡風」，窮人家有此景否？

歐陽文忠曰：「詩原乎心者也，富貴愁怨，見乎所處。江南李氏巨富，有詩曰：『簾日已高三丈透，佳人次第添香獸。紅錦地衣隨步皺，佳人舞徹金釵溜。酒渥時拈花蕊嗅，別殿微聞簫鼓奏。』與『時挑野菜和根煮，旋斫生柴帶葉燒』異矣。」歐公所論，亦只就景地所處分別，此兩路耳。若就詩較量，前詩雖華，不如「時挑野菜」句淡而彌旨，所謂詩殆窮者而後工也。

《詩眼》：有一士携詩相示，首云「十月寒」，余曰：「君亦讀老杜，觀其用『月』字乎？『二月已風濤』，記早也。『五月江深草閣寒』，蓋不當寒。『六月風日冷』，蓋不當冷。『今朝臘月春意動』，蓋未當有春意也。至如『三月桃花浪』、『十月江平穩』之類，惟以實録一時之事。今十月之寒，既無所發明，又不是犯，録退之謂陳言之務去者，非必塵俗之言，正爲無益之語耳。」

《麓堂詩話》：「月到梧桐上，風來楊柳邊。」豈不佳，終不似唐人句法。「芙蓉露下落，楊柳月中疎。」有何意味？却自是詩家話。

唐詩：「長因送人處，憶得別家時。」又曰：「舊國別多日，故人無少年。」舒王、東坡用其意，作古今不經人道語。王詩：「繰成白雪桑重緑，割盡黄雲稻正青。」坡詩：「桑疇雨過羅紈膩，麥隴風來餅餌香。」造語之工，盡古今之變。

《唐子西語録》：東坡作《病鶴詩》，嘗寫「三尺長脛瘦軀」，闕其一字，使任德翁輩下之，凡數字。坡出其稿，蓋「閣」字也。字出，儼然病鶴矣。坡詩叙事，言簡而意盡。如「潛鱗有飢蛟，掉尾取渴虎」，言「渴」則知虎以飲水而招災，言「飢」則蛟食其肉矣。

漁洋：腐字新用，如經史成句之字，入我手中，别有鍛鍊。如魏武用「呦呦鹿鳴」等語入樂府，居然是其手筆。生字熟用，凡艱澁罕用之字，偶然入詩，須要穩貼。

虚字實用，如之、乎、者、也等字，須用之雄健渾成，不致清弱寒儉爲妙。死字活用，如「青草」二字，鍊字者曰碧草、曰芳草、曰烟草，烟本死物，着草字上便活矣。俗字雅用，如酒肉、帳簿皆須典核。

王仕可曰：詩中字句不可杜撰。昔人謂韓文、杜詩無一字無出處，是所宜法也。如樂毅稱樂生，賈誼稱賈生，司馬長卿稱馬卿，李膺稱李君，阮籍稱阮公，嵇康稱嵇生，山濤稱山公，王導稱王公，郗愔稱郗公，安石、靈運、謝朓皆稱謝公，庾亮稱庾公，王凝之稱王郎，袁粲稱袁公，江淹稱江郎，徐陵自稱徐君，杜甫稱杜公，李白稱李生，孟浩然稱孟公，韓愈稱韓公，韋應物稱韋公，白居易稱白公，歐陽修稱歐公，蘇軾稱蘇公，又謝惠連、謝朓皆稱小謝，宋祁稱小宋，蘇轍稱小蘇，杜牧稱小杜之類，皆有所本，即是出處，不可假借。

《詩文浪談》：詩之聲也，豈平仄已哉？字有輕重清濁，天地自然之聲也，唐以後鮮有知者。且不可以循古之恒裁，況能盡詩之變體耶？唐之變體者，乃變其平仄之聲，而輕重清濁之間，蓋不可得而變矣。或曰：古體亦有聲與？曰：古體亦皆聲也。如「羅衣何飄飄，輕裾隨風旋」，十字皆平。「有客有客字子美」，七言皆仄。平仄既不論，而輕重清濁之聲，可以不知乎？不知聲不可與言詩也。

漁洋：如通、同、清、情四字，通、清爲清，同、情爲濁。仄中如入聲有近平、近去、近上等字，須相間用之，乃有抑揚抗墜之妙。

詩以音節爲頓挫者，爲第三、第五句而言也。蓋字有抑揚，如平聲爲揚，入聲爲抑，去聲爲揚，上聲爲抑，凡單句住脚字必錯綜用之，方有音節。如以入聲爲韻，第三句或用平聲，第五句或用上聲，第七句或用去聲，不可于入聲韻單句中，再用入聲字住脚耳。○律詩單句住脚字不可連用一聲，如一、三上聲，去聲、入聲之類，便爲失律。

王仕可曰：字之平仄有界，在疑似者向多誤用。姑拈一二，餘可類推。即如古人名字，司馬長卿「長」字無平聲，相如「相」字無仄聲，「如」字或作上聲。馬援「援」字無平聲。曹操「操」字無平聲。陸務觀「觀」字無平聲，與陸同時已有誤作平押者，何論後人耶？又泰山有「三觀」，如「日觀」之類，與唐貞觀之「觀」同爲去聲，封禪「禪」字亦去聲，今人或作平用，不敢不辨。

馮班《樂府論》：古詩皆樂也，後文士或不閑樂律，言志之文乃不可施于樂者，故樂與詩畫境。文士所造樂府，如陳思王、陸士衡，于時謂之「乖調」，劉彦和以爲「無詔伶人，故事謝絲管」，則是文人樂府，亦有不諧鐘吕，直自爲詩者矣。樂府題目，有可以賦咏者，文士爲之詞，如《鐃歌》諸篇是也。有詞體可愛，文士擬之，如《東飛伯勞》、《相逢行》、《青青河畔草》之類。七言創于漢代，至梁末而七言盛。故或有雜五、七言者，唐人歌行之祖也。至唐有七言長歌，不用樂府題，直自作七言，亦謂之歌行。故《文苑英華》歌行、樂府又分兩類。今人歌行題曰「古風」，不知始于何時，唐人殊不然。故宋人有「七言無古詩」之論。予按：齊梁以前七言，有「東飛伯勞」、「盧家少婦」二篇，不知其人代，故題曰「古詩」也。如唐初盧、駱諸篇有聲病者，自是齊梁體。若李、杜歌行不用聲病者，自是古調。如沈佺期「盧家少婦」，今人以爲律詩。唐樂亦用律詩，李義山有轉韵律詩，白樂天、杜牧之集中所載律詩，多與今人不同。《瀛奎律髓》有仄韵律詩。嚴滄浪云有古律詩。則古律之分，今人亦不能全别矣。大略歌行出于樂府，曰行者，猶樂府之名也。杜子美作新題樂府，是樂府之變。蓋漢人歌謡，後樂工采入樂府，其詞多歌當時事。子美自咏唐時事，以俟采詩者，異于古人，而深得古人之理。元、白以後，此體紛紛而作。總之，製詩以叶于樂，一也；采詩入樂，二也；古有此曲，依其聲爲詩，三也；自製新曲，四也；擬古，五也；詠古題，六也；並杜少陵之新題樂府，七也。

胡元瑞曰：凡詩諸體皆有繩墨，惟歌行出自《離騷》、樂府，極散漫縱橫，初學當擇易下手者。青蓮《搗衣曲》、《百囀歌》，少陵《洗兵馬》、《哀江頭》，高適《燕歌行》，岑參《白雪歌》、《别獨孤漸》，李頎《緩歌行》、《送陳章甫》、《聽董大彈胡笳》，王維《老將行》、《桃源行》，崔顥《代閨人》、《行路難》、《渭城少年》，皆易于取法。

《韵府》：樂府要訣在于反本題結。如《山農詞》結却用「西江賈客珠百斛，舩中養犬多食肉」是也。又有含蓄不發結者。又有截斷頓然結者，如「君不見蜀葵花」是也。

漁洋：樂府之異于詩者，往往叙事詩貴温裕純雅，樂府貴遒深勁絶，又不同也。唐人多與詩無别，惟張藉、王建猶能近古，亦可宗也。

徐伯魯曰：五言詩始于蘇武、李陵，七言詩始于《柏梁》，與五言略異。樂府歌行貴抑揚頓挫，古詩貴優游和平，其體自不同也。

漁洋：七言五句起于子美之「曲江蕭條氣高」也。昔人謂貴詞明意盡，余謂宜矯健，使有短兵相接之勢爲佳。五言短古有六句者，昔人謂貴詞簡意長，不可明白説盡，以含蓄無限爲妙。

古體之限句非古也，要以簡古爲主，别無他法。

五言六句古，齊梁間多用之。唐人劉文房《龍門八咏》亦善此體，然幾于半律矣，特以其參用仄韵，仍爲古體。大約中聯用對句，前後作起結，平韵、仄韵俱可用也。三韵律體于古有之。

五七言古，章法未有不同者。但五言著議論不得，用才氣馳騁不得，七言則須波瀾壯闊，頓挫激昂，大開大合耳。

五言古雖忌著論，亦看題目何如，但以藴藉爲主耳。若七言，則發揚蹈厲，無所不可。

五言换韵，《十九首》中已有之。然四句一换者，當以《西洲曲》爲宗。「折梅下西洲」一篇可以法，太白最長于此。五言换韵，古人多用之。一韵氣雖矯健，變韵意方委曲。有轉句即换者，有承句方换者，水到成局，無定法也。要之，用過之韵，不宜重用耳。

《韵府靈蛇》：五短古要詞簡意長，語忌顯盡，模糊則有餘味。五長古要先分爲幾段幾節，每節句數多少要略均齊。首段是序一篇之意，皆含在中。結段須照起段。且《選》詩分段節數，三句則皆三句，四句、六句、八句皆不參差，杜却不甚如此太拘，然亦不太長不太短也。次要過句，名爲血脉，引過次段。過處用兩句，一結上，一生下，爲最難，非老手未能。回照謂十步一回頭，要照題目；五步一消息，要閑話讚歎，方不甚迫促。長篇怕雜亂，一意爲一段。以上四法備《北征》詩。

七短古要詞明意盡，與五言短古相反。七長古分段如五言，過段亦如之。稍有異者，突兀萬仞，則不用過句，陡頓便説他事。杜如此，岑參專高此法，爲一家數。字貴前後重三疊四，用兩三字貫串，極精神好誦。讚歎亦如五言。再起如一篇三段，説了前事，再提起，從頭説去，謂反覆有情，如《魏將軍歌》、《松子障歌》是也。歸題乃本末一二句繳上起句，又謂之顧首，如《蜀道難》、《古别離》、《洗兵馬行》是也。送尾則生一段餘意，結末或反用，或比喻用，如《墜馬歌》曰「君不見嵇康養生被殺戮」，又曰「如何不飲令人哀」。長篇有此，甚有從容意思。

歌行有三難：起調一也，轉節二也，收結三也。惟收爲尤難。如全體舒緩綿麗，結須雅詞，勿使不足，令有一唱三歎意。上是奔騰洶湧，驅突而來者，須一截便住，勿留有餘。中作奇語峻奪人魄者，須上下脉相顧，一起一伏，一頓一挫，有力無迹，方成篇法。

漁洋：昔人論七言長古作法，曰分段，曰過段，曰突兀，曰用字，曰讚歎，曰再起，曰歸題，曰送尾，初學入手不易之式也。若章法精熟之後，如神龍出没，雲霧變幻，豈令人測其首尾耶！

七古，初唐四傑是一體，子美又是一體。若倣初體，則用排偶律句不妨也。

七古平仄相間换韵者，多用對仗，間似律句不妨。若平韵到底者，斷不可雜以律句。大抵通用平韵者貴飛揚，通用仄韵者貴矯健，皆要頓挫，切忌平衍。

七言平韵詩，上句第五字宜用仄聲以抑之，下句第五字宜用平聲以揚之。仄韵詩，上句第五字宜用平聲以揚之，下句第五字宜用仄聲以抑之。皆以第五字爲關捩，猶五言古以第三字爲關捩。俗云「一三五不論」，不可以言近體，更不可以言古體也。古詩不拘平仄，而任意用字，猶屬不可。

古詩一韵到底者，第五字須平，蓋恐句弱似律句也。大抵七古句法字法，皆要撑得住、拓得開，熟看杜、韓、蘇自得之。

七古凡一韵到底者，其法度悉同。惟仄韵詩單句末一字可平仄間；用平韵詩單句末一字忌用平聲，其换韵又當别論。按：《聲調譜》：平韵五言古單句末一字有用平者，以其句似律句，必用平聲乃爲古也。

七古平韵、仄韵句法，須篇中鍊句，句中鍊字，以氣韵清高深渺者絶，以格律雅健雄豪者勝。故寧律不諧而不得使句弱，寧字不工而不得使語俗。七言第五字要響，響者致力處也。然字字當活，活則字字皆響，又何分平仄哉？

七古換韵之法，起于陳、隋，唐初四傑沿之。盛唐王、李等尚仍之，至李、杜大變矣。大約首尾腰腹須稱停而出之，勿令輕重不均乃善。至五古換韵，唐頗有之。

或八句一韵，或四句一韵，或兩句一韵，必多少勻停，平仄遞用，方爲得體。亦有平仍換平，仄仍換仄者，古人亦不拘定。亦有通篇一韵，獨換末二句者，雖是古法，宋人尤多。大抵七言古以四句換韵爲正，此直從《三百篇》來。若一韵到底，則盛唐以後日多。四句換韵更以四平四仄相間爲正，平仍換平，仄仍換仄，必不叶也。

七言長短句本無定法，要在熟讀古人詩，吟咏而自得之。昔人云「法在心頭，泥古則失」，是也。長篇用長短句者，宜富麗峭絶，而言不悉波閡瀾。陡起陡止，一層未了，又起一層。卷舒要如意，而無鋪叙之迹，又要徘徊回顧，不失題面，此其大略也。如《柏梁詩》，人各言一事，全不相屬，而氣實貫串，此自然之妙，可以爲法。若短篇，詞短而意欲長，聲急而意有餘，斯爲得之。長篇如王摩詰《老將行》，短篇如王子安《滕王閣》，最有法度。

按：《聲調譜》：古詩句法宜避近體，其一韵到底者，間有律句，必遂用古句以救之，不得以兩句相連，全用律句也。其大概一句之中，其下三字必三平、三仄乃古健也。〇古詩有分解數、不分解數二法，非必如徐而庵輩之《説詩定論》解數也。大都分解數者，其一解猶《風》《雅》中之一章耳。其不着解者，通爲一章意，句不得重複，前後綰應森細。其着解者，詞意循環相生也。

徐伯魯曰：絶句原于樂府，五言如《白頭吟》、《團扇歌》等篇，七言如《挾瑟歌》、《怨歌行》等篇。

世人訓絶爲截，絶句者，截律詩之句也。其四句不對者，是截律之首尾二聯。首二句對者，是截律之後四句。末二句對者，是截律之前四句。四句全對者，是截律之中四句。然絶句自有此四體耳，何截律之有？絶句自古有之，未有律詩之前，其絶句不知所截何律？大是可笑。蓋古者詩即樂章，詩之一絶是樂之一章也。四句一絶，此意直從《三百篇》來。按絶者，闋也，是樂之一闋，而歌之一終也。世人知絶爲截，不知乃截住音樂耳，非可作截律解也。即以世之絃歌鼓詞論，亦是四句一腔，一截板也。其三句乃用腔之處，必須振發揚厲，其四句乃落得容易自然。是以三句喝起，四句收煞也。詩人論絶句，要在三句用力，四句方好收轉，正是此意。

漁洋：五言絶近于樂府，七言絶近于歌行。五言難于七言，以未易渾成也。要皆有一唱三歎意乃佳。

絶句平直叙起爲佳，從容承之爲妙。至如宛轉變化工夫，全在第三句。于此轉變得好，第四句如順流之舟矣。○以三句對首句，四句對二句，謂之隔句體。

《詩法要標》：絶句首尾布置，自爲起承轉合。作此須要宛轉迴環，删繁就簡，多以第三句開之，第四句發之。有實接，有虚接，承接之間要開合相關，反正相依，順逆相應，一呼一吸，宫商自諧，若掉景入情，此絶句之妙悟也。如《楓橋夜泊》：「月落烏啼霜滿天，江楓漁火對愁眠。姑蘇城外寒山寺，夜半鐘聲到客船。」此謂實接。《宫詞》：「樹頭樹底覓殘紅，一片西飛一片東。自是桃花貪結子，錯教人恨五更風。」此爲虚接。大抵絶句宜高古純雅，句雖少而有含蓄不盡之意。

《説詩樂趣》：絶句好處都在收處見。若收結無味，便通篇索然。結意先在起手時便具，則落筆作首句更不易。

胡元瑞曰：自少陵絶句對語，率以半律譏之，然絶句自有此體。如岑參《凱歌》「丈夫鵲印摇邊月，大將龍旗掣作雲」、「洗兵魚海雲迎陣，秣馬龍堆月照營」等句，雄渾高華，最宜取法，半律何傷。

《韵府靈蛇》：絶句有首句起者；有次句起者；有前二句皆閑，至三句方詠本題扇對者；有首句閑，次句説本題，三句閑，結再説本題應第二句者；有一直順去者；有藏咏者；有前二句説本題，後二句説題外意者；有借本題説他事者，如詠美人借花、詠花借美人等是也；有四句不聯者，如「兩個黄鸝鳴翠柳」、「遲日江山麗」等是也。

絶句四句俱要着題者難也。或二句着題，二句泛過。或三句着題，一句泛過。如《鶯梭》「擲柳遷喬大有情」一首，第三句乃泛過也。《花影》「重重叠叠上瑶臺」一首，四句全着題也。泛題者，只以題爲名，如《題屏》「呢喃燕子語梁間」一首，乃言其志也。《觀書有感》「昨夜江邊春水生」一首，乃得其志也。詩類不同，當詳察之。

漁洋：《竹枝》、《柳枝》自與絶句不同。《竹枝》泛咏風土，《柳枝》專咏楊柳，此其辨也。南宋葉水心又創爲《橘枝詞》，而知者尚少。

《詩法》：律詩，聲律對偶之詞也。詩至梁陳，儷句漸多，雖名古詩，已具律體。唐興，沈、宋之流更加精鍊，號爲律詩。一二名起聯，三四名頷聯，五六名頸聯，七八名尾聯。律字名義，有解作法律之律者，有解作律吕之律者。

《要標》：詩之義意雖有不一，要其歸，不過情與景而已。情景兼者上也，偏到者次之。情景兼者，如「露從今夜白，月是故鄉明」是也。情到者，如「長擬即見面，反致久無書」是也。景到者，如「日華川上動，風光草際浮」是也。「水流心不競，雲在意俱遲」，景中寓情也。「卷簾惟白水，隱几亦青山」，情中寓景也。「感時花濺淚，憶別鳥驚心」，情景相融而不分也。「白首多年病，秋天昨夜涼」，一句情一句景也。若一聯景，一聯情，亦是。或四句、六句皆景，但以情結之，變格也。惟情可以全篇言，然苟無法駐之，易入流俗。故曰融情景物之中，托思風雲之表。

《郡閣雅談》：劉禹昭爲詩刻苦，常語人曰：「五言律如四十個賢人，亂着一字，屠沽輩也。」

《詩法》：五言三四用連字，如「山明殘雪在，湖滿夕陽多」、「越女紅裙濕，燕姬翠黛愁」是也。七言五六用連字，如「人間路止潼關近，天上山惟玉壘深」、「水近偏逢寒氣早，山深長見日光遲」是也。

五言第三字爲眼，七言第五字爲眼。眼用實字方健，如「夜潮人到郭，春霧鳥啼山」、「陳兵劍閣山將動，飲馬珠江水不流」是也。眼用響字，如「芹泥隨燕嘴，花蘂上蜂鬚」、「平地風烟横白鳥，半山雲霧捲蒼藤」是也。眼用拗字，平與仄相換也，如「孤鳥背秋色，遠帆開浦烟」、「殘星幾點雁横塞，長笛一聲人倚樓」是也。

按：《野客叢書》：魯直有換字對句法，即詩眼單句用仄，雙句用平也。苕溪漁隱曰：此體不始魯直。如老杜：「寵光蕙葉與多碧，點注桃花舒小紅。」今俗謂拗句體。

《詩法要標》：近體中虛活字極難，實字尤不易。蓋調雖是實，欲使之虛活，所以爲難。如：「古牆猶竹色，虛閣自松聲。」「江山有巴蜀，棟宇自齊梁。」「猶」字、「自」字、「有」字，皆虛活也。

《藝苑雌黃》：王介甫論杜詩「無人覺來往，暝色赴春愁」，下得「覺」字、「赴」字大好，足見詩要一兩字工也。

《葛常之詩話》：詩要鍊字，字者，眼也。如老杜：「飛星過白水，落月動簷虛。」鍊中間一字。「地坼江帆隱，天清木葉聞。」鍊末一字。「紅入桃花嫩，青歸柳葉新。」鍊第二字。○「日映層巖圖畫色，風搖雜樹管絃聲。」第二字鍊。「秋後見飛千里雁，月中聞搗萬家衣。」第三字鍊。「青山只解磨今古，流水何曾洗是非。」第五字鍊。「木葉落時山露骨，晚烟平處水加衣。」第七字鍊。「魚舍月影隨雲動，鳥吐花聲寄樹間。」第二、第五字鍊也。

排律始于顔延之、謝瞻諸人。梁陳已還，儷句尤多。唐興始專此體。大約其體不以煆鍊爲工，而以布置有序，首尾貫通爲上。

排律之對偶平仄與律詩同，其起止炤應與長篇古風同，于八句之外，任意鋪排聯句，多寡不拘。

排律雖屬長篇，須鋪叙明白，前後照應，一氣呵成。雖屬板體，須血脉通融，轉折過節，泯然痕迹。

若專取精整，斷續不貫，或專好冗長，拖沓無味，或錯亂重複，何取其爲排律也？

長律妙在鋪叙，時將一聯挑轉，又平平説去，如此轉换數匝，却將數語收拾，方妙。

漁洋：唐人試帖，皆用排律，只六韵而止。至杜始爲長律，元白又蔓延至百韵，非古也。其法則「首尾開合，波瀾頓挫」八字盡之矣。七言排律，唐人作者甚少，近人惟見彭少宰曾賦至百韵。

《聲調譜》中載杜律拗體，如「遥憐小兒女」與「何時倚虚幌」，第四字當仄而用平，第三字當平而用仄，若第三字用平則不可。又如「帶甲滿天地，胡爲君遠行」，起句四仄，下句必用四平或三平以救之，而「君」字則定用平。「草木歲月晚，關河霜雪清」，上五仄，下必四平，「霜」字定用平。又「苦憶荆州醉司馬」，起句即拗。「九江日落醒何處，一柱觀頭眠幾回」。「觀」字仄，「眠」字必平，救上句，亦救本句。「西嶽崚嶒竦處尊，諸峰羅列如兒孫。安得仙人九節杖，拄到玉女洗頭盆」。四句皆拗，下四句諧。凡拗律之體，無八句純拗者，其中必有諧句。如上四句拗，則下四句諧；上六句拗，則下二句諧；或中間拗，前後諧。若全首不粘不諧，便是古詩矣。

平平仄仄仄，下句仄仄仄平平，律詩常用，若仄平仄仄仄，則落調矣。蓋下有三仄，上必二平也。○平平仄仄平，第二句之正格。若仄平平仄平，則變而仍律者也；仄平仄仄平，則古詩句矣。此格人多不知者，由「一三五不論」之説誤之也。○起句第二字仄、第四字平者，如仄仄平平仄，或平仄平平仄，或平仄仄平平，俱可。若平仄仄平仄，則古詩句矣。○起句仄仄仄平仄，唐人亦有此調，但下句必用四平或三平矣。○上句第三字平，下句第三字可仄；若上句第三字仄，下句第三字斷乎宜平。此在首聯，唐人亦有不拘者。若在二聯，則必不可不嚴矣。七言不過于五言上加平平、仄仄二字耳，拗處總在五、六字上。七言之五、六字即五言之三、四字，可類推也。

王仕可曰：詩有平仄，雖初學亦未有茫然者。但俗法相沿已久，共稔于「一三五不論」之説，往往自謂平仄不差，而已失之者，坐此病耳。試取唐人詩諦觀之，未嘗不嚴于三平、三仄也。余在鳳陽使院中，同人月夜談詩，或誦老杜《秋興》，至「西望瑶池降王母」句，余偶舉似曰：「此句五字宜平、六字宜仄，而云『降王母』，蓋避三平、三仄也。」

按：下三字三平、三仄，名手亦間有犯者。大抵三仄猶可，三平斷乎當戒。○拗律之體，或平仄不粘，或二、四、六不論，或平仄易用，皆拗體也。總不必學，惟五言拗三四，七言拗五六，此法不可不知。此體惟在單句，五言二、四應平、仄，七言二、四、六應仄、平、仄之句，若雙句則不許拗。五言如「明朝有封事」，「有」字用平，「封」字用仄，則「明」字可仄，「有封」二字相拗，則第一字定用平。七言如「東閣官梅動詩興」，下五字與五言同，第三字若用仄，則落調矣。○絶句亦有此拗法。○古人拗律原無定位，或起句，或七句，或中聯，皆可用拗。今人惟首句與七句可以用拗，凡對偶之句，皆不許拗。○唐人試帖亦多有拗句，今日應試之詩，即首末亦不可拗。

劍堂詩法管見第二

鄒國沙臨君宜著説

五言律平起定式

(平)平平仄仄　(仄)仄仄平平
(仄)仄平平仄　平平仄仄平
(平)平平仄仄　(仄)仄仄平平
(仄)仄平平仄　平平仄仄平

若首句入韵，第三字用仄，第一字定用平。

五言律仄起定式

(仄)仄平平仄　平平仄仄平
(平)平平仄仄　(仄)仄仄平平
(仄)仄平平仄　平平仄仄平

(平)平平仄仄　(仄)仄仄平平

若首句入韵，第三字定用仄。

七言律平起定式

(平)平(仄)仄仄平平　(仄)仄平平仄仄平

(仄)仄(平)平平仄仄　(平)平(仄)仄仄平平

(平)平(仄)仄平平仄　(仄)仄平平仄仄平

(仄)仄(平)平平仄仄　(平)平(仄)仄仄平平

若首句不入韵，第五字定用平。

七言律仄起定式

(仄)仄平平仄仄平　(平)平(仄)仄仄平平

(平)平(仄)仄平平仄　(仄)仄平平仄仄平

(仄)仄(平)平平仄仄　(平)平(仄)仄仄平平

㊣平仄仄平平仄　　仄仄平平仄仄平

若首句不入韵，第五字定用平，第三字可仄。

「一三五不論」之説，不知起于何時，而誤人正復不少。試取而論之，五言以第三字爲眼，七言以第五字爲眼，皆以平仄平仄聯下。惟首句入韵者，此一字用仄，其餘换字對與用拗者，自屬拗體，非此則皆一定，是五言之三字、七言之五字定要論也。五言之一字，其二、四應仄、平者可不論；其二、四應平、仄者，若係單句可不論，若是雙句，此字定用平。七言之三字，其二、四、六應平、仄、平者可不論；其二、四、六應仄、平、仄者，單句可不論，若係雙句，此字定用平。是五言一字、七言三字有論有不論，而亦不可不論也。所不論者，止七言之一字耳。然此一字亦非全然抹煞，要與第三字相商用之。如仄仄平平平仄仄，三字若用仄，則一字必用平；三字用平，一字可平仄互用。仄仄平平仄仄平，三字定用平，一字不論。平平仄仄平平仄與平平仄仄仄平平，三字使平，一字不論，三字使仄，則一字又要論也。

凡仄字可單，平必相連，七言一句少不得三個平字，五言一句少不得兩個平字，方撑得住。

五言排律仄起定式

仄仄平平仄　　平平仄仄平

㊣平平仄仄　　㊀仄仄平平

仄仄平平仄　平平仄仄平
(平)平平仄仄　(仄)仄仄平平
仄仄平平仄　平平仄仄平
(平)平平仄仄　(仄)仄仄平平

五言排律平起定式

(平)平平仄仄　(仄)仄仄平平
仄仄平平仄　平平仄仄平
(平)平平仄仄　(仄)仄仄平平
仄仄平平仄　平平仄仄平
(平)平平仄仄　(仄)仄仄平平
仄仄平平仄　平平仄仄平

此六韵定式，若作八韵，粘上平仄，再添四句，即是八韵。雖百韵，亦皆如此粘下一韵二句。首句入韵與不入韵同，總以雙句所押之韵爲主，六韵十二句、八韵十六句，首句之韵不算數也。

律詩惟雙句二、四應平、仄者，第一字必用平；其二、四應仄、平者，第一字平仄皆可用。若係單句之第一字，皆勿論。從前排律亦與律詩同，今日排律之法更嚴于律詩。惟單句二、四應平、仄者，第一字可平仄互用；雙句二、四應仄、平者，第一字可平仄互用。六韵不過六字，八韵不過八字耳，餘皆不易之式也。奈何世猶爲「一三五不論」也？

平起者，首句若入韵，第三字定用仄，第一字則不可仄，必定用平。仄起者，首句若入韵，第三字亦定用仄，第一字則平仄皆可用也。

排律起句即要對開，亦有不對者，終是少，對者居多。其第三字要平仄平仄聯下。上實，則下亦用實字；上虚，則下亦用虚字。上連二字，下亦連二字；上連四字，下亦連四字。其首句入韵者，第三字用仄，下與不入韵同。

詩與文異體而同法，文家所有之法，即詩家所有之法，一同而無不同也。大抵詩之首二句足當文之前半幅。謂之破承也可，謂之起講也可，謂之提領無不可。故此處最難。詩之中二聯足當文之中大比，文以此實發，詩亦以此實發，故此處較易。詩之末二句即文之束比與收尾也。文至此最忌衰敗，詩亦是如此，故此處亦難。文要後比勝前比，詩亦要下句勝上句；文要後幅勝前幅，詩亦要下截勝上截也。

世之論詩者，皆以爲自破題做起，猶時文家之必須破題也。然考之古法，實不盡然。有破題者，有不破題者。余以爲破題者與時文同，不破題者與古文同。

起法與時文同者，如「楚草經寒碧，庭春入眼濃」，分破「庭草」也。「萬里衡陽雁，今年又北歸」，明破「歸雁」也。「石城除擊柝，鐵鎖欲開關」，暗破「將曉」也。「村晚驚風度，庭幽過雨霑」，正破「晚晴」也。「春江不可渡，二月已風濤」，反破「渡江」也。「暝色延山徑，高齋次水門」，順破「宿江邊閣」也。「羈旅知交態，淹留見俗情」，逆破「久客」也。順逆二法，此是暗破，亦有明破法，亦有一句明破，一句暗破者，隨便用之可也。《白鹽山》題，「卓立群峰外，蟠根積水邊」，兩門扇破法也。《早起》題，「春來常早起，幽事頗相關」，上句破題，下句立意也。《江漲》題，「江發蠻夷漲，山添雨雪流」，上句破題，下句發明上句也。《人日》題，「元日到人日，未有不陰時」，上句破題面，下句破題意也。《湘夫人祠》題，「肅肅湘妃廟，空墻碧水春」，上句破完，下句虛足也。《春日梓州登樓》題，「行路難如此，登樓望欲迷」，上句題意，下句題面也。《遷居夔州郭》題，「伏枕雲安縣，遷居白帝城」，上句題前，下句題位也。《雨》題，「始賀天休雨，還嗟地出雷」，上句反破，下句正破也。

起法與古文同者，有經前起傳之法。如《諸將五首》第一首云：「漢朝陵墓對南山，胡虜千秋尚入關。昨日玉魚蒙葬地，早時金盌出人間。」此四句是題前叙述，下四句方正責諸將。非上四句，則下四句無頭緒，下四章亦並無頭緒也，是經前起傳法也。有單刀直入之法，如《巳上人茅屋》題，「巳公茅屋下，可以賦新詩」是也。有雙起之法，《公安縣懷古》題，「野曠吕蒙營，江深劉備城」，以二人雙起是也。有雙起側落之法，如《雨晴》題「雨晴山不改，晴罷峽如新」，上句雨與晴雙起，下句單落晴是也。有借古引起之法，如《奉送韋中丞之晉赴湖南》題，「寵渥徵黄漸，權宜借寇頻」，上句言内召，下句言守郡，借兩人引起是也。有陪起法，如《梅雨》題，「南京犀浦道，四月熟黄梅。湛湛長江去，冥冥細雨來」，以浦江陪起梅雨是也。有題前起法，如《對雨書懷走邀許十一簿公》題，「東嶽雲峰起，溶溶滿太虛。震雷翻幕燕，驟雨落河魚」，上三句自雨前起是也。有比起法，如《留别公安大易沙門》一首，「隱居欲就廬山遠，麗藻初逢休上人」，以二僧比大易作起是也。有興起法，如「峽險江驚急，樓高月迥明」，以江流因峽險而急，興起月色因樓高而明是也。有開合起法，如《定官後戲贈》「不作河西尉，淒涼爲折腰」一首是也。有反起法，如《江上值水如海勢聊短述》題，「爲人性癖耽佳句，語不驚人死不休」，反題「聊短述」作起是也。有虚起法，如《暮寒》題，首句「霧隱平郊樹」虚籠「暮」字，次句「風含廣岸波」虚籠「寒」字是也。有泛起法，如《子規》題，「峽裏雲安縣，江樓翼瓦齊。兩邊山木合，終日子規題」，上三句皆泛説是也。有翻題起法，如《不寐》題，「瞿唐夜水黑，城内改更籌」，此言夜深應寐之時矣，而公獨不寐，是翻題起法。「翳翳月沉霧，輝輝星近樓」，此言夜更深矣，而仍不寐，又進一層翻題是也。有正起法，如《九日曲江》題「綴席茱萸好，浮舟菡萏衰」一首是也。有順起法，如《崔駙馬山亭宴集》，自崔駙馬山亭起是也。有倒起法，如《陪鄭廣文遊何將軍山林》第一首，自何將軍山林起是也。有兩路順襯起法，有《雲》題，「龍以瞿唐會，江依白帝深」，龍能興雲，江能出雲，兩路順襯出雲是也。有兩路反襯起法，如《王竟携酒高亦同過》題，「卧病荒郊遠，通行小徑難」，上句言卧病荒郊，處于僻遠，宜無枉駕者，下句言草堂徑小，通行甚難，益不敢勞貴客辱臨，兩路反襯出同過是也。有對起法，如《雨》題，「微雨不滑道，斷雲踈復行」，題是雨，却以雲對起，次聯言雲，三聯、結聯方言雨是也。有推原起法，如《放船》題，「送客蒼溪縣，山寒雨不開。直愁騎馬滑，故作泛舟回」，上三句皆水行之由，是推原法也。有補起法，如《將赴成都草堂途中有作先寄嚴鄭公五首》其第三章，「竹寒沙碧浣花溪，橘刺藤梢只尺迷。過客逕須愁出入，居人不自解東西」，此四句是浣花溪，下四句方及草堂。浣花溪是草堂勝迹，故于此首補出，所謂補起法也。有同類引起法，如《柳邊》題，「只道梅花發，那知柳亦新」，以梅引起，下只言柳不言梅是也。

三四句名頷聯，亦曰承接。有正承，如「浮雲連海岱，平野入青徐」，正承上登樓縱目是也。有反承，如「山居精典籍，文雅涉風騷」，反承上朱門玉樹是也。有明承，如「風吹律呂相和切，月傍關山幾處明」，明承上「風月」二字是也。有暗承，如「追歡筋力異，望遠歲時同」，暗承「伊昔黄花酒，如今白髮翁」二句是也。有單承首句者，如「驛邊沙舊白，湖外草新青」，承「水宿仍餘照」是也。有單承次句者，如「岸花飛送客，檣燕語留人」，承「曉行湘水春」是也。有分承上聯者，如「力稀經樹歇，老困撥書眠」，上句承「藜杖侵寒露，力不能久步」也，下句承「蓬門起曙烟，入門即思卧」也。有承上起下者，如「水深魚極樂，林茂鳥知歸」，承上「易識浮生理，難教一物違」二句，起下甘貧、卻榮、几杖、守薇四句是也。有鎖上起下者，如「倏然欲下陰山雪，不去非無漢署香」，上句結上水樓層軒之凉，下句開下景勝明府之誼是也。有兩截體收上者，如「竹覆青城合，江從灌口來」，收野望一截是也。有至此出題者，如「震雷翻幕燕，驟雨落河魚」，出「對雨」是也。有至此點題者，如「嶺猿霜外宿，江鳥夜深飛」，點「夜」字是也。有一虚一實者，如「秦地應新月，龍池滿舊宫」是也。有一淺一深者，如「已近寒苦月，況經長别心」是也。此聯不對，上聯已對，曰偷春體。如《一百五日夜對月》一首，三句、四句不對是也。

五句六句名頸聯，亦曰轉换。有正轉，如「不寢聽金鑰，因風想玉珂」，正轉直宿是也。有翻轉，如「塞北春陰暮，江南日色曛」，言雁不當急于北歸，是翻轉也。有明轉，如「老病南征日，君恩北望心」，明轉南征是也。有暗轉，如「殊方日落玄猿哭，舊國霜前白雁來」，上句有失群之悲，下句無家庭之信，暗轉九日思弟妹是也。有至此出題者，如「故人憂見及，此别淚相忘」，出别常徵君是也。有至此點題者，如「卜宅從兹老，爲農去國賒」，點爲農是也。有承上起下者，如「白骨新交戰，雲臺舊拓邊」，承上「兵戈有歲年」等句，起下邊塞不通，天使執留是也。有鎖上開下者，如「飄泊猶杯酒，躊躇此驛亭」，上句結上春愁，下句起下别意是也。有明承上聯者，如「徑隱千重石，帆留一片雲」，上句承四句空峽，下句承三句大江是也。有隱承上聯者，如「畏人江北草，旅食瀼西雲」，上句承上「養拙干戈際」，下句承上「全生麋鹿群」是也。有分應首聯者，如「徑石相縈帶，川雲自去留」，上句應「山扉花竹幽」，下句應「野寺江天豁」是也。有分應次聯者，如「時危人事急，風逆羽毛傷」，上句應「未息豺虎鬭」，下句應「空慚鴛鷺行」是也。有跟首句者，如「巴蜀來多病，荆蠻去幾年」，從「一室他鄉遠」來是也。有跟次句者，如「獨坐親雄劍，哀歌歎短衣」，從「寒房燭影微」來是也。有跟三句者，如「鄰舍煩書札，肩輿强老翁」，跟上三句情人是也。有跟四句者，如「樹蜜早蜂亂，江泥輕燕斜」，跟上四句春華是也。若係兩截體，此又是下截開口處，如「入村樵徑引，嘗果栗皺開」，做「因過常少仙」是也。有直趨下者，如「晉室丹陽尹，公孫白帝城」，此不了語氣，直貫下「經過自愛惜，取次莫論兵」二句是也。有直起下者，如「班秩兼通貴，公侯出異人」，緊起末聯「玄成負文彩，世業豈沉淪」是也。

七句八句名結聯，亦曰收尾。有正收，如「欲浮江海去，此别意茫然」，正收送韋書記赴西安是也。有反收，如「東行萬里堪乘輿，須向山陰上小舟」，題是《卜居》，乃甫卜居而欲東去，是反收也。有總收，如《遣意》題第二首，「鄰人有美酒，稚子夜能賒」，此春夜遣意，于末點出夜字酒字，總收上六句是也。有分收，如「治生且耕鑿，只有不關渠」，上句收拾次聯，分煞「異俗吁可怪」，下句收拾三聯，分煞「斯人難並居」是也。有單收，如「羲和冬馭近，愁畏日車翻」，題是《瞿唐兩崖》，三、五句言崖之高，四、六句言崖之深，收却只言高不言深是也。有應首聯作收者，如「城中十萬户，此地兩三家」，應「出郭軒楹敞，無村眺望賒」是也。有應次聯作收者，如「門闌多喜色，女壻近乘龍」，應「屏開金孔雀，褥隱繡芙蓉」是也。有應三聯作收者，如「敢論才見忌，實有醉如愚」，應「把酒從衣濕，吟詩信杖扶」是也。有引古作收者，如《遠遊》題結云「敝裘蘇季子，歷國未知還」是也。有對句收者，如「雖無南去雁，看取北來魚」是也。有反語收者，如「朝覲從容問幽側，勿云江漢有垂綸」，本意急于用世，而却囑以勿云是也。有題外收者，如「詩罷聞吴詠，扁舟意不忘」，題是《夜宴左氏莊》，而結思遊吴是也。有題後收者，如《江邊星月》二首末云「客愁殊未已，他夕始相鮮」是也。有推開一步作收者，如《房兵曹胡馬》結云「驍騰有如此，萬里可横行」是也。有推開大結者，如「寡妻群盜非今日，天下車書正一家」，題是《題桃樹》，而却以天下世事作收是也。

前四句有自爲照應者，如「葉縣郎官宰，周南太史公。神仙才有數，流落意無窮」，王明府有神仙之才，杜少陵多流落之意。首句比王，次句自比，首句照三句，三句應首句，次句照四句，四句應次句是也。有四句出題者，如《雨晴》題「天永秋雲薄，從西萬里風。今朝好晴景，久雨不妨農」是也。有四句全不着題者，如「水生春纜没，日出野船開。宿鳥行猶去，叢花笑不來」，題是《登白馬潭》，而此四句却言舟行，下四句方言登白馬潭是也。有四句寫題面已完者，如《將曉》二首上章「石城除擊柝，鐵鎖欲開關。鼓角悲荒塞，星河落曉山」，下章「軍吏回官燭，舟人自楚歌。寒沙蒙薄霧，落月去清波」，皆以四句完題面是也。有上四句起下四句者，如《春日江村》第三首，「種竹交加翠，栽桃爛熳紅。經心石徑月，到面雪山風」，言竹花風月足以自娱，起後四句爲郎之誤是也。有下句各承上句者，如「江上日多雨，蕭蕭荆楚秋。高風下木葉，永夜攬貂裘」，惟日多雨，故荆楚蕭蕭而秋，惟高風下，故夜寒。四句中不以風對雨，夜對秋，而參錯頓挫，各以下句承上句，又另是一法是也。

後四句有自爲照應者，如「百萬轉深入，寰區望匪他。司徒下燕趙，收取舊山河」，五句直照七句，七句直應五句，六句直照八句，八句直應六句是也。有四句全不着題者，如《又雪》題，「冬熱鴛鴦病，峽深豺虎驕。愁邊有江水，焉得北之朝」四句，却不言雪是也。有分應首聯者，如「玉露團清影，銀河没半輪。誰家挑錦字，滅燭翠眉嚬」，五六應「江月光于水」，七八應「高樓思殺人」是也。有分承次聯者，如「野徑雲俱黑，江船火獨明。曉看紅濕處，花重錦官城」，五六言夜景，雲黑火明，承「隨風潛入夜」，七八言曉景，紅濕花重，承「潤物細無聲」是也。中四句有自爲照應者，如「自聞茅屋趣，只想竹林眠。滿谷山雲起，侵籬澗水懸」，所聞所想，即五六句也，上聯照下，下聯應上是也。有應前照後者，如「但見文翁能化蜀，焉知李廣未封侯。路經灧澦雙蓬鬢，天入滄浪一釣舟」，四句上二句應首聯李劍州以驅千古之才，而三年悶坐劍州，下二句照末聯寄別之懷是也。有自爲承遞者，如「崩石欹山樹，清漣曳水衣。紫鱗衝岸躍，蒼隼護巢歸」，三、六相承遞，四、五相承遞是也。有分承首聯者，如「久遊巴子國，卧病楚人山。幽獨移佳境，清深隔遠關」，上二句承「牢落西江外」，下二句承「參差比户間」是也。有四句平列者，如「徑添沙面出，湍減石稜生。菊蘂凄初放，松林駐遠情」是也。有四句實纍者，如「晚涼看洗馬，森木亂鳴蟬。菱熟經時雨，蒲荒八月天」四句是也。

詩有照應則謹嚴，不致散漫。有本句自爲照應者，如「江上形容吾獨老，天涯風俗自相親」，各以上四字照下三字應是也。有本聯自爲照應者，如「但添新戰骨，不返舊征魂」二句是也。有起繳照應者，如「得歸茅屋赴成都，真爲文翁再剖符」照末聯，「五馬舊曾諳小徑，幾回書札待潛夫」應首聯是也。有首聯直呼末句，末句直應首聯，中皆一氣順過者，如「峽裏歸田舍，江邊借馬騎。非尋戴安道，似向習家池。山險風烟合，天寒橘柚垂。築場看斂積，一學楚人爲」是也。有先立柱，逐句應轉者，如《送韋書記赴西安》一首：「夫子歘通貴，雲泥相望懸。白頭無藉在，朱紱有哀憐。書記赴三捷，公車留二年。欲浮江海去，此別意茫然。」以第二句立柱，三、四以白頭朱紱見雲泥之懸，五、六以赴捷淹留見雲泥之懸是也。有前幅用意照後者，如《野人送朱櫻》一首：「西蜀櫻桃也自紅，野人相贈滿筠籠。數回細寫愁仍破，萬顆匀圓訝許同。憶昨賜霑門下省，退朝擎出大明宫。金盤玉箸無消息，此日嘗新任轉蓬。」此對櫻桃而傷往事也，因野人之贈，憶昔賜霑之恩。曰「也自紅」，驚其紅若昔日也。曰「愁仍破」，昔重君恩，愁其或破，今不覺其愁如此也。曰「訝許同」，訝其同于昔日之賜也。句句照下是也。

有後幅用意應前者，如《遊修覺寺》一首：「野寺江天豁，山扉花竹幽。詩應有神助，吾得及春遊。徑石相縈帶，川雲自去留。禪枝宿衆鳥，漂轉暮歸愁。」五句爲山扉句寫出「幽」字之景，六句爲江天句寫出「豁」字之神，七、八句言鳥尚有棲宿，而詩人遊子暮將安歸，句句應上是也。

過渡乃筋節所在，已發者賴之以收，未發者賴之以生，貴有鎖上起下之妙。有在頷聯者，如「鄰雞野哭如昨日，物色生態能幾時」，題是《曉發公安》，鄰雞野哭皆曉景，如昨日言猶未離鄰，見此曉方發也，結上「北城擊柝復欲罷，東方明星亦不遲」二句。忽然而曉，忽然而暮，暮曉相循，物色生態，人生能復幾時。離公安而去不知所之，江湖滿地，總無繫戀之所、歸着之處，俯仰之間，便爲陳迹，藥餌相扶，隨其所之，人生能幾何哉。正起下「舟楫眇然自此去，江湖遠適無前期。出門轉盼已陳迹，藥餌扶吾隨所之」四句是也。有在頸聯者，如《詠懷古迹》第一首，「羯胡事主終無賴，詞客哀時且未還」，此有感于庾信也。以上句結上四句支離漂泊淹共之由，以下句起末聯莫年蕭瑟相同之意是也。有順渡者，如「白狗黄牛峽，朝雲莫雨祠」，直趨下「所過憑問訊，到日自題詩」二句是也。有逆渡者，如《元日寄韋氏妹》其頸聯曰：「春城迴北斗，郢樹發南枝。」公在北斗，妹在郢南，自是異地相思之情，然此却是渡下朝正之使，歸結題首「元日」二字。蓋北斗重迴，南枝再發，春城郢樹之景，未嘗移也，所不見者，惟朝正使耳。起下「不見朝正使，啼痕滿面垂」二句，深望韋到京朝賀也。有暗遞者，如《春望》頷聯：「感時花濺淚，憶別鳥驚心。」人第知是春望之情之景，而不知是以上句遞下「烽火連三月」，下句遞下「家書抵萬金」也。

今人論詩，皆以起承轉合盡之，此外不聞別談一格，是固于説詩者也。金聖歎、徐而庵説律，必論解數，前四一解，後四一解；三四是一二之羨文，五六是七八之换頭；承因起而至，轉因合而設；不知一二，則三四無來歷，不知七八，則五六無歸着；五六與三四全不關涉，各自掉開，是起承爲一解，轉合爲一解。此講雖好于入門較捷，然詩中自有此兩截體，特其一格耳，而以之蔽全詩則未也。

起承轉收法，如《滕王亭子》一首，「君王臺榭枕巴山，萬丈丹梯尚可攀」。此二句是直起。「春日鶯啼修竹裏，仙家犬吠白雲間」，梁孝王有修竹園，淮南王丹成，雞犬皆仙去，引兩王比滕王也。亭在道院中，故以仙家事咏之。此二句是正承。「清江碧石傷心麗，嫩蘂濃花滿目斑」，此二句是轉下人到今思王之意，故收曰「人到于今歌出牧，來遊此地不知還」也。○有起承無轉者，如《院中晚晴懷西郭茅舍》一首，「幕府秋風日夜清，澹雲疎雨過高城」，此二句是起。「葉心朱實堪時落，階面青苔先自生」，此二句是承。「復有樓臺啣暮景，不勞鐘鼓報新晴」，此二句連上，若進一層説，點明院中晚晴。以上六句是院中晚晴。「浣花溪裏花饒笑，肯信吾兼吏隱名」，此二句是結，懷西郭茅舍。又如《巴山驛亭觀江漲呈竇使君》第一首，「宿雨江南漲，波濤亂遠峰」，此二句是起。「孤亭凌噴薄，萬井逼春容」，此二句是承。「霄漢愁高鳥，泥沙困老龍」，此二句不是轉，上二句横説，此豎説也，總狀江漲。「天邊同客舍，携我豁心胸」，收到使君身上。○有起即轉者，如《諸將》第二首，「韓公本意築三城，擬絶天驕拔漢旌」，此二句是起。「豈謂盡煩回紇馬，翻然遠救朔方兵」，此二句不是承上，乃是轉下。「胡來不覺潼關隘，龍起猶聞晉水清」，此二句是又轉。「獨使至尊憂社稷，諸君何以答昇平」，結責諸將身上。○有承之下不用轉而用開者，如《崔評事弟許相迎邀不到應慮泥雨怯出走筆戲簡》一首，「江閣邀賓許馬迎，午時起坐自天明」，是起。「浮雲不負青春色，細雨何孤白帝城」，是承。此下應即轉到慮雨怯出上，乃作開筆曰：「身過花間沾濕好，醉于馬上往來輕。」着此二句，局勢寬展。末乃轉一語曰「虛疑皓首衝泥怯，實少銀鞍傍險行」也。○有一句一轉者，如《見螢火》一首，「巫山秋夜螢火飛」，是起。「簾疏巧入坐人衣」，自山轉到簾。「忽驚屋裏琴書冷」，自簾轉到屋裏。「復亂簷前星宿稀」，自屋裏又轉到簷前。「却繞井欄添箇箇」，自簷轉到井上。「偶經花蕊弄輝輝」，自井轉到花間。乃一大轉曰：「滄江白髮愁看汝，來歲如今歸未歸。」點明見字。如許周折，最奈人看。諸如此類，難以盡述。○有大開大合法，如《賓至》一首，「幽棲地僻經過少」，曰地僻，則無便道來訪之客，此是開筆。「老病人扶再拜難」，曰再拜難，曰老病，則無因我過彼，彼來答拜之客。此是又開。「豈有文章驚海内」，言無招客學問，應無慕名來過之客。此又是開。「漫勞車馬駐江干」，漫勞者，若爲不勞之詞，亦是開筆，亦是歸題，乃承上落下之筆。「竟日淹留佳客坐，百年麤糲腐儒餐」，是合筆，言無可待客而待客也。「莫嫌野外無供給，乘興還來看藥欄」，言只有花藥之欄聊堪寓目，去而還來，未嘗不可。是又合也。通篇大開大合，此格最好。○有一氣直下法，如五言《王司馬弟出郭相訪兼遺營草堂貲》一首：「客裏何遷次，江邊正寂寥。肯來尋一老，愁破是今朝。憂我營茅棟，攜錢過野橋。他鄉惟表弟，還往莫辭遥。」八句一氣順下是也。○有對景平列法，如《晴》二首，「久雨巫山暗，新晴錦繡文」，二句出題。「碧知湖外草，紅見海東雲」，此以雲草寫晴景。「竟日鶯相和，摩霄鶴數群」，此以禽鳥寫晴景。「野花乾更落，風處急紛紛」，此以落花寫晴景。六句平列。「啼烏争引子，鳴鶴不歸林」，喜晴故也。「下食遭泥去」，此句貼啼烏，「高飛恨久陰」，此句貼鳴鶴，四句暗寫晴景。「雨聲銜寒盡，日氣射江深」，二句明寫晴景。亦六句平列。「回首周南客，驅馳魏闕心」，二句公對新晴動憂國念君之心也。上十四句皆景，惟末二句言情，故知詩中情景二字不可泥也。○有兩氣截成法，如《崔駙馬山亭宴集》一首：「蕭史幽棲地，林間踏鳳毛。伏流何處入，亂石閉門高」，四句爲一氣，是説崔駙馬山亭。「客醉揮金碗，詩成得繡袍。清秋多宴會，終日困香醪」，四句爲一氣，是説宴集。○有分段平叙法，如《船下夔州郭宿雨濕不得上岸別王十二判官》一首：「依沙宿舸船，石瀨月涓涓」，此二句是船下夔州郭宿。「風起春燈亂，江鳴夜雨懸。」此二句是雨。「晨鐘雲外濕，勝地石堂烟」，此二句是濕。「柔櫓輕鷗外」，此句是不得上岸。「含悽覺汝賢」，此句是别王十二判官。諸如此類，法難枚舉。必拘拘以起承轉合論詩，則此等處皆講不去，知世但以起承轉合論詩者固也。

轉折爲詩之要法。説來極平直，一轉身便另是一番口氣，所謂轉則不板也。説到義意盡處，一轉彎又另是一番境界，生出無窮意思。欲更進亦可再轉，所謂轉則不窮也。若長古、長排，數轉不竭，最要訣也。

詩中最重開合，如七言《賓至》一首，大開大合也。有前四句開合者，如《江上值水如海勢聊短述》題：「爲人性癖耽佳句，語不驚人死不休」，言有耽佳句之癖，語不驚人亦不休，是並不能聊短述者，此一開。「老去詩篇渾漫興，春來花鳥莫深愁」，言老來詩篇渾漫興而已，故于春間花鳥亦只渾漫興而已，不深愁字句之不工，必欲驚人也，正是能聊短述者，此一合。有後四句開合者，如「幸不折來傷歲暮，若爲看去亂鄉愁」，此二句言只見詩不見梅也，照下二句，是開。「江邊一樹垂垂發，朝夕催人自白頭」，此言對兹江梅，催人自老，那得不傷，那得不愁也，是合。如「黑鷹不省人間有，度海疑從北極來」，首聯之開合也。「藥裹關心詩總廢，花枝照眼句還成」，次聯之開合也。「未將梅蘂驚愁眼，更取椒花媚遠天」，三聯之開合也。「愁極本憑詩遣興，詩成吟咏轉淒涼」，末聯之開合也。「匡衡抗疏功名薄，劉向傳經心事違」，此本句自爲開合也。

詩有賓主之法，如「隱吏逢梅福，吟詩憶謝公」，公與裴是主，梅與謝是賓，此本句之賓主也。如《耳聾》詩「眼復幾時暗，耳從前月聾」，聯句之賓主也。《柳邊》詩「只道梅花發，那知柳亦新」，起句之賓主也。《懷錦水居止》詩「朝朝巫峽水，遠逗錦江波」，結句之賓主也。《梅雨》詩「南京犀浦道，四月熟黄梅」，以犀浦道陪起本題。「湛湛長江去」，承首句，是賓，「冥冥細雨來」，承次句，是主。「茅茨疏易濕」，此説雨，「雲霧密難開」，此説江。「竟日蛟龍喜」，此説雨，「盤渦與岸迴」，此説江。一句主，一句賓，陪説到底。此通篇之賓主也。七言《諸將》五首惟一章後四句正責諸將，以下皆借賓形主之法。次章追言張韓公之功，以愧諸將；三章借王縉以愧諸將，見王縉之不如；四章言中官出將，見外無良材，以愧諸將；末章哀嚴武之死，見將材云亡，以愧諸將。優者固所以愧之，劣者亦所以愧之也。此連章之賓主也。凡賦皆主也，比興皆賓也。

詩知襯貼之法，則無枯窘之患。或借古人襯，如「湘西不得歸關羽，河内尤宜借寇恂」，關襯貼其任留後，寇襯貼其任刺史是也。或借往事襯，如「魚知丙穴由來美，酒憶郫筒不用沽」，此素日所嘗供給者，以襯貼今日又將赴草堂是也。或借典故襯，如《劍》詩「虎氣必騰上，龍身寧久藏」，盜發王子喬墓，有劍騰空，作龍虎吟，雷氏劍自懷中躍出，落水成龍，引兩典故作襯貼是也。或以所聞襯，如《西閣夜》詩「野哭千家聞戰伐，夷歌幾處起漁樵」，此夜曉所聞，述來襯貼是也。或以所見襯，如《中宵》詩頷聯「飛星過白水，落月動沙墟」，此當夜所見之景，寫來襯貼是也。或以同類襯，如「含星動雙闕，伴月落邊城」，借星月襯貼天河是也。或以本地風光襯，如「不爨井晨凍，無衣牀夜寒」，寫來襯貼空囊是也。或以鄰近襯，如「雲薄翠微寺，天清皇子陂」，寫來襯貼何氏山林是也。或以物類襯，如「麝香眠石竹，鸚鵡啄金桃」，襯貼山寺是也。或以時事襯，如「戎馬不如歸馬逸，千家今有百家存」，襯貼白帝城詩是也。或以時令襯，或以同時之景物襯，或以其地之生植襯，或人，或物，皆是。

詩中描寫之法不一。如《江漲》詩：「江漲柴門外，兒童報急流。下牀高數尺，倚杖没中洲。細動迎風燕，輕摇逐浪鷗。漁人縈小楫，容易拔船頭。」句句是江漲，此正面描寫也。《遣懷》詩：「愁眼看霜露，寒城菊自花。天風隨斷柳，客淚墮清笳。水浄樓陰直，山昏塞日斜。夜來歸鳥盡，啼殺後栖鴉。」題是《遣懷》，却句句是愁，句句不能遣，此反面描寫也。《月夜》詩：「今夜鄜州月，閨中只獨看。遥憐小兒女，未解憶長安。香霧雲鬟濕，清輝玉臂寒。何時倚虚幌，雙照淚痕乾。」本是己之思閨，却不寫己之思閨，而言閨之思己，本是己月夜之況，却不言己月夜之況，而言閨人月夜之況，是詩中第一法，此對面描寫也。「慣看賓客兒童喜」，則主人之喜客可知，「得食階除鳥雀馴」，則主客之忘形可知，此旁面描寫也。《雨》詩：「暮秋沾物冷，今日過雲遲。」此二句明寫也。「上馬迴休出，看鷗坐不辭」，此二句暗寫也。《喜雨》詩：「南國旱無雨，今朝江出雲。入空纔漠漠，洒迥已紛紛。」上三句題前寫也。《十二月一日》詩：「春來准擬開懷久，老去親知見面稀。他日一杯難强進，重嗟筋力故山違。」此四句題後寫也。《返照》詩：「返照入江翻石壁，歸雲擁樹失山村。」實寫也。「衰年肺病惟高枕，絶塞愁時早閉門」，虚寫也。亦有前幅實義已盡，後幅純用輕描淡寫之法者，相題爲之。

詩有翻論之法，或借淺以翻深，或借非以翻是。有翻古人之成案者，如《螢》詩「未足臨書卷」，翻囊螢事也；《雁》詩「傳書元浪語」，翻蘇武事也。

題有宜補者，謂題無其字，而題中有其意，作詩必須補出，方顯亮圓委。如《送路侍御入朝》詩，其總角交誼須補出，乃見情厚，故首曰「童稚親情四十年，中間消息兩茫然」，是題前補法也。如《將赴成都草堂》詩，此嚴武再鎮蜀，致書于公，公自閬州復歸成都而作，其嚴武素日待公之意，與致書之情，自應補出，故結曰：「五馬舊曾諳小徑，幾回書札待潛夫」，是題後補法也。

詩有推論之法，或從後面而推原其來歷，如《寄杜位》詩「逐客雖皆萬里去，悲君已是十年流」是也。或因事迹而推原其用心，如《蜀相祠》詩「三顧頻煩天下計，兩朝開濟老臣心」是也。或後幅于題外推廣一層，如《客至》詩「肯與鄰翁相對飲，隔籬呼取盡餘杯」是也。

詩有離合相生之法，如：「鼓角緣邊郡，川原欲夜時。」次聯却不即言夜，曰：「秋聽殷地發，風散入雲悲。」二句但賦鼓角，是從首句生來。「抱葉寒蟬静，歸山獨鳥遲。」又言夜色，從次句生來。忽離忽合，斷續相生，杜詩多用此法。

又離者散也，如：「更尋嘉樹傳，不忘角弓詩。」《左傳》季武子曰：「宿敢不封植此樹，以無忘角弓。」言己之懷李白，如季武之不忘韓宣。以一事離作兩句是也。即文家以一化兩之法。

詩有遥接之法，如「落日在簾鈎」，却不即發明此句，將「溪邊春事幽」一句插在中間，只得將此句發明，然後再説首句，故曰「芳菲緣岸圃，樵爨倚灘舟」，至三聯方接首句「啅雀争枝墜，飛蟲滿院遊。濁醪誰造汝，一酌散千憂」，是謂遥接法。隔聯相承亦謂遥接，如三聯分承首聯，末聯承次聯也。隔句相承亦是，如四句不承次句而承首句，六句不承四句而承三句，末句不承六句而承五句是也。三句承首句，四句承次句，五承三句，六承四句，七承五句，八承六句，謂之順接。三承二句，五承四句，七承六句，謂之緊接。杜集多用三即承二，四方承首句，五即承四，六方承三句者，如時文家之股法也。

詩有類叙之法，如「海内文章伯」，將李尚書、李中丞同叙在一句之中是也。有帶叙之法，如「更識將軍樹，悲風日暮多」，因過宋員外舊莊，而叙及其弟是也。有附叙之法，如「武侯祠屋常鄰近，一體君臣祭祀同」，因先主而附叙其臣是也。

詩有省句之法，如「朝廷衮職誰争補」，非但責臣工也，此中有相皆出將之句；「天下軍儲不自供」，非但言乏糧草也，此中有農皆爲兵之句。又有省字之法，如《螢》詩「敢近太陽飛」，敢者，不敢也，皆省筆也。

詩有代字之法，周公代鳥言以明心事，此古法也。如「用盡閨中力，君聽空外音」，則代爲擣衣人説話也。「故巢倘未毁，會傍主人飛」，則代爲燕答之詞也。

詩有預伏之法，如《峽中覽物》一首，若非預伏「曾爲掾吏趨三輔，憶在潼關詩興多」二句，則「巫峽忽如瞻華嶽，蜀江猶似見黄河」無着落，説不去矣。則首二句者，預伏法也。

詩有進一步法，如《送人從軍》「好武寧論命，封侯不計年」是也。有退一步法，如《寄常徵君》一首「白水青山空復春，徵君晚節傍風塵」，言其向隱山水之間，不應臨老傍風塵而仕，責其不能終隱也。「楚妃堂上色殊衆，海鶴階前鳴向人」，所謂傍風塵也。以上正責之詞，以下不宜進責，乃作退筆曰「萬事糾紛猶絶粒，一官羈絆實藏身」，若爲原諒之詞，是鬆一步。「開州入夏知涼冷，不似雲安毒熱新」，若爲安慰之詞，又鬆一步。然藏身何須一官之絆，絶粒何須萬事之餘，即云避熱，亦又何地不可，而必任官開州耶？鬆一步正是緊一步，愈寬乃愈嚴也。

詩中喻法，有不將正意點出者，是謂暗喻。如《猿》詩「裊裊啼虚壁，蕭蕭掛冷枝。艱難人不免，隱見爾如知」四句，是美其善隱知幾。「慣習元從衆，全生或用奇。前林騰每及，父子莫相離」四句，是戒其出奇取禍。雖咏猿，而寓意其中是也。有將正意點出者，是謂明喻。如《百舌》詩「百舌來何處，重重祇報春」二句，駭其反覆讒佞諛悦之意。「知音兼衆語，整翮豈多身」二句，言讒佞之害不在人多。「花密藏難見，枝高聽轉新」二句，言鬼蜮彌縫，舌簧惑聽。「過時如發口，君側有讒人」，言其過時猶鳴，是君側有讒人也。此明喻法也。有正喻夾寫法，如《長江》二首其頷聯上章曰：「朝宗人共挹，盗賊爾誰尊。」下章曰：「衆流歸海處，萬國奉君心。」皆夾寫法也。

詩有由淺入深之法。如《江村》詩，「清江一曲抱村流」，已將題面寫完，「長夏江村事事幽」，此句立柱，下皆「事事幽」也。「自去自來梁上燕，相親相近水中鷗」，二句寫無情爲有情，言物事已幽也。「老妻畫紙爲棋局，稚子敲針作釣鉤」，則人事更幽也。「多病所須惟藥物，微軀此外更何求」，則身事更幽也。從鷗燕説到妻子，又從妻子説入己身，皆所謂「事事幽」也，愈進愈深。

詩有分合之法。如《白鹽山》詩，「卓立群峰外」，此句言山之高，「蟠根積水邊」，此句言山之大。「他皆任地厚」，此句貼「蟠根」，「爾獨近高天」，此句貼「卓立」。以上四句是分説。「白牓千家邑，清秋萬估船」，此二句以估客居民聚集之盛見高大。「詞人取佳句，刻畫竟誰傳」，此二句以詩人無咏白鹽佳句堪傳，難以刻畫，見高大。以上四句是合説。又如《贈韋七贊善》一首，「鄉里衣冠不乏賢，杜陵韋曲未央前」，此二句合言韋、杜。「爾家最近魁三象」，此句分言韋。「時論同歸尺五天」，此句又合言韋、杜。「北走關山開雨雪」，此句言韋。「南遊花柳塞雲烟」，此句言杜。「洞庭春色悲公子」，此句言韋。「蝦菜忘歸范蠡船」，此句言杜。以己與韋對説，忽分忽合也。

詩有虛字斡旋之法，謂傳神處皆在虛字也。如《聞官軍收河南河北》一首：「劍外忽傳收薊北，初聞涕淚滿衣裳。却看妻子愁何在，漫卷詩書喜欲狂。白首放歌須縱酒，青春作伴好還鄉。即從巴峽穿巫峽，便下襄陽向洛陽。」此詩全以倉卒造狀取勝。薊北之信，從劍外遥傳而來，似信非信，曰「忽傳」，便驚喜欲絶，已透出聞。「初聞」從「忽傳」來，先之涕淚，不自知其横溢矣。「却看妻子」，然後及妻子也，此時我之愁已不知何在矣。平日遣愁者惟有詩書，今愁既不在，詩書可卷。隨卷隨喜，喜而欲狂，曰「漫卷」，亦有欲歸意。愁既不在，喜且欲狂，狂而放歌，而縱酒，幾忘其首之白矣。此句鎖上。當此春色，伴我長途，正好還鄉也。此句開下。于是計算還鄉之所經歷，「即從巴峽穿巫峽，便下襄陽向洛陽」也。峽險而狹，故曰「穿」，襄順而易，故曰「下」。此詩之「忽傳」、「初聞」、「却看」、「漫卷」、「即從」、「便下」，倉卒間寫出欲歌欲哭之狀，皆在數虚字傳神。又如《寄杜位》一首，「近聞寬法離新州」，位貶新州，今得離去也。「想見歸懷尚百憂」，雖離貶所，尚未得還鄉也。「逐客雖皆萬里去」，言流者非止位也。「悲君已是十年流」，自天寶十一載至此，爲十年也。「干戈況復塵隨眼」，時段子璋反東川故也。「鬢髪還應雪滿頭」，言非復少壯也。「玉壘題書心緒亂，何時更得曲江遊」，言寄書與位，思爲曲江之遊也。曰「近聞」、「想見」，曰「尚」，曰「雖皆」、「已是」、「況復」、「還應」，曰「何時更得」，無數虚字纏綿，情文歷亂，正寫出「心緒亂」三字。骨肉之誼，溢于言外。大概詩中虚實字法，其書事寫景則用實字，而傳神抒意必用虚字也。

詩要親切，杜詩有初看若泛，細認却句句切題者。如《獨坐》二首，「竟日雨冥冥」，言安得不獨坐也。「雙崖洗更青」，所對惟此，是獨坐也。「水花寒落片，山鳥暮過庭」，是獨坐之所静觀者。「煖老須燕玉，充飢憶楚萍」，是獨坐之所妄想者。「胡笳在樓上，哀怨不堪聽」，是獨坐之所特聞也。「白狗斜臨北，黄牛更在東」，是獨坐之所四顧者。「峽雲常照夜，江日會兼風」，是獨坐之所與俱者。「曬藥安垂老，應門試小童」，此二句寫獨坐更奇，曬藥者既從事于藥，應門者復供應于門，從有人中寫出無人在側，是獨坐也。「亦知行不逮，苦恨耳多聾」，言我亦自知所行百不逮一，豈是安心獨坐之時，無奈耳已先聾，不能有爲于世，只有獨坐也。又如《耳聾》詩，「生年鶡冠子，歎世鹿皮翁」，鶡冠隱山而忘年，其老而壯可知，鹿皮賣藥救世，其自養可知，二人皆不聾者，豈如我之役役斯世，心神形骸俱碎，眼雖未暗，耳已先聾也。「眼復幾時暗」，是欲其速暗意，此句賓。「耳從前月聾」，則已聾矣，此句主。「猿鳴秋淚缺，雀噪晚愁空」，素日聽猿，足以下淚，因不聞，故淚爲之缺，聽雀足以增愁，因不聞，故愁爲之空。「黄落驚山樹，呼兒聞朔風」，山樹黄葉因風而落，但見其落，不聞朔風之聲，故呼兒問之也。後四句寫耳聾，奇絶。

詩有順流推舟之法。如《夜宴左氏莊》一首，「風林纖月落，衣露浄琴張」，言入夜而始飲也。「暗水流花逕，春星帶草堂」，二句狀夜宴之久。所以如此久宴者，緣主客相得甚歡。「檢書燒燭短，看劍引杯長」，二句點明久宴之故。「詩罷聞吴詠，扁舟意不忘」，于時坐客詩成，有爲吴咏者，公聞之而憶遊吴之樂也。逐聯緊接，一氣説下，八句如一句，總説得「夜宴」二字。

詩有珠簾倒捲之法。如《屏迹》第二章：「晚起家何事，無營地轉幽。」惟地幽故無營，惟無營故無事，惟無事故可晚起，從逆説上。「花竹團野色，舍影漾江流」，此言地轉幽也。「失學從兒懶，長貧任婦愁」，此言無營也。「百年渾得醉，一月不梳頭。」此言家無事而晚起也。六句亦從逆繳上。

詩有無中生有法。如《玉臺觀》一首，「中天積翠玉臺遥」，此一句題面已完。「上帝高居絳節朝」，從上句想出此句，生下二句。「遂有馮夷來擊鼓，始知嬴女善吹簫」，曰「遂有」，曰「始知」，從上句來，遞相承接，所謂無中生有也。「江光隱見黿鼉窟」，從三句來。「石勢參差烏鵲橋」，從四句來。無中生有之中又生有也。「更有紅顔生羽翰」，總從上五句來，更是必無之事，而亦若有者。然隨結曰「便應黄髮老漁樵」，以冀一遇，然豈知皆必無之事也。結句語順而意反，此法枯窘題之要法，欲避熟路亦用此法。

詩中情景二字，原無定法。如《春宿左省》：「花隱夜垣暮，啾啾棲鳥過。星臨萬户動，月傍九霄多。」此四句是景。「不寢聽金鑰，因風想玉珂。明朝有封事，數問夜如何。」此四句是情也。《西閣三度期大昌嚴明府同宿不到》一首：「問子能來宿，今疑索故要。匣琴虚夜夜，手板自朝朝。」此四句言情。「金吼霜鐘徹，花催蠟炬消。早鳧江檻底，雙影漫飄颻」，此四句景也。《中宵》一首：「西閣百尋餘，中宵步綺疏。飛星過白水，落月動沙墟。擇木知幽鳥，潛波想巨魚。親朋滿天地，兵甲少來書。」首尾情，中四句景也。《暮春題瀼西新賃草屋》第三首：「彩雲陰復白，錦樹曉來青。身世雙蓬鬢，乾坤一草亭。哀歌時自短，醉舞爲誰醒。細雨荷鋤立，江猿吟翠屏。」首尾景，中四句情也。又古人以中二聯專寫景者，定爲四實體。專寫情者，定爲四虚體。前四句景，後四句情者，爲前實後虚體。前四句情，後四句景者，爲前虚後實體。然亦不必如此太拘分也。即如中四句：「竹風連野色，江沫擁春沙。種藥扶衰病，吟詩解歎嗟。」頷聯寫景，頸聯寫情也。「異方同宴賞，何處是京華。亭景臨山水，村烟對浦沙」，頷聯寫情，頸聯寫景也。「草深迷市井，地僻懶衣裳。行色秋將晚，交情老更親」，一句景，一句情也。以通首論，如《宿贊公房》一首：「杖錫何來此，秋風已颯然。雨荒深院菊，霜倒半池蓮。」首句情，下三句景也。「放逐寧違性，虚空不離禪。相逢成夜宿，隴月向人圓」，上三句情，末句景也。《江梅》一首：「梅蘂臘前破，梅花年後多。絶知春意早，最奈客愁何。雪樹原同色，江風亦自波。故園不可見，巫峽鬱嵯峨。」一聯景，一聯情也。《舟月對驛近寺》一首：「更深不假燭，月朗自明船。金刹青楓外，朱樓白水邊。城烏啼眇眇，野鷺宿娟娟。皓首江湖客，鈎簾獨未眠。」上六句皆景，末二句情也。《雨晴》一首：「雨晴山不改，晴罷峽如新。天路看殊俗，秋江思殺人。有猿揮淚盡，無犬附書頻。故國愁眉外，長歌欲損神。」上二句景，下六句皆情也。《久客》一首：「羈旅知交態，淹留見俗情。衰顔聊自哂，小吏最相輕。去國哀王粲，傷時哭賈生。狐狸何足道，豺虎正縱横。」通首皆情也。惟連章之詩，可以通首言景，以上下章自有情也。如《晴》詩「久雨巫山暗」一首，通章言景，以下章末聯言情。《江邊星月》二首，亦是如此。

一句意三層者，上也。如「野寺江天豁，山扉花竹幽」，江與天際故豁然，非野莫見其豁；花與竹映故幽然，惟山扉乃覺其幽。每句意三層。一句意兩層者，中也。如「耽酒須微禄，狂歌託聖朝」，既耽酒，必須微禄，以爲之資；好狂歌，非聖朝莫能容也。每句意兩層。若一句意止一層者，下也。

詩以意勝者，上也，故先貴立意。以格勝者，中也，故次要造格。以詞勝者，下也，故末方錯詞。

古文首段得勢，通篇皆佳。時文提比得勢，後皆有力。詩則起句得勢，下皆靈動。須有含蓄，不可説盡。

杜詩有以首句立二柱，次聯明承此二字者。如七言《野望》「山水」二字，《吹笛》「風月」二字，《立春》「盤菜」二字是也。杜詩有以首二字名篇者，謂未立題目，偶然詩成，即以首二字爲名，如《洞房》以下八章是也。

劍堂詩法律格第三

鄒國沙臨君宜分定

詩有截然中分，前四句一義，後四句一義者，爲格最善，即聖歎之兩解説法也。定爲兩解格。

《朝雨》：「涼氣曉蕭蕭，江雲亂眼飄。風鳶藏近渚，雨燕集深條。黄綺終辭漢，巢由不見堯。草堂樽酒在，幸得過清朝。」此詩上四句寫朝雨之景，爲一解。首二句將雨之氣候，次聯實寫雨景。下四句書對雨之懷，爲一解。三聯自喻不能如四公之高隱，末聯言亂亡之世，朝不謀夕，但以樽酒度清朝爲幸，又安得上比古人也。

《晚晴》：「村晚驚風度，庭幽過雨霑。夕陽薰細草，江色映疎簾。書亂誰能帙，盃乾自可添。時聞有餘論，未怪老夫潛。」上解晚晴之景。首句是晚，次句是晴，三四晚晴景色。下解晚晴所感之懷。風急書亂，疎懶之性，不復整其卷帙。手中之盃，自可頻添。隱居著書，往往議論有餘，而不足以效用，故難怪老夫之終潛也。

《客夜》：「客睡何曾著，秋天不肯明。卷簾殘月影，高枕遠江聲。計拙無衣食，窮途仗友生。老妻書數紙，應悉未歸情。」上解客夜之況，下解客夜之懷。

《客亭》：「秋窗猶曙色，木落更天風。日出寒山外，江流宿霧中。聖朝無棄物，老病已成翁。多少殘生事，飄零似轉蓬。」上解客亭之景，下解客亭之懷。

《薄暮》：「江水長流地，山雲薄暮時。寒花隱亂草，宿鳥擇深枝。舊國見何日，高秋深苦悲。人生不再好，鬢髮白成絲。」上解薄暮之景。首句紀地，二句點題，三四點綴薄暮，有混俗避亂之喻。下解薄暮之情。五六故鄉之悲，七八衰老之歎，因薄暮而百感交集。

《禹廟》：「禹廟空山裏，秋風落日斜。荒庭垂橘柚，古屋畫龍蛇。雲氣生虛壁，江聲走白沙。早知乘四載，疏鑿控三巴。」上解禹廟，總言廟在空山，一片荒涼耳。下解禹功。五六句雖言廟外之景，其實此二句是書事，石壁必鑿斷而後虛，虛而後雲氣生，江沙必疏通而後走，走而後有聲，照下二句，明言其功也。

《將曉二首》：「石城除擊柝，鐵鎖欲開關。鼓角悲荒塞，星河落曉山。巴人常小梗，蜀使動無還。垂老孤帆色，飄飄犯百蠻。」「軍吏回官燭，舟人自楚歌。寒沙蒙薄霧，落月去清波。壯惜身名晚，衰慚應接多。歸朝日簪笏，筋力定如何。」上解將曉之景，下解將曉所思之感。二詩同法。

《登岳陽樓》：「昔聞洞庭水，今上岳陽樓。吴楚東南坼，乾坤日夜浮。親朋無一字，老病有孤舟。戎馬關山北，憑軒涕泗流。」上解登樓所矚之景，下解登樓所感之懷。

《宿青草湖》：「洞庭猶在目，青草續爲名。宿槳依農事，郵籤報水程。寒冰争倚薄，雲月遞浮明。湖雁雙雙起，人來故北征。」上解初宿湖邊之事，下解既宿湖邊之景，結句有故鄉之感。

《發潭州》：「夜醉長沙酒，曉行湘水春。岸花飛送客，檣燕語留人。賈傅才何有，褚公書絶倫。名高前後事，回首一傷神。」上解初發潭州之景。言昨夜尚醉長沙之名酒，而今曉則行入湘水之春光也。奈潭州人情之薄，送客者只有岸上飛花，留人者只有檣上燕語。下解既發潭州之情。言潭州人情既薄，我之一去，總無可回念。惟懷二子高名，煩我一回首耳。賈誼有才不用，謫于長沙，褚遂良諫立武后，左遷長沙。賈才褚書，雖前後不同時，而名高則一也。

《蜀相》：「丞相祠堂何處尋，錦官城外柏森森。映階碧草自春色，隔葉黄鸝空好音。三顧頻煩天下計，兩朝開濟老臣心。出師未捷身先死，長使英雄淚滿襟。」上解蜀相之祠。起句問答句法，次聯祠下之景。草自春色，鳥空好音，若與故相祠不相關涉者，然已含弔古之意。下解蜀相之事。草廬三顧，身任天下之重，則公之躬親庶務，頻煩者正爲天下計也。此句已有損敝精神意。至身際兩朝，主少國疑，資其開濟，老臣心肝，俱已使碎。六出祁山，未捷先死，皆頻煩開濟所致，長使後之英雄覽遺迹而淚流滿襟也。

《送李八秘書赴杜相公幕》：「青簾白舫益州來，巫峽秋濤天地迴。石出倒聽楓葉下，櫓摇背指菊花開。貪趨相府今晨發，恐失佳期後命催。南極一星朝北斗，五雲多處是三台。」上解喜其戒途無危險之虞。言其乘官舟由益州而至巫峽，秋濤旋轉，天地若迴，言舟行甚速也。石出崖岸，楓落石頂，舟過石底，而倒聽落楓之聲。舟迅則花之在前者忽移在後，反手而指之。「倒聽」、「背指」四字奇絶，寫順流過峽之景也。下解喜其遇主，有同升之望。五句言李赴相公之速，六句言杜須秘書之急。南極在益分野，自益赴長安，故云南極朝北斗。末句指相公幕言，舟中遥望之詞。

《暮歸》：「霜黄碧梧白鶴棲，城上擊柝復烏啼。客子入門月皎皎，誰家搗練風淒淒。南渡桂水闕舟楫，北歸秦川多鼓鞞。年過半百不稱意，明日看雲還杖藜。」上解暮歸之況。梧黃是深秋之景，鶴棲則暮也，擊柝烏啼則益暮矣。二句是個「暮」字。既入門矣，仍曰「客子」，聞搗練矣，乃曰「誰家」，寫盡客情。月皎風淒，歸時所見所聞也。二句是個「歸」字。下解安歸之懷。三聯從「歸」字生來，末聯從「暮」字生出。

詩有一首之中兩意分説，或一句此，一句彼，一聯此，一聯彼者，如時文家兩門扇做法也。定爲兩扇格。

《野望》：「清秋望不極，迢遞起層陰。遠水兼天净，孤城隱霧深。葉稀風更落，山迥日初沉。獨鶴歸何晚，昏鴉已滿林。」題是「野望」，曰「望不極」者，遐不及見耳，自有望之最真切者，此句開下顯景。迢遞之處，層陰一起，未免或隔，此句開下晦景。水明天净，一望而見，顯景也。城隱霧中，迷離難辨，晦景也。風落稀葉，枯枝老榦，一望而見，顯景也。山遥日暝，望不可見，晦景也。天空一鶴，飛鳴而歸，一望而見，顯景也。昏暮鴉亂，望之難見，晦景也。通首以顯晦分扇。

《公安縣懷古》：「野曠吕蒙營，江深劉備城。寒天催日短，風浪與雲平。灑落君臣契，飛騰戰伐名。維舟倚前浦，長嘯一含情。」此詩首二句分扇：曰「野曠」，言其營已不可問；曰「江深」，言當日有險可恃也。惟野曠，故日寒益短；惟江深，故風浪雲齊。二句分貼。五句説劉備，六句説吕蒙，亦二句分貼。以上古迹，末聯總收之詞，所謂懷也。

《瞿唐兩崖》：「三峽傳何處，雙崖壯此門。入天猶石色，穿水忽雲根。猱玃鬚髯古，蛟龍窟宅尊。羲和冬馭近，愁畏日車翻。」此以高、深二義分扇。首句破瞿唐江，立深義。二句破兩崖，立高義。「入天」句言高也，「穿水」句言深也。惟崖高，故猱玃不爲人獲，而老于此；惟崖深，故蛟龍潛于其窟，而安于此。結句單收高義，而深在其中。

《戲作俳諧體遣悶》：俳優恢諧也。「異俗吁可怪，斯人難並居。家家養烏鬼，頓頓食黄魚。舊識能爲態，新知已暗疎。治生且耕鑿，只有不關渠。」以首二句分扇，次聯言異俗吁可怪，三聯言斯人難並居，末聯遣悶之詞，乃分收法也。居此可怪異之俗，惟日自治其生，且耕且鑿，不爲養烏鬼、食黄魚之事。此句收拾次聯與首句也。處此難相與之人，只有不與相關，則舊識、新知皆與我無涉。此句收拾三聯與次句也。

詩有從題首字做起，然後相次做去者，如時文家之順綱題做法也。定爲順疏格。

《夜宿西閣曉呈元二十一曹長》：「城暗更籌急，樓高雨雪微。稍通綃幕霽，遠帶玉繩稀。門鵲晨光起，檣烏宿處飛。寒江流甚細，有意待人歸。」此從「夜」字做起，首句夜宿之景，次句西閣之景。雨雪微則漸霽矣。初晴而天霽之色稍通綃幕，此句鎖上夜景。玉繩，星也。天將曉則星稀，從閣而望，若遠爲之帶也。此句開下曉景。鵲起、烏飛，二句曉景。江流甚細，亦曉望所見，言見江流，動歸長安之思也。二句是承上「曉」字做，呈元二十一曹長也。公無刻不思歸，對元曹長備述歸懷也。

《晚出左掖》：「晝刻傳呼淺，春旗簇仗齊。退朝花底散，歸院柳邊迷。樓雪融城濕，宮雲去殿低。避人焚諫草，騎馬欲雞棲。」傳呼淺，晝將盡也。旗仗簇齊，將散朝也。此二句是做「晚」字。次聯是做「出」字。三聯是做「左掖」。皆寫景也。末二句言情。

《江亭送眉州辛別駕昇之得蕪字》：「柳影含雲幕，江波近酒壺。異方驚會面，終宴惜征途。沙暖低風蝶，天晴喜浴鳧。別離傷老大，意緒日荒蕪。」此詩分兩截解，皆順疏也。首聯叙江亭，次聯叙送別也。三聯寫江亭之景，結聯寫送別之懷也。

《草堂即事》：「荒村建子月，獨樹老夫家。雪裏江船度，風前竹逕斜。寒魚依密藻，宿鷺起圓沙。蜀酒禁愁得，無錢何處賒。」上二句草堂，下六句即事。「建子」、「老夫」，假對法也。

詩有先自題之下截做起，然後做上截者，如時文家之倒綱題做法也。定爲逆疏格。

《春日憶李白》：「白也詩無敵，飄然思不群。清新庾開府，俊逸鮑參軍。渭北春天樹，江東日暮雲。何時一樽酒，重與細論文。」此詩自李做起，歸結春日相憶，是逆疏也。次聯美其詩，引二人作比也。渭北，子美所居，江東，太白所在也。

《西閣夜》：「恍惚寒山暮，逶迤白霧昏。山虛風落石，樓静月侵門。擊柝可憐子，無衣何處村。時危關百慮，盗賊爾猶存。」此詩從夜做起，前三句夜字，下皆西閣也。第四句以樓字代閣，「月侵門」是景。五句閣上所聞，下三句閣上所想。

《過洞庭湖》：「蛟室圍青草，龍堆擁白沙。護堤盤古木，迎櫂舞神鴉。破浪南風正，回檣畏日斜。湖光與天遠，直欲泛仙槎。」自湖做起，下皆言過，是逆疏也。

《江上值水如海勢聊短述》：「爲人性癖耽佳句，語不驚人死不休。老去詩篇渾漫興，春來花鳥莫深愁。新添水檻供垂釣，故著浮槎替入舟。焉得思如陶謝手，令渠述作與同遊。」此詩自「短述」做起，首言「爲人性僻耽佳句」，真非短述者，是反起。次句解上句，言「語不驚人死不休」也。三句「老去詩篇渾漫興」，言只有短述也。四句作解上句，故春來花鳥亦只渾漫興而已，不深愁字句之求工也。此聯正轉反首聯，起下短述也。五、六句正詮「江上值水如海勢」七字，所謂「聊短述」也，止此二句。末言陶謝，正善短述者，我亦效之而已。

《將赴荆南寄別李劍州》：「使君高義驅千古，寥落三年坐劍州。但見文翁能化蜀，焉知李廣未封侯。路經灧澦雙蓬鬢，天入滄浪一釣舟。戎馬相逢更何日，春風回首仲宣樓。」自李劍州起，三句從「驅」字生來，應首句，四句從「坐」字生來，應次句，比也。五、六是將赴荆南，七八是寄別。

詩有將題中字目拆開，不拘前後，錯綜詮寫者，如時文家之拆題分做法也。定爲分疏格。

《春夜峽州田侍御長史津亭留宴得筵字》：「北斗三更席，西江萬里船。杖藜登水榭，揮翰宿春天。白髮須多酒，明星惜此筵。始知雲雨峽，忽盡下牢邊。」春時北斗當三更正高，所謂春夜也。船從西江而來，泊于此者，有留之者也。合上「席」字，是田設席相留也。「杖藜登水榭」，從船中起登水榭，所謂津亭也。「揮翰宿春天」，點明春夜，所謂拈得筵字也。「白髮須多酒」，留宴也。「明星惜此筵」，夜宴之久，天將曉也。天曉一望，始知雨雲之峽已盡，乃到下牢邊也。下牢，峽州地名，題所云「峽州」也。

《上巳日徐司録林園宴集》：「鬢毛垂領白，花蘂亞枝紅。欹倒衰年廢，招尋令節同。薄衣臨積水，吹面受和風。有喜留攀桂，無勞問轉蓬。」白髮之人，得與花前之樂，此二句是「林園」。老人不復爲欹倒醉態，惟當此令節，亦同人招呼以追尋也，此二句是「宴集」。祓除之樂，臨水面風，此二句是「上巳日」。末聯喜已淹留徐氏之園，得攀其桂樹，則今日且不必問我飄蓬之苦也。借「攀桂」二字，點出徐氏園林宴集。

《晚秋長沙蔡侍御飲筵送殷參軍歸澧州覲省》：「佳士欣相識，慈顔望遠遊。甘從投轄飲，肯作置書郵。高鳥黄雲暮，寒蟬碧樹秋。湖南冬不雪，吾病得淹留。」「佳士」指參軍，「慈顔」，參軍之母。此二句是殷參軍歸澧州覲省。「投轄」，言蔡之好客。此句是長沙蔡侍御飲筵。今殷之去，肯爲我作置書郵否乎？用殷洪喬事以比參軍，正恐參軍去速，無遐爲我郵書耳。此句是個「送」字。五句、六句是寫晚秋之景。末因殷之歸而歎己之不得歸也。

詩有將題截斷，上四句作一截做，下四句作一截做者，如時文家之截做法也。定爲兩截格。

《月夜憶舍弟》：「戍鼓斷人行，秋天一雁聲。露從今夜白，月是故鄉明。有弟皆分散，無家問死生。寄書長不達，况乃未休兵。」上四句一截，是做「月夜」。下四句一截，是做「憶舍弟」。

《野望因過常少仙》：「野橋齊度馬，秋望轉悠哉。竹覆青城合，江從灌口來。入村樵徑引，嘗果栗皺開。落盡高天日，幽人未遣回。」上截「野望」。上句出野，下句出望。秋以紀時，「齊度馬」，有同行者也。三、四野望之景。下截「因過常少仙」。五句公過常也，六句常款公也。「幽人」指少仙。結句見愛客之情也。

《旅夜書懷》：「細草微風岸，危檣獨夜舟。星垂平野闊，月湧大江流。名豈文章著，官應老病休。飄飄何所似，天地一沙鷗。」上截「旅夜」。細草微風，岸猶可見。「危檣」，舟檣高也。舟既泊，則夜矣。星下垂而四野空闊，月湧水而大江自流，寫出「危檣獨夜舟」五字之况。下截「書懷」。名實因文章而著，官不爲老病而休，用「豈」、「應」二字反言以見意。文章不足顯身，老病無能用世，往來江湖，殊無所謂，殆類一沙鷗耳。

《謁真諦寺禪師》：「蘭若山高處，烟霞嶂幾重。凍泉依細石，晴雪落長松。問法看詩妄，觀身向酒慵。未能割妻子，卜宅近前峰。」上截「真諦寺」。首言寺在山之高處，次言不特高而且深也。三、四寫寺中冬景。下截謁禪師。從禪師而問法，覺平日所不能割者惟詩，今看詩亦成妄矣。因禪師而觀身，覺我平日所不能割者惟酒，今向酒亦慵矣。詩、酒皆可割，所不能割者惟妻子耳。未能割妻子，故未能卜宅近寺之前峰也。

詩有明將題中字目說出，令人一看知是咏某物者，即詩法之明例也。定爲明疏格。

《孤雁》：「孤雁不飲啄，飛鳴聲念群。誰憐一片影，相失萬里雲。望盡似猶見，哀多如更聞。野鴉無意緒，鳴噪自紛紛。」通首形容「孤」字。「不飲啄」者，飛鳴念群，不暇飲啄也。衆雁群飛，誰憐孤雁，止一片影乎？雖失于萬里之外，亦不顧也。不混衆雁之中，故望盡猶見，其哀獨多，故一聞再聞。堪笑野鴉不知有何意緒，而鳴噪紛紛也。

《鷗》：「江浦寒鷗戲，無他亦自饒。却思翻玉羽，隨意點春苗。雪暗還須浴，風生一任飄。幾群滄海上，清影日蕭蕭。」鷗性耐寒，故雖寒而戲水自若。二句隨處自足，無非其戲意也。次聯深一步法，言似不能無他矣，然曰「翻玉羽」、「點春苗」，仍是戲意，終亦無他也。五句承「翻玉羽」來，六句承「點春苗」來，又總承「亦自饒」也。結句同群滄海，清影蕭蕭，又見無他意。通首只「無他亦自饒」句爲一篇眼目。

《歸雁二首》：「萬里衡陽雁，今年又北歸。雙雙瞻客上，一一背人飛。雲裏相呼疾，沙邊自宿稀。繫書元浪語，愁寂故山薇。」雁得北歸而我獨不能歸，此所以歎也。雁非有意瞻客而上，而自客見之，若雙雙而瞻也。雁非有意背人而飛，而自人見之，若一一而背也。二句寫無情爲有情。三聯總言雁歸之速。結句翻案語，因鄉信艱難，謂繫書是浪語也。「欲雪違胡地，先花別楚雲。却過清渭影，高起洞庭群。塞北春陰暮，江南日色曛。傷弓流落羽，行斷不堪聞。」上首已點歸雁，故此首不點。首句紀去年來時，二句紀今年去時。三句貼違胡地，四句貼別楚雲。五句貼胡地，六句貼楚雲。此二句翻上四句，起下二句。

詩有不將題中字目提出，而隱隱做去，却恰然是詠某物者，即詩法之暗例也。定爲暗疏格。《天河》：「常時任顯晦，秋至最分明。縱被微雲掩，終能永夜清。含星動雙闕，伴月落邊城。牛女年年渡，何曾風浪生。」通首不點「天河」字，却句句是咏天河。

《初月》：「光細弦欲上，影斜輪未安。微升古塞外，已隱暮雲端。河漢不改色，關山空自寒。庭前有白露，暗滿菊花團。」惟初月，故光細欲上，弦猶未上也，僅一鈎耳。光滿則如輪，輪側則未安，影斜故輪未安也。二句盡月之形。「微升」已隱是做「初」字，言纔升即没也。月大明則銀漢改色，月微故河漢之色不改。月光四遍，關山亦復輝映，月隱故關山之寒自空。末言見露之白而不見月之白也。總言初月之光不久也。

《悶》：「瘴癘浮三蜀，風雲暗百蠻。卷簾惟白水，隱几亦青山。猿捷長難見，鷗輕故不還。無錢從滯客，有鏡巧催顔。」此詩亦未明提出「悶」字，却句句是悶。三蜀之下，瘴癘浮連，百蠻之北，風雲暗接，悶乎不悶？平日之足消懷者惟山水，今則卷簾惟水，則處處是水，一步不可行也，隱几亦山，則面面皆山，一物無所見也，悶乎不悶？山必有猿，猿亦可聽也，而猿長不見，水必有鷗，鷗亦可觀，而鷗故不還，悶乎不悶？然此猶悶之感于外者也。無錢貧也，催顔老也，留滯客邊，對觀鏡裏，如貧何哉？如老何哉？悶乎不悶？首以風土言悶，末以貧老言悶，中以平日賴以消悶之物言悶，善寫悶者也。

《雲》：「龍以瞿唐會，江依白帝深。終年常起峽，每夜必通林。收穫辭霜渚，分明在夕岑。高齋非一處，秀氣豁煩襟。」山川雲所自出，龍是興雲之物，曰「會」，曰「深」，見雲之盛也。次聯言雲盛不絕。五句以稼穡比雲，六句以日色比雲。結言雲隨處可愛也。

詩有先將題中字目，起句即爲點明，然後逐聯寫發者，如時文之點而後詮也。定爲先點後做格。

《登兗州城樓》：「東郡趨庭日，南樓縱目初。浮雲連海岱，平野入青徐。孤嶂秦碑在，荒城魯殿餘。從來多古意，臨眺獨躊躇。」首句言來此之由，即出兗州。次句出登城樓，以「縱目」二字開下。次聯縱目之遠，三聯縱目之近，又係轉下弔古之意。

《獨酌》：「步屧深林晚，開樽獨酌遲。仰蜂粘落絮，倒蟻上枯梨。薄劣慚真隱，幽偏得自怡。本無軒冕意，不是傲當時。」林深且晚，虛静無人，獨酌又遲，閒暇之甚，故物之細微一一可見。次聯寫景微妙，三聯正寫獨酌，末是反結之語。

《徐步》：「整履步青蕪，荒庭日欲晡。芹泥隨燕嘴，花蘂上蜂鬚。把酒從衣濕，吟詩信杖扶。敢論才見忌，實有醉如愚。」燕泥蜂蘂，非徐步莫能見出。「把酒」、「吟詩」二句正是徐步。七句應吟詩，八句應把酒，與上首結同用反語自釋。

《春夜喜雨》：「好雨知時節，當春乃發生。隨風潛入夜，潤物細無聲。野徑雲俱黑，江船火獨明。曉看紅濕處，花重錦官城。」應雨而雨，當春而發，所以可喜。雨驟風狂，則必損物。次聯正寫雨細風微，乃爲可喜。五、六句言夜景，雲黑火明，承「隨風潛入夜」。七、八句言曉景，紅濕花重，承「潤物細無聲」。

《月》：「四更山吐月，殘夜水明樓。塵匣原開鏡，風簾自上鈎。兔應疑鶴髮，蟾亦戀貂裘。斟酌嫦娥寡，天寒奈九秋。」首聯下句承上句，「殘夜」貼「四更」，「水明樓」貼「山吐月」。水即月也，因上已出「月」字，故借水言月色，且可對「山」字。鏡從塵匣而開，先暗後明，所云「四更山吐月」也。月止一鈎，却在風簾之外，所云「殘夜水明樓」也。「疑」字從白髮生來，「戀」字從貂裘生來，自形容愛月之況。月猶疑我、戀我，我其如月何哉？末聯興己客居不奈秋之意，「斟酌」字、「耐 」字，分明有幽閒貞静思。

《與任城許主簿遊南池》：「秋水通溝洫，城隅進小船。晚凉看洗馬，森木亂鳴蟬。菱熟經時雨，蒲荒八月天。晨朝降白露，遥憶舊青氊。」起句出題，中四句南池之景，結句發壯遊之感也。

《重題鄭氏東亭》：「華亭入翠微，秋日亂清暉。崩石欹山樹，清漣曳水衣。紫鱗衝岸躍，蒼隼護巢歸。向晚尋征路，殘雲傍馬飛。」首句點題，次句紀時。水衣，苔也。五句貼四句，六句貼三句，皆登亭所見。末言晚歸之景。

《山寺》：「野寺殘僧少，山園細路高。麝香眠石竹，鸚鵡啄金桃。亂水通人過，懸崖置屋牢。上方重閣晚，百里見纖毫。」「殘」言僧之形，「少」言僧之數。次言寺在山之頂也。三、四狀寺之荒蕪，五、六狀寺之幽僻，四句通言山寺之景。結聯言山寺之高也。

詩有前幅不將題字題意點出，却按義做去，至後幅方點者，如時文之詮而後點也。定爲先做後點格。

《爲農》：「錦里烟塵外，江村八九家。圓荷浮小葉，細麥落輕花。卜宅從茲老，爲農去國賒。遠慚勾漏令，不得問丹砂。」首句爲農之地，次句八九家正是農家也。次聯農之種植也。三聯點題。末引葛洪自比，望仕而仍有出世之意。總不欲鬱鬱老于蜀土耳。

《空囊》：「翠柏苦猶食，晨霞高可餐。世人共鹵莽，吾道屬艱難。不爨井晨凍，無衣牀夜寒。囊空恐羞澀，留得一錢看。」通首句句空囊，于末點題。留一錢以看囊，正見囊空。

《長吟》：「江渚翻鷗戲，官橋帶柳陰。波飛競渡日，草見踏青心。已撥形骸累，真爲爛熳深。賦得新句穩，不覺自長吟。」通首俱是長吟。起聯是供長吟之景物。次聯是供長吟之時節。五句是暇于長吟之日，六句是得于長吟之味。末聯點題。

《遠遊》：「江闊浮高棟，雲長出斷山。塵沙連越嶲，風雨暗荆蠻。雁矯啣蘆内，猿啼失木間。敝裘蘇季子，歷國未知還。」上四句皆遠遊之景。五、六句遠遊之苦。末引蘇自比，以歷國未還，點「遠遊」二字。

《狂夫》：「萬里橋西一草堂，百花潭水即滄浪。風含翠篠娟娟浄，雨裛紅蕖冉冉香。厚禄故人書斷絶，恒饑稚子色凄凉。欲填溝壑惟自放，自笑狂夫老更狂。」起句是狂夫之棲處，便與人不同。「翠篠」，草堂前物，「紅蕖」，潭水中物。二句寫景，是狂夫之賞玩，更自不俗。五句狂夫之交接，六句狂夫之過活。七句狂夫之結果，末句點題。

詩有于起句立意，下皆發明此句之意者，如時文家之先立綱後發明也。定爲立綱發明格。

《早起》：「春來常早起，幽事頗相關。帖石防隤岸，開林出遠山。一丘藏曲折，緩步有躋攀。童僕來城市，缾中得酒還。」首句題面，次句立意，下六句皆幽事也。昔人謂杜詩把握多在第二句，此等是也。三句有事設防也，四句有事出景也。五句有事于善藏也，六句有事于登臨也。凡此皆幽人之事。稍不關心，則隤者隤，蔽者蔽，在丘壑無曲折之趣，欲出步無攀陟之樂，一春之景，盡荒頽而不可問矣。「常早起」，以此結句，以城市付之童僕，所以得遂其幽事也。此詩八句，各用一致力字，俱在第三字，讀去却不覺。

《返照》：「返照開巫峽，寒空半有無。已低魚復暗，不盡白鹽孤。荻岸如秋水，松門似畫圖。牛羊識童僕，既夕應傳呼。」日落則峽暗，返照有以開之。「寒空半有無」，此句一篇之綱，下六句分承「半有無」三字，兼承「寒空」二字。「已低」言返照已低，故不及照魚復浦而遂暗，寫出浦中寒空之色。「不盡」言返照未盡，故猶及映白鹽山，而孤山最高，返照其上，見其當空而孤，凜凜有寒意。「已低」是半無，「不盡」是半有也。岸皆秋荻，如秋水，一望皆寒空也。松密之處，其隙如門，如畫圖，似真非真，描出「寒空」二字更奇。此二句亦言返照之影，如水如畫，妙于形容半有半無。牛羊尚識童僕，是返照尚有光也。及其既夕，惟聞傳呼，是童僕不見牛羊而傳呼也。時返照已無矣，亦寫半有半無之景。彼此應和，空中但聞童僕呼應而已，則寒空可知。返照詩，此爲絶唱。此篇之妙，次句盡之。

《孟冬》：「殊俗還多事，方冬變所爲。破柑霜落爪，嘗稻雪翻匙。巫峽寒都薄，烏蠻瘴遠隨。終然減灘瀨，暫喜息蛟螭。」身處異鄉，不能一無所事。「方冬變所爲」者，變多事爲無事也，下皆發明無事。人之所不能無事者，多在謀食，今有柑可破，有稻可嘗，是無事也。人之所不能無事者，多在謀衣，今寒薄地煖，無事禦冬，是無事也。孟冬水落，無蛟螭震盪之恐，益可相安于無事矣。

《小至》：「天時人事日相催，冬至陽生春又來。刺繡五紋添弱線，吹葭六管動飛灰。岸容待臘將舒柳，山意衝寒欲放梅。雲物不殊鄉國異，教兒且覆掌中杯。」「天時人事」四字並起，下錯互言之，總見「天時人事日相催」意。唐宫中以女工揆日之長短，冬至後日添一線之功。冬至黄鐘之管，葭灰自動。岸若待臘以開柳，其容可掬，山若衝寒以放梅，其意可猜。《左傳》凡分至起閉，書雲物以志休咎。感雲物之不殊，而歎鄉國之異也。有兒可呼，且盡掌中之杯，聊以自遣也。次句總言天時，陽始生，春又來，日相催也。次聯言人事，三聯言天時。「添」與「動」、「待」與「衝」，日相催也。「雲物」言天時，「鄉國」言人事，「不殊」與「異」，日相催也。末句總言人事，曰「且覆」，亦相催之意也。小至，冬至前一日也。又按：「冬至陽生春又來」一句，亦照中二聯。曰「添線」，曰「動灰」，是冬至也，曰「將舒柳」，曰「欲放梅」，是春又來也。

詩有逐句逐聯挨次承接，上以生下，下以應上，蟬聯而下者。定爲蟬聯承遞格。

《放船》：「送客蒼溪縣，山寒雨不開。直愁騎馬滑，故作泛舟回。青惜峰巒過，黄知橘柚來。江流大自在，坐穩興悠哉。」前四句放船之由，後四句二言放船之景，二言放船之樂。「青」字、「黄」字微讀，上一下四句法。「山寒」句承「送客」來，次聯承「雨不開」來，後四句承「泛舟」來，從頭順説。

《暮寒》：「霧隱平郊樹，風含廣岸波。沉沉春色静，慘慘暮寒多。戍鼓猶長擊，林鶯遂不歌。忽思高宴會，朱袖拂雲和。」平郊霧色是暮景，波爲風含是寒景。沉沉春静承首句，説明暮色慘慘；寒多承次句，説明寒意。戍鼓至暮而長擊，林鶯感寒而不歌，承次聯來。結句從最相反處形容，人云樂極悲來，我亦可悲來樂極，亦是無聊之詞。

《懷灞上遊》：「悵望東陵道，平生灞上遊。春濃倚野騎，夜宿敞雲樓。離别人誰在，經過老自休。眼前今古意，江漢一歸舟。」東陵道即長安東門也。「悵望」，今日在夔之悵望也。「平生」言昔日之遊也。次聯承次句來，所云「平生灞上遊」也。三聯承首句來，所云「悵望東陵道」也。結句總承上文，眼前俯仰，便成古今，昔之勝遊如此，今之悵望如此，我意只思一歸舟耳。

《寄杜位》：「寒日經簷短，窮猿失木悲。峽中爲客恨，江上憶君時。天地身何在，風塵病敢辭。封書兩行淚，霑洒裛新詩。」首句紀時，次句喻客。三句承次句窮猿之悲，比爲客之恨也。四句承首句寒日之短，見憶君之時也。五、六句承客恨，七、八句承憶君。

《望兜率寺》：「樹密當山徑，江深隔寺門。霏霏雲氣重，閃閃浪花翻。不復知天大，空餘見佛尊。時應清盥罷，隨喜給孤園。」山徑爲密樹所掩，寺門爲深江所隔，寫出可望不可即意。三句承首句，雲氣籠于樹頂，益覺山徑之樹密。四句承二句，浪花翻于江上，益覺寺門之隔遥。五句承三句，惟雲氣當山而重，則天之大不復可辨，所望者惟一氣耳。六句承四句，惟浪花隔寺而翻，則佛之尊不復可見，所望者亦空餘耳。上六句皆是望寺，末二句欲遊也。

劍堂詩法排律第四

鄒國沙臨君宜評選

王維《秋日懸清光》：「寥廓涼天静，晶明白日秋。圓光含萬象，碎影入閑流。迥與青冥合，遥同江甸浮。晝陰殊衆木，斜影下危樓。宋玉登高怨，張衡望遠愁。餘暉如可托，雲路豈悠悠。」此詩分三解看。前四句出題，上二句點「秋日」，下二句點「清光」，作承上起下，是一解。中四句言景，上二句寫遠景，下二句寫近景，描出「懸」字之象，是二解。後四句言情，上二句以宋玉承上秋日，以張衡起下干進。蓋玉之所悲者秋也，衡之所愁者不得君而作也。下二句言餘暉可托，雲路豈遠，則求進之意也，是應試體，是三解。

柴宿《初日照清華宫》：「靈山初照日，遠近見離宫。影動參差裏，光分縹緲中。鮮飈收晚翠，佳氣滿晴空。林潤温泉入，樓深複道通。璇題生烱晃，珠綴引葱蘢。鳳輦何時下，朝朝此望同。」此詩一起一收，中分二解。首句出「初日照」，次句出「華清宫」，題面已完，是一起也。「影動參差裏」承「靈山」，「光分縹緲中」承「遠近見」，「鮮飈收晚翠」寫「初」字，「佳氣滿晴空」寫「照」字，合四句皆「初日照」，是一解也。「林潤温泉入，樓深複道通」二句，寫華清宫之壯勝，「璇題」、「珠綴」寫華清宫之華麗，「生烱晃」、「引葱蘢」寫「照」意。四句賦清華宫，是二解也。温泉宫改爲華清宫，在驪山，皇帝歲幸之所，末以望幸作結合體，是一收也。

喻鳧《春雨如膏》：「羃羃歛輕塵，濛濛濕野春。細光添柳重，幽點濺花勻。慘淡遊絲景，徘徊落絮宸。迴低飛蝶翅，寒滴語禽身。洒岳摧餘雪，吹江叠遠蘋。東城與南陌，晴後趣何新。」此詩二句起，二句結，中間平鋪八句。首句狀雲，是題前，次句寫雨，是題位。中間八句，曰柳、曰花、曰遊絲、曰落絮、曰飛蝶、曰語禽、曰餘雪、曰遠蘋，皆切「春」字。曰添重、曰濺勻、曰游絲、曰落絮、曰低蝶、曰滴禽、曰洒摧、曰吹叠，皆切「膏」字。末二句以「晴」結，則題後也。

《出籠鶻》：「玉鏃分花袖，金鈴出彩籠。摇心長捧日，逸翰鎮生風。一點青霄裏，千聲碧落中。星眸隨狡兔，霜爪落飛鴻。每念提攜力，常懷搏擊功。以君能惠好，不敢没遥空。」此詩分六節看。首韵點題，「玉鏃分花袖」謂鶻在韝上也。次句出題，題是「出籠鶻」，謂出籠在韝，將獵也。是先題起法，以下皆自此寫去。首韵是一節。次韵寫將出之勢，是一節。三韵寫已出之象，是一節。四韵寫出之之能，是一節。五韵寫既出之心，是一節。末韵寫懷德之意以自況，是一節。逐韵相承，挨層而下，自極前後淺深之致，開時文八股法門。

元友直《小苑春望宫池柳色》：「柳色新池遍，春光御苑晴。葉依青閤密，條向碧流傾。路暗陰初重，波摇影轉清。風從垂處度，烟就望中生。斷續遊絲住，飄飄戲蝶輕。怡然變芳節，願得一枝榮。」此詩一起一結，中分兩解。首二句點出全題。二、三韵實賦柳色，暗藏「望」字。四、五韵實寫「望」字，暗藏「柳色」。末二句寓干進之意作結合體。按：中八句寫景處皆帶晴意，不脱春字。「青閤」是宫，「碧流」是池。「路暗」句承「葉依青閤密」，「波摇」句承「條向碧流傾」。「風從垂處度」總承上「葉」、有柳有色。

「條」、「陰」、「影」，「烟就望中生」又起下「遊絲」、「戲蝶」。曰斷續、曰飄颻、曰住、曰輕，描寫望中之景，

陸贄《禁中春松》：「陰陰清禁裏，蒼翠滿春松。雨露恩偏近，陽和色更濃。高枝分曉日，虚吹雜宵鐘。香助爐烟遠，形疑翠蓋重。願符千載壽，不羡五株封。倘得迴天眷，全勝老碧峰。」此詩前四句一解。首句出「禁中」，次句出「春松」，「雨露恩偏近」説明禁中之松，「陽和色更濃」説明春日之松。中四句一解，實寫「松」字。五句言其色，六句言其聲，七句言其氣，八句言其象。「分曉日」切春，「宵鐘」、「爐烟」、「翠蓋」切禁中。後四句一解。上二句頌揚，下二句寓干請之意，俱切「松」字。

張喬《月中桂》：「與月轉鴻濛，扶疎萬古同。根非生下土，葉不墜秋風。結蘂圓時足，低枝缺處空。影超群木外，香滿一輪中。未種丹霄日，應虚白兔宫。如何同片玉，散植在堂東。」首句明點「月」字，次句暗點「桂」字，次韵足上韵，寫明月中之桂，是一解。中四句實賦「月中桂」，是二解。四韵趨下，末韵以凡桂之托處非地寓意作結，是三解。

吴融《玉堂種竹》：「當砌植檀欒，濃陰五月寒。引風吹玉牖，摇露滴金盤。有韵和宫漏，無香雜畹蘭。地疑雲鏁易，日近雪封難。静稱圍棋會，閒宜閣筆看。他年終結實，不羡樹棲鸞。」首韵出題，二、三韵言竹在玉堂之景，是一解。四、五韵言竹在玉堂之宜，是一解。末韵頌美作結。

王涯《望禁門松雪》：「宿雲開霽景，佳氣此時濃。瑞雪凝清禁，祥烟羃小松。依稀鴛瓦出，隱映鳳樓重。金闕晴光照，瓊枝瑞色封。葉鋪全類玉，柯偃乍疑龍。詎比寒山上，風霜老昔容。」此詩亦分

六節看，但與《出籠鶻》一首做法微不同。首韻一節，籠題虛起，以雲霽起下「瑞雪」，以「佳氣」起下「祥烟」。次韻一節，上句出「禁門雪」，下句出「松」，不言望而望在其中。三韻一節，實賦禁門。四韻一節，上句鎖上禁門，下句起下松雪。五韻一節，專寫松雪，其中「依稀」、「隱映」、「光」、「色」、「類」、「疑」等字，皆寫「望」字。末韻一節，上句反照「禁門」，下句反照「雪」字，以開筆作結，亦寓深意。

顏粲《白露爲霜》：「悲秋將歲晚，繁露已成霜。徧渚蘆先白，霑籬菊自黄。應鐘鳴遠寺，擁雁渡三湘。氣逼襦衣薄，寒侵宵夢長。滿庭添月色，拂水斂荷香。獨念蓬門下，窮年在一方。」此詩一起一結，中間平鋪八句，皆言霜景。一二句點題。三句以蘆白言霜象，四句以菊黄言霜姿，五句以鐘鳴言霜候，六句以雁渡言霜信，七句以逼衣言霜氣，八句以侵夢言霜情，九句以庭月言霜色，十句以池荷言霜威。末二句寓意作結，即用《秦風·蒹葭》中義也。

張子容《長安早春》：「開國移東井，方城啓北辰。咸歌太平日，共樂建寅春。雪盡黄山樹，冰開黑水津。草迎金埒馬，花待玉樓人。鴻漸看無數，鶯遷聽轉頻。何當桂枝擢，還及柳條新。」此詩分三解看。首二句極寫長安形勝，次韻寫太平景象，上韻出「長安」，下韻出「早春」，是一解。中四句實賦長安早春之景，是二解。後四句切定早春，以漸逵、遷喬起下干進之意，是三解也。

白行簡《春從何處來》：「欲識春生處，先從木德來。入門潛報柳，度嶺暗驚梅。透雪銀花散，消冰水鑑開。曉迎郊祀發，夜逐斗杓回。淑氣空中變，新聲曲裏催。偏能調律吕，應是候陽臺。」此詩一起一結，中分兩解。題是「春從何處來」，若爲問詞，故首云「欲識春生處，先從木德來」，直爲答詞也。

點明全題，是一起。三句以「報柳」見春來，四句以「驚梅」見春來，五句以雪散見春來，六句以冰開見春來，此四句寫春來，是一解。七句言春從郊祀來也，八句言春從斗杓來也，九句言春從空中來，十句言春從曲裏來也。此四句寫「何處」，是一解。末韵以調燮意作頌美，是一結。

陳翥《曲江亭望慈恩寺杏園花發》：「曲江晴望好，近接梵王家。十畝開金地，千林發杏花。映雲猶誤雪，照日欲成霞。紫陌傳香遠，紅泉落影斜。園中春尚早，亭上路非賒。芳景堪遊處，其如惜物華。」此詩三解做法。前四句出落全題，中四句望中之景，後四句望時之情。

鄭谷《春草碧色》：「萇弘血染新，含露滿江濱。想得尋花徑，應迷拾翠人。窗紗橫映砌，袍袖半遮茵。天借新晴色，雲饒落日春。嵐光垂處合，眉黛看時嚬。願與仙桃比，無令惹路塵。」此詩一起一結，中分兩解。首句暗出「碧色」，次句暗出「春草」，是一起。二、三韵實賦春草，是一解。四、五韵實賦碧色，是一解。末二句自況，是一結。

裴次元《亞父碎玉斗》：「雄謀竟不決，寶玉將何愛。倏爾霜刃揮，霎若春冰碎。飛光動旌旗，雜響震環佩。霜摧繡帳前，星流錦筵内。伯王業已虚，爲鹵語空悔。獨有青史中，英風冠千載。」此詩分三解。首韵碎玉之由，次韵碎玉之事，是前一解。三韵碎玉之聲勢，四韵碎玉之形象，是中一解。五韵碎玉之心，末韵碎玉之名，是後一解。前解書事也，中解寫景也，後解尚論兼弔古之情也。

白行簡《金在鎔》：「巨橐方鎔物，洪鑪欲範金。紫光看漸發，赤氣望逾深。燄爇晴雲變，烟浮晝景陰。堅剛由我性，鼓鑄任君心。踴躍徒標異，沉潛自可欽。何當得成器，待扣向知音。」首韵點題，是一起。二、三韵寫鎔，是一解。四、五韵寫金，是一解。末以成器自況，是一結。

朱延齡《秋山極天浄》：「雨洗高秋浄，天臨大野閑。葱蘢清萬象，繚繞出層山。日落千峰上，雲銷萬壑間。緑蘿霜後翠，紅葉雨來殷。散彩輝吴甸，分形壓楚關。欲尋霄漢路，翹首願登攀。」首韵出秋天浄，次韵出山，是前解。三、四韵寫秋山浄，是中解。末二韵寓干進之意，言「吴甸」、「楚關」山色秋浄可愛，雲路不遠，當從此處去也，是後解。

童（漢）〔翰〕卿《昆明池石織女》：「一片昆明石，千秋織女名。象星何皎皎，臨水更盈盈。苔作湔裙色，波爲促杼聲。岸雲連鬢濕，沙月對眉生。有臉蓮同笑，無心鳥不驚。還如朝鏡裏，形影自分明。」首韵點出全題，中鋪八句，貼切「池」字，言景。末韵以石女形影寓言主司明鑑。

《空水共澄鮮》：「悠悠四望通，渺渺水無窮。野鶴飛天際，烟林出鏡中。雲消澄偏碧，霞起淡微紅。落日浮光滿，遥山翠色同。樵聲喧竹嶼，棹唱入蓮叢。遠客舟中興，煩襟暫一空。」此詩分三解。前解「空水」，望以空而四通，鶴以空而飛天，渺渺無窮，烟林出鏡，所謂「空水」也。中解「澄鮮」，曰「碧」、曰「紅」、曰「光」、曰「翠」、曰「雲」、「霞」、「山」、「日」，皆澄鮮之義也。後解寫情，以「樵聲」、「棹唱」陪起「遠客」，以「竹嶼」、「蓮叢」引動舟興，迴顧題原作結。

馬異《觀開元皇帝東封圖》：「儼若翠華舉，登封圖乍開。冕旒明主立，冠劍侍臣陪。迹類飛仙去，光同拜日來。粉痕疑檢玉，黛色訝生苔。挂壁雲將起，凌風仗若迴。何年復東幸，魯叟望悠哉。」首韵出題，是一起。二、三韵寫圖中人物之盛，是一解。四、五韵美圖中用筆之工，是一解。末韵望幸，是一結。

李頻《觀蘭亭圖》：「往會人何處，遺踪事可觀。林亭今日在，草木古春殘。筆想吟中駐，杯疑飲後乾。向青穿峻嶺，當白認回湍。月影窗間夜，湖光枕上寒。不知詩酒客，誰更慕前歡。」此詩與上首同格。首韵出「觀圖」。二、三韵寫林亭草木，群賢詩酒之盛。四、五韵寫山水顔色，活潑淒其，逼人之狀。末韵是景慕之意。

侯洌《金谷園花發懷古》：「金谷千年後，春花放滿園。紅芳徒笑日，濃艷尚迎軒。雨濕輕光軟，風摇碎影翻。猶疑施錦帳，堪歎罷朱紈。愁思鶯吟澀，啼容露墜繁。殷勤問前事，桃李竟無言。」此詩分兩截做，與諸法不同，另是一格。首韵出「金谷園花發」，次韵寫花發，是晴和光景，三韵寫花發，是風雨光景。四韵是過峽，通篇樞紐，以第七句承上花發，第八句起下懷古。五韵、六韵實寫懷古也。上一截是金谷園花發，而「千年」、「徒」、「尚」等字已透下懷古之意。下一截是懷古，而「鶯吟」、「露墜」、「桃李」等字，又挽上花發，針線嚴密。

許堯佐《石季倫金谷故園》：「石氏遺文在，凄涼見故園。清風思奏樂，衰草念行軒。舞榭荒苔掩，歌臺落葉繁。斷雲歸舊壑，流水咽新源。曲沼殘烟斂，叢篁宿鳥喧。惟餘池上月，猶似對金樽。」此詩首韵點題。中四韵極寫故園荒涼之景，平鋪八句。末韵切石崇事作結，有弔古之意。

胡權《濟川用舟楫》：「渺渺水連天，歸程想幾千。孤舟辭曲岸，輕檝濟長川。迴指波濤雪，遥瞻島嶼烟。心迷滄海上，目斷白雲邊。泛濫雖無定，維持且自專。還如聖明代，理國用英賢。」前解出落題目。首韵從欲濟説入，次韵點「濟川用舟楫」。中解寫濟川之景。後解照題原作結。

張友正《錦帶佩吴鈎》：「帶劍誰家子，春朝紫陌遊。結邊霞聚錦，懸處月隨鈎。彩縷迴文出，雄芒練影浮。葉依花裏艷，霜向鍔中秋。的皪翻驄馬，斒斕映綺裘。應須持報國，一匆月支頭。」首韵出題，是起。末韵報効，是結。當中平鋪八句，一句錦帶，一句吴鈎，而佩義自見。

王損之《濁水求珠》：「積水非澄澈，明珠不易求。依稀沉極浦，想像在中流。瞪目思清鑑，褰裳悔暗投。徒看川色媚，空愛夜光浮。月入疑龍吐，星歸似蚌遊。終稀識珍者，採掇在冥搜。」此詩首韵一起，上句出「濁水」，下句反出「求珠」。下十句皆言不易求也。二、三韵描寫「求」字，帶定「珠」字，是一解。四、五韵描寫「珠」字，不脱「求」字，是一解。末韵一結，繳合題原，亦寓干請之意，總言不易求也。

張謂《日落山照曜》：「徘徊空山下，晼晚殘陽落。圓影過峰巒，半規入林薄。餘光徹群岫，亂彩分重壑。石鏡共澄明，巖光同照灼。棲禽去杳杳，晚烟生漠漠。此意誰復知，獨懷謝康樂。」前解「日落」，謂徘徊空山之下，看殘陽落去，過峰巒而流圓影，入林薄止留半規也。中解「山照曜」，句句貼切。後解則日落已後之景之情也。謂「禽去」、「烟生」，晚景如畫，當此之際，殊動懷古之情也。結到題原上去，寫日落不脱「山」字，寫「山照曜」不脱「日落」字，寫題後説出題中之人，字字珠璣。

李華《海上生明月》：「皎皎秋中月，團團海上生。影開金鏡滿，輪抱玉壺清。漸出三山上，將凌一漢横。素娥嘗藥去，烏鵲遶枝驚。照水光偏白，浮雲色最明。此時堯砌下，蓂莢正敷榮。」此詩六節做。首韵一節，點出全題。次韵一節，做「月」字。三韵一節，做「海上生」三字。四韵一節，承上起下。五韵一節，做「明」字。末韵一節，以頌聖作結。

盧肇《風不鳴條》：「習習和風至，柔條詎自鳴。暗通青律起，遠望緑蘋生。拂樹花仍發，經林鳥不驚。幾牽蘿影動，潛惹柳烟輕。入谷迷松響，開窗失竹聲。風雷交感後，應識冥天情。」首韵點題，是起。末韵歸合題原，是結。中間八句，惟次韵單説風，然曰「暗通青律」、「遠望緑蘋」，則風微可知，已含不鳴意。下三韵皆「風不鳴條」也，平排而下。

張彙《春風扇微和》：「木德生和氣，微微入曙風。暗催南向葉，漸翥北歸鴻。澹蕩侵冰谷，悠揚轉蕙叢。拂塵迴廣路，汎瀨過遥空。暖上烟光際，雲移律候中。扶摇如可借，從此戾蒼穹。」首韵出題，中間平鋪八句，末韵干進之意。

公乘億《春風扇微和》：「麗日催遲景，和風扇早春。暖浮丹鳳闕，韶媚黑龍津。澹蕩迎仙仗，霏微送畫輪。緑摇宫柳散，紅待禁花新。舞席皆迴雪，歌筵暗送塵。幸當陽律候，延賞共佳辰。」此詩一起一結，中間平鋪八句。曰「浮」、曰「媚」、曰「迎」、曰「送」、曰「摇」、曰「待」、曰「迴」、曰「送」，「扇」字活見。

徐夤《東風解凍》：「暖氣發蘋末，凍痕銷水中。扇冰初覺泮，吹海旋成空。入律三春變，朝宗萬里通。岸分天影闊，色照日光融。波起輕摇緑，鱗遊下躍紅。殷勤拂弱羽，飛翥趁和風。」首韵出題，是一起。上句暗點「東風」，下句明點「解凍」。二、三韵實做「東風解凍」，是一解。曰「扇」、曰「吹」，東風也。曰冰泮、曰海空，解凍也。次韵合寫。「入律」句承冰泮，東風也。「朝宗」句承海空，解凍也。三韵分寫。四韵、五韵描寫解凍後之景，是一解。末韵自寓，是一結。

李紳《山出雲》：「杳靄祥雲起，飃飃翠岫新。縈峰開石秀，吐葉間松春。林静翻空少，山明度嶺頻。迴崖時掩鶴，過澗或隨人。姑射朝映雪，陽臺晚伴神。悠悠九霄上，應坐玉京賓。」首句賦起「雲」，二句賦起「山」，三、四句賦「出」字，是一解。中四句極寫「山出雲」之景，是二解。「姑射」、「陽臺」二句，是以仙雲起下「九霄」、「玉京」字。末韵有自況意，是三解。

陸暢《山出雲》：「靈山蓄雲彩，紛郁出清晨。望樹繁花白，看峰小雪新。映松張蓋影，依澗布魚鱗。高似從龍處，低如觸石頻。濃光藏半岫，淺色類飄塵。玉葉開天際，遥憐占早春。」首韵出題。中鋪八句，次韵寫其色，三韵寫其形，四韵寫其勢，五韵寫其氣。末以雲之功用作結。

焦郁《白雲向空盡》：「白雲生遠岫，摇曳入晴空。乘化隨舒卷，無心任始終。欲銷仍向日，將斷或因風。勢薄飛難定，天高色易窮。影收元氣表，光滅太虚中。況復從龍去，還施潤物功。」此詩分六節看。首韵一節，出「白雲向空」。次韵一節，言易盡之理。三韵一節，言欲盡之景。四韵一節，言將盡之勢。五韵一節，言已盡也。末韵一節，以功用作結，自況也。

《清華宫望幸》：「驪岫接新豐，岧嶤駕碧空。鑿山開秘殿，隱霧蔽仙宫。绛闕猶棲鳳，雕梁尚帶虹。温泉曾浴日，華館舊迎風。肅穆瞻雲輦，深沉閉綺櫳。東郊望幸處，瑞氣靄濛濛。」此詩亦分兩截做。首韵言宫之地基，次韵言宫之形勝，三韵言宫之美麗，以上六句是做「華清宫」，一截。四韵言宫之被幸已久，五韵上句寫幸時之景，下句寫不幸之景，承上起下之過峽也，末韵言望幸情景，以上六句是做「望幸」，一截。

錢起《湘靈鼓瑟》：「善鼓雲和瑟，嘗聞帝子靈。馮彝空自舞，楚客不堪聽。逸韵諧金石，清音發杳冥。蒼梧來怨慕，白芷動芳馨。流水瀍湘浦，悲風過洞庭。曲終人不見，江上數峰青。」此詩分六節看。首韵一節，直出全題。次韵一節，襯寫「鼓瑟」。三韵一節，正寫「鼓瑟」。四韵一節，鼓時之情。五韵一節，鼓時之景。「流水」、「悲風」，皆曲調也，用切關合。末韵一節，通結上文。「曲終」結「鼓瑟」，「人不見」結「湘靈」，「江上」結湘浦，「峰青」結洞庭山。

元稹《河鯉登龍門》：「魚貫終何益，龍門在此登。有成當作雨，無用恥爲鵬。激浪誠難泝，雄心自可憑。風雷潛會合，鬐鬣忽騰凌。溟滓辭河濁，烟霄見海澄。迴瞻順流輩，誰敢望同升。」此詩一起一結，中分兩解。首韵出題，是起。二、三韵一解，「登龍」之志也，從未登時寫。四、五韵一解，「登龍」之事也，從登時寫。末韵一結，從登後寫，自命不凡。

錢可復《鶯出谷》：「玉律陽和變，時禽羽翮新。載飛初出谷，一囀已驚人。拂柳宜烟煖，銜花覺路春。迎風翻翰疾，向日弄吭頻。求友心何切，遷喬幸有因。華林饒玉樹，棲託及芳晨。」前解出題，中解寫景，後解言情。

陸扆《禁林聞曉鶯》：「曙色分層漢，鶯聲繞上林。報花開瑞錦，催柳綻黄金。斷續隨風遠，間關送月沉。語當温樹近，飛覺禁園深。繡户驚殘夢，瑶池囀好音。願將棲息意，從此沃天心。」首韵出題，是起。二、三韵一解，做「曉鶯」。四、五韵一解，做「禁林聞」。末韵寓意，是結。

李景《都堂試貢士日慶春雪》：「密雪分天路，群才坐粉廊。靄空迷晝景，臨宇借寒光。似煖花銷地，無聲玉滿堂。灑詞偏誤曲，留硯忽因方。幾處曹風比，何人謝賦長。春暉早相照，莫滯九衢芳。」首二句一起。二、三韵一解，寫「春雪」，發明首句。四、五韵一解，寫「貢士」，發明次句。寫慶雪處，切定都堂，寫試士處，不脱春雪。末二句一結，寓干請意。

姚康《早春殘雪》：「微暖春潛至，輕明雪向殘。銀鋪光漸濕，珪破色仍寒。無柳花常在，非秋露正團。素光浮轉薄，皓質駐應難。幸得依陰處，偏宜帶月看。玉塵銷欲盡，窮巷起袁安。」首韵出題，是一起。二、三韵寫雪景，是一解。四、五韵寫殘景，是一解。末韵寓意，是一結。

沈亞之《春色滿皇州》：「何處春暉好，偏宜在雍州。花明夾城道，柳暗曲江頭。風軟遊絲重，光融瑞氣浮。鬭雞憐短草，乳燕傍高樓。繡轂盈香陌，新泉溢御溝。行看日欲暮，迴騎似川流。」前解點題，首句出「春色」，次句出「皇州」，然以「暉」、「雍」代色，「皇」字猶屬籠統，故次韵承明言之。「花明」、「柳暗」，點明「春色」，「夾城」、「曲江」，點明「皇州」也。中解寫春色。後解寫「滿」字。

韓濬《清明日賜百僚新火》：「朱騎傳紅燭，天厨賜近臣。火隨黄道見，烟繞白榆新。榮耀分他日，恩光共此辰。更調金鼎味，還暖玉堂人。灼灼千門曉，煇煇萬井春。應憐螢聚夜，瞻望及東鄰。」首韵出「賜百僚火」，次韵出「清明新火」，是一解。三韵實發賜百僚火，四韵寫賜火之功用，是二解。五韵推廣一步，趨末韵干請之意，是三解也。

莫宣卿《百官乘月早朝聽殘漏》:「建禮儼朝冠,重門耿夜闌。碧空蟾影度,清禁漏聲殘。候曉車輿合,凌霜環珮寒。星河猶皎皎,銀箭尚珊珊。杳靄祥光近,霏微瑞氣攢。忻逢聖明代,長願接鵷鸞。」首韻出「百官早朝」,次韻出「乘月聽殘漏」,是前解。中一解寫景。後一解寫情。

國朝排律

張曾慶《除夕前二日侍直恭覽聖諭》:「禁苑今重直,清宫接上清。簾垂冬亦煖,漏滴午餘聲。秘殿乾坤大,層軒日月明。文思披典則,彝訓定章程。謾侈三都賦,欣隨八伯賡。歲除新福集,玉憲萬春榮。」此兩截法也。上三韻是「侍直」,一截,下三韻是除夕覽聖諭,一截。

蔣伊《喜雨》:「一鳴雷出地,十里霧籠天。新漲金塘急,長虹玉帳鮮。曉看山竹翠,晚覺禁花燃。涼殿深藏燕,高林暗咽蟬。碧含千嶺色,青起萬家烟。聖澤歌優渥,恩波遍九埏。」此詩一起一結,中鋪八句。首韻題前起。中四韻皆寫雨景。末韻頌揚結。通篇皆喜意也。

馮班《春寒花較遲》:「花前疑臘在,迢遞失春期。日淡雪晴後,露清風曉時。試香初數朵,斂態不盈枝。粉冷難成笑,朱凝未吐辭。鶯啼如有待,蝶舞似相思。剪綵龍刀澀,窗中出手遲。」此詩三解。前解「春寒」,帶出「花」字。中解「花較遲」,切定「春寒」。後解以鶯蝶之情起剪綵自寓之意,得應制體。上韻結花遲,下韻結春寒。

顔光敏《送大宗伯真定公歸里》:「不羡綸扉召,恒山有敝廬。嘉謨先鑄鼎,浩氣久凌虚。邊徼烽烟静,春臺象緯舒。皇躬遲黻冕,臣分合樵漁。肯續靈均賦,長焚樂毅書。萬方霖雨切,翹首奉安車。」此詩一起一結,中分兩解。首韵出「歸里」,是起。二、三韵揚其謀略,是一解。四、五韵嘉其忠悃,是二解。末韵點奉送,是一結也。

毛奇齡《南鎮》:「古鎮封東越,名山表會稽。周官頒令册,夏禹錫元圭。丹殿憑嵓迥,紅墻入路低。天官懸畫額,地勢控雕題。代遠圖書杳,雲深竹箭迷。春還尋祕蹟,長望草萋萋。」此詩分六節看。首韵一節,槩舉幅幀。次韵一節,追叙前蹟。三韵一節,描寫形勝。四韵一節,言職方衝要之重。五韵一節,言圖書物産故事。末韵一節,有懷古之意也。

毛奇齡《宿玄妙觀書范道士榻》:「借宿上清家,松壇日影斜。白歸天際鶴,紅掩洞門花。羽駕留雙節,玄經貯五車。春星排玉豆,晚飯進胡麻。海嶠丹砂遠,函關紫氣賒。相逢仙室秘,爲我授瑶華。」此詩亦兩截做法。首韵直入,次韵寫宿景,承次句,三韵切玄妙觀,承首句,是「宿玄妙觀」,一截。四韵上句承上「宿」字,下句起下「道士」,五韵切「道士」,末韵切「榻」,是「范道士榻」,一截。

閻循奇《風過御苑清》:「上苑清光迥,從知澹蕩功。參差花散彩,縹緲日扶紅。裊裊移丹閣,遲遲入綺宫。暗隨仙仗發,遥逐曉雲空。習静凉生宇,飄香露滿叢。玉壺光映月,珠綴響迎風。」前解出題,中解寫「風過御苑」,後解寫「清」字。

李紱《潤物細無聲》:「靈液含膏澤,絪緼識化機。度溪翻影暗,近水掠光微。冉冉看初密,蕭蕭聽更稀。柳垂争引帶，燕舞各霑衣。坐失簾纖響，行知斷續飛。草心辨生意，可獨謝春暉。」首韵從雨説起。二、三韵一解，寫雨細之景。四、五韵一解，寫潤物無聲。末韵一結。

李紱《薰風自南來》：「氣轉清和候，微風着體輕。於時欣長養，與物助生成。占用年豐稔，來當日丙丁。將雲歸北渚，送雨到前榮。迎户紅榴綻，穿簾紫燕横。無須憂不競，未許弱條鳴。」首韵一起。二、三韵做「薰風」，是一解。四、五韵做「自南來」，是一解。末韵一結。

竇光鼐《風動萬年枝》：「不争群卉艷，獨以萬年名。日煖冬枝秀，風吹夏景清。參差翻夕照，摇曳趁朝晴。動處條微拂，過時鳥不驚。根莖隨地固，花葉信天榮。小草叨噓植，特將答聖明。」前解出題，中解寫景，後解寫意。

毛奇齡《從大江口將入石頭》：「北渚新軍府，南維古帝鄉。波濤連楚越，形勝在齊梁。紅寺浮江闊，青山出岸長。磯摇飛燕子，風便逐龍驤。鉦鼓來吴會，宫臺入建康。曉雲生海谷，秋雨過帆檣。吹笛邀桓叔，揮兵想顧郎。石頭方在望，對此轉芒芒。」此詩分四解。一、二韵概言形勢，是一解。三、四韵賦「大江口」，是二解。五、六韵寫舟行之景，是三解。七、八韵結「將入石頭」，是四解。

湯斌《院中宿直》：「清切推丹地，瞻依近紫宸。龍池鐘漏晚，鳳沼月華新。古木流霜影，宫雲澹玉津。聖皇開治象，元化正含淳。幸備班行後，叨承異數頻。端貞期拜獻，樗散愧冠紳。年老才將盡，憂多道轉親。夜深星斗闊，始悟與天鄰。」上八句院中宿直之景，歸美帝功，下八句院中宿直之情，挽結題目，亦是兩截做法。

郭棻《壬辰七月上御太和殿命定南大將軍敬謹親王出師仍躬送于廣寧門外恭紀》：「皇猷勤遠略，拜將遣桐封。授鉞開三殿，出車警六龍。霓旌鑾輅炯，犀甲露華濃。廟算仁無敵，王師勇克恭。伏波專虎節，下瀨掃狼烽。銅鼓傳三捷，彤弓錫九重。銘勳江上石，闢國日南賨。一統鴻圖奠，凌烟佇畫容。」一解出落全題，二解出師，三解南征，四解期望功成，頌揚結之。

徐緘《許寺》：「一日高人宅，千年浄域開。樓臺存晉姓，朝市隔秦灰。龍象棲蝙蝠，蓮花繡古苔。天臨雙塔迴，殿轉衆山來。驟雨鳴飢鸛，微風落早梅。郊烟春樹密，海月晚鐘催。客滯逢花發，僧貧數燕回。闌干城郭近，寇盗角聲哀。」一解叙來歷，二解狀規模，三解寫時景，四解言情況。

王峻《春秋多佳日》：「歲序中天正，春秋麗景多。暄涼平秩候，遠近雨暘和。瑞靄花光動，天香桂影過。熙陽臨玉宇，皓月展金波。南畝看携饁，西疇早刈禾。桑麻皆美蔭，稌黍起歡歌。大化行無外，端居慶有那。唐虞當此日，風物勝卷阿。」一解出落全題。二解就天時上見其「佳」。三解就地利上見其「佳」。四解歸美之意。按：此詩中間八句寫景處，一句春，一句秋。

蔡新《野含時雨潤》：「清和呈景淑，甘雨正逢時。物自凝膏入，風還逐潤吹。青郊浮翠色，碧沼漾漣漪。靄靄連雲合，霏霏帶露滋。水田看浴鷺，烟樹聽鳴鸝。種麥傳興慶，觀禾憶寶岐。豐年應有兆，霈澤自無私。行徧康衢上，頻聞擊壤詩。」此詩四解。首韵出「時雨」，次韵出「含潤」，是一解。三、四韵正寫「雨潤」，已帶「野」字，是二解。五、六韵正寫「野含」，不脱「時雨」，是三解。七、八韵頌揚，是四解。

朱佩蓮《山川出雲》：「封濬承恩渥，祥雲布太和。無心徐吐岫，有態淺籠波。蒸氣凌秋薄，浮嵐變夏多。孤飛穿白練，軒舉罩青螺。隱見屏端合，悠揚鏡裏過。川陰輕度嶺，山帶遠環河。非霧魚鱗疊，如烟樹杪拖。應占王佐兆，澍雨過嘉禾。」首句暗點「山川」，次句明點「雲」字，是起。二、三韵一解，寫「出」字。四、五韵一解，寫雲景，是分説。六、七韵一解，寫雲景，是總説。末言祥瑞功用，是結。

鍾鳳翔《山川出雲》：「山川承帝澤，雲氣透巖阿。一片生瑶島，千重起白波。爲鱗依碧潤，觸石護青螺。蓋影排空上，峰形入夏多。濃陰環罩處，甘雨一番過。羃䍥騰天畔，氤氲盎太和。熙朝滋棫樸，皇化被菁莪。多士從龍日，颺言賡帝歌。」首句出「山川」，次句出「雲」，三句點明山出雲，四句點明川出雲，是一解。三、四韵賦雲景，是二解。五、六韵言雲之功用，是三解。七、八韵頌揚政化，是四解。

沈德潛《春蠶作繭》：「蠶月條桑後，蠶家閉户嚴。纏綿絲漸吐，宛轉縷俱銜。巧性形能肖，藏身裏似緘。圓時擬比甕，掛處想栖巖。理緒覘多藴，文心悟不凡。已看筐滿滿，旋摘手摻摻。黼黻憑繅藉，荆揚足貢函。冰紘成五色，清廟奏韶咸。」首二韵一解，言作繭之景象。三、四韵一解，寫成繭之形貌。五、六韵一解，説繭已成也。上韵贊美，下韵收拾。七、八韵一解，言繭之用，則頌詞也。

周人麒《農乃登麥》：「粦麥明昭賜，農家福共膺。秋成猶未報，夏至已先登。日煖金莖簇，風喧玉粒凝。兩岐沾雨露，九穩壓溝塍。枷板村村急，車箱處處增。閭閻歌樂利，婦子盡歡騰。祈實魚曾薦，嘗新氣合升。皇心勤率育，豐稔自頻仍。」首句出「麥」，二句出「農」，三句陪起下句，四句出「乃登」，是一解。三、四韵寫「麥」，是二解。五、六韵寫「登」，是三解。「祈實」句就麥前説，「嘗新」句就登後説，末韵頌揚，是四解。

甚原詩説

萇原詩説提要

《萇原詩説》四卷，據《冒氏叢書》本點校。撰者冒春榮（一七〇二—一七六〇），字寒山、萇原，號花源漁長、柴灣樵客，江蘇如皋人。布衣。掌教浙西、江左間書院。有《萇原集》、《紫翠閣詩鈔》。此書無序跋，四卷凡一百三十六則。蔣寅《清詩話考》詳列其中一百餘則之出處，多抄自黄生《詩麈》、沈德潛《説詩晬語》兩書，間亦及楊載《詩法家數》、范德機《木天禁語》、王世貞《藝苑卮言》等元明人詩法之作。或即以黄、沈兩書爲主，講學於諸書院。卷一下有「五言律説」，卷二下有「七言律説」，卷三下有「排律説」、「絶句説」，卷四下有「樂府説」、「古體説」等小字標示，似即詩體教本也。卷四一則記乾隆丙辰館友人姜恭壽白蒲書室，與姜挑燈論詩，駁馮班《嚴氏糾謬》甚詳。又卷三一則列唐初、盛、中、晚四期之具體年份，或抄自葉之溶《小石林詩話》二編。光緒末，冒廣生編《冒氏叢書》，網羅冒氏族人著作，或未明其編輯教材而已，遂致闌入，遂行於世矣。

葚原詩說卷之一

如皋冒春榮葚原

詩有古今諸體，初學未能徧攻，當先自近體始。近體有五七言律、五七言排律、五七言絶句。元周伯弜《三體詩法》，差可津梁後學。顧第舉其大綱，而唐人章法、字法、句法、起法、對法、收法，極盡變化，尚惜未備。今略舉之，以示吾黨。

今人詩集，不特詩不如古人，開卷一覽詩題，則去古人遠矣。學詩須先學製題。毛稚黄云：「作詩先相題，猥瑣、尖新、淫褻、幺魔等題，可無作也。作詩先擇韵，險俗、僻澀之韵，可弗用也。」詩句之韵，如大廈之立石柱，此處不牢，傾倒立見。故有看去極平而斷難更易者，安穩故也。杜詩云「懸崖置屋牢」，可悟韵脚之法。

四方偏氣之語，不相通曉，惟中原漢音，天下通行。蓋中原天地之中，得氣之正，聲音散布，各能相入。是以詩中宜用中原之韵，則使人人可曉。押韵不宜多用啞韵，如四支、十四鹽兩韵中多啞字，須擇而用之。

詩之五言八句，如制藝之起承轉合爲篇法也。起聯道破題意，次聯承其意，第三聯用開筆，結句收轉，與起聯相應，以成章法。須著精神，切弗草率。苟一結衰憊，前路雖佳，亦非全璧。

詩有賦起，有比起，有興起，有兩句雙起而下六句分發其意者，有篇中主在一句餘承其意者，有六句俱若散布而意在結句者。

起聯有對起，有散起。唐人散者居多，惟杜甫好用對起。其對起法，有一意相承者，又有兩意分對者，大抵熟於詩律，故拈著便對。若起聯是兩意，則次聯必分應之。或中二聯各應一句，或中二聯止應一句，至末聯再應一句。或前三聯各開説，用末聯總收。近體詩莫多於老杜，故法莫備於老杜。

起聯須突兀，須峭拔，方得題勢。入手平衍，則通身無氣力矣。有開門見山道破題意者，有從題前落想入者，亦有倒提逆入者，俱以得勢爲佳。

有平起，有仄起，有引句即用韵起。仄起者，其聲峭急。平起者，其聲和緩。仄起而用韵者，其響更切。平起而用韵者，其聲稍浮。下筆自得消息。如杜審言「獨有宦游人，偏驚物候新」，岑參「詔出未央宫，登壇拜總戎」，李白「犬吠水聲中，桃花帶雨濃」，王維「柳暗百花明，春深五鳳城」，杜甫「落日在簾鉤，溪邊春事幽」，顧況「何地避春愁，終年憶舊遊」，此皆仄起用韵者也。如董思恭「琵琶馬上彈，行路曲中難」，劉希夷「佳人眠洞房，回首見垂楊」，高適「諸生曰萬盈，四十乃知名」萬盈，高適甥也。杜甫「宫衣亦有名，端午被恩榮」，嚴維「蘇躭佐郡時，近出白雲司」，韓翃「春城乞食還，高論此中閒」，喻鳧「空爲梁父吟，誰竟是知音」，此皆平起用韵者也。至郎士元之「暮蟬不可聽，落葉豈堪聞」，高棅謂「工於發端」。試問「不可聽」、「豈堪聞」有兩意乎？此起句之最率者。

詩有就題便爲起句者，如李白「牛渚西江夜」，周朴「湖州安吉縣，門外與雲齊」，張祜「一到東林寺，春深景致芳」是也。又有離題爲起句者，如齊己《漁父》詩「湘潭春水滿，湘岸草青青」，曹松《聞猿》

詩「曾宿三巴路，今來願不聽」，于鵠《牡丹》詩「萬計教人買，華慚保惜深」，崔曙《春閨》詩「寒食月明雨，落花香滿堤」是也。

有第一句點題者，如《柱杖》詩云「一條寒澗木」，《賈島舊居》云「先生居處所」，《看山》云「山未露孤嶺」，《貧居》云「貧居少變故」，《懷隱者》云「寂寥見隱者」是也。第二句點題者，如《送無可》詩云「圭峰霽色新，送此草堂人」，《得唐應圖信》詩云「故人離別久，孤雁度良宵」，《訪道者不遇》云「寂寂白雲裏，尋真不見真」，《送友生》云「相逢未作期，相送復何之」是也。又有第三句見題者，如《寄方干》云「賀監舊山川，空來近百年，聞君琴與鶴」，《贈願上人》云「滄海日未出，九衢人已行，吾師無事坐」，《哭李建州》云「令終歸故里，末歲道如初，舊識誰爲誌」是也。有第四句見題者，如《送僧歸華山》云「此生披衲過，在處得身閑。日午遊都市，天寒歸華山」，《送李秀才南歸》詩云「頻年住帝畿，猶著舊麻衣。南國二親老，西風萬里歸」是也。

中二聯或寫景，或叙事，或述意，三者以虚實分之。景爲實，事、意爲虚，有前實後虚、前虚後實法。凡作詩不寫景而專叙事與述意，是有賦而無比興，即乏生動之致，意味亦不淵永，結構雖工，未足貴也。善詩者常欲得生動之致，淵永之味，則中二聯多寓事、意於景。然景有大小、遠近、全略之分，若無分別，亦難稱作手。如：「雲霞出海曙，梅柳度江春。淑氣催黄鳥，晴光轉緑蘋。」杜審言一大景，一小景也。「浮雲連海岱，平野入青徐。孤嶂秦碑在，荒城魯殿餘。」杜甫一遠景，一近景也。「退朝花底散，歸院柳邊迷。樓雪融城溼，宫雲去殿低。」一半景，一全景也。至「蟬噪林逾静，鳥鳴山更幽」，王元美以寫景一例少之。又「圓荷浮小葉，細麥落輕花」，宋人已議之矣。

寫景寫情，不宜相礙。前説晴，後説雨，則相礙矣。亦不可犯複。前説沅、澧，後説衡、湘，則犯複矣。字面亦須避忌。字同音異者，或偶見之，若字義俱同，必從更易。

律詩以對仗工穩爲正格。有前二聯不相屬對者。有起聯對而次聯用流水句者，謂之換柱對。有以第三句對首句、第四句對次句者，謂之開門對。爲類頗多，姑略舉之。有全首俱對者，老杜多此體。有全首俱不對者，太白多此體。皆屬變格，或間出而用之。

「玉窗朝日映，羅帳春風吹。拭淚攀楊柳，長條宛地垂」沈佺期，「言從石菌閣，新下穆陵關。獨向池陽去，白雲留故山」王維，「無家對寒食，有淚如金波。斫却月中桂，清光應更多」杜甫，「遺榮期入道，辭老竟抽簪。豈不惜賢達，其如高尚心」唐玄宗，「清晨入古寺，初日照高林。曲徑通幽處，禪房花木深」常建，此換柱對格也。「昔年秋露下，羈旅逐東征。今歲春光動，崎嶇別上京」韓愈，「幾思同静話，夜雨坐禪牀。未得重相見，秋燈照影堂」鄭谷，「昨夜越溪難，含悲赴上蘭。今朝踰嶺易，抱笑入長安。」失名，此開門對格也。

有兩句中字法參差相對者，謂之犄角對。如「衆水會涪萬，瞿唐争一門」杜甫，「衆水」與「一門」對，「涪萬」與「瞿唐」對。「舳艫争利涉，來往任風潮」孟浩然，「舳艫」與「風潮」對，「利涉」與「來往」對是也。

有本句中自相對偶者，謂之四柱對。如「赭圻將赤岸，擊汰復揚舲」王維，「四年三月半，新筍晚花時」元稹，「遠山芳草外，流水落花中」司空曙是也。

有雙聲對者，如「留連千里賓，獨待一年春」，此頭雙聲也。「我出崎嶇嶺，君行磝碻山」，此腹雙聲也。「野外風蕭索，雲裏月朦朧」，此尾雙聲也。又有叠韵對者，如「徘徊四顧望，悵恨獨心愁」，「平明披黼帳，窈窕步花庭」，此頭叠韵也。「疏雲雨滴瀝，薄霧樹朦朧」，「磴危攀薜荔，石滑踐莓苔」，此尾叠韵也。

有借字音相對者，謂之假對。如「枸杞因吾有，鷄栖奈爾何」杜甫，「廚人具鷄黍，稚子摘楊梅」孟浩然，一借「枸」作「狗」，一借「楊」作「羊」。「根非生下土，葉不墮秋風」，「五峰高不下，萬木幾經秋」，俱借「下」作「夏」。「因遊樵子徑，得到葛洪家」，「捲簾黄葉落，鏁印子規啼」，「殘春紅葉在，終日子規啼」，以「紅」、「黄」對「子」，皆假色也。「白首爲遷客，青山繞萬重」，「閒聽一夜雨，更對柏巖僧」，以「遷」對「萬」，以「柏」對「一」，皆假數也。

有次聯不對至第三聯方對者，謂蜂腰對，言已斷而復續也。如賈島詩「下第惟空囊，如何在帝鄉？杏園啼百舌，誰醉在花傍？淚落故山遠，病來春草長。知音逢豈易，孤棹負三湘」是也。

有對而不對、不對而對者，如李頎「春風潮水上，飲馬杏花時」，雖不對而聲勢自相應。若杜甫「江漢思歸客，乾坤一腐儒」，則上句「思歸」是聯字，下句「腐儒」是聯字，合讀若對，字實不對，亦不可不知其疵也。

三四句法貴匀稱，承上陡峭而來，宜緩脈赴之。五六必聳然挺拔，別開一境，上既和平，至此必須振起也。崔顥《贈張都尉》詩：「出塞清沙漠，還家拜羽林。」和平矣，下接云：「風霜臣節苦，歲月主恩深。」杜甫《送人從軍》詩：「今君渡沙磧，累月斷人烟。」和平矣，下接云：「好武寧論命，封侯不計年。」《泊岳陽城下》詩：「岸烟翻夕浪，舟雪洒寒燈。」和平矣，下接云：「留滯才難盡，艱危氣益增。」如此拓開，方振得起。温岐《商山早行》，於「鷄聲茅店月，人跡板橋霜」下接「槲葉落山路，枳花明驛牆」，周朴賦《董嶺水》，於「禹力不到處，河聲流向西」下接云「過衙山色遠，近水月光低」，便直塌下去，少振拔之勢。

對句宜工，亦不宜太切。如清風、明月，緑水、青山，黄鶯、紫燕，桃紅、柳緑，便是蒙館對法。對法不可合掌。如一動必一静，一高必一下，一縱必一横，一多必一少，此類可以遞推。如耿湋「冒寒人語少，乘月燭來稀」，「稀」、「少」合掌。李宗嗣「普天皆滅焰，匝地盡藏烟」，「皆」、「盡」合掌。賈島「流星透疏水，走月送行雲」，「流」、「走」合掌。曹松「汲水疑山動，揚帆覺岸行」，「行」、「動」合掌。顧在鎔「犬爲孤村吠，猿因冷水號」，「號」、「吠」並聲。崔顥「川從陝路去，河繞華陰流」，「川」、「河」並水。此皆詩之病也。

近體以起承轉合爲首尾腰腹，此脈絡相承之次第也。首動則尾隨，首擊則尾應。腹承首後，腰居尾前，不過因首尾以爲轉動而已。是故一詩之氣力在首尾，而尾之氣力視首更倍，如龍行空，如舟破浪，常以尾爲力焉。唐人佳句，二聯爲多，起次之，結句又次之，可見結之難工也。其法有於結句見詩意者，有點明題字者，有放開一步，或宕出遠神、或就本位收住者，有寓意者，有補繳者。張説「不作邊城將，誰知恩遇深」，就題上「夜飲」作收也。王維「君問窮通理，漁歌入浦深」，從上句「解帶」、「彈琴」

宕出遠神也。杜甫「何當擊凡鳥，毛血洒平蕪」，就畫鷹説到真鷹，放開一步法也。凡結句皆就上文體勢成之，舉一可以反三。

結句須含蓄爲佳。如登山詩「更登奇盡處，天際一仙家」，此句意俱未盡也。别友詩「前程吟此景，爲子上高樓」，此乃句盡意未盡也。春閨詩「欲寄回文字，相思織不成」，此則意句俱盡矣。

王元美謂「章法之妙，有不見句法者。句法之妙，有不見字法者」。此最上法門，即工巧之至而入自然者也。學者工夫未到，豈能頓詣此境？故作詩必先謀章法、句法、字法，久之從容於法度之中，使人不易得其法。若不講此，非邪魔即外道矣。

一首有一首章法，一題數首又合數首爲章法。有起結，有次序，有照應，闕一不得，增一不得，乃見體裁。陳思《贈白馬王》，謝家兄弟酬答，杜少陵《遊何將軍園林》之類是也。今人一題數首至二三十首，意思詞采，彼此互見，雖構多篇，索其指歸，一首可了。買菜求益，不如割愛爲愈。

作詩以導其意所欲言。古體不拘排偶，可以直抒己意，故雖有句法，鍛鍊之工尚少。至五言八句，聲律、對偶，格式一定，必須鑄意成辭，命辭遣意，非鍛鍊句法，何以見工？唐人句法，備有多種，説者不能悉舉。學者玩習既久，可自得變化之妙。

句法最忌直率，直率則淺薄而少深婉之致。戴叔倫之「如何百年内，不見一人閒」，不若趙嘏「星星三鏡髮，草草百年身」。韓愈之「況與故人别，那堪羇客秋」，不若靈一「官柳鄉愁亂，春山客路遥」。貫休之「故國在何處，多年未得歸」，不若司馬札「芳草失歸路，故鄉空暮雲」。兩相比較，淺薄深婉自見。

以十字道一字者，拙也，約之以五字則工矣。以五字道一事者，拙也，見數事於五字則工矣。如韋應物「浮雲一別後，流水十年間」，權德輿則以「十年曾一別」五字盡之。如高適「大都秋雁少，只是夜猿多」，馬戴則云「楚雨霑猿暮，湘雲拂雁秋」，「猿」、「雁」之外更道數事。此所謂鍊字、鍊句尤不如鍊意也。

唐玄宗「劍閣横雲峻」一篇，王維「風勁角弓鳴」一篇，神完氣足，章法、句法、字法俱臻上乘，此五律正格。而李白「五月天山雪，無花祇有寒。笛中聞《折柳》，春色未曾看」。一氣直下，不就羈縛。王維：「萬壑樹參天，千山響杜鵑。山中一夜雨，樹杪百重泉。」分頂上二語，而一氣赴之，尤爲龍跳虎卧之筆。皆天然入妙，未易攀躋，然學者不可不從此問津。

句法有倒裝横插，明暗呼應，藏頭歇後諸法。法所從生，本爲聲律所拘。十字之意，不能直達，因委曲以就之。所以律詩句法多於古詩，實由唐人開此法門。後人不能盡曉其法，所以句多直率，意多淺薄，與前人較工拙，其故即在此。

五字爲句，有上二下三，上三下二，上一下四，上四下一，上二下二中一，上二中二下一，上一中二下二，上二下一中三，凡八法。上二下三，如「玉劍浮雲騎，金鞭明月弓」盧照鄰，「澗水空山道，柴門老樹村」杜甫。上三下二，如「把君詩過日，念此别驚神」杜甫，「一封書未返，千樹葉皆飛」于武陵。上一下四，如「臺倚烏龍嶺，樓侵白雁潭」許渾，「雁惜楚山晚，蟬知秦樹秋」司空曙。上四下一，如「雀啄北窗晚，僧開西閣寒」喻鳧，「蓮花國土異，貝葉梵書能」護國僧。上二中一下二，如「旌旗朝朔氣，笳吹夜邊聲」杜審言，「星河秋一雁，砧杵夜千家」韓翃。上二中二下一，如「春風騎馬醉，江月釣魚歌」司空曙，「晴山開殿翠，秋水掩簾寒」許渾。上一中二下二，如「地盤山入塞，河繞國連天」張祜，「井鑿山含月，風吹聲出林」賈島。上一下一中三，如「星臨萬户動，月傍九霄多」杜甫，「劍留南斗近，書寄北風遥」祖咏。此皆以五字成句，而句中有讀者也。

唐人多以句法就聲律，不以聲律就句法，故語意多曲，耐人尋味。後人不知此法，順筆寫去，一見了然，無意味矣。如老杜「清旭楚宫南，霜空萬里含」，順之當云「萬里楚宫南，霜空清旭含」也。「北歸衝雨雪，誰憫敝貂裘」，順之當云「誰憫貂裘敝，北衝雨雪歸」也。「野禽啼杜宇，山蝶夢莊周」，順之當云「莊周山蝶夢，杜宇野禽啼」也。玩此可以類推。

詩句中有眼，須鍊一實字，句便雅健。如「行雲星隱見，疊浪月光芒」杜甫，「古砌碑横草，陰廊畫雜苔」司空曙，「旅愁春入越，鄉夢夜歸秦」杜甫，「星河秋一雁，砧杵夜千家」韓偓，「夜潮人到郭，昏霧鳥啼山」張凡，「殘暑蟬催盡，新秋雁帶來」。又須用一響字，如「白沙留月色，緑竹助秋聲」李白，「孤燈然客夢，寒杵搗鄉愁」岑參，「荷香銷晚夏，菊氣入新秋」駱賓王。又有故用一拗字者，如「掬水月在手，弄花香滿衣」李白，「渡口月初上，人家漁未歸」劉長卿，「殘影郡留月，一聲關謝鷄」劉滄。此皆第三字致力也。

詩中用字，本之書卷，出之胸臆。取之善則無病，否則爲累。大概詩家常用者，自然秀而隱，反是則笨而險。近體中常用者，自然雅而清，反是則俗而濁。世有喜新厭熟，務用艱澀字面者，固不可與言詩矣。至於古詩字料，尤難入近體。六朝人競尚綺靡，專以他字替本字。自唐興律體，掃滌繁蕪，一軌大雅。學者所宜亟辨，惡可混用乎？

用字宜雅不宜俗，宜穩不宜險，宜秀不宜笨。一字之工，未足庇其全首；一字之病，便足累其通篇，下筆時最當斟酌。蓋近體與古詩不同，既以五言八句爲限，其體則方，其調則圓。

詩腸須曲，詩思須癡，詩趣須靈。意本如此而説反如彼，或從題之左右前後曲折以取之，此之謂曲腸。狂欲上天，怨思填海，極世間癡絶之事，不妨形之於言，此之謂癡思。以無爲有，以虚爲實，以假爲真，靈心妙舌，每出人意想之外，此之謂靈趣。

詩腸之曲，如宋之問「不寄西山藥，何由東海期」，本羨天台道士之成仙，反言以激之，正深望其寄藥。岑參「勤王敢道遠，私向夢中歸」，本怨赴邊庭，歸期難必，却反言不敢道遠，夢中可歸。張九齡「自匪常行邁，誰能知此音」，本憚行邁，反説曲江溪中溪水松石之音，足以怡人。杜甫「漸喜交遊絶，幽居不用名」，本怨朋友絶跡，反以喜言。又「萬方頻送喜，無乃聖躬勞」，非恐聖躬勞於應接，正恐聖心狃目前收京之喜，不爲剪滅朝食之計耳。所以知詩中有此意者，以上文有「雜鹵横戈數，功臣甲第高」二語，故結句云云，可謂妙於立言矣。詩思之癡，如李白「剗却君山好，平鋪湘水流。巴陵無限酒，醉煞洞庭秋」。杜甫「斫却月中桂，清光應更多」。萬楚「河水浮落花，花流東不息。應見浣紗人，爲道長相憶」。詩趣之靈，如李白「歲晚或相訪，青天騎白龍」。又「白髮三千丈，緣愁是箇長。不知明鏡裏，何處得秋霜」。杜甫「山鬼迷春竹，湘娥倚暮花」。唐人惟具此三者之妙，故風神洒落，興象玲瓏。

自宋以後，此妙不傳，所以用盡氣力，終難與唐人作敵也。

近體以氣格爲主，風神爲輔。用事不化則傷氣格，用字不妙則損丰神。唐人惟老杜「讀書破萬卷」，使事用字，多從經史中來，然下筆有神，融洽無迹，尤非餘子所能學步。

用字最宜斟酌，俚字不可用，文字尤不可用。用俚字是劉昭禹《郡閣閒談》所謂「四十個賢人，著一屠沽兒不得」也。用文字則又學究矣。至語助入詩，自是宋人陋習。若潛玩唐人詩，則無此失。詩中以虚字爲筋節脈絡，承接呼應之間，有當用處，有不當用處。不當用而用則句不健，當用而不用則意不醒，此中最宜消息。

虚字呼應，是詩中之綫索也。綫索在詩外者勝，在詩内者劣。今人多用虚字，綫索畢露，使人一覽略無餘味，皆由不知古人詩法故耳。或問綫索在詩外詩内之説，曰：此即書法可喻。書有真、有行、有草。行草牽繫聯帶，此綫索之可見者也。真書運筆，全在空中，故不可見，然其精神顧盼，意態飛動處，亦實具牽繫聯帶之妙。此惟善書者知之。故詩外之綫索，亦惟善詩者得之。

嚴滄浪謂：「詩有别才，非關學也。」以言神明妙悟，不專學問之意，非教人廢學也。誤用其説者，因有原伯魯之譏。而今之談藝家，又專尚漁獵。若家有類書、韵府，便稱作者。究其流極，厥弊維均。吾恐楚則失矣，齊亦未爲得也。

詩家寫有景之景不難，所難在寫無景之景，此惟老杜能之。如「河漢不改色，關山空自寒」，寫初月易落之景；「日長惟鳥雀，春遠獨紫荊」，寫花事既罷之景，偏從無月無花處著筆。

寫景之句，以工緻爲妙品，真境爲神品，淡遠爲逸品。如「芳草平仲緑，清夜子規啼」沈佺期，「明月松間照，清泉石上流」王維，「雨中山果落，燈下草蟲鳴」同上，「緑樹村邊合，青山郭外斜」孟浩然，「松生青石上，泉落白雲間」賈島，「泉聲入秋寺，月色徧寒山」于武陵，皆逸品也。如「日落江湖白，潮來天地青」王維，「四更山吐月，殘夜水明樓」杜甫，「野徑雲俱黑，江船火獨明」同上，「鷄聲茅店月，人跡板橋霜」温庭筠，皆神品也。若唐句可稱妙品者，則不可勝舉矣。

學詩者每作一題，必先立意。不能命意者，沾沾於字句，方以避熟趨生爲工。若知命意，迥不猶人，則神骨自超，風度自異。僅在字句求新者，猶村漢著新衣，徒增醜態而已。

作懷古詩，必切時地。杜甫《公安縣懷古》中聯云：「洒落君臣契，飛騰戰伐名。」簡而能該，真史筆也。咏物必從大處著筆，勿落纖巧。杜甫《咏房兵曹(相)〔胡〕馬》云：「所相無空闊，真堪託死生。」馬之德性調良，俱以十字傳出。

歸愚沈氏云：「詩貴性情，亦須論法，雜亂無章，非詩也。所謂法者，行乎不得不行，止乎不得不止。而起伏照應，承接轉換，自神明變化於其中。若泥定此處應如何，彼處應如何，不以意運法，轉以意從法，則死法矣。天地間水流雲在，月到風來，何處著得死法？」

詩以自然爲上，工巧次之。工巧之至，始入自然。自然之妙，無須工巧。高廷禮列老杜於大家，不居正宗之目，此其微旨。五言如孟浩然《過故人居》，王維《終南別業》，又《喜祖三至留客》，李白《送友人》，又《牛渚懷古》，常建《題破山寺後禪院》，宋之問《陸渾山莊》，此皆不事工巧極自然者也。

五律句中，於平仄仄平用占之外，一三字雖不拘，然必須音韻合調，使呼應愜順。若於不拘平仄字，隨筆填湊成句，句雖無病，調則有病。宜平而仄，宜仄而平，誦之自不合調矣。

偶作散行，亦必有不得不散之勢乃佳。苟難於屬對，率爾放筆，是借散行以文其陋。又有通體俱散者，李白《夜泊牛渚》，孟浩然《晚泊潯陽》，僧皎然《尋陸鴻漸》等作，興到成詩，無與人力。此外有八句平對、五六散行、前半扇對之式，皆詩之變格。作詩不學古人則無本。徒學古人，拘之繩尺，不敢少縱，則無以自立。「擬議以成變化」，乃詩家之要論也。

歸愚沈氏《説詩晬語》云：「古人同作一詩，不必同韻。即同韻亦在一韻中，不必句句次韻也。自元、白創始，而皮、陸唱和，又加甚焉。以韻爲主，而以意相從，中有欲言，不能通達矣。近代專以此見長，名曰『次韻』，實則趁韻。宜其血脈横亘，句聯意斷也。有志之士，當不囿於俗。」《緗素雜記》云：「凡詩用韻有數格，一曰葫蘆，二曰轆轤，三曰進退。葫蘆韵者，先二後三。轆轤韵者，雙出雙入。進退韵者，一進一退。」韓子蒼有進退格詩曰：「盜賊猶如此，蒼生困未蘇。今年起安石，不用笑包胥。子去朝行在，人應問老夫。髭鬚衰白盡，瘦地日攜鋤。」蓋「蘇」、「夫」二韵皆在七虞，「胥」、「鋤」在六魚也。

五律起句多用仄韵，亦有起句即用平韵者。宋人又入别韵，謂之「孤雁入群格」。然亦必於通韵中借入，如冬韵詩起句入東，支韵詩起句入微，豪韵詩起句入蕭、肴是也。雜亂則不可爲訓。至李笠翁於結句又創爲「孤雁出群」，近人五律亦用之，尤謬之甚者也。五言律説

葚原詩説卷之二

如皋冒春榮葚原

予所論五言律法，亦可通於七言。第於五言增二字，則句易失於弱。惟以實字爲虚字，則句調自然健拔。近人不知七律難於五律，率爾便作，以爲應酬之具，開卷十倍他體，相習成風，無所改悔。世稱杜子美爲詩聖，按其正集詩凡一千四百二十四首，别本附録四十八首，其中七律僅一百五十首。每稱唐人七律之多，無如子美，而七律於諸體，纔十之一。子美既聖矣，猶嚴於法，則其難能也可知。

七律難於五律，七言句若可截去二字作五言，便不成詩。須字字去不得，方是好詩。所以句要藏字，字要藏意，如連珠不斷方妙。

近人作七言律，或有宗仰盛唐，專主氣格，識見非不高，但矯枉過正，又如笨伯，不能行動。大抵氣格固不可廢，風神亦不宜減，此在虚實之間，善自探討。氣格以主之，風神以運之，斯爲上乘。作詩先須立意。意者，一身之主也。如送人，則言離别不忍相舍之意。寄贈，則言相思不得見之意。題咏花木之類，則用《離騷》芳草之意。故詩如馬，意如善馭者，折旋操縱，先後疾徐，隨意所之，無所不可，此意之妙也。又如將之用兵，或攻或戰，或屯或守，或出奇以取勝，或不戰以收功，雖百萬之衆，多多益善，而敵人莫能窺其神，此意之妙也。意在於假物取意則謂之興，罕譬而喻則謂之比，鋪張實事則謂之賦。但貴圓合透徹，辭語相頡頏，務使意在言表，涵蓄有餘不盡，乃爲佳耳。是以妙悟者，意之所向，透徹玲瓏。如空中之音，如有聞而不可彷彿。如象外之色，雖有見而不可描摸。如水中之味，雖有知而不可求索。洞觀天地，眇視萬物，是爲高古。剖出肺腑，不借語言，是爲入神。超遠虛空，了悟生死，是爲離象。寄興悠揚，因彼見此，是爲造巧。隔關寫景，不露形迹，是爲不俗。故意在於閒適，則全篇以雅淡之言發之。意在於哀傷，則全篇以悽婉之情發之。意在於懷古，則全篇以感慨之言發之。此詩之悟意也。意既立，必須得句。第一字句得於天然，不待雕琢，律吕自諧，神色兼備。奇絶者如孤厓斷峰，高古者如黄鐘大吕，飄逸者如清風白雲，森嚴者如旌旗甲兵，雄壯者如千軍萬馬，華麗者如奇花美女，如是爲妙句。其次必須造語精工。或動静大小，真假生死，遠近古今，虛實有無。或變化彷佛，使一句之中，常具數節義，乃爲佳句。是以洞觀天地之句，似放誕而非放誕。剖出肺腑之句，似粗俗而非粗俗。了達生死之句，似虛無而非虛無。寄興悠揚之句，意之所至，信手拈來，頭頭是道，不待思索，得于自然。隔關寫景之句，不落方體，不犯正位，不滯聲色，左右上下，無所不通，似著題而非著題，非悟者不能作也，可概得矣。下字必須清活響，與一篇之意、一句之意相通，各自卓立，而復相承，自爲本色。若洞觀天地之句，其字宜籠放，宜開闊，宜雄渾。剖出肺腑之句，其字宜沉著，宜痛快。了達生死之句，其字宜高古，宜真率。寄興悠揚之句，其字宜涵蓄不露，宜優游不迫。隔關寫景之句，其字宜精工，宜神奇，宜飛動，宜變化，宜峻峭，宜飄逸，每每有似真非真，似假非假，若有若無，若彼若此之意，斯爲得之。總之，一詩之中，必先得意。一句之中，必先得字。先得意，後得句，而字在乎其中，不待求索者，上也。若先得句，因句之所在而生意，或先或後，使意能成就其句之美者，次也。若先得字，因字而生意生句者，又其次也。故意也，句也，字也，三者全備而妙悟。意與句皆悟而字有虧欠，則爲小疵。若有意之句則精神無光，有句之意則徒事妝點。句意俱不足，而惟於一字求工，何足道哉！然意之所忌者，最忌用俗，最忌議論。議論則成文字而非詩，用俗則涉淺近而非古。句之所忌者，最忌虛中之虛，實中之實，須虛中有實，實中有虛。字之所忌者，最忌妝點襯貼。妝點襯貼，蓋非本句之所有，而强牽合以成之者，又不可不知。

唐人命題，便自不苟。如一宴會題，題中人名，彼此互闕，此是各有契分，不相濫及。又或單舉一二人，而餘則從略。以此推之，則其不肯輕易假借，率爾應酬，斷可識矣。是故作詩必擇題，製題必擇人，人不佳則累其題，題不佳則累其詩，下筆不可不慎也。此外如書懷、寫景之類，亦必遇題而後有詩，未有懸詩以待題者。遇題而後有詩，則詩中方得見自己性情。若徒蓄勃勃作詩之興，逢題即和，逢人即詩，雖富有篇什，而己之性情汨没多矣。此識者讀其題而可逆卜其詩之不工也。昔有問作賦之法於司馬長卿者，長卿曰：「能讀千賦則善賦，能觀千劍則善劍。」詩之爲道，亦猶是爾。博觀古人衆製，乃以啓沃方寸之靈源。第初時識其繩尺部位，必不敢率意苟作。此時半字皆無，至有終年不成一詩者。久則得其意味，熟則機趣自生，沛然川至，滃然雲起，不自知其詩之所由來。是真懸詩以待題之時，而亦必無累其詩之題矣。

起句可不用韵，故宋人以來，有入别韵者，謂「孤雁入群體」。然必於通韵中借入，如冬韵詩起句入東，支韵詩起句入微，豪韵詩起句入蕭、肴是已。若庚、青韵詩起句入真、文，寒、删、先韵詩起句入覃、鹽、咸，雜亂不可爲訓。李笠翁以結句亦用别韵，謂之「孤雁出群體」，此斷不可爲訓。

律詩或興起，或比起，或引事起，或就題起，句要突兀高遠。頷聯要承接，如驪龍之珠，抱而不脱。頸聯或寫意，或寫景，與前聯之意相應，又要變化。結句或就題，或開一步，或繳前聯之意，言有盡而意無窮。

七字爲句，中二聯最忌重調。句法則有上四下三，上三下四，上二下五，上五下二，上一下六，上六下一，上二中二下三，上一中三下三，上二中四下一，上一中四下二，上四中一下二，上三中一下三，此十二法盡之。上四下三，如「九天閶闔開宫殿，萬國衣冠拜冕旒」王維，「龍武新軍深駐輦，芙蓉别殿漫焚香」杜甫。上三下四，如「洛陽城見梅迎雪，魚口橋逢雪送梅」李紳，「班竹岡連山雨暗，枇杷門向楚天秋」韓翃。上二下五，如「朝罷香烟攜滿袖，詩成珠玉在揮毫」杜甫，「霜落雁聲來紫塞，月明人夢在青樓」劉滄。上五下二，如「不見定王城舊處，常懷賈傅井依然」杜甫，「同餐夏果山何處，共釣寒濤石在無」。上一下六，如「盤剥白鴉谷口粟，飯煮青泥坊底芹」杜甫，「烟横博望乘槎水，日上文王避雨陵」唐彦謙。上六下一，如「忽驚屋裏琴書冷，復亂簷前星宿稀」杜甫，「忽從城裏攜琴去，許到山中寄藥來」賈島。上二中二下三，如「旌旗落日黄雲動，鼓角因風白草翻」李頻，「論舊舉杯先下淚，傷離臨水更登樓」楊巨源，「百年地僻柴門迥，五月江深草閣寒」，「五更鼓角聲悲壯，三峽星河影動摇」杜甫。上一中三下三，如「魚吹細浪摇歌扇，燕蹴飛花落舞筵」杜甫，「門通三徑連芳草，馬飲春泉踏淺沙」郎士元。上二中四下一，如「山河北枕秦關險，驛路西連漢畤平」崔顥，「宫中下見南山盡，城上平臨北斗懸」杜審言。上一中四下二，如「詩懷白閣僧吟苦，俸買青田鶴價偏」陸龜蒙。上四中一下二，如「永夜角聲悲自語，中天月色好誰看」杜甫。上三中一下三，如「黄金甲鎖雷霆印，紅錦絡纏日月符」。此皆以七言成句，句中有讀者也。

七律平叙易於徑遂，雕鏤失之佻巧，比五言爲難。屬對宜穩，遣事宜切，鍊字宜老，音調宜高，而總歸於血脈動盪，首尾渾成。今人衹於一詩中争一聯出色，取青配白，有好句無章法，所以去古日遠也。

七律不難中二聯，難在發端及結句耳。發端與結句，唐人無不妙者，然亦無轉入他調及收頓不住之病。篇法有起有束，有收有斂，有唤有應，大抵一開則一合，一揚則一抑，一象則一意，無偏用者。句法有倒插，有折腰，有交互，有掉字，有倒叙，有混裝對，非老杜不能也。倒插句法，如「織女機絲虚夜月，石鯨鱗甲動秋風」，順講則「夜月虚織女機絲，秋風動石鯨鱗甲」，與「畫省香爐違伏枕，山樓粉堞隱悲笳」皆是。折腰句法，如「漁人網集澄潭下，估客船隨返照來」，「集」字、「隨」字，句中之腰也。交互句法，如「花徑不曾緣客掃，蓬門今始爲君開」，謂花徑不曾因客而掃，今爲君掃，蓬門不曾爲客而開，今爲君開，上下兩意，交互成對。掉字句法，如「桃花細逐楊花落，黄鳥時兼白鳥飛」，及李商隱「座中醉客延醒客，江上晴雲雜雨雲」之類。倒叙句法，如「侵晨雪色還萱草，漏洩春光有柳條」，「有」已「還」，「還」有「有」，一字兩相關帶，故是倒叙。混裝對句法，如「澗道餘寒歷冰雪，石門斜日到林丘」，謂歷澗道冰雪，尚有餘寒，到石門林丘，已見斜日，故爲混裝對。

形家論龍穴沙水，喜逆而惡順，惟詩亦然。逆則力厚，順則勢走，此章、句、字三者倒叙、倒裝、倒押之法所宜講也。

律用平仄，固有定體，時亦有變體。如杜甫《咏懷古蹟》「摇落須知宋玉悲，風流儒雅亦吾師，悵望千秋一洒淚」，又《贈嚴武》詩「漫向江頭理釣竿，懶眠沙草受風湍，莫倚善題《鸚鵡賦》」，此是第三句用失占格。又韋應物「夾水倉山路向東，東南谷口大河通，寒樹依蓬遠山外」，亦是此格。又杜甫《喜嚴武見過》詩「竹裏行廚」一首，第四句失占格。又杜審言《春日京中有懷》：「今年遊寓獨遊身，愁思看春不當春。上林花裏徒然發，細柳營前葉漫新。公子南橋應盡興，將軍西第幾留賓。寄語洛城風日道，明年春色倍還人。」第三句及結聯失占格。又蘇瓌《興慶池應制》云：「金闕平明宿霧收，瑶池式燕俯清流。瑞鳳飛來隨帝輦，祥魚出戲躍王舟。帷齊緑樹當筵密，蓋轉緗荷接岸浮。如臨竊比微臣懼，若濟叨陪聖主遊。」李白《鳳凰臺》云：「鳳凰臺上鳳凰遊，鳳去臺空江自流。吴宫花草埋幽徑，晉代衣冠成古丘。三山半落青天外，二水中分白鷺洲。總爲浮雲能蔽日，長安不見使人愁。」如此數首，七言律之變也。

施愚山閏章論王維、岑參、杜甫和賈至《早朝》詩，惟杜甫無法。既題早朝，則「鷄鳴」、「曉鐘」，「衣冠」、「閶闔」，律法如是矣。王維歉於岑參者，岑能以「花迎」、「柳拂」、「陽春一曲」，補舍人原唱「春色」二字，則王稍減耳，其他無不同者。何則？律故也。杜即不然。王母仙桃，非朝日也。堂成而燕雀賀，非朝時境也。「五夜」便「日暖」耶？舛也。且「日暖」非早時也。若夫「旌旗」之「動」，「宫殿」之

「高」，未嘗朝者也。曰「朝罷」，亂也。「詩成」與早朝半四句，乏主客也。如是非律矣。若以爲少陵而不可議，是寶夏后氏之璜而忘其玫也。

温、李七律，以屬對擅長。義山「此日六軍同駐馬，當時七夕笑牽牛」，飛卿「回日樓臺非甲帳，去時冠劍是丁年」，對句用逆挽法，詩中得此一律，便化板滯爲活跳。若徒工屬對而乏意義，又不講通首章法，譬之剪綵爲花，全無活相，弗尚也。

元和律體屢變，其間卓然成家者，皆自鳴所長。若李商隱之長於咏史，許渾、劉滄之長於懷古，此其著也。今觀義山之《隋宫》、《馬嵬》、《籌筆驛》諸篇，其造意幽深，律法精密，有出常情之外者。用晦之《凌雲臺》、《洛陽城》、《驪山》、《金陵》諸篇，與乎藴靈之《長洲》、《咸陽》、《鄴都》等作，至今古廢興，山河陳跡，感慨之意，讀之可爲一唱而三嘆矣。三子者，雖不足鳴乎大雅之音，亦變風之後，其正者矣。

咏古詩，未經闡發者，宜援據本傳，見顯微闡幽之意。若前人久經論定，不須人云亦云。王摩詰《西施咏》，李東川《謁夷齊廟》，或别寓興意，或淡淡寫景，以避雷同剿説。此别行一路法也，所謂窄路，實寬路也。

咏史不必專咏一人，專咏一事。己有懷抱，借古人事以抒寫之，斯爲千秋絶唱。後人粘着一事，明白斷案，此史論，非詩格也。至胡曾絶句百篇，尤墮惡道。

遊山詩，永嘉山水主靈秀，謝康樂稱之。蜀中山水主險隘，杜工部稱之。永州山水主幽峭，柳儀曹稱之。略一轉移，失却山川真面。

咏物，小小體也，而老杜最爲擅長。如鄭谷咏鷓鴣則云：「雨昏青草湖邊過，花落黄陵廟裏啼。」此以神韵勝。東坡咏雪尖叉韵詩，偶然遊戲，學之恐入於魔。彼胸無寄託，筆無遠情，如謝宗可、瞿佑之流，直猜謎語耳。

唐以前未見題畫詩，開此體者老杜也。其體全在不粘畫上發論，如題畫馬、畫鷹，必説到真馬、真鷹，復從真馬、真鷹開出議論，後人可以爲式。又如題畫山水有地名可按者，必寫出登臨憑弔之意。題畫人物有事實可拈者，必發出知人論世之意。本老杜法推廣之，纔是作手。

人皆知詩爲吟咏性情之具，而不知性情之何以達於詩。只讀古人所作，述哀怨即真使人欲泣，叙愉快即真使人欲起舞，氣激烈即使人欲擊唾壺，意飄揚即使人如出雲表。此即古人之性情，足與後人相感發處，詩不到此，終非上乘。

點染風花，何妨少爲失實。若小小送别，而動欲沾巾。聊作旅人，而便云萬里。登陟培塿，比擬華、嵩。偶遇庸人，頌言良哲。以至本屬泉石，更懷遯世之思。業處歡娱，忽作窮途之哭。準之立言，皆爲失體。記曰：「志其所至，詩亦至焉。」本乎志以成詩，惡有數者之患？

沈雲卿《龍池樂章》，崔司勳《黄鶴樓》詩，意得象先，縱筆所至，遂擅古今之奇。所謂「章法之妙不見句法，句法之妙不見字法」者也。王維、李頎、崔曙、張謂、高適、岑參諸人，品格既高，復饒遠韵，故謂正聲。老杜以宏才卓識、盛氣大力勝之，讀《秋興八首》、《咏懷古跡》、《諸將五首》，不廢議論，不棄藻繢，籠蓋宇宙，鏗戛鈞韶。而縱横出没中，復含藴藉微遠之致，目爲大成，非虚語也。明嘉、隆諸子，轉尊李頎。鍾、譚於杜律中轉斥《秋興》諸篇而推「南極老人自有星」幾章，何啻喙囈。

放翁七言律，隊仗工整，使事熨貼，當時無與比埒。然朱竹垞摘其雷同之句，每至四十餘聯。緣放翁年八十餘，「六十年間萬首詩」後，又添四千餘首。詩篇太多，不暇待擇也。初不以此遂輕放翁，然亦足爲貪多者鑑矣。

八句中上下時不承接照應，是先得佳句，續成首尾，故神完氣厚之作，十不得其二三也。

南渡後詩，楊廷秀推尤、蕭、范、陸四家，謂尤延之袤、蕭東夫德藻、范致能成大、陸務觀游也。後去東夫，易以廷秀，稱尤、楊、范、陸。蕭幾不能舉其名氏，而詩亦散逸矣。傳其《咏梅》云：「百千年蘚著枯樹，一兩點花供老枝。」又云：「湘妃危立凍蛟背，海日冷挂珊瑚枝。」意孑孑求新，而入於澀體者耶？

詩欲高華，然不得以浮昌爲高華。詩欲沉鬱，然不得以晦澀爲沉鬱。詩欲雄壯，然不得以粗豪爲雄壯。詩欲沖淡，然不得以寡薄爲沖淡。詩欲奇矯，然不得以詭僻爲奇矯。詩欲典則，然不得以庸腐爲典則。詩欲蒼勁，然不得以老硬爲蒼勁。詩欲秀潤，然不得以嫩弱爲秀潤。詩欲飄逸，然不得以佻達爲飄逸。詩欲質厚，然不得以板滯爲質厚。詩欲精采，然不得以雕繪爲精采。詩欲清真，然不得以鄙俚爲清真。詩家雅俗之辨，盡於此矣。七言律説

葚原詩説卷之三

如皋冒春榮葚原

近代詩流，非上智之士，不能擅專家而稱國能。何也？以其非童而習之，爲父兄師長所耳提而面命者也。大抵於舉業之暇偶爲之，既不用以取科名，則於斯事，未必專心致志，深造自得，以到古人所必傳之處。故凡稱詩而成家者，人非上智，未易獲此。今國家制科取士，併用詩律，廷試館課，詩賦專重。且有功令，責成於儒學校官，先考察其能與否而黜陟之，則庠序之師生，不啻家貞觀而户天寶矣。此詩之不可不亟講也。予嘗謂詩律兼古文、時文法，聽者若未深信。但見經生輩多有時文氣，而作詩反不知用時文之起承轉合法，可發一笑。至其拘於聲律，不得不生倒叙、省文、宿脈、映帶諸法，並與古文同一關捩。是故不知時文者不可與言詩，不知古文者尤不可與言詩，動謂詩妨於文，不亦怪哉！

五言排律以聲調爲上，先求平仄無訛。如起句以仄平平仄仄，對以平仄仄平平，下即接仄仄平平仄，平平仄仄平。總以句中第二句爲紐，首句平，次句仄，三句次字用仄，四句次字又用平，五句次字又以平接。如此類推，可無失占之慮。

試帖例用六韵，首句以仄起爲是，或押韵起亦可，此不在六韵之數。二句或對或不對，隨時置局。次聯承起意而暢足之。三聯須旁敲遠應，推宕擊題。四聯、五聯聚精會神，正在於此，使題無剩義，筆有餘情。結句多用頌揚，或寓請託，然亦當與題合拍，不徒泛言。作者能另出精意，補前所未及，則氣足神旺，而爲後勁矣。

試帖體各不相類，如應制、應教、廷試、都堂試、禮部試、翰林館課、省試、監試、提學試。其試題有用經史語者，有用時事者，有咏物者，有賦得詩文句者，題雖不侔，而體則畫一。命題限韵，多用題字。如王維之《秋日懸清光》，以「秋」字爲韵，朱華之《海上生明月》，以「生」字爲韵是也。或執事不拘限題字，拈他字爲韵者，或不限韵，而聽士子自擇用題中字者。如試題《春色滿皇州》，沈亞之等皆用「州」字，而張嗣初獨用「春」字。如試題《玉壺冰》，王季友用「冰」字，潘炎用一先韵是也。有但用題中字韵，不明點題字者。如試題《日暖萬年枝》，鄭師貞用四支韵而不出「枝」字是也。有試限六韵而士子自增爲八韵者。如《迎春東郊》，王綽爲六韵而張濯爲八韵。《玉壺冰》，王季友六韵，潘炎八韵是也。

排律所尚，在氣局嚴整，屬對工巧，段落分明。而其要在開合相生，不露鋪叙、轉折、過接之迹，使語排而忘其爲排，斯能事矣。其源自顔、謝諸人，梁、陳以還，儷句尤多。唐初始定此體，應制、贈送諸篇，王、楊、盧、駱、陳、杜、沈、宋、蘇頲、二張，並皆佳妙。少陵出，而瑰奇鴻麗，一變故方，後此無能爲役。元、白滔滔百韵，俱能工穩，但流易有餘，鎔裁未足，每爲淺率家效顰。温、李以下，又無論已。七言長律，少陵開出，然《清明》等篇，已不克佳。至如太白《别僧》、高達夫《宿田家》諸作，終類古體，非排律也。

黄山谷嘗云：「少陵《贈韋左丞》，諸前輩推爲排律壓卷。蓋其布置最爲得體，如官府甲第，廳事堂房，各有定處，不相淆也。」學者當以斯言爲法。大抵排律不難句鍊字鍛，工巧相生，惟抒情陳意，通篇貫徹，而不失倫次者爲難。有唐一代，端以此事推杜。

國朝翰林館課，時用此體。丙辰科詔試賦《山鷄舞鏡》，限七言八韵。

五言絶句，是唐初變六朝《子夜》體。六言則始於漢司農谷永，其後王摩詰始效顧、陸作。七言唐初尚少，中唐漸盛。

絶句固難，五言尤難。離首即尾，離尾即首，而腰腹亦自不可少，妙在愈小而愈大，愈促而愈緩。吾嘗讀《維摩經》得此法：「一丈室中，置恒河沙諸天寶座，丈室不增，諸天不減。」又「一刹那定位六十小劫」。須如是觀乃得。

五言絶有兩種：有意盡而言止者，有言止而意不盡者。言止意不盡，深得味外之味，此從五言律而來，故爲正格。意盡言止，則突然而起，斬然而住，中間更無委曲，此實樂府之遺音，故爲變調。意盡言止，如「打起黄鶯兒，莫教枝上啼。啼時驚妾夢，不得到遼西」金昌緒，「那年離別日，只道往桐廬。桐廬人不見，今得廣州書」劉采春，「嫁得瞿唐賈，朝朝誤妾期。早知潮有信，嫁與弄潮兒」李益，此樂府之遺音也。言止意不盡，如「玉籠薰繡裳，著罷眠洞房。不能春風裏，吹却蘭麝香」崔國輔，「十年勞遠別，一笑喜相逢。又上青山去，青山千萬重」楊衡，「流水何太息，深宫盡日閒。殷勤謝紅葉，好去到人間」韓氏。此五絶之正格也。正格最難，唐人亦不多得。

洪容齋《三筆》云：「《唐（詩品彙）〔人絶句〕》編唐人絶句，得七言七千五百首，五言二千五百首，合爲萬首。而六言不足四十首，信乎五言難，六言尤難也。」

嚴滄浪謂「七律難於五律，五絶難於七絶」。近體四種，判若白黑，即唐人復起，不易其言。蓋七絶本七律而來，第主風神，不主氣格，故曰易。五言則字句愈促，含藴愈深，故曰難。然七絶主風神是矣，或風神太露，意中言外無復餘地，則又失盛唐家法。故此體中晚人多有妙者，直是風神太露，得在此，失亦在此。至如五絶，人多以小詩目之，故不求至工。然作者於此，務從小中見大，納須彌於芥子，現國土于毫端，以少許勝人多許。謂「五絶難於七絶」，夫豈欺我哉！

六言自漢谷永始，魏、晉間曹、陸間作。至唐初，李景伯有《回波樂府》，亦效此體。逮開元、大曆間，王維、劉長卿諸人相與繼述，而篇什稍屢見。又皇甫冉集中云張繼寄六言詩一首，冉酬以七言，其序亦謂六言難工，衍爲七言裁答。然亦不過詩人之餘事耳。

《詩法源流》云：「絶句者，截句也。後兩句對者是截律詩前四句，前兩句對者是截律詩後四句，皆對者是截中四句，皆不對者是前後各截兩句。」此説相沿已久，亦非定論。愚謂絶句首尾布置，以四句爲起承轉合，與律詩作法不同。律詩要句律春容，布置匀稱，絶句則字字謹嚴，意思圓活。或謂律詩絶前四句則無轉合，截後四句則無起承，截中聯者詩固有之。若截首尾，恐前二句散緩，後二句必不相應也。

絶句之法，要婉曲迴環，句絶而意不絶，多以第三句爲主，而第四句發之。有實接，有虚接。承接之間，開與合相關，反與正相依，順與逆相應，一呼一吸，宫商自諧。大抵起承二句固難，然不過平直叙起，從容承之。至如婉轉變化工夫，全在第三句，若於此轉變得好，則第四句如順流之舟矣。

絶句字句雖少，含蘊倍深。其體或對起，或對收，或兩對，或兩不對，格句既殊，法度亦變。對起者，其意必盡後二句。對收者，其意必作流水呼應，不然則是不完之律。亦有不作流水者，必前二句已盡題意，此特涵泳以足之。兩對者，後二句亦有流水，或前暗對而押韵，使人不覺。亦有板對四句者，此多是漫興寫景而已。兩不對者，大抵以一句爲主，餘三句盡顧此句，或在第一，或在第二，或在第三四。亦有以兩句爲主者，又有兩呼兩應者，或分應，或各應，或錯綜應。又有前後兩截者，有一意直叙者，有前二句開説、後二句綰合者，有以倒叙爲章法者，有以錯叙爲章法者。惟此體最多變局，在人善用之。

對起，如杜甫「岐王宅裏尋常見，崔九堂前幾度聞。正是江南好風景，落花時節又逢君」。以後二句見意。對收，如杜審言「知君書記本翩翩，爲許從戎赴朔邊。紅粉樓中應計日，燕支山下莫經年」。流水呼應。劉長卿「昨夜承恩宿未央，羅衣猶帶御爐香。芙蓉帳小雲屏暗，楊柳風多水殿涼」。涵泳。兩對，如長孫佐輔「愁多不忍醒時別，想極還應静處行。誰遣同衾又分手，不如行路本無情」。呼應。押韵對起，如杜審言「遲日園林非昔遊，今春花鳥作邊愁。獨憐京國人南竄，不及湘江水北流」。板對四句，如朱長文「白雲盡處見明月，黄葉落時聞擣衣。龍向洞中銜雨出，鳥從花裏帶香歸」。兩不對，如賈至「紅粉當壚弱柳垂，金花臘酒解酴醾。笙歌日暮能留客，醉殺長安輕薄兒」。首句作主。李白「楊花落盡子規啼，聞道龍標過五谿。我寄愁心與明月，隨風直到夜郎西」。次句作主。王昌齡「昨夜風開露井桃，未央前殿月輪高。平陽歌舞新承寵，簾外春寒賜錦袍」。三句作主。杜牧「銀燭秋光冷畫屏，輕羅小扇撲流螢。天街夜色涼如水，臥看牽牛織女星」。四句作主。韓翃「春城無處不飛花，寒食東風御柳斜。日暮漢宮傳蠟燭，青烟散入五侯家」。三四作主。白居易「帝子吹簫逐鳳凰，空餘仙洞號華陽。落花何處堪惆悵，頭白宮人掃影堂」。一二作主。兩呼兩應，如李白「故人西辭黃鶴樓，烟花三月下揚州。孤帆遠影碧空盡，惟見長江天際流」。一呼二應，三呼四應，此各應法。王昌齡「故園今在灞陵西，江畔逢君醉不迷。小弟鄰莊尚漁獵，一封書寄數行啼」。一呼三應，二呼四應，此分應法。劉禹錫「江南江北望烟波，入夜行人相應歌。桃葉傳情竹枝怨，水流無限月明多」。一呼四應，二呼三應，此錯應法。前後兩截，如王昌齡「寒雨連江夜入吴，平明送客楚山孤。洛陽親友如相問，一片冰心在玉壺」。前送客，後寄訊，分兩截。一意直敘，如薛維翰「白玉堂前一樹梅，今朝忽見數枝開。兒家門户重重閉，春色何緣得入來」。前分後合，如王維「新豐美酒斗十千，咸陽游俠多少年。相逢意氣爲君飲，下馬高樓垂柳邊」。一言酒，二言人，三四始合説。倒敘，如楊貴妃「羅袖動香香不已，紅蕖裊裊秋烟裏。此二句在後。輕雲嶺上乍摇風，嫩柳池邊初拂水」。此二句在前，咏舞也。舞者先緩拍，後催滚，故必用倒叙看始合。錯敘，如白居易「人道中秋明月好，欲邀同賞意如何？華陽洞裏秋潭上，今夜清光此最多」。第二句當在後。又如王昌齡「真成薄命久尋思，夢見君王覺後疑。火照西宮知夜飲，分明複道奉恩時夢中」。此代言望幸之情也。「分明複道」云云，既而「火照」云云，夢中情事宛然。覺後猶疑非夢，展轉尋思，君恩徒在夢中，豈非真成薄命乎？此詩以四三二一爲一二三四，錯叙到底，是以千年來無人解此。

明李滄溟論七言絶句，推王昌齡「秦時明月」爲第一，王鳳洲推王翰「蒲萄美酒」爲第一。國朝王漁洋則推王維之「渭城」，李白之「白帝」，王昌齡之「奉帚平明」，王之涣之「黄河遠上」。蓋滄溟、鳳洲主氣，漁洋主神，各自有見。歸愚沈氏謂「李益之『回樂峰前』，柳宗元之『破額山前』，劉禹錫之『山圍故國』，杜牧之『烟籠寒水』，鄭谷之『揚子江頭』諸作，亦堪接武」。愚謂王昌齡『昨夜風開露井桃』一首，説他人之承寵，而己之失寵，悠然可思，此求響於絃指外也。又如韋蘇州詩：「南望青山滿紫闈，曉陪鴛鷺正差池。共愛朝來何處雪，蓬萊宫裏拂松枝。」老杜《答嚴公送酒》詩：「山瓶乳酒下青雲，氣味濃香幸見分。嗚鞭走送憐漁父，洗盞開嘗對馬軍。」此絶句之變體也。

七言絶句，以體近情遥，含吐不露爲主。只眼前景，口頭話，而有絃外音，味外味，神氣超遠。太白有焉。

意貴深，語貴淺。意不深則薄，語不淺則晦。寧失之薄，不失之晦。今人之所謂深者，非深也，晦也。此不知匠意之過也。

主之以骨格，運之以風神，調之以音節，和之以氣味，四者備而詩道無餘藴矣。絶句尤宜永遵。

或問唐詩何以分初盛中晚之説？曰：初唐自高祖武德元年戊寅歲至玄宗先天元年壬子歲，凡九十五年。盛唐自玄宗開元元年癸丑歲至代宗永泰元年乙巳歲，凡五十三年。中唐自代宗大曆元年丙午歲至文宗大和元年乙卯歲，凡七十年。晚唐自文宗開成元年丙辰歲至哀帝天祐三年丙寅歲，凡七十一年。溯自高祖武德戊寅至哀帝末年丙寅，總計二百八十九年，分爲四唐。然詩格雖隨氣運變遷，其間轉移之處，亦非可以年歲限定。況有一人而經歷數朝，今雖分别年歲，究不能分一人之詩，以隸於每年之下。甚之以訛傳訛，或一詩而分載數人，或異時而互爲牽引，則四唐之强分疆界，毋亦刻舟求劍之説邪？然初盛中晚之年分起訖，初學又不可不識之。

國朝聖祖御製《全唐詩》，凡二千二百六十餘人，得詩四萬八千九百三十餘首，分爲九百卷。於康熙四十六年四月，通政使司臣曹寅監刻。

《宋詩鈔》凡八十五人，人各一編，不分卷。於康熙十一年辛亥秋月，石門吴之振、吕留良刻。

《全金詩》凡三百五十八人，得詩五千五百四十四首，分爲七十四卷。江都中書舍人臣郭元釪纂，進呈御覽，於康熙五十年冬月刻。

《元詩選》共三集：初集一百十六人，二集一百七人，三集一百十七人，人各一編，不分卷。長洲顧嗣立選，刻於康熙三十三年，成於康熙五十九年。

《盛明百家詩》起洪武初，訖嘉靖末年。凡百人，人各一集，不分卷，每集首各爲小傳，前有賦，後有詩。隆慶二年三月，無錫俞憲汝成氏選刻，計百本。

《明詩綜》凡三千四百餘人，得詩一萬六百八十七首，分爲百卷。秀水朱彝尊選，於康熙四十四年正月刻。排律説　絶句説

葚原詩説卷之四

如皋冒春榮葚原

古辭不傳作者姓名，用以合樂，謂之樂府。凡有作者姓名之作，謂之古詩。其聲情規度，故爾不同。然自六朝以後，詞人多有擬古樂府之作，則已溷而爲一，莫可致辨矣。又有所謂騷體者、琴操者，皆樂府之别派，今但總命曰古體，以别於今體云。

樂府始於漢高帝制《三侯之章》，以薦上帝、配祖考，而《房中之樂》，則令唐山夫人造爲歌辭而已。逮武帝有《郊祀十九章》。東漢明帝遂分樂爲四品：一曰《大予樂》，郊廟上陵用之。二曰《雅頌樂》，辟雍享射用之。三曰《黄門鼓吹》，天子享群臣用之。四曰《短簫鐃鼓樂》，軍中用之。其制亦不傳也。夾漈鄭氏《通志》略以爲古之達禮有三：一曰燕，二曰享，三曰祀。仲尼所删《詩》，凡燕享祀之時用以歌之。漢樂府之作，以繼三代，因列《鐃歌》與《三侯》以下，於篇亦無其辭。

古體各種，有曰歌者，如古《五子歌》、《五噫歌》、《長恨歌》。曰歌行者，如《趨車行》。曰咏者，如《文選》中《五君咏》、儲光羲《群鵶咏》。曰操者，如辛德《水仙操》、商陵牧子《别鵠操》。曰唱者，如魏明帝《氣出唱》。曰弄者，如《江南弄》。曰哀者，如仲宣《七哀》、少陵《八哀》。曰愁者，如《寒夜愁》、《玉階愁》。曰思者，如太白《静夜思》、《長相思》、韋應物《莫相思》。曰樂者，如齊武帝《估客樂》、朱藏賈《石城樂》。曰别者，如杜甫《新婚别》、《垂老别》。曰集者，謂聚集古人詩句爲一篇也。曰口號者，或四句，或八句，草成速就，達意宣情而已也。他如《文選》《名都篇》、《白馬篇》，本其命篇之意曰篇。如漢武帝《秋風辭》，《木蘭辭》，因其立辭之意曰辭。如《蜀道難》，即古歌辭之類，以其錯綜用句，曰長短句。如《兵車行》，體以行書曰行。如古《霹靂引》、《走馬引》、《飛龍引》，述事本末曰引。如古《隴頭吟》、孔明《梁甫吟》、相如《白頭吟》，悲如蛩螿曰吟。如古《大隄曲》、梁簡文《烏栖曲》，委曲盡情曰曲。如沈坰《獨酌謡》、王昌齡《箜篌謡》，詞通俚俗曰謡。如古《楚妃嘆》、《明妃嘆》，感而發言曰嘆。如《文選》《四怨》、樂府《獨步怨》，憤而不怒曰怨。諸凡此類，皆依琴韵立造，此即樂中絲竹腔調，雖其立名有不同，然皆六義之餘也。

五言如無名氏《十九首》，蘇武、李陵《贈别》，卓文君《白頭吟》，班婕妤《怨歌行》，辛延年《羽林郎》，(朱)〔宋〕子侯《董嬌嬈》，蔡邕《飲馬長城窟》，蔡琰《悲憤詩》，無名氏《陌上桑》、《長歌行》、《君子行》、《相逢行》、《隴西行》、《艷歌行》、《枯魚過河泣》、《焦仲卿妻詩》、《鷄鳴高樹巔》，《古詩》五首，又三首，魏文帝《雜詩》，甄后《塘上行》，魏明帝《種瓜篇》，陳思王《野田黄雀行》、《聖皇篇》、《名都篇》、《白馬篇》、《美女篇》、《棄婦篇》、《贈白馬王彪》，繁欽《定情詩》，阮籍《詠懷》，傅玄《雜詠》，左思《詠史》、《招隱》、《嬌女詩》，殷仲文《桓公井》，陶淵明《和劉柴桑》、《與殷晉安别》、《使都經錢溪》、《和郭主簿》、《贈羊長史》、《桃花源詩》、《歸田園居》、《乞食》、《連雨獨飲》、《懷古田舍》、《西園穫早稻》、《下潠田舍穫》、《飲酒》、《擬古》、《雜詩》、《詠貧士》、《讀山海經》、《擬挽歌》，無名氏《西洲曲》，顔延之《五君詠》、《秋胡詩》，謝靈運《七里瀨》、《游南亭》、《游赤石》、《登江中孤嶼》、《石室山詩》、《齋中讀書》、《山南樹園》、《石壁精舍》、《過白雁亭》、《廬陵王墓下作》，鮑照《代東門行》、《代放歌行》、《登廬山》、《行京口》、《學古》、《過銅山掘黄精》、《三日》，謝朓《遊東田》、《暫使下都》、《郡内高齋》、《之宣城郡》、《晚登三山》、《郡内登望》、《高齋視事》、《冬渚羈懷》、《移病還園》、《春思》、《新治北窗》、《臨溪送别》，沈約《别范安成》，江淹《惜晚春》、《古離别》、《班婕妤咏扇》、《陶徵君田居》，庾信《梅花》，楊素《山齋獨坐》、《贈薛播州》。

七言如張衡《四愁詩》，魏文帝《燕歌行》，晉《白紵舞歌》，湯思休《白紵歌》，梁武帝《河中之水歌》、《東飛伯勞歌》，簡文帝《烏栖曲》，元帝《燕歌行》，岑之敬《當壚曲》，王筠《行路難》。六朝前七言甚少，至唐始大暢厥體。

雜言則許由《箕山歌》，夷、齊《采薇歌》，《宋城者謳》，《野人歌》，甯戚《飯牛歌》，《漁父歌》，《越人歌》，《越謡歌》，《成人歌》，《優孟歌》，《王子思歸引》，《扊扅歌》，《易水歌》，漢高帝《大風歌》，項羽《垓下歌》，武帝《秋風辭》、《李夫人歌》、《落葉哀蟬曲》，淮南王《八公操》，李延年《歌》，唐山夫人《安世房中歌》，蘇伯玉妻《盤中詩》，無名氏《郊祀歌》、《蒿里曲》、《薤露歌》、《西門行》、《東門行》、《病婦行》、《孤兒行》、《悲歌》，魏武帝《秋胡行》，魏文帝《陌上桑》、《艷歌何嘗行》，陳思王《妾薄命》、《當來日大難》，陳琳《飲馬長城窟行》，傅玄《吴楚歌》、《車遥遥篇》、《雜言》、《雲歌》，無名氏《晉杯槃舞詩》、《濟濟篇》、《樂辭》、《休洗紅》，鮑照《淮南王》、《擬行路難》、《代夜坐吟》、《代春日行》，無名氏《木蘭詩》、《敕勒詩歌》，崔氏《靧面辭》。

四言詩締造良難，於《三百篇》太離不得，太肖不得。太離則失其源，太肖衹襲其貌也。韋孟《諷諫》、《在鄒》之作，肅肅穆穆，未離雅正。劉琨《答盧諶》篇，拙重之中，感激豪蕩，準之變雅，似離而合。張華、二陸、潘岳輩，㥏㥏欲息矣。淵明《停雲》、《時運》等篇，清腴簡遠，别成一格。

四言則《卿雲歌》，《白雲謡》，《穆天子謡》，《西王母吟》，莊周《引聲歌》，祝牧《偕隱歌》，韓憑妻《歌》，秦女《琴歌》、《湘中漁歌》、《三秦記民謡》，韋孟《諷諫詩》，東方朔《誡子詩》，司馬相如《封禪頌》，韋玄成《自劾詩》、《誡子孫詩》，傅毅《迪志詩》〔一〕，朱穆《絶交詩》，仲長統《述志詩》，麗玉《箜篌引》，魏武帝《短歌行》、《觀滄海》、《土不同》、《龜雖壽》，文帝《短歌行》、《善哉行》，陳思王《矯志詩》，嵇康《幽憤詩》，束晳《補亡詩》，張翰《周小史詩》，左芬《啄木詩》，郭璞《贈温嶠》，淵明《時運》、《榮木》、《歸鳥》、《勸農》，無名氏《獨漉篇》。

【校勘記】

〔一〕此句下原誤衍「東方朔誡子詩」六字，今删去。

雜體有大言、小言、兩頭纖纖、五組織、離合、姓名、五平、五仄、十二辰、回文等項，近於戲弄，古人偶然爲之，然而大雅弗取。

凡詩無論古今體、五七言，總不離起承轉合四字，而千變萬化出於其中。近體分起承轉合，自不必言。若古體之或短或長，則就四字展之、縮之、頓之、挫之而已。起結例用二語或四語。而杜《送王砯評事》，則「我之曾老姑」至「盛事垂不朽」凡三十八句，總只當一起。《北征》詩「至尊尚蒙塵」以下四十八句，總只當一結。至轉法，或一轉，或數轉，惟視其詩之短長。此類不可枚舉。又有即起即承、即承即轉、即轉即合者，亦惟意所至，隨手成調。總之，法則一而出入變化乎法者固不一也。

五言古，詩之根本也。其餘諸體，詩之枝葉也。蓋溯所從來，自《風》、《騷》而漢、魏，自漢、魏而唐，唐雖創爲近體，實奄有前代之規。屈指當時，古有兼工，律無獨盛，惟晚唐人棄古不務，始專爲近體。由此觀之，則其難易之數可知，其本末之辨亦可知。後人畏難就易，故多攻律體，少製古風，非所謂知本者也。予嘗語從游輩，凡學詩須從五言古入手，盡探古今作者之源流，得其風概，充之以學力，漸次出入變化，自成大家。如從五言律詩入者，亦可成名家，但局度恐不能闊大，便遜五古入手者一籌。不知詩者，或漫然從七絶七律作起，躐等而進，誤入旁門，終成外道。

古體專事摹擬，則性靈不露。純用己法，則古調有乖。當如臨書者用古人意七分，參己意三分，精神足相映發。

五言古詩，或興起，或比或賦，須寓意深遠，託詞温厚，反復優游，含蓄婉轉，推人心之至情，寫感慨之微意，潛玩漢、魏諸詩自得。有感時入興者，如「凛凛歲云暮，螻蛄（多悲鳴）〔夕鳴悲〕。涼風率以厲，遊子寒無衣」。有先叙事後入興者，如陸士衡「遠遊越山川，山川修且廣」。有直入比興者，如「鬱鬱澗下松，離離山上苗，以彼徑寸板，蔭此百尺條」。有直入興者，如陸士衡「顔侯體明德，清風肅已邁」。有託興入興者，如「青青河畔草，綿綿思遠道」。有把情入興者，如劉公幹詩「秋日多悲懷，感慨以長嘆」，江淹詩「遠與君別者，乃在雁門關」。此寄人懷人，皆自此起興。有把聲入興者，如「瀿瀿三峽水，別怨流楚辭」，此耳聞也。「白楊多悲風，蕭蕭愁殺人」，此心聞也。有景物入興者，如曹子建詩「明月照高樓，流光正徘徊」，此詩格高，不極辭於怨曠而意自彰。有景物兼意入興者，如王正長詩「朔風動秋草，邊馬有歸心」是也。有怨調入興者，如阮籍詩「獨坐空堂上，誰可與歡者」，又曹植詩「端坐與愁思，攬衣起四游」，此哀而不傷者也。

短篇貴詞簡味長，言不可盡。長篇須分爲幾段幾節，句數多少要略均齊。首段是序，一篇之意，皆含其中。結段要照起段。《文選》所載詩，分段節數甚均。杜詩却不拘，亦不爲冗長，亦不過爲短幅也。次要過脈句引過次段，用以束上起下。要回照，所謂十步一回頭。又要照題目，所謂五步一消息。要閒語贊嘆，方不甚迫促。長篇最忌亂雜，一意一段。以上四法，備《北征》詩。

五言古長篇難於鋪叙，鋪叙中有峰巒起伏，則長而不漫。短篇難於收斂，收斂中能含蘊無窮，則短而不促。又長篇必倫次整齊，起結完備，方爲合格。短篇超然而起，悠然而止，不必另綴。起結苟反其位，兩者俱傎。

七言短篇，宜詞明意盡，與五言較易。長篇分段一如五言，過脈亦如之。稍有意異者，突兀萬仞，則不用過句陡頓，便説他事。少陵多如此，岑參亦尚此法，如《魏將軍歌》、《松子涼歌》是也。

七言古要鋪叙，有開合，有風度。要迢遞險怪，雄俊鏗鏘，忌庸俗軟弱。須波瀾開闊，如江海之波，一波未平，一波復起。又如兵家之陣，方以爲正，又復爲奇，方以爲奇，又復是正，出入變化，不可紀極。須開合粲然，音韻鏗然，法度森然，神思悠然，學問充然，議論超然。

詩篇結句爲難，七言古尤難。前路層波叠浪而來，略無收應，成何章法？支離其詞，亦嫌煩碎。作手於兩言或四言中，層層照管，而又能作神龍掉尾之勢，神乎技矣！

七言古或雜以兩言、三言、四言、五六言，皆七言之短句也。或雜以八九言、十餘言，皆伸以長句，而故欲振蕩其勢，迴旋其姿也。其間忽疾忽徐，忽翕忽張，忽停瀠，忽轉擊，乍陰乍陽，屢遷光景，莫不有浩氣鼓盪。其機如吹萬之不窮，如江河之滔漭而奔放，斯長篇之能事極矣。四語一轉，蟬聯而下，特初唐人一法，所謂「王楊盧駱當時體」也。

樂府中不宜雜古詩體，恐散朴也，作古詩正須得樂府意。古詩中不宜雜律詩體，恐凝滯也，作律詩正須得古風格。與寫篆八分不得入楷法，寫楷書宜入篆八分法同意。

擬古樂府，當相其題之時代而以意消息之，雖不可太摹，亦不宜太遠。優孟衣冠，固非俊物，張冠李戴，亦豈當行？

稱詩者莫盛於唐，惟去漢、魏日遠，古體遂乏渾厚之氣。擬古樂府，則以太白爲正宗，而少陵及元、白、張、王其變也。五古以子昂、太白、王、孟、韋、柳爲正，子昂復古之功尤大，少陵則變而不失其正也。至七古以高、岑、王、李頎及太白、少陵、昌黎爲正，而王、楊、盧、駱四傑其變也。

陳後山云：「學詩如學仙，時至音自换。」嚴滄浪云：「禪道在妙悟，詩道亦在妙悟。」一以仙喻詩，一以禪喻詩，並可稱善喻。「時至音换」，此以工夫火候言也。至「悟」之一字，則是解粘去縛，單刀直入，第一法門。然禪家求悟在參話頭，詩家求悟參箇什麼？此須各人自家理會。「踏破鐵鞋無覓處，得來全不費工夫」，如是如是。吾友姜香岩恭壽云：「嚴氏以禪喻詩，虞山馮定遠嘗短之，謂夫禪自漢明帝時始，詩莫妙於《三百篇》，時無禪也。」此説謬甚。以禪喻詩，非以禪入詩。所謂臭味在酸鹹外是也，所謂不參死句是也，所謂不拖泥帶水活潑潑地是也，所謂脱胎换骨是也，所謂意起於彼，言在於此，使人領悟即得，不可以呆相求之是也。若馮定遠説，是謂禪和子説偈語、打機鋒也，其於嚴氏之解，謬以千里矣。佛教雖自漢興，然禪説已久，若老若莊，又何爲者也？是馮君不特不知詩之妙，並於禪之説亦貿然矣。予憶丙辰館香岩白蒲書室，其子展甫十歲，從予授讀《兩都賦》及《古詩十九首》，時與香岩挑燈論詩，偶筆此條。

論詩之要領，「聲色」二字足以盡之。《書》曰：「詩言志，歌永言。」古人之詩未有不協聲律者，自唐以前，能詩之士未有不知音律者，故言詩而聲在其中。《騷》、《雅》、漢、魏、六朝、三唐之聲各不同，以樂隨世變，故聲亦隨世變也。自宋人逐腔填詞，以長短句爲樂府，而詩遂僅爲紙上之言。其體雖效古人，不過揣摩其音響而已，豈能知歷代之詩之聲之所從出哉？近世更思標新立異，就字句間弄巧，或並其音響而失之，詩道之所以益喪也。漢以前詩，皆不假彫繪，直道胸臆，此所謂太白不飾也，然而真色在焉。魏、晉而下，始事藻飾，務尚字句，採獲典實，於是詩始有色矣。色之爲物，久則必渝。漢人詩所以久而益新者，是真色，非設色故也。六朝之色，在當時非不可觀，至唐則已陳，故唐人另調丹黄，染成新采，於是其色一變。宋之色黯然無光，其染采之水不潔故也。

聯句始見於陶集，而盛於韓、孟。有人作四句相聯成篇，若陶集所載是也。或人作一聯，若子美與李之芳及其甥宇文彧聯句是也。有先出一句，次者對之，再出一句，前人復對之，相聯成章，則韓、孟《城南》之作是也。其要在對偶精切，詞意均敵，如出一手。黄山谷嘗云：「退之與東野意氣相入，故能雜然成章。後人聯句，蓋由筆力難相近耳。」

漢、魏詩不忌重韵。《柏梁臺》韵用三「之」、三「治」、二「哉」、二「時」、二「來」、二「材」。《陌上桑》用三「類」、二「隅」、二「餘」、二「夫」、二「鬚」。《廬江小吏》詩三「語」、五「言」、二「由」、二「母」、二「取」、二「子」、二「歸」、二「之」、二「君」、二「門」。蘇武「骨肉緣枝葉」重「人」字，「結髮爲夫婦」重「時」字。曹子建《棄婦詞》重「庭」、「靈」、「鳴」、「成」、「寧」字。阮籍「灼灼西隤日」重「歸」字。張協《雜詩》重「生」字。謝靈運《君子有所思行》重「歸」字。沈約《鍾山詩》重「足」字。任昉《哭范僕射》二「生」字、三「情」字。至唐始嚴重韵，而盧照鄰《長安古意》重「相」字。李白《高陽歌》重「杯」字，《廬山謡》重「長」字。杜甫《織女》詩重「中」字，《奉先縣咏懷》重「卒」字，《八哀詩》張九齡一首重「省」字、重「境」字，《園人送瓜》重「草」字，《寄狄明府》重「濟」字，《飲中八仙歌》用三「前」、二「船」、二「眠」、二「天」。韓愈《此日足可惜》詩重「光」、「鳴」、「更」、「城」、「狂」、「江」字。宋人疑古無重韵，遂分杜公《飲中八仙》爲八章，非也。

轉韵初無定式，或二語一轉，或四語一轉，或連轉幾韵，或一韵叠下幾語。大約前則舒徐，後則一滚而出，欲急其節拍以爲亂也。此亦天機自到，人工不能勉强。

竊謂古詩之要在格，律詩之要在調，亦如遏雲社中所謂北力在絃，南力在板耳。絃可操縱於手，板不可游移於腔。調可默運於心，格不能不模範於古。唐人古詩，無有不從前代入者。子昂從阮入，王、孟、韋、柳從陶入，李頎、常建、王昌齡諸人從晉、宋入，太白從齊、梁入，獨老杜從漢、魏入，取法乎上，所以卓絶衆家。中唐諸子，其變斯極，長吉學《楚騷》不得，而趨於詭僻。退之追《風》、《雅》不及，而逃於生峭。孟郊之苦吟，盧仝之狂詌，創不成創，因無所因。張、王樂府，時有遺聲。元、白唱酬，了無深致。要之皆彼善於此也。晚唐人變無所復之，不得不往於近體，才力所限，豈可强哉！

詩家下筆，即當有千秋自命之意。凡讀古人詩，覺其性情風概如現在目前者，皆古人出其筆墨以質諸異代者也。是故每叙一事，務使後人如稔其故。每述一事，務使後人如值其時、歷其地。詩至此方可稱工，方可信其必傳於後。而今人每苦下筆不能了快，於叙事一種尤甚。蓋有甲知而乙不能知者，同游知之而外人不能知者，又安望異代之人讀其詩而相悦以解耶？此無他，下筆時不爲他人作計，故以己辭達己意，詩成自讀，己意未嘗不了了，而他人讀之殊不然。此最學詩之大病。惟有一法，讀己詩只如讀他人詩，更只如讀前人詩，若未嘗出於己口，過於己目，細細推勘，不輕放過，久之即工拙利鈍，默然自解。從此下筆，自無不亮之景，不透之情事矣。樂府説　古體説

冒甚原傳

江大鍵

余同社故友冒春榮，字寒山，一字甚原。居城北柴灣之花源港，自稱花源漁長，又曰柴灣樵客。家貧腹富，名通身隱。愛推譽友朋，卒收友朋之譽。初游廣陵、京口，聯社鮑皐、汪頎、汪宏諸君，推執騷壇牛耳，大江南北知名士，無不締交。每賓興之歲，二十餘郡屬人文集白下，君必至，邀所識者數百人，大會秦淮。時揚州秦贇、上元秦大士、彭澤令丹徒蔣宗海、蕪湖韋謙恒皆推君當大魁南省，君笑曰：「春榮來爲諸君一代文豪聯屬聲氣，不敢私爲春榮友，非與諸君争元魁來也。」衆始知君不入試，咸驚愕，且勸爲之駕，不從。大士顧謂數百人：「冒先生不赴棘闈，我曹負虚名進取，徒靦顔耳。」丁卯大士獲雋，君往賀，猶以此言謝之。南宫進士，自戊辰以後諸科，鼎元詞翰，苟有隸南籍不在君社者，謂之無聞，士林必怪問若何人者耶？君所至公卿延禮，浙西、江左各郡縣聘掌書院，修志乘，所纂有《象山縣志》、《通州志》、《鳳陽府志》、《兩淮鹽法志》。嘗操選坊刻詩古文墨藝及自著詩文，編輯異書，手無停披。於友朋生徒一篇一句佳文，箋書口誦，傳播同好，其人即成名士。故藝林翕然傾心，以得在君齒頰爲幸，未傾蓋，致書幣神交者數千里。然君於故人仕宦顯達，未嘗投謁，曰：「雲泥遠隔，彼不能降訪，我往干焉不可。」噫！此君所以家貧而身隱也。己卯冬，歸自建平書院，柬招余兄弟，懽吟竟日，訂度歲後把晤言别。未及期，無疾而逝，庚辰春正十七日也，年五十九歲。賣書買棺，諸子遂空所有。先是，吾鄉有皐聞、東溟二社，皆君所聯集。繼又合皐聞于東溟，凡二十餘人，成翰林進士舉孝廉者不及十人，無大顯達富貴能厚助君者。君既歿，凋零漸盡，惟余在矣。

鉤鈐子曰：「葚原以大布衣，無先蔭，無餘財，無三吾、水繪亭林之勝，終其身茆屋數楹，其歿也衾不掩體，然聲名滿天下，幾與巢民埒，何以致此？嘗見今世才人相忌扼如讎，不肯標榜。孔子曰『不足觀也已』，吾於葚原益信。秦淮之會，遇省試尚沿習如故，不知其倡自葚原。葚原集所知，不妄及，今懸帖爲招，蟻而聚，鼇而散，聲氣何由得合？且吾未見烏合之中名士存焉矣。」

杜詩識小　李詩臆説

杜詩識小、李詩臆説提要

《杜詩識小》一卷、《李詩臆説》一卷，據乾隆間刊《壽藤軒吟稿·冬榮館詩》合刊本點校。撰者朱宗大，字直方，號小射，江蘇寶應人。晚年任金山縣學訓導，舉孝廉，不就。有《朱直方集》。朱氏《壽藤軒吟稿》有乾隆二十五年庚辰沈德潛序，此兩卷附於《吟稿》與《冬榮館詩》合刊本後。兩種説李、杜詩各三十餘首，解釋字句之旨意，前後之章法，頗有商榷前修處。如説杜《過郭代公故宅》「俄頃辨尊親」句，即爲辨趙注「親」字之「混」，而解「俄頃」之確，似亦爲補仇注之不及也。時仇注甫行，不欲出其名而已。説李《勞勞亭歌》「朗詠清泉飛白霜」句，辨胡震亨襲大謝句説非，以爲乃自詠於清泉之上。其旨大抵尚實在，與其師喬億之説杜同，而有不滿於漁洋者。《臆説》一則謂其師置李《幽澗泉》於中品，劍谿此作未知存否，今未見。

杜詩識小

寶應　朱宗大　直方

《同諸公登慈恩寺塔》

「秦山忽破碎」四句：景中兼寓比興，隱與下「虞舜」對照，接似突而實自然。「回首叫虞舜」：上說到無可覩，自當以「回首」字作轉。

《奉同郭給事湯東靈湫作》

「初聞龍用壯」四句：繪龍方切「湫」與「靈」字意，入後「虬」亦映龍。「翠旗淡偃蹇」六句：祀典詳重乃爾，爲靈昭昭矣。「坡陀金蝦蟆」六句：蝦蟆咎徵，而上以「百祥」領起，立言渾融有體。○別出此一層，波瀾方闊，并見篇法。

《自京赴奉先縣詠懷》

「歲暮百草零」至「惆悵難再述」：首段起伏頓挫之妙已極，此段「分帛」與「金盤」二層，皆緣上推出，不另起頭緒，此文字險夷相間處。而「分帛」數語，又低昂作勢，「金盤」以下，遂稍放筆也。「老妻寄異縣」至「貧窶有倉卒」：眷念妻孥饑困，自是私情，味語氣，却非螻蟻求穴輩心曲。「憂端齊終南」：即此語豈憂在身家者。○歷數大可憂事，故以「齊終南」作結。

《白水崔少府十九翁高齋》

「吏隱適情性」:「吏隱」,類能察世變者,後幅層叠寫到時事,此處消息已隱隱與通。

《送從弟亞赴河西判官》

此詩本旨蓋惜其才堪反正,而任用之失也。而語在隱見間。「南風作秋聲」四句:一起已非漫作壯語。「足以正神器」三句:句句有注射。「慘澹苦士志」:五字轉捩無迹。「反正計始遂」:至此意始露。「吾聞駕鼓車」四句:朝廷用人當否,仍不宜顯言,結故以比喻出之。

《遣興》

「江海日清涼」:亦泛然語,移咏諸人不稱。

《寒峽》

「雲門轉絶岸,積阻霾天寒」:上句引入峽,「霾天」極形積阻,自然生寒,此正寫峽。「泝沿增波瀾」:亦是增寒。

《青陽峽》

「林迴硤角來,天窄壁面削」:上見峽,下入峽。「憶昨踰隴坂」四句:以隴坂作襯,兼言吴嶽、蓮華、崆峒,乃多設賓中賓,以變眩心目,不離「苦厭山」之意。○隴坂九迴,七日乃得越,廣厚可知,自與「薄」對。「超然侔壯觀」:此言隴坂同於吴嶽。

《萬丈潭》

「飛鳥不在外」：從上兩壁意説下。

《木皮嶺》

「西崖特秀發」四句：「西崖特」三字上以「高有」、「下有」襯起，其摧廢荒蕪之狀，緊對此四句，而蓄勢并遠自「艱險」、「昏」、「塞」等語來。

《水會渡》

「微月没已久」：以下情景層疊，俱從此出。「迴眺積水外，始知衆星乾」：極力形容「水會」意，全是從「乾」字反託得出。頃在舟中，固天水若合也。

《劍門》

「恐此復偶然」：句承上，略作一折，言此險阻恐非天有意故設，亦偶然耳。若慮復有竊據事，於「偶然」字未合。

《病橘》

「寇盜尚憑陵，當君減膳時」：此段波致在此二句，「減膳」意圓融得妙。「汝病是天意」：「天意」，見於「有司」無涉。又一開，却是轉。

《同元使君舂陵行》

「粲粲元道州」：「粲粲」字緣上「詩家」言。「賈誼昔流慟」四句：一傷今，一述古，「浩縱横」則貫穿古今矣。

《八哀詩・贈秘書監李公邕》

「論文到崔蘇」八句：前以碑版作主，故此處叙論文特詳，而下乃及詩耳。

《過郭代公故宅》

「俄頃辨尊親」：趙注解「尊」字簡當，於「親」字尚混。按臨菑既平内難，不即迎立相王，先儒已疑之。後太平交構其間，睿宗嘗以朝廷傾心東宫爲言。及既禪位，猶從太平之請，自總大政，是父子間不無可議。先天二年，玄宗誅逆黨，上皇聞變，登樓幾欲投下。元振奏以除竇懷貞等，無他也，親扶敦勸，乃止。則元振於二君父子之親，積疑不辨，而能辨明於俄頃間矣。如此解「親」字如何。

《槐葉冷淘》

「香飯兼苞蘆」：飯時佐以蘆笋，是旁襯，義自可通。

《柴門》

「敢居高士差」：「差」，錯誤也。言敢居高士成錯誤耶？即不敢錯居意，而顛倒其字法耳。若作等差解，便不入麻韵。

《奉酬薛十二丈判官見贈》

「老夫自汲澗」八句：都與上下作對照。「卧病識山鬼」：已透下夢幻。「碧色忽惆悵」一段：意脉遥自起語來。〇曰「碧色」，曰「風雷」從「峽中」過，入夢渾融無迹。「襄王薄行跡，莫學冷如丁。」二語具開合之致。

《早行》

「碧藻非不茂」四句：言水草雖佳，終日馳驅，何由賞玩。因歎干戈未靖，聊於奔迫中一開其情，實無暇也。漁洋云：「碧藻」句語勢未竟，下句竟接不倫。似未得其解。〇「非不」字當是承上作轉語。

《宿花石戍》

「岸疏開闢水，木雜古今樹」：以下推及理亂之數，故此處撫景，即以開闢古今爲言，否則廓遠無謂。

《次晚洲》

「危沙折花當」：「沙」即洲，「危」則難一遊，乃折花以當遊也。義似可通。

《送重表姪王砯評事使南海》

「廷評近要津」六句：如許大篇，寫正位止此，下乃述上官之廉潔以諷之耳。末「欲就丹砂」，更不涉評事矣。篇法超絕。

《麗人行》

「態濃意遠淑且真，肌理細膩骨肉勻」：「真」字是本質自然美好，不係造作。朱長孺云：「淑真，婦人美德，公反言以刺之也。」《陪鄭駙馬韋曲》前一首，王嗣奭亦云：「無賴惱殺人，鈎衣刺眼，皆反言以形其佳勝。」譏似褒，喜似憎，公之語妙亦絕矣。〇上句摹虛，下句寫實。「楊花雪落覆白蘋」至末：「入錦茵」下更難於形容，不得不隱語以斷亂之，落句意自顯。承「炙手」來，似只在權勢上説，渾妙不覺。

《病後過王倚飲贈歌》

「老馬爲駒信不虚，當時得意况深眷」：承上「手脚輕旋」，言當宴飲時，自覺得意，况平素又蒙深眷，所以喜劇，老更似少也。主此説較直截。

《枏樹爲風雨所拔歎》

「幹排雷雨猶力争，根斷泉源豈天意」：隱然繪出叔季忠義，支持不可維挽光景，與結語俱得「歎」字意。

《韋諷録事宅觀曹將軍畫馬圖歌》

「顧視清高氣深穩」：「縞素」與「寒空」皆虚擬之詞，此句按内外是實寫。「借問苦心愛者誰」：上曰「清高」、曰「深穩」，殆未易識，故不第曰愛，而曰苦。「龍媒去盡鳥呼風」：以上故君之思不待言，結意恐不僅傷在馬也。

《丹青引贈曹將軍霸》

「文采風流今尚存」：此言文采風流，下自不合專言畫，而先美其書也。「榻上庭前屹相向」：總一筆，隱若可笑，意動下，妙。

《觀公孫大娘弟子舞劍器行》

「㸌如羿射九日落」：自上復下。「矯如群帝驂龍翔」：自下欲上。「來如雷霆收震怒」：上二句勢正意，此句聲餘意。「金粟堆南木已拱，瞿唐石城草蕭瑟」：又繞先帝，妙。忽及瞿唐，更不測。斷續迷離之致，全在此二句。

《追酬故高蜀州人日見寄》

「鄠杜秋天失鵰鶚」：鵰鶚比壯士。「東西南北更堪論」六句：就高詩轉下拓開，與高之慷慨感歎，自是一意，交道亦於此可見。

《人日寄杜二拾遺》高詩附

「愧爾東西南北人」：「爾」指杜；「東西南北人」，高自謂。承上「老風塵」來，蓋有愧於杜之高卧東山也。或謂羈絆一官，不如遨遊四方之爲樂，似與上意俱矛盾。

《冬日洛城北謁玄元皇帝廟》

「畫手看前輩」八句：「畫手」云云忽離，似太白。〇前後嚴重，得此段纔活變飛騰。「谷神如不死，養拙更何鄉」：言果獲不死，則養性之術不效法玄元，更欲往何所乎。言外見決無此理，宜諸家謂其含諷意也。

《行次昭陵》

「舊俗疲庸主」：有謂指六朝諸君，良然。「文物多師古」四句：以上袛冠冕稱題，此四句漸寓慨今之思，下一聯尤顯。

《重經昭陵》

「翼亮貞文德」四句：接入脩文偃武，於上二句意乃圓。文武並用，下遂以「聖圖」句拓言之。〇「戢武威」曰「丕承」，以用武非高祖也。「宗祀」意漸即本位。

《贈李十二白》

「號爾謫仙人」：曰謫仙，便有不偶俗之意。「未負幽棲志，兼全寵辱身」：二句反激下放逐意。「劇談憐野逸」四句：四句隱見其放縱不羈，中含憤鬱，足招尤取忌也。「稻粱求未足」：言其方謀餬口，非有他也。「蘇武先還漢」六句：「先還漢」，言其半道承恩，早得放還。「豈事秦」，言實不事璘也。想辭醴上書，已用當時法矣，而誰爲陳説此義耶？

《謁先主廟》

「慘澹風雲會」十二句：無限層折，一氣不斷，是謂渾成。○「留」與「仗」緊相貫注，作一句讀。○「未已」字面可平，對「酸辛」自工，鮮有不謂其率筆者。「閭閻兒女換，歌舞歲時新」：分明是賢主祠廟。「應天才不小」：首段尚未實贊先主，此故於唱歎中補一筆。「遲暮堪帷幄」：堪，不堪也。劍谿師云。○《陳拾遺故宅》詩：「哲匠不比肩。」不，豈不也。《次晚洲》詩：「吾得終疏放。」得，不得也。《雷》詩：「堯湯免親覩。」免，不免也。《送王砅使南海》：「得辭兒女醜。」得辭，不得辭也。公鍊字慣用此法。

《大曆三年春白帝城放船出瞿唐峽久居夔府將適江陵漂泊有詩》

「乾坤霾漲海」：此句反跌下無數景物來。「同泣舜蒼梧」：此處樞紐，在此一句，妙。即於叙次行役中，架空激射時事，不另起鑪捶。上以「天皇寺」二句暗引，不爾，亦嫌鶻突。「甲卒身雖貴」六句：言甲卒雖貴，而儒者道自不同，是出群之鶴，非碌碌轅駒可比。但伊、吕終曠世一遇，即韓、彭亦豈易言耶？如此解，層折似明晰。

李詩臆說

寶應　朱宗大　直方

《古風》

「垂衣貴清真」（其一）：「垂衣」含文治意，與下三字自一貫。上「憲章」即雅正之則，「清真」乃其骨子。「綺麗」對「雅正」，「清真」對「綺麗」，拈出「清真」、「雅正」，遂爲千古詩文準的。「我志在删述」四句：「絶筆獲麟」是著意《春秋》以前，「删述希聖」是欲反《三百篇》，隱隱挽合起意。秦漢間尚有微詞，下不足言矣。觀其言興寄深微，五言不如四言，可證。「魯連特高妙」（其十）：「高妙」字，籌策風節俱含在内。「安知天漢上」四句（其十二）：「安知」二字是從廢棄、寂寞等語轉出，結仍歸到「棄」字。較上詠魯連、嚴陵，不明及己，而意彌深。「田竇相傾奪」十句（其五十九）：從勢利説到交道，又説到刎頸之交，一步緊一步。「衆鳥」二句通首承明。

《遠别離》

空前絶後之作。○李歌行自當以《遠别離》、《蜀道難》、《夢遊天姥吟》三篇爲最，而《遠别離》一篇迷離斷亂極矣，更爲第一。「我縱言之將何補」：勢必不言，下文故恐不得見忠誠，接轉自然。「堯舜當之亦禪禹」：憑空牽入，不測。以下情事從此生出。「君失臣兮龍爲魚」二句：一篇最著意，仍是虚。「或云堯幽囚舜野死」：即隱從「君失臣」二語來，而似另起一波。○中幅盡若斷若續之妙。「九疑連綿皆相似」二句：「野死」下又略作一折。「帝子泣兮緑雲間」三句：遥接前段收轉。○「去無還」仍望見蒼梧，無窮依戀，真極深極，纔恰好反接下文來。

《蜀道難》

「上有六龍回日之高標」四句：欲叙入西遊，先極力反振以作勢。「連峰去天不盈尺」四句：此處較前寫得實。

《山人勸酒》

「泛若雲無情」：對下「洗耳」句。○四皓有不滿之者，李此言真寫得胸次過人，一出正無礙其高也。説法進一步，而己之梗概亦見矣。「浩歌望嵩嶽，意氣還相傾」：仍含勸酒意，「還」字宛轉合拍。

《幽澗泉》

「幽」，夐然。此題得此意境，亦不爲分外設奇也。劍谿師置之中品，良然。「乃緝商綴羽，潺湲成音」：二句將松風猨嘯，歸到流泉。「吾但寫聲發情於妙指」：「吾但」字似對「善手」二句説。

《玉階怨》

此題小謝作氣更渾。

《清平調詞》

其一：此首寫妃子，通身氣脉以「想」字貫下。次句就花寫其想時風景，借以養局，入下二句方有步驟，亦隱喻承恩澤之意。下二句若非「會向」，俱是從「想」字敲推而出。其二：起句寫花影、妃子，下三句俱以人襯，次句反筆尤縱宕。前首從妃子起，帶出花，此首從花起，襯用人。「倚」字人亦不能下。其三：此首花與妃子方合寫。

《去婦詞》

此詩蕭氏訾其語俗意重。愚謂詩有愈俗愈妙者，太白多有之。通體纏綿往復，而非有重複，細玩自見。不須論李與顧，自是名篇。

《扶風豪士歌》

「清水白石何離離」：含下「心」字。「橋邊黄石知我心」：謂心在報韓也，對上「明日報恩知是誰」。

《鳴皋歌送岑徵君》

力摹《楚騷》，尚未極離奇惝恍之致。

《勞勞亭歌》

「我乘素舸同康樂」至末：此六句用意與《牛渚懷古》五律略同。胡震亨云：「『清川飛夜霜』疑引謝詩，今集或亡之。」愚按，此乃自詠詩於清川之上，非謝句也，與下「何謝袁家郎」語正合。

《鄴中贈王大勸入高鳳石門山幽居》

詩不明言王大勸，只陳己憂時之至，當建功業，并無一字及鳳，惟「恥學瑯琊人」二句暗影鳳，殆不甚然之耳。至「執手」以下，亦第言交契，而意自深，一味超脱。

《贈裴司馬》

「秀色一如此」十二句：自「爲衆女譏」以下，層叠摹寫情節，逼轉出「猶是」二字來，唱歎倍生神致。

《經亂離後天恩流夜郎憶舊遊書懷贈江夏韋太守良宰》

篇中時事、遊跡、交情三層，須玩其倏合倏分、參錯一氣之妙。「天上白玉京」四句：如此題，如此起，便奇特。「十月到幽州」十六句、「炎涼幾度改」十六句：二段備述將亂及亂時事，語多憤激，乃極表己之忠誠，以見不當罹罪譴也。「心知不得語，却欲棲蓬瀛」：特微露平日欲學仙之旨，愈知其放情物外，非漫然者。

《憶舊遊寄譙郡元參軍》

「相隨迢迢訪仙城」至「君亦歸家渡渭橋」：此段自洛而南遊也。從「相隨」字隱隱貫下。中間寫宴樂，不言元而元在其中。渡渭橋，當是元北向并州。

《夢遊天姥吟》

詩境離奇，惝恍自應爾。細玩其承接轉换，殆無一筆不圓愜，真所謂「細意熨貼平，滅盡針線跡」矣。

《留别西河劉少府》

「君亦不得意」六句：上「何事去天庭」不即接下「余若流萍」云云，中間安放此一段，説君蹊逕纔有變化，連下「君亦」、「余亦」，亦橫甚。

《江夏別宋之悌》

「興在一杯中」：言興只在此片刻耳，非於杯酒動高興也。「平生不下淚，于此泣無窮」：按《唐書》之悌嘗坐事流朱鳶，詩或作於其時，故有此二語。

《送王屋山人魏萬還王屋》

「水續萬古流，亭空千霜月」：以人不朽，故云然。不爾，「萬古」、「千霜」亦廓。〇「孤嶼」，杜詩亦及亭句，「孤嶼亭何處」。「松風和猿聲」四句：從縉雲入金華，聯合一片，與前叙各名勝稍別。「烟綿橫九疑」：登高望遠，興寄無端。即指楚南之九疑無不可，下「目極心更遠」已明言之。

《送蔡山人》

「燕客期躍馬」四句：言蔡方冀富貴，自其分内事，但道可暗合，不在顯赫也。

《登黃山凌歊臺送族弟溧陽尉濟充汎舟赴華陰》

「鸞乃鳳之族」六句：緣族弟而言鸞鳳，自是太白習氣，且意太泛，與下文無甚關涉。

《金門答蘇秀才》

「遠見故人心，平生以此足」：蓄有後半在。「身世如兩忘」：撇去前半段。

《答高山人兼呈權顧二侯》

「共謁蒼梧帝」：結屬微詞，故起處稱頌哲后，以寓斡旋，特讀至末始覺耳。不然，鋪張層疊無謂。

《答王十二寒夜獨酌有懷》

「且須酣暢萬古情」：此句一篇要領。「魚目亦笑我」至末：承上「萬古」意，縱論一切，言自來真僞混淆，貴賤倒置，而且易獲謗讒，其實何有榮辱，因遂舉聖凡之極者，歎其亦如此。惟一生傲岸，苦不諧俗，緬想嚴陵尚不肯事漢帝，至權幸如絳、灌輩，更無足比數矣。下「君不見」又進一層言，不但富貴碌碌者，即近日賢豪亦同歸泯滅耳。如此解甚明順，而蕭氏謂其錯亂顛倒，絶無倫理，殆未得其解。○此篇當與《梁父吟》同一機軸。○「孔聖」二句可謂奇肆。

《遊太山》

諸詩極寫仙境，而亦微見其學之無益，以寓諷也。

《春日遊羅敷潭》

「客到花間迷」：影羅敷。

《陪侍郎叔遊洞庭醉後三首》

其三：此詩與「我愛銅官樂」絶句，自是醉後之言。

《登金陵冶城西北謝安墩》

「歸入武陵源」：武陵源即借言上文「名園」，非真武陵源，亦非另指也。王琦説未是。

《擬古》

「絃聲何激烈」（其二）：讀「使君自有婦，羅敷自有夫」，則激烈之義自見。「但寫妾意苦」：欲得同心而不肯以輕許人，故曰苦也。「飲酒入玉壺，藏身以爲寶」（其八）：「入玉壺」，無非嗜酒意，若用壺公事，便與上「金丹」云云不一綫，特字面乃本此耳。

《寄遠十二首》

諸篇語帶新異，而義乏警策。○太白詩多言仙，言山水景物，言古人事，是無可譏議。而言酒已爲習氣，更及美人，若津津不已，得無猥褻？看來總不欲於世故糾擾耳，當與東方慢世同觀。或鄙笑之，似未得其旨。

《長門怨》

「夜懸明鏡青天上，獨照長門宫裏人」：相如賦極哀怨，極流麗，而體格意象自然非皇后不稱，正不須事實也。至飄飄然淩雲之氣，則他文皆然耳。李此詩義法即從此得來。

《古風》以下補録

「虎口何婉孌」四句（其五十一）：言虎口之下，何其瞻顧慕戀，婉轉不休，甚有恐其以諫亡身。如女嬃之嬋媛詈予者，亦徒然而已，不有彭咸，誰與明心哉？此亦本蕭氏之説而稍明直。○婉孌，蕭引詩注：顧慕貌。細味可申言「殷有三仁」「仁」字之義。「清輝照海月」（其五十六）：「海月」字，楊引謝詩善注云云，而蕭氏以爲非玉珧海月之謂，良然。顧於前「明月出海底」句，竟誤以爲珠，近人復踵其説，陋甚矣。

《蜀道難》

「青泥何盤盤」至末：「青泥」四句入「西遊」以下三段，形容「難」字，一段深一段。

《梁甫吟》

「猰貐磨牙競人肉」十句：拉雜極矣，須玩其文從字順之妙。歸愚先生解甚明確。○詩有犯疵病而益佳者。詩不宜淺，蘇、李、《十九首》則淺甚；詩不宜率，陶公則率甚；詩不宜俚，《子夜》、《讀曲》則俚甚；詩不宜雜，太白《梁甫吟》、《答王十二寒夜獨酌》等篇則雜甚；詩不宜平，韋蘇州則平甚；詩不宜枯，《篋中集》諸人則枯甚；詩不宜晦澀，李賀則晦甚、澀甚。

《贈錢徵君少陽》

「投竿也未遲」：「投」當作投棄解，與下二語方合。